管理型财会人才培养系列教材

Accounting Information Systems

会计信息系统

许永斌 董德明 夏江华 主编

科学出版社

北京

内 容 简 介

本书以现代信息技术在企业管理和会计中应用的最新发展为基础，内容体系围绕管理应用型财会人才信息技术应用能力的培养目标展开，包括会计信息系统应用、开发、管理、控制等技术和方法，会计信息分析技术，信息化环境下会计与业务的一体化策略等。

本书可作为会计学专业会计信息系统课程的教材，也可作为财务管理专业、审计学专业的计算机应用教材。

图书在版编目（CIP）数据

会计信息系统/许永斌，董德明，夏江华主编. —北京：科学出版社，2011

管理型财会人才培养系列教材

ISBN 978-7-03-030664-7

Ⅰ.①会… Ⅱ.①许…②董…③夏… Ⅲ.①会计-管理信息系统-高等学校-教材 Ⅳ.①F232

中国版本图书馆 CIP 数据核字（2011）第 052475 号

责任编辑：彭 楠/责任校对：邹慧卿
责任印制：张克忠/封面设计：番茄文化

科 学 出 版 社 出版
北京东黄城根北街 16 号
邮政编码：100717
http://www.sciencep.com

骏 志 印 刷 厂 印刷
科学出版社发行 各地新华书店经销

*

2011 年 5 月第 一 版 开本：787×1092 1/16
2011 年 5 月第一次印刷 印张：15 1/2
印数：1—3 000 字数：360 000

定价：29.00 元（含光盘）
（如有印装质量问题，我社负责调换）

《管理型财会人才培养系列教材》编委会

主任委员：许永斌

副主任委员：罗金明　潘煜双　赵秀芳

委　　　员：（按姓氏笔画排序）

于　沛　朱朝晖　刘海生　许永斌　许庆高

李郁明　杨火青　张炎兴　张惠忠　罗金明

竺素娥　赵秀芳　潘煜双

总　序

　　近年来，由于受经济的全球化、信息技术的突飞猛进、企业集团和跨国企业的涌现、企业间竞争的白热化、企业利益相关者的多样化等因素的影响，我国会计所处的社会经济环境发生了很大变化。传统的提供会计信息、维护财经法纪的核算监督型财会部门已经不能满足现代企业的发展需要。财会部门必须实现由核算监督型向经营管理型的角色转型，这要求企业除了要有一批能胜任日常核算和监督工作的操作应用型财会人员外，还应具备一支既能熟练从事和组织会计工作，又能充分利用会计信息参与企业经营管理的、视野开阔的高素质管理型财会人才队伍。

　　目前，我国高等院校会计专业教育呈现多样化的喜人局面，不同层次高等院校的会计本科专业分类培养研究型和应用型等不同类型的会计人才，其中，大多数高校会计专业将培养目标定位为面向企事业单位的应用型会计人才。我们认为，为适应现代会计环境变化和企业会计机构从核算监督型向经营管理型转型的需要，应用型会计人才还应该继续细分为操作应用型和管理应用型。办学水平较高、学科积淀深厚的高校可将会计本科专业人才培养目标定位为管理应用型财会人才。所谓管理型财会人才，是指掌握系统的会计理论和丰富的管理知识、熟悉国际惯例、具有国际视野和战略思维的复合型财会专门人才。这些人才能够在日益复杂、不断变化的经营环境中胜任财会工作，具备成为未来企业管理团队中财会专家的潜力。管理型财会人才除应具备一个高级人才应有的思想道德素质、文化素质、科学素质和身心素质外，还应该具备以下职业能力：①对宏观形势的理解能力，即理解社会主义市场经济内涵、及时把握经济发展脉搏的能力，能预见环境变化对会计工作造成的影响；②良好的职业道德，即具有强烈的社会责任感，严谨的职业态度，遵纪守法、诚实守信的精神；③会计信息加工和应用能力，即使用信息系统进行会计的确认、计量、记录、报告、分析、评价的能力；④制度设计能力，包括进行会计制度设计、内部控制制度设计、责任制度设计、预算编制、薪酬制度设计、股权结构设计的能力；⑤战略执行能力，包括预算执行与控制、资本结构设计、股息政策选择的能力；⑥价值创造能力，包括资本运作、税务筹划、资源配置与考核等能力；⑦风险规避能力，包括随时捕捉危机信号、及时采取对策的能力；⑧组织协调能力，包括财会工作的组织领导、沟通协调等能力。

高等学校会计专业管理应用型财会人才培养目标符合国际会计师联合会 2003 年发布的《成为胜任的职业会计师》和中国注册会计师协会 2007 年发布的《中国注册会计师胜任能力指南》的相关要求，即具备胜任能力的职业会计师除应掌握会计、审计、财务、税务、相关法律等传统的专业知识外，还要掌握企业运营及其环境的经济和管理知识、信息技术知识，以及相关的智力技能、技术和应用技能、个人技能、人际和沟通技能、组织和企业管理技能等五类职业技能。同时，管理型财会人才的培养目标也符合教育部高等学校工商管理类学科专业教学指导委员会最新推出的《工商管理类学科会计学专业与财务管理专业育人指南》（以下简称《育人指南》）要求。

浙江工商大学管理型财会人才培养模式创新实验区是教育部和财政部确定的首批国家级人才培养模式创新实验区，浙江工商大学、嘉兴学院的会计学专业都是国家级特色专业，绍兴文理学院的会计学专业也是省重点专业，以上三个高校会计学专业都围绕管理应用型财会人才的培养开展人才培养模式改革，并在教学内容体系改革方面进行了一些有益的实践探索。在此基础上，三个高校的会计学专业教师共同编撰了这套《管理型财会人才培养系列教材》，包括《基础会计》、《中级财务会计》、《成本会计》、《管理会计》、《高级财务会计》、《审计学》、《会计信息系统》、《财务报告分析》、《财务管理》、《会计学》和《会计综合实验》共 11 本核心课程教材。这套教材具有以下特点：

第一，突出了管理型财会人才的培养特色。教材的每位主编都具有开阔的会计教育视野，综合考虑当前我国社会主义市场经济环境，结合相关的经济学、管理学和经济法学等理论，借鉴国际惯例，站在企业整体的高度阐述会计的基本理论、基本知识和基本方法，以期达到培养管理型财会人才的目的。

第二，符合教指委《育人指南》的要求。新的《育人指南》强调会计学本科人才培养的复合型、外向型和创新型特征，管理型财会人才培养目标是《育人指南》中会计人才培养目标的具体体现之一。因此，教材内容在突出管理型财会人才培养特色的同时，也充分体现了《育人指南》的要求，这也为教材在全国同类高校中推广使用奠定了基础。

第三，方便教师教学，便于学生学习。每本教材力争建设成为立体化教材，为师生提供丰富的教学资源。除了在教材的编写上，按章节提供学习目标、案例、知识应用、进一步阅读书目及法规、思考题等外，还在光盘或课程网站中提供了课程大纲、多媒体课件、补充习题及答案、模拟试卷等，为教师组织教学、学生自主学习提供便利。

我们相信，本套教材的出版，一定会对我国会计高等教育的多样化发展产生积极的推动作用。当然，限于作者水平，教材中难免存在疏漏和不足之处，恳请广大读者批评指正。

《管理型财会人才培养系列教材》编委会

2011 年 1 月

前　言

　　会计信息系统是一门反映现代信息技术在会计中应用的交叉学科。它从系统观、信息观的视角出发，在现代信息技术环境下研究会计数据的收集、存储、处理、输出等方法，研究会计信息系统的分析、设计、管理、控制等技术和方法，研究在企业信息化和电子商务环境下会计与业务的一体化策略。

　　在国外，会计信息系统内容大都包括信息系统开发、信息系统应用、信息系统管理与控制。随着网络信息技术的广泛应用，有越来越多的教材（如 MBA 教材）开始介绍互联网环境下会计信息系统的管理与控制。我国计算机在会计中的应用工作始于 20 世纪 80 年代初，与此同时，在高等院校的会计学专业中也开始出现一门新兴的计算机在会计中应用的课程。30 年来，随着现代信息技术的进步及其在会计工作中应用的深入，该课程的建设也不断得到发展和完善，现在已成为高等院校会计学专业的主干课程之一。但作为一门新兴课程，其内容体系在不同院校存在一定差异，有些重系统开发，有些重软件操作，有些以核算软件操作为主，有些立足企业信息化环境下的软件操作。

　　高等院校会计人才的培养包括研究型、管理应用型和操作应用型三个层次。就管理应用型财会人才来说，除应掌握会计和管理软件操作外，还应掌握会计信息分析技术，了解会计信息系统开发技术，熟悉信息化环境下会计与业务的一体化策略。

　　本书以现代信息技术在企业管理和会计中应用的最新发展为基础，内容体系围绕管理应用型财会人才信息技术应用能力的培养目标展开。全书共分十章，第一章为总论，第二章至第四章讨论会计和管理软件操作应用，第五章和第六章讨论会计信息系统的开发、管理、控制等技术和方法，第七章和第八章讨论信息化环境下会计与业务的一体化策略，第九章和第十章讨论会计信息分析技术。本书可作为会计学专业会计信息系统课程的教材，也可作为财务管理专业、审计学专业的计算机应用教材。不同教学层次使用本书可根据需要灵活取舍有关章节。

　　本书由浙江工商大学博士生导师许永斌教授负责全书编写提纲的拟定，并完成第

一、五章的编写，浙江工商大学杨春华完成第二、九章的编写，绍兴文理学院张锋完成第三、四章的编写，绍兴文理学院董德民完成第六章的编写，嘉兴学院夏江华完成第八、十章的编写，嘉兴学院姚瑞红完成第七章的编写。全书最后由许永斌修改定稿。

　　现代信息技术发展的日新月异，要求我们不断地更新课程的教学内容。本书不仅在内容上反映了现代信息技术应用的最新发展，而且在体系的组织上也作了较大调整，更加注重实用；但由于内容的更新，书中不成熟之处恐难以避免，恳请读者批评指正。

编　者

2011 年 4 月

目　录

第一章

会计信息系统总论

【本章学习目标】

- 熟悉信息系统的基本概念和基本功能
- 理解会计信息系统在企业组织中的地位
- 掌握会计信息系统的基本特征
- 掌握会计信息系统的基本功能结构
- 了解会计信息系统的演变和发展

随着计算机信息技术在会计工作中应用的不断发展，越来越多的单位建立了基于计算机的会计信息系统。从应用初期的"会计电算化"阶段，到目前的"会计信息化"阶段，计算机会计信息系统的边界、功能、内容、方法、体系，乃至理论都在不断发展变化。毫无疑问，现代计算机信息技术正在给传统的会计学科带来无限的生机和活力。基于本书内容，书中讨论的会计信息系统主要是指基于现代计算机信息技术的会计信息系统。

第一节　会计信息系统与企业组织

一、数据、信息与决策

数据（data）是指在经济活动发生时记录下来的客观事实，是反映客观事物的性质、形态、结构和特征的符号。完整的数据应具备客观事实、属性和值三要素。例如，库存商品2 000万元是一个数据，客观事实是库存商品，属性是金额，值是2 000万元。会计数据是描述经济业务属性和值的数据，如承载不同经济业务内容的各种原始凭证、记账凭证都是会计数据。数据除了以数量形式表达的定量属性外，还可以是用文字形式表达的定性属性。人们通常把前者称为数值数据，把后者称为非数值数据（或称文字数据）。

信息（information）可以简单地理解为对数据按一定的目的加工处理后得到的结果，这一结果对人们决策行为产生影响。这种提法并非精确，但从数据处理这一角度来说，我们把进入系统尚未加工处理的各种资料称为数据，把数据按一定的目的进行加工处理后产生的结果称为信息，是比较合适的。

显然，根据上述定义，数据和信息从形式上看都反映客观情况，但数据强调对事实活动的客观记录，而信息强调的是与人们决策活动的密切联系。

事实上，在实际使用中，数据和信息要严格区分是困难的。例如，企业会计报表中的各项指标，对企业来说是经过一定的会计数据处理而输出的结果，应是信息；对上级主管部门来说，它们又成为进一步汇总处理的数据。即使在一个系统内部，经过数据处理得到的信息，往往又成为下一次被处理的对象（即数据）的现象也是普遍存在的。因此，数据和信息的不同含义，是针对某一特定的数据处理活动而言的，在实际工作中并不十分强调两者的区别，经常混用。

在信息社会，数据和信息如同厂房和设备一样是一种重要的资源，不同的使用者依靠它进行决策。使用者的不同需求取决于他们在组织中的地位和被赋予的职能。图 1-1 表示的是组织内不同的使用者对数据和信息的不同需求。一般在组织的业务活动过程中产生交易数据，经过基层管理人员的过滤、分类、总结形成操作数据，中层管理者则使用经过进一步过滤、分类、总结的管理控制信息，而高层管理者使用经过高度概括的战略决策信息。

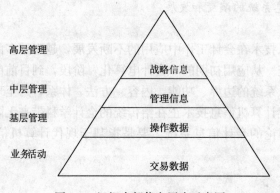

图 1-1　组织内部信息层次示意图

二、信息系统

系统（system）是指为实现一定目标由一些相互联系、相互作用的要素组成的具有一定功能的有机整体。因此它具有以下特征：整体性，即一个系统由两个或两个以上的要素组成；目的性，即系统的产生和发展具有明确的目的性，目的性决定了系统要素的组成和结构；关联性，即系统中各要素间存在着密切的关系，正是要素间的关联性使系统成为有机的整体；层次性，系统内部的要素本身也是一个小系统，这些小系统称为系统的子系统（subsystem），由此形成了系统的层次性。

信息系统（information system）是指将数据转换成有用信息的技术、方法、规则和工具的总称。信息系统的概念暗示着在组织中应用计算机技术来为用户提供信息，基于计算机的信息系统是指用于将数据转换成有用信息的计算机硬件和软件的总称。信息系统的基本功能可以归纳为以下五方面：

（1）信息的收集和输入。信息的收集和输入包括原始数据的取得（产生）、审核、记录、录入、校验、修改等内容。它是信息系统整个数据处理过程的基础，工作量最大，必须保证数据的完整性和正确性。

（2）信息的存储维护。信息的存储维护是为了未来的查询和进一步处理，包括对原始数据、中间和最终处理结果以及电子数据处理程序的存储、维护和安全保护等内容。其重要性是由数据处理在时间上、空间上的差异性与处理的连续性、系统性的矛盾所决定的。

（3）信息的加工处理。信息的加工处理包括对信息的分类、合并、核对、排序、检索、计算、更新、生成等处理过程，它是信息系统的中心环节。

（4）信息的检索和分析。信息的检索和分析是指按信息使用者的需求，利用一定的模型和方法分析和查询信息。

（5）信息的传送和输出。信息的传送和输出包括信息从一个系统（部门）上报或传送到另一个系统（部门），或者以打印的报表、账簿、清单等形式移交给用户，它是信息系统的目的和归宿。

随着计算机技术和网络技术等信息技术的不断发展，信息系统已从早期的面向交易数据处理的电子数据处理系统（EDPS）发展到面向管理、控制、决策的管理信息系统（MIS）、制造资源计划（manufacturing resource planning，MRPⅡ）和企业资源计划（enterprise resource planning，ERP）。

三、企业组织中的会计信息系统

现代企业组织通过开发和提供满足顾客需要的商品或服务来创造价值，追求利润最大化。而商品或服务的提供是通过一系列的业务过程来完成的。业务过程是指为实现某个业务目标而进行的一系列经济活动，包括资源的取得和付款过程、资源转换成商品或服务过程、商品或服务的销售和收款过程等。

一个企业业务过程的顺利开展，依赖于有效的管理活动。管理活动通常包括计划、执行、控制和评价。计划需要组织的管理者定义业务目标、优化业务过程，并将业务过程转换成可具体执行的业务活动链，以便员工去完成每个业务活动，即执行计划。控制是为了验证某项业务活动或整个业务过程的执行情况与计划是否一致。如果不一致，则要么修改计划目标，要么调整业务活动的执行过程，以便使实际执行结果与预期保持一致。管理人员还需要定期分析运营成果，以评价业务过程是否正在实现组织的目标，组织的管理活动是否有效。

管理过程同时也是决策的过程。管理人员在计划、执行、控制和评价过程中需要做出大大小小的各种决策。正确的决策需要及时、相关的信息，这需要信息系统的支持。信息系统通过获取组织及其活动的数据，存储和维护这些数据，最终编制对管理决策有意义的报告。

当组织的业务过程和管理活动发生变化时，信息系统也必须随之变化。事实上，任何一个组织的业务过程、管理活动和信息系统必定是融为一体的。三者集成度的高低基本上能反映出一个组织管理水平的层次：在手工处理信息的组织中，三者松散融合，管理效率相对较低；在由计算机处理各部门信息的组织中，三者达到局部集成，管理效率有较大提高；在企业信息化、网络化的组织中，三者高度集成，管理活动实现精确化、实时化。

会计信息系统是企业管理信息系统中最重要的一个子系统。企业组织的全部成员均在一定程度上参与会计数据的产生，并且所有管理人员均在一定程度上利用会计信息。从会计信息系统与企业组织内其他信息系统的比较看，会计信息系统具有综合系统的特点。会计信息是企业信息中最普及的一个子集，它分别产生于企业的内外部环境及企业经营管理过程的各个环节。因此，会计信息系统在一定程度上与其他信息系统存在着共同的数据和信息，也就是说，会计信息系统在一定程度上（主要是从价值方面）综合了其他信息系统的数据和信息。在实际工作中，企业管理信息系统的建立往往是从会计信息系统开始的，以会计信息系统为中心发展起来。在西方国家，由于管理会计的广泛应用，会计信息系统与其他信息系统相结合，产生了一些综合子系统。例如，与销售信息系统结合产生了销售订货和业务处理系统、费用结算和销售分析系统；与人事信息系统结合产生了应付工资和人工分析系统等。所有这些都说明了会计信息系统在企业管理信息系统中的特殊地位和核心作用，它是建立全面企业管理信息系统的基础。

四、会计信息系统的作用

计算机信息技术在会计中的应用是会计发展史上的一次重大变革。在市场经济环境中，其意义不仅在于节省人力和时间，在转变企业管理模式、增强企业竞争能力、提高企业经营管理水平等方面都具有重要作用。从会计信息系统的特征上看，大致可分为两个发展层次：一是建立在传统会计部门基础上的会计信息系统；二是建立在企业信息化环境中的会计信息系统。前者主要作用体现在会计核算水平和质量的提高上，后者则主要体现在改变企业管理模式、提高企业核心竞争力方面。

（一）提高会计核算的水平和质量

计算机在会计中应用的首要目标是实现会计核算工作的电算化。会计电算化初步改变了会计职业的工作方式，极大地提高了会计核算工作的水平和质量，主要表现在以下几个方面：

（1）实现了会计核算的自动化处理，提高了工作效率。在会计电算化条件下，除会计凭证由人工录入和审核外，其余各项工作都由计算机自动完成。会计人员可以从繁重的记账、算账、报账中解脱出来，凭借计算机的自动化处理，能及时完成各项会计核算任务，会计人员的工作效率大大提高。

（2）缩短了会计数据处理的周期，提高了会计信息的时效性。在会计电算化条件下，会计凭证录入计算机后，即可审核入账，产生最新的账户余额和发生额资料。手工操作条件下表现为一个周期（月、季、年）的会计循环在会计电算化条件下能以实时方式完成。

（3）提高了会计数据处理的正确性和规范性。在手工操作条件下，会计核算不规范，核算工作出现误差是不可避免的现象。在会计电算化条件下，由于数据处理工作由计算机根据合法规范的会计软件自动处理，只要保证输入会计数据的正确性和合法性，一般也保证了整个会计数据处理过程及其结果的正确性和合法性。

（二）提高企业现代化管理水平

实现会计核算的电算化是计算机应用的初级目标，更高级的目标是将会计信息系统完全融合到整个企业信息化系统中去，全面提高企业现代化管理水平。这方面的作用主要体现在以下几个方面：

（1）为实现集中式管理创造了条件。金字塔形的企业组织是传统企业主要的运营方式，受信息处理能力限制，企业组织尤其是集团企业一般采用层层分级管理模式，信息处理严重滞后，大大降低了信息的决策有用性。企业信息化以后，集团企业可以利用网络会计信息系统对所有分支机构进行集中记账、远程报账、远程审计和集中资金调配，实现对整个集团资源的监控和整合，包括权力的集中监控、资源的集中配置和信息的集中共享。

（2）为从经验管理向精细化管理转变创造了条件。在手工操作条件下，受人工处理信息能力的限制，日常企业管理很难建立在科学及时的定量决策基础上，管理和决策的随意性很大。在企业信息化环境下，能准确及时地提供各类管理所需信息成为可能，这为实现科学化管理创造了条件。例如，商业企业管理中的库存管理，在手工操作条件下，面对几万种商品日常的进、销、存经营活动，经营管理人员不通过期末全面的盘点是很难准确掌握商品进、销、存情况的，更不必说作出科学的订货决策。在会计信息化条件下，计算机能随时反映每一种商品的进、销、存情况，商品是热销还是滞销，库存是积压还是脱销等，计算机随时能提供这方面的定量分析资料，供经营管理人员作出科学的决策。

（3）为从事后管理向事中控制、事先预测转变创造了条件。在手工操作条件下，受人工处理信息能力的限制，日常企业管理是建立在事后定期核算管理基础上的。实现会计电算化后，尤其是在企业信息化环境下，通过财务与业务的协同处理，可以实现对经营管理过程的事中控制、反馈和管理，还可通过计算机管理决策模型对各项管理活动进行事先预测和决策，企业管理的现代化水平大大提高。

第二节　会计信息系统的基本特征

一、会计数据输入形式上的特征

数据输入是信息系统数据处理的前提和基础。在手工会计处理系统中，输入数据包括原始凭证和据此填制的记账凭证。企业各部门按照各自的职能处理自己的信息，数据不能在企业内实现共享。为了满足各部门数据处理的要求，原始凭证往往采用一式若干联的方式。其中一联传送到企业财会部门，用以填制记账凭证和登记账簿。为了便于会计人员分工填制记账凭证和分别登记账簿，记账凭证往往要分成现金凭证、银行凭证、转账凭证，或收款凭证、付款凭证、转账凭证三类，或者分为现收、现付、银收、银付、转账五类。

在基于核算的会计信息系统中，数据输入方式基本模拟手工处理方式。一般采用由会计人员根据原始凭证在机上填制记账凭证并打印输出的方式。打印的记账凭证格式基本模拟手工格式，但在计算机内部一般采用统一格式的凭证库来存放输入数据。

在基于企业信息化环境的会计信息系统中，会计数据的输入形式发生了很大变化：一是书面形式的原始凭证在很多情况下被电子数据所代替，如电子商务（electronic commerce，EC）产生的交易凭证、商场收款机采集的销售凭证、计算机集成制造系统自动记录的生产数据等；二是原始凭证的输入点在大多数情况下不在财会部门内，而是在产生数据的业务部门，如采购部门、销售部门、仓库，以及办公自动化环境中的各管理部门；三是大多数记账凭证将由会计信息系统自动产生。会计数据输入形式的改变将对传统会计岗位的设置、数据处理流程、会计数据资料的生成与管理带来一系列的变革。

二、会计数据处理内容上的特征

传统会计方法处理的内容围绕会计要素开展，会计信息主要属于价值信息，最后形成若干通用财务报表传递给信息使用者。会计的主要目的是确定资本价值和最佳收益，信息使用者通过资产负债表、利润表等数据就可决定决策模式。这种会计方法称为价值会计（value approach），其特点是提供的会计信息对所有不同使用者都是统一的、事先确定的、综合性的、单一计量的。因而，只能开展日常会计核算工作，提供常规财务报表。在财会部门单独应用的会计信息系统中，由于整个企业内没有形成统一的信息系统，不存在不同使用者信息的共享。因此，会计信息系统处理和存储的数据基本上是一些传统的核算资料。

在企业信息化环境下，数据库信息在整个企业信息系统中是共享的，它首先存放的是企业最基本的经济活动事项数据，而不仅仅是按会计要素进行货币计量，并分类、归并和综合化的价值数据。所谓事项是指可以观察到的，也可用会计数据表现其特征的具体活动、交易和事件。在事项会计（event approach）下，不同信息使用者可以事项数据为基础，借助计算机数据库技术、网络技术和计算机极强的数据处理能力生成不同的信息，包括高层的计划、预测、决策信息，中层的分析、控制、管理信息，以及大量的基层业务管理信息。传统财务报表信息仅是其中的选项之一。

三、会计数据处理流程上的特征

数据处理流程是指会计数据从产生、处理、存储直至输出的整个过程。就基本数据流程而言，手工会计和会计信息系统基本是一致的，即都把原始会计数据加工成有用的信息。但在具体的处理环节和内容上却存在着区别。手工会计的整个过程由不同的核算组和人员分工操作进行，并且为了保证操作的正确可靠，根据复式记账原理，账账核对、试算平衡等工作贯穿于整个过程。这种通过低效率、重复处理换取的正确可靠性是手工会计数据处理流程上的一个特点。

在会计信息系统中，尤其是在企业信息化环境的系统中，数据处理流程发生了很大变化：一是数据流程的起点由财会部门的凭证输入点扩展至企业的业务源头，进入系统的业务数据的准确性直接关系到系统数据处理的准确与否；二是日常的会计数据处理和信息输出均由网络计算机系统自动地进行，除非出现计算机安全问题，计算机内部数据处理一般是不会出差错的。也就是说，只要保证输入的正确性，一般也就保证了处理和输出的正确性。因此，在计算机内部没有必要模仿手工处理流程进行账账核对和试算平衡处理，数据处理流程可直接根据实际的数据流来设计。

四、会计数据生成与管理上的特征

在手工会计系统中，会计数据资料包括会计凭证、会计账簿、会计报表。会计凭证包括记账凭证及所附原始凭证。会计账簿包括日记账、明细账和总账，其中日记账、总账要用订本式账簿，明细账可以用活页账册。账簿记录错误根据不同情况分别可采用划线更正法、补充登记法或红字冲正法更正。

会计核算工作实现电算化以后，记账凭证一般由计算机打印输出，再连同原始凭证装订成册。所有会计账簿都是通过计算机打印输出再装订成册的，不可能是订本式。只有到年底才装订成册，作为会计档案保管。由于计算机系统中，账簿是由计算机自动登录的，登账数据的差错是由机内凭证数据的错误引起的。并且在机内磁介质上无法进行划线更正操作，在磁介质上的任何操作也不留痕迹。因此，会计信息系统只能采取补充登记法或红字（用负数代替）冲正法更正账簿错误，而不能直接对账簿数据库进行更正。

企业信息化以后，会计资料的生成与管理将会发生很大变化。一是由于集成系统处理总是以最基本交易事项为处理单元的，因此记账凭证的数量将会十几倍甚至几十倍地增加，再打印记账凭证将会付出较高代价；二是书面形式的原始会计凭证或不存在，或分散在企业的业务源头，再强调记账凭证与原始凭证的书面匹配，将会人为增加冗余的业务流程和处理工作量；三是随着社会信息化的发展，会计信息的查询、使用，包括财务报表的发布，越来越趋向于网上在线的形式。因此，在信息化环境下，基于书面资料的会计数据生成与管理办法应过渡到基于电子数据的会计数据生成和管理办法。

五、会计数据处理组织上的特征

手工会计的组织是按会计工作的不同内容，结合内部控制的要求进行划分的，并相应地配备会计人员开展数据处理工作。在会计信息系统中，原先由会计人员分工完成的许多内容都由计算机集中自动地完成，因此组织形式和人员配备必然会发生较大变化。尤其是当企业信息化发展到一定程度和规模时，会计信息系统将完全融合于整个企业信息系统中，企业内部传统的部门界线、数据处理职能分隔将越来越模糊。届时，企业会计组织内部乃至整个企业组织内部的岗位职责都需要重新定义和组合。

六、内部控制上的特征

在手工会计条件下，内部会计控制主要表现为会计组织内人与人之间的相互联系、相互制约，如职责分工制度、内部牵制制度等。在会计电算化条件下，所有账簿及数据文件都集中于计算机系统内。这就要求必须建立新的以保证计算机信息系统安全为目标的内部控制制度，如新的人员职责分工制度、凭证传递审核制度、软硬件管理制度、文档管理制度等。并且需要用计算机软硬件技术来实施内部控制措施，如人员操作口令控制、软件和数据的加密技术、会计数据自动检测程序等。当电算化会计信息系统发展到基于互联网（Internet）的应用层次时，内部会计控制的范围将从会计组织内部扩展到整个企业组织乃至全社会。

第三节 会计信息系统的结构

一、会计信息系统的物理结构

会计信息系统是一个人机系统，从系统的物理组成分析，它是由硬件设备、软件、人员、规程和数据等要素组成。下面简要介绍这些组成部分。

1. 硬件设备

硬件设备包括电子计算机、服务器、网络、接口、外设及其他专用设备等。一个企业的业务处理规模、现有设备状况、选用的计算机系统模式等因素是配置硬件设备的主要依据。

在早期的会计信息系统中，常见的硬件结构有单机结构和多用户联机结构。单机结构是指整个系统只配置一台或数台相互独立的微机及相应外设的结构，所有数据集中输入、处理、存储和输出。多用户联机结构是指整个系统配置一台高档微机或小型机，并配有多个终端。采用分散输入数据、集中处理的方式，数据共享性好，但系统不易扩展，可靠性差。

现代会计信息系统的硬件结构多采用计算机网络结构。计算机网络结构是指以能够相互共享硬件、软件、数据资料的方式连接起来的，各自具备独立功能的计算机系统的集合。

在20世纪90年代中期以前，常用的是微机局域网（LAN）结构，如NOVELL网等。微机局域网一般由网络服务器、工作站、网络接口卡和通信电缆等基本硬件组成。这种结构适合于需分散处理、远程查询较少的大型企事业单位的会计数据处理。

20世纪90年代中期以后，一种新的功能更强的网络结构，即客户机/服务器（C/S）结构开始在会计信息系统中应用。客户机/服务器结构是一种分布式计算机结构，它将客户机和服务器两种设备通过局域网紧密联系在一起，具有较高的数据处理、数据管理和系统扩展功能，是大中型企事业单位计算机系统选购的理想模式。

进入2000年以后，随着互联网应用的迅速发展，基于互联网的浏览器/服务器（B/S）结构开始出现，它不仅具有远程实时处理功能，更主要的是支持电子商务，实现与业务的一体化处理。

2. 软件

软件分为系统软件和应用软件。系统软件是由机器设计者配置提供的，用来使用和管理计算机的软件，如各种操作系统、数据库管理系统、高级语言、软件开发工具等软件。应用软件是用户利用计算机以及它所提供的各种系统软件，编制解决用户各种实际问题的程序。会计应用软件包括商品化会计软件和定点开发专用软件。

3. 人员

人员一般是指直接开发、使用、维护计算机系统的人。这些人员包括系统分析员、程序员、硬件维护员、系统管理员、数据录入员、系统操作员等。

4. 规程

规程是指用来管理和控制系统运行的各种规定、制度，如系统操作手册、各种内部管理制度等。

5. 数据

数据（信息）是系统处理的对象和目的。在会计信息系统中，数据平时一般是以数据库等文件形式存放在计算机存储设备中。作为存档的会计数据一般要打印输出，包括凭证、账簿、报表等。

二、会计信息系统的功能结构

会计信息系统的功能结构取决于具体的软件系统，不同的软件系统、或同一软件不同时期版本或不同企业版本，其功能结构都是不同的。下面介绍具有典型意义的三类系统的功能结构。

（一）国内会计数据处理系统功能结构

20 余年来，我国的会计信息系统一直是作为一个独立的系统在发展，尽管近年来许多软件公司也陆续推出自己的 ERP 系统，但在大多数中小型企业中，基于核算功能的会计信息系统仍占主导地位。由于在国内会计软件的发展过程中，政府主管部门很长时间内处于主导地位，因此，尽管会计软件很多，但功能结构和设计原理大同小异。

根据会计的职能，一般可把会计信息系统分为会计数据处理系统、会计管理系统和会计决策支持系统。在上述三个系统中，会计数据处理系统是基础，会计管理系统和会计决策支持系统是在会计数据处理系统所产生的正确信息的基础上进一步辅助管理和决策处理的。关于上述三个系统具体的功能划分尚没有一个统一的模式，具体构成一般受行业特点和具体企业管理要求的影响。其中，会计数据处理系统的功能结构相对比较规范。以工业企业为例，一般可包括存货、工资、固定资产、成本、应收应付、账务、报表七大子系统，它们以账务处理子系统为核心，通过机制转账凭证为接口连接在一起，构成一个完整的会计数据处理系统。

在上述七大子系统中，存货子系统可以产生材料收付存汇总表、产成品收发存汇总表等盘存表，并通过这些盘存表作出有关的转账凭证，这些凭证一般由计算机自动编制，故也称机制记账凭证，这些凭证经确认后由计算机自动输入账务处理子系统。同样，工资子系统可以产生工资分配汇总表，并做有关工资分配的机制记账凭证；固定资产子系统可以产生固定资产折旧提存表，并做有关折旧计提的机制记账凭证；成本子系统可以产生成本计算单，并做有关成本结转的机制记账凭证；应收应付子系统可根据有关的销售和结算原始凭证，做相应的机制记账凭证。这些机制记账凭证经确认后，都由计算机自动输入账务子系统。而报表子系统的数据，则一般是通过用户自定义的取数公式，自动从账务子系统中提取生成。

会计数据处理系统各子系统之间的关系如图 1-2 所示。

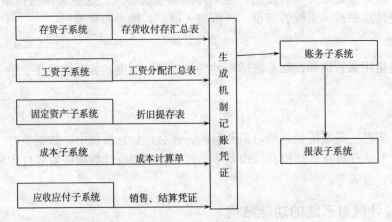

图 1-2　会计数据处理系统各子系统关系图

（二）SAP R/3 管理系统功能结构

SAP 公司成立于 1972 年，总部位于德国沃尔多夫市，是全球最大的企业管理软件及协同商务解决方案供应商、全球第三大独立软件供应商。SAP 在全球 50 多个国家拥有分支机构，并在多家证券交易所上市，包括法兰克福证券交易所和纽约证券交易所。客户遍布全球 120 多个国家，财富 500 强 80％以上的企业都正在从 SAP 的管理方案中获益。

SAP R/3 系统为支持客户机/服务器结构的产品，目前我们国内管理软件厂商开发的主流 ERP 软件、国外管理软件厂商在国内大型企业中实施的 ERP 项目，其功能结构总体上仍处于 SAP R/3 层次。

典型的 SAP R/3 由下列子系统组成：

（1）财务会计（FI）。包括应收、应付、总账、合并、投资、基金、现金等基本功能。

（2）成本控制（CO）。包括利润及成本中心、产品成本、项目会计、获利分析等基本功能。

（3）资产管理（AM）。包括固定资产、技术资产、投资控制等基本功能。

（4）销售与分销（SD）。包括销售计划、询价报价、订单管理、运输发货、发票等基本功能。

（5）物料管理（MM）。包括采购管理、库房管理、供应商评价等基本功能。

（6）生产计划（PP）。包括工厂数据、生产计划、物料需求计划（MRP）、能力计划、成本核算等基本功能。

（7）质量管理（QM）。包括质量计划、质量检测、质量控制、质量文档等基本功能。

（8）工厂维护（PM）。包括维护及检测计划、单据处理、历史数据、报告分析等基本功能。

（9）人力资源（HR）。包括薪资、差旅、工时、招聘、发展计划、人事成本等基本功能。

（10）项目管理（PS）。包括项目计划、预算、能力计划、资源管理、结果分析等基本功能。

（11）工作流程（WF）。包括工作定义、流程管理、电子邮件、信息传送自动化等基本功能。

基础部分内容包括 R/3 系统内核、数据库、支持各类平台的接口、ABAP/4 工具语言等。

（三）SAP 协同商务系统功能结构

SAP 协同商务系统是基于互联网的浏览器/服务器结构的产品，它反映着信息化时代 ERP 的发展方向。典型的 SAP 协同商务系统由下列子系统组成：①企业门户；②客户关系管理；③供应链管理；④交易管理；⑤供应商关系管理；⑥商业智能；⑦产品生命周期管理；⑧人力资源管理；⑨财务管理；⑩移动商务；⑪托管管理。

其中，典型的财务管理子系统包括下列六大功能：

（1）战略企业管理。具体功能包括投资者关系管理、企业战略管理、绩效考核、战略计划与模拟、业务合并等。

（2）业务分析。具体功能包括财务分析、客户关系分析、供应链分析、人力资源分析、产品生命周期分析、企业绩效分析等。

（3）财务会计。具体功能包括财务报表、总账及分类账、收入与成本会计、订单与项目会计、产品与服务成本核算等。

（4）财务供应链管理。具体功能包括订单至现金回收链、采购至付款链、银行结算及银行关系管理、现金管理等。

（5）集团财务管理。具体功能包括不动产管理、差旅管理、集团财务管理、企业激励机制管理等。

（6）财务管理门户。具体功能包括财务门户、数据交换与集成、共享服务等。

第四节　会计信息系统的演变和发展

现代信息技术在会计中的应用已经有 50 余年的历史了，在我国的应用也有 30 年的历史了。总的说来，会计信息系统的发展是随着会计本身的发展及电子计算机软、硬件技术的不断进步而逐渐发展的。从系统功能角度分析，会计信息系统的发展大致经历了以下四个阶段。

一、单项数据处理阶段

这一阶段的大致时间是从 20 世纪 50 年代中期计算机进入会计数据处理领域开始到

60 年代中期，这是计算机在会计中应用的初级阶段，也是电子计算机数据处理方式逐渐代替人工和机械数据处理方式的一个阶段。

在这一阶段，计算机主要用于企业内数据量大、业务简单的单项会计业务中，如工资计算、报表汇总等，并且各单项还没有形成一个系统。这一阶段的前半期是计算机刚进入会计数据处理领域的试验性阶段。电子计算机主要还用于科学计算，只是在个别大公司的个别会计数据处理领域采用了计算机处理。发展到后半期，由于已开始使用以晶体管为标志的第二代计算机，面向用户的程序设计语言（如商业处理语言 COBOL 等）也已出现，计算机在数据处理领域的应用开始逐渐普及，并逐渐替代机械处理方式。

在我国，计算机在会计中的应用工作起始于 20 世纪 70 年代末期，在 80 年代中期前，只有少数企业开始运用计算机进行数据处理工作，主要完成诸如工资核算、成本计算、报表汇总等单项应用任务。

二、电子数据处理系统阶段

这一阶段的大致时间是 20 世纪 60 年代中期~70 年代中期，计算机在会计中的应用由单项数据处理系统逐渐发展到了电子数据处理系统阶段。

在这一阶段，以集成电路为标志的第三代电子计算机开始使用，出现了能随机存取的磁盘。在软件方面，操作系统已较为成熟，具有文件管理和多道程序设计等功能。在这一阶段中，会计数据处理基本上实现了自动化，而且也开始辅助经营管理和决策。例如，随着管理会计的发展，计算机应用促进了财务模型研制的发展，有许多模型已进入实用阶段，如有关现金流量贴现和管理方面的模型等。

在我国，到 20 世纪 80 年代后期已开始出现由若干核算功能组成的会计核算软件。1989 年 12 月，财政部颁发了我国第一个关于会计电算化管理方面的行政法规——《会计核算软件管理的几项规定（试行）》，这是我国会计电算化事业发展的一个里程碑，它对于推进会计电算化的发展、提高软件的开发质量、形成和完善我国的会计软件商品市场等具有现实意义和长远意义。同时，一些专业的会计软件开发公司相继出现，通用会计软件的研制得到发展。其中，具有代表性的会计软件有先锋集团公司的"CP-800 通用财会管理系统"和用友电子财务技术有限公司的"用友通用会计核算软件"。它们分别于 1989 年 9 月和 1990 年 4 月通过了财政部的评审，这是最早的两个通过财政部级评审的会计核算软件。这两个软件都包含了会计核算的一些基本子系统，如账务处理、工资核算、报表处理等。

三、管理信息系统阶段

从 20 世纪 70 年代开始，随着管理会计的发展，特别是随着以大规模集成电路为标志的第四代计算机的开始使用，以及微处理机、计算机网络、数据库管理系统等技术的相继出现和推广应用，计算机化的企业管理信息系统逐步形成和发展。

管理信息系统是在电子数据处理系统的基础上逐步发展起来的信息系统。它利用电子数据处理系统的数据和大量定量分析方法，实现对企业生产、经营和财务过程的预测、管理和控制。管理信息系统的功能跟具体组织的职能相关，常见的子系统有采购管理系统、销售管理系统、库存管理系统、设备管理系统、人力资源管理系统、生产管理系统、会计信息系统等。此时的会计信息系统开始从原来的以处理历史数据为主的独立的数据处理系统，进一步发展为能够向各阶层管理人员提供各种管理信息，并具有管理信息系统特征的综合信息系统。许多企业的会计信息系统是企业管理信息系统的核心和主体。

在我国，随着商品化会计核算软件功能的逐步成熟，一些软件公司于20世纪90年代中期开始提出管理型会计软件开发，会计信息系统开始从核算型向管理型发展。

四、MRP II 和 ERP 阶段

20世纪80年代开始，被称为MRP II的管理软件开始给世界制造业带来巨大的经济效益。MRP II是在MRP的基础上发展起来的，MRP是根据产品结构多层次树状结构对不同物料需求时间的不同，应用网络计划原理，按照物料需求的时间倒排MRP，达到"在需要的时候提供需要数量的物料"的目标。它是以主生产计划、MRP与企业能力需求计划相符合为前提的。MRP控制的对象主要是制造过程中的物流信息，它没有考虑财务信息。1977年美国生产管理专家O. W. Wight给物流信息与资金流信息集成的系统取了一个新名字：MRP II。MRP II以生产计划为主线，把企业制造过程中的物流、资金流、信息流进行统一计划和控制。表面上看是MRP加会计信息系统，实际上是实现了系统从物料数量控制到物料成本控制的质的转变。

MRP II集成的是企业的制造资源，它一没有集成整个企业（尤其是集团企业）其他的资金流、物流和信息流资源，二没有集成企业内外的资源。因而无法适应20世纪90年代出现的经济一体化、全球化的市场竞争环境。这样ERP应运而生，它由美国著名咨询公司加特纳集团公司（Gartner Group）于1990年提出。ERP以供应链管理（SCM）为主线，以财务成本控制为目标，通过精心设计的物流、资金流、信息流，把从原材料开始到产品服务整个过程企业所拥有的人、财、物、信息、时间、空间等资源进行综合平衡和优化管理。目前，随着信息化和电子商务的开展，ERP已开始从基于企业内部狭义供应链管理向着企业内外广义供应链管理和协同商务管理方向发展，并被称为ERP II。

当信息系统发展到MRP II和ERP阶段，经过企业的业务流程重组，数据和流程得到集成，会计数据的采集点已前移至企业业务的源头，除专门的对外会计报告外，会计信息的产生也如同企业内其他管理信息的产生一样分布到系统的不同用户点。会计信息系统开始完全融合到企业生产与经营管理过程中，并成为企业集成管理系统的基础与核心。

在我国，基于MRP II /ERP的会计信息系统的应用开始于2000年以后。进入2000年以后，随着互联网应用的迅速发展，会计软件开始向基于互联网的网络会计信息系统发展。网络会计信息系统不仅具有传统会计软件的所有功能，它还能实现与业务的一体化处理、远程处理、在线实时监控、集团财务集中管理等功能。国内几家主流财务软件供应商，如用友、金蝶、新中大等开始推出以财务系统为基础和核心的ERP系统，并且开始支持电子商务功能，原先单纯的财务软件公司开始向综

合的管理软件公司发展。

【进一步学习指南】

现代信息技术在会计中的应用，给传统的会计学科带来了深刻的影响。这种影响不仅表现在数据处理和信息载体技术的革命性变革上，还表现在会计方法、会计体系，乃至会计理论等方面的发展上。

关于现代信息技术对会计学科影响的理解，大致经历了两个阶段：在过去的大多数时间里，人们对计算机技术在会计中应用的预期一般表现为促进会计职能的集中、内部管理报告的多样性，以及数学模型在管理会计中的广泛应用等方面，也即会计电算化阶段；现代信息技术的不断发展，尤其是社会信息化进程的不断推进，正在造就一个自动化、无纸化、数字化的社会环境，并正在改变社会的生产方式和管理模式，进而也改变了传统会计的运作环境。人们对现代信息技术的认识不再局限于在传统会计体系中的应用，而将其看做是为构建新的会计体系提供了机会。会计进入会计信息化时代。信息化改变了传统会计赖以存在的环境，改变了会计信息系统的边界和结构，改变了内部控制作用方式和范围，改变了会计报告模式，无纸化会计也将成为现实。

【进一步阅读书目及法规】

王世定. 2004. IT 环境下会计系统重构：一种融合理论及模型构建. 会计研究，(9)：42～46

韦沛文. 2003. 信息化与会计模式革命. 北京：中国财政经济出版社

辛铁生. 2007. 信息技术条件下的内部控制规范：国际实践与启示. 会计研究，(7)：29～35

许永斌. 2000. 数字经济下的会计预言：电子商务会计. 上海：立信会计出版社

杨周南. 2003. 论会计管理信息化的 ISCA 模型. 会计研究，(10)：30～32

张天西等. 2006. 网络财务报告：论 XBRL 的理论框架及技术. 上海：复旦大学出版社

【复习思考题】

1. 简述数据与信息的含义及其关系。
2. 简述信息系统的基本功能。
3. 简述手工会计与电算化会计在错账更改方式上的区别。
4. 简述手工会计与电算化会计在处理流程上的区别。
5. 信息化环境下，会计核算资料如何生成与管理？
6. 简述会计核算软件的功能结构及功能子系统间的联系方式。
7. 比较中外会计与管理软件的特点。
8. 简述 ERPⅡ和 ERP 的基本思想。

第二章

基本会计信息系统应用

【本章学习目标】

- 了解基本会计信息系统的常用功能
- 掌握基本会计信息系统初始设置一般方法
- 掌握总账系统日常应用一般方法
- 掌握报表处理系统应用一般方法
- 掌握应收款管理系统应用一般方法
- 掌握应付款管理系统应用一般方法

　　基本会计信息系统主要包括总账子系统、报表处理子系统、应收款管理子系统和应付款管理子系统。目前无论在国外还是国内的软件市场上，基本会计信息系统都有相应的通用财务软件可供选择。通用财务软件一般是指由专业软件公司研制，用于公开在市场上销售，能适应不同行业、不同企业会计核算与管理基本需要的通用会计核算系统。与专用的财务软件相比，通用财务软件具有通用性强、安全可靠性高、支持各种软硬件平台和系统的维护升级由厂商负责等特点。国内外各大财务软件尽管在具体功能界面和处理方法上各具特色，但系统的基本模式（设计思想、基本功能、使用方法）具有较大的共性。本章主要对总账、报表处理、应收款管理和应付款管理四个基本会计信息系统子系统的应用作一简要介绍。

第一节　基本会计信息系统常用功能介绍

一、总账子系统功能

　　总账是整个基本会计信息系统的核心。不同品牌的总账系统在具体功能内容及实现方法上各不相同，但都是以凭证处理为主线，提供凭证处理、预提摊销处理、自动转账、调汇、结转损益等会计核算功能，以及科目预算、科目计息、往来核算、现金流量表等财务管理功能，并通过独特的核算项目功能，实现企业各项业务的精细化核算。

（一）基本核算功能

1. 凭证管理功能

总账系统通过严密的制单控制保证制单的正确性，提供资金及往来赤字控制、支票控制、预算控制、外币控制、外币折算以及查看最新余额等功能，加强对发生业务的及时管理和控制。总账系统可随时调用常用凭证、常用摘要，自动生成红字冲销凭证，以方便用户更加快速准确地录入凭证。在此基础上，总账系统可完成凭证审核及记账工作，并可随时查询及打印记账凭证、凭证汇总表，通过标准凭证格式的引入和引出，可完成不同机器中总账系统凭证的传递。

2. 标准账表功能

总账系统提供总账、余额表、序时账、明细账、多栏账、日记账、日报表等多种报表，并可查询包含未记账凭证的最新数据，同时能够查询上级科目总账数据及末级科目明细数据的月份综合明细账，提供总账↔明细账↔凭证↔原始单据项目联查、溯源功能。总账系统还可以任意设置多栏栏目，能够实现各种输出格式，自由定义各栏目的输出方式与内容，能够满足不同层次的管理需要。

3. 出纳管理功能

总账系统提供出纳签字功能，加强出纳凭证的管理。提供银行对账单引入、录入、查询功能，为出纳人员提供一个集成办公环境。加强对现金及银行存款的管理，完成银行日记账、现金日记账的查询。提供银行对账功能，随时查询银行余额调节表。

4. 外币核算功能

总账系统提供用户自由选择固定汇率方式还是浮动汇率方式计算本币金额，可由用户选用直接标价法和间接标价法折算本位币，月末可自动调整汇兑损益。

5. 月末处理功能

总账系统可自动完成月末分摊、计提、转账、销售成本、汇兑损益、期间损益结转等业务，可进行试算平衡、对账、结账等工作。

（二）辅助管理功能

1. 个人借款管理功能

总账系统提供个人借款明细账、催款单、余额表、账龄分析报告及自动清理核销已清账等功能，进行个人借款、还款管理工作，以及时控制个人借款，完成清欠工作。

2. 部门核算功能

总账系统提供各级部门总账、明细账的查询功能，进行部门收支分析，以便考核部门费用收支情况，及时控制各部门费用的支出，为部门考核提供依据。

3. 项目管理功能

总账系统提供项目总账、明细账及项目统计表的查询，进行生产成本、在建工程等业务的核算，以项目为中心为使用者提供各项目的成本、费用、收入等汇总与明细情况以及项目计划执行报告等。也可用于核算科研课题、专项工程、产成品成本、旅游团队、合同、订单等的管理。

4. 往来管理功能

总账系统提供往来款的总账、明细账、催款单、往来账清理、账龄分析报告等功能，进行客户和供应商往来款项的发生、清欠工作，及时掌握往来款项的最新情况。

二、报表处理子系统功能

报表处理是基本会计信息系统必不可少的内容，也是会计数据处理的主要目的。在会计计算机处理环境下，报表是根据事先定义好的格式和数据生成公式，由计算机自动从账务处理子系统的账簿数据库中取数生成。企业会计报表发生变动时，只要修改或重新定义报表格式和取数公式即可。报表处理系统一般包括报表设置、报表生成、报表查询、报表打印、报表汇总等处理功能，而具体报表的定义则一般不受限制。

1. 文件管理功能

报表处理系统具有创建新文件、打开已有的文件、保存文件、备份文件的文件管理功能，并且能够进行不同文件格式的转换。报表处理系统形成的报表文件可以转换成ACCESS 文件、MS EXCEL 文件、LOTUS1-2-3 文件、文本文件、XML 格式文件、HTML 格式文件。上述文件格式的文件也可转换成报表处理系统的报表文件。

2. 格式管理功能

报表处理系统具有丰富的格式设计功能，如设置尺寸、画表格线、调整行高列宽、设置字体和颜色等，可以制作符合各种要求的报表，并且内置了各种套用格式和各行业的标准财务报表模板，可以轻松快速地制作报表。

3. 数据处理功能

报表处理系统以固定的格式管理大量不同的表页，能将多张具有相同格式的报表资料统一在一个报表文件中管理，并且在每张表页之间建立有机的联系，提供排序、审核、舍位平衡、汇总功能。报表处理系统还设置了绝对单元公式和相对单元公式，可以方便、快速地定义计算公式。同时，报表处理系统还具有种类丰富的函数，可以从其他子系统中提取数据，生成财务报表。

4. 图形功能

报表处理系统一般还具有图形分析功能，可以很方便地进行图形数据组织，制作包括直方图、立体图、圆饼图、折线图等各种图式的分析图表，可以编辑图表的位置、大小、标题、字体、颜色等，并打印输出图表。

5. 打印功能

报表处理系统打印非常方便，一般屏幕所显示的内容和位置与打印效果一致，还可以通过打印预览功能，随时观看报表或图形的打印效果。报表处理系统还具有自动分页、强制分页、全表打印、缩放打印等功能，并可以控制打印方向和打印品质。

三、应收款管理子系统功能

应收款管理子系统主要实现企业与客户之间业务往来账款的核算与管理。在应收款管理系统中，以销售发票、费用单、其他应收单等原始单据为依据，记录销售业务及其他业务所形成的往来款项，处理应收款的回收、坏账、转账等情况，提供票据处理的功能，实现对应收款的管理。

1. 初始设置功能

应收款管理系统一般提供系统参数定义，以便于用户结合企业管理要求进行参数设置，这是整个应收款管理系统运行的基础。应收款管理系统还提供单据类型设置、账龄区间设置和坏账设置，为各种应收款业务的日常处理及统计分析做准备。同时，应收款系统提供期初余额的录入，以保证数据的完整性与连续性。

2. 日常处理功能

应收款管理系统的日常处理一般包括应收单据处理、收款单据处理、核销处理、票据管理、坏账处理、转账处理、制单处理等基本功能。

3. 单据查询功能

应收款管理系统具有各类单据、详细核销信息、报警信息、凭证等内容的查询功能。

4. 账表管理功能

应收款管理系统一般具有总账表、余额表、明细账等多种账表查询功能，并提供应收账款分析、收款账龄分析、欠款分析等丰富的统计分析功能。

5. 其他处理功能

应收款管理系统具有用户进行远程处理传递的功能，以便用户进行信息交流。应收款管理系统还提供用户对核销、转账等处理进行恢复的功能，以便用户进行修改。

四、应付款管理子系统功能

应付款管理子系统主要实现企业与供应商之间业务往来账款的核算与管理。在应付款管理系统中，以采购发票、其他应付单等原始单据为依据，记录采购业务及其他业务所形成的往来款项，处理应付款项的支付、转账等情况，提供票据处理的功能，实现对应付款的管理。

1. 初始设置功能

应付款管理系统一般提供系统参数定义，以便于用户结合企业管理要求进行参数设置，这是整个应付款管理系统运行的基础。应付款管理系统还提供单据类型设置、账龄区间设置，为各种应付、付款业务的日常处理及统计分析做准备。同时，应付款管理系统提供期初余额的录入，以保证数据的完整性与连续性。

2. 日常处理功能

应付款管理系统的日常处理一般包括应付单据处理、付款单据处理、核销处理、票据管理、转账处理、制单处理等基本功能。

3. 单据查询功能

应付款管理系统具有各类单据、详细核销信息、报警信息、凭证等内容的查询功能。

4. 账表管理功能

应付款管理系统一般具有总账表、余额表、明细账等多种账表查询功能，并提供应付账款分析、付款账龄分析、欠款分析等丰富的统计分析功能。

5. 其他处理功能

应付款管理系统具有用户进行远程处理传递的功能，以便用户进行信息交流。应付款管理系统还提供用户对核销、转账等处理进行恢复的功能，以便用户进行修改。

第二节 基本会计信息系统初始设置一般方法

系统初始化是基本会计信息系统启用前根据本单位的具体业务要求对系统的基本设置。尤其是通用基本会计信息系统，可以适应不同行业不同性质不同情况的企业使用。因此，系统在某一具体单位应用时，必须针对本单位的业务性质对系统进行具体设定，包括本单位的会计核算规则、方法和基础数据，使系统成为一个适合本单位实际情况的专用系统。

一、系统管理

一般系统都必须要有系统管理模块的设置，基本会计信息系统也不例外。系统管理作为基本会计信息系统的一个重要组成部分，它具有实现账套管理、年度账管理、用户及权限的集中管理等基本功能。

（一）账套管理

一个账套代表一个核算主体完整的账簿体系。大多数会计信息系统都可以建立上百个账套，不同账套之间的数据没有关联，彼此独立。每个账套都可以存放不同年度的会计信息数据库，不同年度的会计信息数据库就称为年度账。账套管理主要用于账套的建立、修改、数据恢复和数据备份。初次使用基本会计信息系统时，需先建立账套，内容包括确定系统的启用时间、定义使用单位及其属性、规划档案存储方式、规定科目编码规则等内容。

（二）年度账管理

会计分期与持续经营是企业会计信息系统构建的重要假设。会计年度结束后，开始新的会计年度，需要将上年度的一些会计数据结转至下年度的会计核算体系。因此，每个会计年度结束后，都要备份该年的年度账，并建立新年度账，然后结转上年数据，以完成上年数据的结转工作，将上年度中的相关模块的余额及其他信息结转到新年度账中。

（三）用户及权限的集中管理

为了保证会计数据处理的安全可靠，根据内部控制的要求，应对系统使用人员的职责和权限进行规定，以控制指定操作人员的使用权限，防止非指定人员擅自使用，这个功能就是软件使用人员权限设置功能。因此，任何基本会计信息系统都具备输入操作人员岗位分工情况的初始化功能，包括操作员姓名、角色、操作密码、权限分配等。

人员权限设置的具体方法，不同的软件有不同的做法，基本程序是：由系统管理员定义财务主管，再由财务主管定义具体会计操作人员；系统管理员一般不能操作系统，而具体使用人员只有修改自己口令密码的权限，无权设置和修改自己或他人的操作权限。操作员的初始口令密码，可由系统管理员或财务主管代为建立，并通知操作员本人，进入系统后，再由操作员自行修改。

二、基础设置

（一）会计科目设置

会计科目设置包括科目编码方案设置和具体科目设置。科目编码是系统进行账簿数据处理的依据，因此，用户在设置具体科目之前应先对科目编码规则进行设置。不同系统对会计具体科目初始的内容和格式有所不同，一般包括科目编码、科目名称、科目性质（类型）、科目类别（辅助核算）、账簿格式等内容。

1. 科目编码

科目编码是系统进行账簿数据处理的依据，因此用户一定要严格按照在建立账套时设置的科目编码规则进行设置。科目编码不允许重复即必须唯一。任何一个科目必须按其级次的先后建立，即先建一级科目，再建下一级科目。

2. 科目名称

科目名称即科目的汉字名称，是账证表上显示和打印的标志，也是企业与外部交流信息所使用的标志，因此在科目名称定义时，必须严格按照会计制度规定的科目名称输入，做到规范化、标准化。

3. 科目性质

科目性质是指按会计科目性质进行划分的会计科目类型，按照新会计制度规定，分为六大类，即资产、负债、共同、所有者权益、成本、损益。设置性质是指定某一会计科目的类型，这是计算机自动识别科目进行汇总管理的依据，财政部规定的一级科目编码的第一位就是按照上述分类分别进行的，即1＝资产、2＝负债、3＝共同、4＝所有者权益、5＝成本、6＝损益。因此，在设置科目性质时必须注意所定义的类型与编码第一位相一致。

4. 科目类别

科目类别即本科目的辅助核算内容，如日记账、银行账、部门核算、项目核算、个人往来、客户往来、供应商往来等。系统根据辅助账类别判断数据输入时需要附加的内容。如果是银行或往来性质的会计科目，通常希望系统可以自动完成银行对账和清理往来账功能。但不管是银行对账还是清理往来账，都需要一个勾对标记，如银行支票号、往来结算号等，这些数据要求在每发生一笔业务时都要进行记录，要在科目初始化工作中明确这类科目的核算要求，输入凭证时系统会自动要求输入对账标记。又如客户往来类的会计科目，一般在输入凭证时系统会自动要求输入客户名称；供应商往来类的会计科目，一般在输入凭证时系统会自动要求输入供应商名称；项目核算类的会计科目，一般在输入凭证时系统会自动要求输入项目名称，以方便进行进一步的信息分类统计分析。

5. 账簿格式

通常使用的账簿格式虽然有许多类型，但大多数都是标准的格式，如三栏式、双三栏式、多栏式等。在使用会计系统时，最基本的会计数据是以数据记录保存的，它可以根据用户的要求以各种形式表现出来，所以在会计系统中，可以为每个科目选择各种账页格式，如原材料科目可选数量金额式，银行存款外币户可选择外币金额式。不同的会计系统有不同的设置方式，有的在下拉列表中选择即可；有的把账簿格式分为"0. 三栏式、1. 复币式、2. 数量金额式、3. 数量外币式"，设置时只要输入代码即可，如数量金额式为2；而多栏式由软件自动定义，用专门的功能进行。有的软件在定义辅助账时同时定义了相应的账簿格式，如定义了数量核算辅助账，即定义了其账簿格式为数量金额式。

（二）凭证类型设置

记账凭证是账务处理的数据源。为了便于管理、记账和汇总相应的会计信息，一般需要对记账凭证进行分类。系统一般都提供了多种选择，如记账凭证，收款、付款、转账凭证，现金、银行、转账凭证，现金收款、现金付款、银行收款、银行付款、转账凭证等几种分类方式，用户可根据自己企业的实际情况进行选择，一旦选定，输入过凭证后就不可修改。

当选择了分类方式后，则可进一步对每类凭证进行设置，主要包括限制类型和限制科目设置。该设置主要是某些凭证在制单时对科目的限制规定，系统一般有诸如借方必有、贷方必有、凭证必有、凭证必无、借方必无、贷方必无等七种限制类型可供选择。

（三）外币设置

汇率管理是专为外币核算服务的。对账套中所使用的外币应先定义其汇率，以便在制单时调用，减少录入汇率的次数和差错。对于使用固定汇率（即使用月初汇率或年初汇率）作为记账汇率的用户，在填制每月凭证前，应预先录入该月的记账汇率；对于使用变动汇率（即使用当日汇率）作为记账汇率的用户，在填制该天的凭证前，应预先录入该天的记账汇率。

（四）设置项目档案

企业在实际业务处理中会对多种类型的项目进行核算和管理，如在建工程、对外投资、技术改造项目、项目成本管理、合同等。用户可以将具有相同特性的一类项目定义成一个项目大类。一个项目大类可以核算多个项目，为了便于管理，还可以对这些项目进行分类管理。用户可以将存货、成本对象、现金流量、项目成本等作为核算的项目分类。使用项目核算与管理的首要步骤就是设置项目档案。项目档案设置包括增加项目大类，定义项目核算科目、项目分类、项目栏目结构，并进行项目目录维护。

三、总账系统初始化

（一）系统参数设置

总账系统参数设置是在基本信息设置的基础上，对总账系统按照用户的需要作进一步设置。参数设置是基本会计信息系统提供的程序控制节点，用户选定后，可以为总账系统规定相应的功能或者是相应的控制，目的就在于适应用户的个性需要。总账系统的参数设置主要有凭证、权限、账簿、会计日历以及其他等几个控制节点，用户登录后按照自身特点和管理需要设置后，就进一步个性化配置了总账系统的功能。其中凭证和权限设置最为重要。

1. 凭证设置

在计算机处理环境下，记账凭证是数据处理的源头，其正确性十分重要，凭证设置就是为了保证凭证输入时凭证的正确性。凭证设置分制单控制和凭证控制两大部分。制单控制主要是对用户在填制凭证时的一些操作进行控制，如制单序时控制、赤字控制、使用其他系统科目控制等。凭证控制则主要是对用户凭证处理流程进行控制，例如，要求在新增凭证时，系统按凭证类别自动查询本月的第一个断号默认为本次新增凭证的凭证号，则要选择"自动填补凭证断号"选项；要求在录入凭证时如果使用现金流量科目必须输入现金流量项目及金额，则要选择"现金流量科目必录现金流量项目"选项。

2. 权限设置

会计数据涉及各方利益，其安全性十分重要，权限设置主要对凭证处理时操作员的操作范围作出规定，使其具有完成其任务的最少权限。例如，需要对操作员录入的凭证范围作出规定，则可选择"制单权限控制到科目"、"制单权限控制到凭证类别"、"操作员进行金额权限控制"等选项；需要对操作员审核凭证范围作出规定，则可选择"凭证审核控制到操作员"选项。

（二）期初余额录入

用户在第一次使用总账系统时，需要将手工处理后的期初余额录入系统。有些软件先初始会计科目，再初始账户数据；有些软件则是两者一起初始。初始工作结束后，除每年初可调整会计科目余额外，平时一般不能变动。

期初余额的录入包括总账期初余额的录入和辅助账期初余额的录入。会计科目初始完成后，就可初始每一科目的总账期初余额，包括科目年初余额、本月初余额、本年借贷方发生额等基本数据。如果是年初初始，则只需初始年初余额。具有辅助核算功能的科目的期初余额必须在辅助账中按照明细录入数据。如往来科目，需初始期初所有往来账的明细记录。

科目余额录入以后必须进行核对和试算平衡，检查借贷方发生额、余额是否平衡，上下级科目是否平衡，总账余额与辅助账余额是否平衡。当余额不平衡时系统会自动提示出错信息，用户可按照提示对余额进行修改。

初始化工作结束后，上述不同的项目内容在进一步的数据处理上是有区别的。有些项目初始结束后一般不再变更，如账套设置、科目余额初始、记账凭证类别选择等，这些数据项目一旦初始完成，至少在一个会计年度内是不能再变更的。另一类数据项目，如会计科目、外币代码、摘要代码、内部核算代码等，初始结束后在日常的数据处理过程中仍会不断发生变化。针对上述情况，不同的会计软件有两种处理方法：一种是初始工作结束后，系统不再提供初始界面，另外再单独设计系统维护功能来满足科目、外币等数据的日常增减变动需要；另一种做法是初始结束后仅仅关闭不允许再修改的初始项目界面，平时可变更的数据项目初始功能在初始结束后仍可继续使用。

第三节　总账系统日常应用一般方法

一、凭证管理

凭证管理是账务处理中首要的工作。凭证是账务处理的数据源，是账务处理后续工作的依据。凭证管理的主要内容有凭证填制、凭证修改、凭证签字、凭证审核、凭证查询、凭证打印等内容。

1. 凭证填制

在基本会计信息系统中，凭证的填制有两种方式：一是手工填制记账凭证，即根据原始凭证手工编制记账凭证后，录入到计算机中，或是直接在计算机上填制；二是总账系统自动生成记账凭证，即总账系统根据系统内已经保存的数据通过设定的转账程序转账生成记账凭证，如期末处理时损益类科目的结转。

手工填制记账凭证是基本会计信息系统主要的数据来源。为了提高输入的速度和质量，首先必须有一个好的凭证输入格式。目前流行的种类较多，但归结起来有三种基本格式：按金额位置区分借贷方向的借贷金额式；按科目位置区分借贷方向的借贷科目式；直接用借贷标志确定借贷方向的借贷标志式。

记账凭证录入时一般要注意以下各项内容的填列：

（1）凭证日期。即填制会计凭证的日期，是凭证最基本的要素。有关科目如银行、现金科目的日记账按其排序生成。因此必须注意凭证日期应随凭证号递增而递增。一般在会计软件中，凭证日期默认计算机的系统时间，但可根据具体日期进行修改。

（2）凭证号。即记账凭证编号。不同软件其凭证编号有其特点。有的软件是以凭证类别编号，即凭证类别内顺序编号组成凭证编号。如收款凭证类别代号为"1"，则收款凭证编号为 1-0001、1-0002 等，而有的软件以凭证类别名＋凭证顺序编号组成，如收款 0001。一般在会计软件中，凭证类别号或类别名称由手工输入，而序列号由计算机自动加 1 产生。

（3）摘要。摘要是记账凭证所反映会计业务的文字说明。输入摘要可直接输入和利用摘要库快速输入。前者是指直接用键盘输入，后者是利用会计软件提供的摘要库输入。摘要库包括用户经常使用的摘要词组，如提现、结转等。每一个摘要可以对应一个简易的编码，用户输入编码就可以完成摘要的输入。

（4）会计科目。在会计软件中一般都通过科目编码输入会计科目。计算机根据科目编码自动显示会计科目名称。科目编码为全编码，但由于科目编码很多，不可能全部记住，因此一般会计软件中在输入科目编码时提供热键查询功能，用来输入记不清的科目编码。在会计科目输入过程中，软件可以完成一些自动检查。如检查输入科目是否为最低层的科目。如果不是，则提示要求用户输入最低层科目。又可检查输入科目是否已经设置，如果没有，将提示用户出错或非法科目。

（5）金额。金额是记账凭证中最重要的内容之一，一定要保证它的正确性。金额输入可分为直接输入和计算产生两种情况。所谓直接输入是将会计业务的发生额在屏幕指定位置输入即可。而计算产生是指对于有数量外币核算要求的科目，凭证应该提示输入数量外币等信息，并可以由计算机根据用户输入的数量、单价或外币、汇率自动计算记账金额，填入并可修改。对于设置了其他辅助账的科目，如银行账、往来账，在输入金额时还会要求输入相应的结算凭证号和供应商代码等辅助信息。

（6）附件张数。即所附的原始凭证张数。应根据实际张数填入。

在屏幕上输入数据并存入记账凭证库时，软件一般自动作一些检查和处理，如借贷平衡检查、凭证类别控制检查、非法对应科目检查、废行删除处理等。

2. 凭证修改

对已输入的记账凭证，可通过软件功能对其进行修改处理。凭证修改功能只支持未审核的记账凭证。

3. 凭证签字

会计主体涉及现金和银行存款的经济业务是内部控制的重要环节，是资产安全维护的重要对象。凭证签字就是通过出纳人员对涉及现金和银行存款的记账凭证检查核对，目的在于加强出纳凭证的管理。出纳人员可以核对审查出纳凭证的现金、银行存款等科目金额的正确性，如果发现错误或有不同意见的凭证，应交予制单人修改后再一次核对。

4. 凭证审核

记账凭证的审核同原始凭证审核一样是会计确认的一个环节，是会计账簿生成前的重要会计处理步骤。审核凭证主要对以下内容进行审核：记账凭证是否与原始凭证相符、借贷科目使用以及金额的计算是否正确、凭证格式项目的相关项目是否完整等。在会计信息系统中，只有经过审核签章后的凭证才可以记账，且不能修改。根据内部控制的要求，凭证输入员和审核员不能是同一人。由系统管理员授予不同权限，审核员发现凭证错误后，不能直接修改，应该通知凭证输入员进行修改，这样才满足内部控制的要求。

记账凭证审核方法主要采用屏幕校对法，即将输入的凭证内容在计算机屏幕上依次显示一遍，与原纸张单据进行核对，对于正确的凭证直接予以确认，错误的凭证放弃审核确认，由输入员修改后再审核。也可采用清单校对法，即将输入的内容打出清单，人工将其与记账凭证笔笔勾对，对错输的内容进行修改。然后采取整批审核功能对机内凭证进行审核确认。

5. 凭证查询

输入记账凭证后，即可对其查询。凭证查询一般可采用列表查询和特定查询两种方式。列表查询就是在凭证列表中找到要查询的凭证，打开进行查询；而特定查询是输入查询条件，如输入凭证月份和凭证号，由系统自动在凭证库中查询相应凭证，同时可以此为基础向前或向后连续查询。

6. 凭证打印

凭证文件是否打印可根据用户不同的处理方式决定。如果用户是手工制作记账凭证然后输入计算机，则没有必要打印凭证，而如果是根据原始凭证直接在计算机上输入记账凭证，则应该将每一凭证打印出来。

打印的方式一般有两种，即打印单一凭证方式和输入凭证号区间连续打印方式。有些软件还提供套打方式，即把凭证数据打印在预先印制好的空白记账凭证上。

二、记账

记账是以会计凭证为依据，将经济业务全面、系统、连续地记录到具有账户基本结构的账簿中的一种方法。在计算机环境下，记账是由有记账权限的操作员发出记账指令，由计算机按照预先设计的记账程序自动进行科目汇总、登记账簿等操作。有些软件记账前要求数据备份，目的是防止记账过程异常中断后数据被破坏。一旦出现记账过程因断电、死机或其他原因造成异常中断时，可利用备份的数据恢复到记账前的状态，重新记账。有的软件记账前会自动进行数据保护，意外中断时自动恢复到记账前状态。

计算机环境下记账方法有两种：一种是当选择了记账功能后，计算机把已审核的凭证按科目编码分别登记在总分类账和明细分类账数据库中，输出总分类账或明细分类账时从有关数据库中直接输出；另一种是当选择了记账功能后，计算机把已审核的记账凭证从临时记账凭证库转到记账凭证库中，需要输出总分类账和明细分类账时，计算机按照总分类账或明细分类账的格式从记账凭证库中提取数据生成有关账簿。

凭证一经记账，不能修改。如果有错误凭证，只能采用补充凭证或负数冲销凭证更正。每月可多次用记账功能分批地将凭证记入各种账册，业务多的企业，可每天记一次账。

三、月末处理

总账系统一般以月份为一个会计期间。用户在每个月的月末都必须进行一系列的期末处理工作，包括实账户期末余额按其实际变动情况予以记录并结转到下一个会计期间，所有的虚账户则应全部结平，从而完成一个月的会计循环工作，开始下一个月的账务处理。总账的期末处理功能主要可以划分为三个主要的子功能，即转账、对账和结账。

1. 转账

在用户的每一个会计期末，总账系统都需要进行频繁的费用计提分摊、销售成本结转、损益结转等期末工作。在手工会计模式下，这一系列的工作都需要手工完成。在计算机环境下，可以通过机制转账凭证来实现。

机制转账凭证分两步骤完成。第一步转账定义，用于定义机制转账凭证的类型、分录和取数公式。第二步转账生成，启用定义好的转账凭证自动生成所需要的记账凭证并保存至凭证库，经审核后记账。转账凭证生成时，是按照已记账凭证的账簿数据进行计算的，所以在进行月末转账工作之前，应先将所有未记账凭证记账，否则，生成的转账凭证数据可能有误。

2. 对账

会计信息系统内部基于复式记账原理，形成了一套以账簿为核心，账簿与实物、凭证、报表之间，账簿与账簿之间相互控制、稽核和自动平衡的保护性机制。会计学原理中的对账，是指通过核对账簿记录的自动平衡和相互勾稽关系，保证账证、账账、账款和账物相符。对账的内容主要包括账证核对、账账核对、账实核对。在总账系统中，对账主要是账账核对，由计算机自动完成。

3. 结账

在手工方式下，结账就是在一定时期内所发生的经济业务全部登记入账的基础上，将各科目账簿的记录结算清楚，计算出每个科目的本期发生额和期末余额。所做工作比较繁琐、费力。

在计算机环境下，只要在总账系统的菜单中选择结账工作，软件自动对每一个会计科目进行处理，包括计算当月发生额和余额，并将余额结转下月，做好下月记账准备工作。1~11月份的结账为月结，而12月份的结账为年结，年结会生成下年度的空账，并把余额结转至下年度。

特别要注意，结账工作是当月工作的最后一个环节，执行结账以后，当月就不允许再输入凭证和进行记账了，只允许对数据进行查询。因此结账的权限应赋予高级操作员。

在结账之前，要对会计数据进行备份，备份的数据是尚未结账的数据，如果用户以后用这些数据进行系统恢复，还可以对其进行修改以防万一有当月数据还未输入的情况。结账工作必须按月进行，上月未结账，本月不能结账。

四、数据查询

采用会计信息系统后，计算机内保存的所有资料都可以非常方便地通过屏幕进行查询，通常采用的查询方式有两种，第一种是按照标准的格式查询明细账、汇总表、总账、科目清单等；第二种查询方式被称为综合查询，又称模糊查询，它主要通过组合条件查询某一笔或某几笔特定的数据。

1. 按标准格式查询

一般软件都提供标准格式的总账、汇总表、明细账、日记账、多栏账等供用户查询。各种账簿一般要记账后才可查询。在屏幕上选取查询菜单，输入查询的时间范围和科目范围，就会显示出需要查询的数据。

2. 综合查询

综合查询是一个非常灵活的工具，利用它可以实现任意数据的查询。综合查询是由软件列出一系列的查询条件，通常包括日期范围、科目范围、金额范围等，用户将要查询的数据条件填写在表格里，计算机根据用户填写的数据条件在明细账文件中进行过滤，将所有符合查询条件的记录列在屏幕上。

五、账簿打印

会计信息系统中打印输出是最基本的功能之一，原则上输入的一切数据和计算机处理的所有数据结果都应该可以打印出来。但在工作中，由于通过屏幕查询比利用计算机打印可以更灵活地了解系统运行状况和处理结果，所以打印功能就主要成为数据存档和上报主管的主要手段。

打印的方式有套打和非套打两种。所谓套打方式，是指打印纸预先按规定的格式印制好，打印时打印机将输出数据打印在已有格式的打印纸上。所谓非套打方式是指打印时能够区分固定格式与输出数据，把账簿格式连同输出的数据一起由打印机打印输出到空白打印纸上。

明细账的打印主要是为了保存会计档案，没有必要每个月份都进行一次明细账的打印，通常一个季度、半年或全年打印一次就可以了，日常会计档案通过备份的磁盘数据进行保存。总账文件的打印也是为了保存会计档案，而科目文件的打印是为了方便用户查询科目编码，为输入会计凭证所用。

第四节　报表处理系统应用一般方法

一、报表概述

报表输出是系统数据处理的目的，由于企业经营活动的复杂多变以及报表操作者使用的目的及角度的不同，会计报表在不同时间不同单位其种类、格式和编报方法都有所不同。因此，对报表处理系统的基本要求是可由操作者自行定义报表，包括可以定义报表的格式和数据来源，这样无论报表如何变化都可以适应。

尽管不同报表有各自的格式和内容，但会计报表一般都是由表名、表头、表体、表尾四部分构成。这是它们的共性，也是通用会计报表处理系统设计的基础。

1. 表名

用来表示报表的名称。表名在计算机打印时，通常要考虑用放大字体和加重字体打印。表名通常占一行，加上修饰线或副标题，也可能占两三行。

2. 表头

用来表示报表的横栏项目，包括栏和栏目的汉字名称。它们决定了报表的宽度（包括每一栏的宽度），有些会计报表的横栏项目比较复杂，分若干层次，也就是说大栏目下分若干小栏目，小栏目下又分若干个更小的栏目。

3. 表体

它是报表的主体，包括列项目和数据。表体横向分为若干栏目，纵向分为若干行。纵向表格线和横向表格线交叉的方格称为表元，表元是构成报表的基本单元，所有表元组成表体。表元可用坐标表示，即（X，Y）表示第 X 行和第 Y 栏交叉形成的表元，如表元（2，3）表示第二行第三栏所确定的一个报表单元。报表单元的数据称为表元值，如"（2，3）＝37 950"表示第二行第三栏的表元值为 37 950 元。

4. 表尾

表尾也称为尾标题，是指报表底部的附加说明部分。

二、报表的设置

报表的设置相当于手工会计工作中的报表格式设计，包括报表登记、报表格式定义、报表公式定义等步骤。

（一）报表登记

报表登记是用来对需要操作的报表进行登记，以便于对报表的管理。登记的内容一般包括报表代码（编号）、表名和有关的属性。

报表代码为计算机内部区别不同报表的唯一标识，以便在以后各种处理中使用。该代码可由键盘输入，也可由软件自动根据报表登记顺序生成。例如，登记的第一张表为B001，第二张表为 B002。

表名即报表的名称，是报表的外部标识，常用报表标题作为表名，但可以与报表标题不一致，因为实际上标题在格式定义时需重新设置。一般不允许登记相同的报表名。

在新表登记时，同时还需登记与该表有关的属性，如表格线使用粗线还是细线，是开式还是闭式，是否为上报报表，是用户表还是系统表等。不同的报表软件有不同的要求。

（二）报表格式定义

报表格式定义就是会计人员按单位需要定义报表的标题、表头、表体项目、表尾等四个基本要素。报表的格式设置有两种方式：一是手工定义设置；二是利用报表模板。

手工定义设置方式下，不同的报表软件，在定义报表格式时具体操作过程有所不同，有些软件采用全屏幕操作方式，有些软件采用交互式操作方式。但不管采用哪种方式，基本操作过程大致相同，主要有以下几步：

（1）建标题。输入报表的汉字名称和副标题，包括标题、时间、单位名称、金额单位等。

（2）建表头。设置表头栏目及每栏的汉字名称。

（3）建表体项目。设置报表列项目，包括项目名称和行次，一般为报表中的固定格式部分。

（4）建表尾。输入报表的尾标题，包括附在表后的说明或补充资料。

另外，为了美化报表打印输出效果，有些软件在格式定义中提供了打印方式定义，可对报表打印字型、行距、列距等进行设置。建立好以上四个部分后，相当于在计算机中已存有一张空表，以下的工作就是要填入数据。

利用报表模板就是利用系统内已存在的报表格式，由系统自动生成报表格式。一般系统都提供了多个行业的标准会计报表模板，用户可以按照会计报表模板所提供的报表模板生成会计报表，也可以根据所在行业挑选相应的报表套用其格式及计算公式。另外，对于一些本企业常用的报表而模板中没有提供，在定义完这些报表的格式和公式后，可以将其定义为报表模板，以后可以直接调用。

（三）报表公式定义

公式是表示报表编制方法和报表审核方法的一种数学表示式。公式定义就是用户根据报表与账表、报表与报表及报表与其他数据源之间的关系定义报表编制方法（计算公式）和表间勾稽关系（审核公式），并存入计算机的过程。公式定义包括报表编制方法定义和报表勾稽关系定义两部分。其中，前者也称之为计算公式定义，后者又称之为审核公式定义。

1. 报表计算公式定义

计算公式是指为报表数据单元进行赋值的公式。计算公式的作用是实现报表系统从账簿、凭证以及其他子系统处调用、运算所需数据，并填入相应的报表单元中。例如，定义几个取数函数：CJ、CD 分别代表期初借贷方余额，MJ、MD 分别代表期末借贷方余额，JF、DF 分别代表借贷方发生额，LD、LJ 分别代表借贷方累计发生额，BB、BJ 分别代表本表表间取数函数等；另外定义 C、B、M、Y 等分别表示本期、年初、上月、上年同期；用 R、W、S 分别表示人民币、外币、数量等。有了这些函数及时间等符号就可简洁明了地定义数据的来源。

2. 报表审核公式定义

审核公式用于审核报表内或报表之间的勾稽关系是否正确。复式簿记的特征决定了报表内各个数据之间必然存在着一定的勾稽关系。利用这种勾稽关系定义的审核公式，可以检验报表编制结构是否正确，数据录入是否正确无误。审核公式不仅可以验证单个表页内部以及同一张报表中数据的勾稽关系，还可以验证存在一定关系的不同报表之间的数据的勾稽关系。审核公式定义方式基本与计算公式定义相同，只是算符中"="是对已有数据的验证，而不是计算公式中的赋值，同时审核公式中可以采用">""<"等符号。

报表公式定义是报表处理中最复杂烦琐的部分，报表公式定义完成后便可进行报表的日常编制工作。这一工作做好了，不仅能保证会计报表的质量，而且还可以"一次定义，长期使用"，因此它是报表设置中最重要的环节。

三、报表系统的日常应用

（一）报表编制

报表的编制是指通过计算机功能，将各项会计账簿和其他资料由计算机自动采集、整理数据，并逐行填到表元中去。报表的编制分为报表计算和报表审核。

1. 报表计算

报表计算即根据前面所定的数据来源将数据分别填入所定义报表的表元中。一般如果格式定义、公式定义是正确的，凭证输入是正确的，则报表计算及计算后得到的报表数据应当不可能出现错误。但在实际中，往往会产生各种各样的错误，归纳起来有以下几种：

（1）由于报表格式定义有错误，如某栏没有定义或宽度不够，在报表计算时会有出错信息。这时应回到格式定义，重新定义其格式。

（2）由于计算公式定义错误，如函数名写错或漏了某个符号，在报表计算时也会有出错信息。这时应回到公式定义，修改错误公式。

（3）会计报表中的会计概念不正确，出现漏统计或重复统计，或者统计出来的数据并不符合会计报表的要求。这种错误在报表计算时不会有任何错误信息，因为系统仅能检测出格式及公式的语法错误，而不能检测出由于会计概念不清而定义的错误公式。这种情况也只能回到公式定义，修改错误公式。

（4）由于凭证输入有误，如串账、金额有误，造成的会计报表数据错误。这种错误报表计算时也不会有出错信息，因为系统也不能检测出由于凭证输入时的错误引起的报表数据错误。碰到这种情况只能去查出错误凭证，然后采用某种方法进行更正。

对报表格式、公式或凭证、账簿进行修改后，并不意味着报表相应表元也随之改过来，必须重新对报表计算一次，才能得到修改后的结果。

2. 报表审核

报表审核即利用审核公式对报表进行审核，以验证报表编制的正确性。如果审核出有误，应检查原来定义的计算公式与审核公式是否符合会计准则，或审核标准是否合理，或凭证账簿数据是否有错，直至修改正确为止。

（二）报表输出

报表输出主要包括报表的查询与打印。

1. 报表查询

报表查询就是在计算机屏幕上将报表显示出来，供用户查阅。但由于报表长度或宽度往往超过计算机显示屏的范围，需要上下左右移屏方可完成查询。还可以对行或栏锁住查询。

2. 报表打印

报表打印就是从打印机上打印输出报表。对于超宽超长的报表，应可以分页打印或旋转打印。报表打印之前，还可进行一些参数设计，如打印页长、页宽、行距、列距等，使报表的输出格式更加美观。

（三）报表汇总与表间运算

1. 报表汇总

报表汇总主要是汇总不同单位（账套）或不同时期但格式相同的报表数据，将这些基层单位报表或各个时期报表中的各项数据进行求和，生成上级单位报表或合计报表。一般会计软件都提供这个功能。

2. 表间运算

表间运算主要用于同表不同区段的叠加和简单分析。可以将某表在某一时间区段内进行汇总累加；将两个报表进行累加；将两个报表相减；将报表一减去报表二，再除以报表二等。

四、报表维护

报表维护是报表处理的一项辅助功能，为报表处理提供强有力的服务。它主要包括删除旧报表、更改报表注册名称、进行报表结构复制、报表数据的备份与恢复等。

1. 报表删除

一般计算机中存放两年的报表数据即可满足报表生成的需要。对于年限较长的旧表可删除。因为这些表会占用磁盘空间，影响运行速度。报表删除不仅能删除日期报表，甚至还可以删除报表结构，乃至将报表从系统中注销。

2. 报表改名

用于更改报表在注册登记时的名称。

3. 结构复制

如果有两个表的结构完全一致或大部分一致，为了节省格式定义的工作量，可以先定义一个报表，另一个报表的格式可用此功能将先定义报表的格式复制过来，然后进行适当修改即可。

4. 报表备份与恢复

一般报表文件存放在硬盘中。为防止软硬件故障和误操作引起的数据丢失，提高系统运行的安全系数，会计信息系统一般都提供将报表数据从硬盘备份到移动存储设备的功能。为加强会计档案的保管与存放，应将报表数据备份到移动存储设备上。另外，在报表进行删除、修改之前也应做好报表备份，除非此报表确实毫无用处。

与报表备份相反，报表恢复是将移动存储设备上的报表数据恢复到计算机硬盘上。主要用于计算机软硬件故障或误操作引起的报表数据破坏或丢失和当报表历史数据被删除而又需要查看时，将报表数据文件恢复到计算机中。

第五节　应收款管理系统应用一般方法

一、应收账款详细核算方案

应收款管理系统主要实现企业与客户之间业务往来款项的核算与管理。如果与销售管理系统集成使用，那么在销售管理系统录入的发票可以在应收款管理系统中进行审核、制单，制成的凭证将传递到总账系统。

应收款管理系统，通过发票、其他应收单、收款单等单据的录入，对企业的往来账款进行综合管理，及时、准确地提供客户的往来账款余额资料，提供各种分析报表，如账龄分析表、周转分析、欠款分析、坏账分析、回款分析等，通过各种分析报表，帮助用户合理地进行资金的调配、提高资金的利用效率。

根据对客户往来款项核算和管理的程度不同，一般可将应收账款核算分为"详细核算"和"简单核算"两种应用方案。如果企业的销售业务以及应收账款业务比较简单，或者现销业务很多，用户可以选择"简单核算"方案，该方案着重于对客户的往来款项

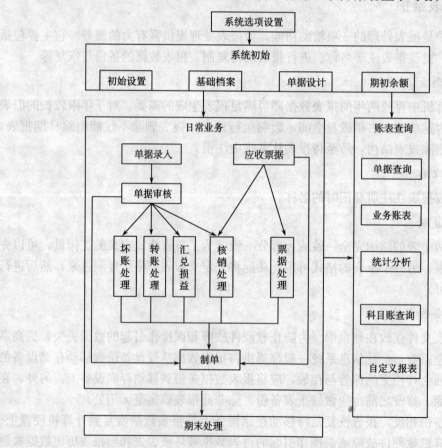

图 2-1　应收账款详细核算操作流程示意图

进行查询和分析。如果企业的销售业务以及应收款核算与管理业务比较复杂，或者企业需要追踪每一笔业务的应收款、收款等情况，或者用户需要将应收款核算到产品一级，那么用户可以选择"详细核算"方案。该方案能够帮助用户了解每一客户每笔业务详细的应收情况、收款情况及余额情况，并进行账龄分析，加强客户及往来款项的管理，使用户能够依据每一客户的具体情况，实施不同的收款策略。下面的各项说明均以"详细核算"为基础。

应收账款详细核算操作流程如图 2-1 所示。

该方案实现的主要功能包括：

（1）根据用户输入的单据记录应收款项的形成，包括由于商品交易和非商品交易所形成的所有应收项目。

（2）帮助用户处理应收项目的收款及转账情况。

（3）对应收票据进行记录和管理。

（4）对应收项目的处理生成凭证，并向总账系统进行传递。

（5）对外币业务及汇兑损益进行处理。

（6）根据用户提供的条件，提供各种查询及分析。

二、系统初始设置

1. 建立客户档案

在应收款管理系统初始化工作中，要建立详细的客户档案。客户档案应该包括如下内容：客户单位编码，客户单位名称，客户单位编码对应的会计科目，客户单位的电话、地址、邮政编码、联系人、信用等级等数据。客户档案中填写的都是往来核算必须要使用的一些固定信息，在往来业务登记和生成记账凭证时，要频繁使用到这些信息。除了期初建账时可以建立各个往来单位，随着会计业务的发生，在登记会计业务时，也可以随时对客户档案追加新的往来客户。同时，为了便于按照分类进行各种统计分析，也可分类建立客户档案。

2. 建立存货档案

在应收款管理系统初始化工作中，要建立用于销售的所有存货的详细资料。存货档案资料应包括以下内容：存货编码、存货名称、规格型号、价格、成本、属性等。在录入期初数据以及进行入账业务处理时，要频繁使用到这些信息。除了期初建账时可以建立各个存货档案，随着会计业务的发生，在进行日常业务处理时，也可以随时对存货档案进行更新。同时，为了便于按照分类进行各种统计分析，也可分类建立存货档案。

3. 录入期初数据

应收款管理系统的期初数据就是上一期期末、本期期初所有客户的应收账款、预收账款、应收票据等数据，以销售发票、其他应收款、收款单等单据形式存入应收款管理系统，便于系统进行进一步的往来核算和业务分析。这些期初数据最好能够精确到某一笔具体的发票或业务。

4. 其他设置

应收款管理系统的初始化工作中，除了上述设置外，还可以通过系统参数设置来规范业务范围与流程；可以通过初始设置来为销售行为、各种结算方式指定相应科目，便于机制转账凭证的生成；可以通过坏账准备设置来规定坏账准备业务内涵；通过单据设置来设置要用到的单据的表头及表体项目；通过初始设置来设置核算销售、收款等业务的科目，以及预先设置各种凭证的科目等。

三、应收款业务处理

应收账款是企业因销售商品和提供劳务等应收取客户的款项。应收款管理系统主要提供用户对应收款项的管理，包括应收账款的形成及其偿还情况。应收业务来源于销售业务，与销售业务息息相关。企业在实际业务中，会因为销售业务支付方式、支付时点的不同而产生不同的会计处理。就销售与收款的关系而言，可分为应收款业务、预收款业务、现结业务。应收款业务就是企业先开票，形成应收账款，后收款的业务。

（一）确认应收账款

应收款项是指企业因销售商品、提供劳务等发生而应向有关债务人收取的款项。它是流动资产的重要组成部分。在手工状态下，一般来说，企业因销售货物或提供其他服务后，开具销货发票或其他应收单据，将它交付给客户，确认应收账款。在应收款管理系统中，销售行为发生后，需填制销售发票或应收单，并进行审核。系统用审核来确认应收业务的成立，计入应收明细账。

1. 应收单据录入

在手工状态下，企业在销售货物给客户时，给客户开具增值税票、普通发票及其所附清单等原始销售票据，或企业因非销售业务而应收取客户款项，开具的应收款单据。在应收款管理系统中，销售发票、应收单统称为应收单据，应收单据录入是本系统处理应收业务的起点。

销售发票的录入分两种情况：如果启用销售管理系统，则销售发票及代垫费用产生的其他应收单不在应收款管理系统中录入，需要在销售管理系统中填制销售发票，复核后，传递给应收款管理系统；如果没有启用销售管理系统，则所有应收单据都在应收款管理系统中录入。

应收单的录入则比较统一，无论是否启用销售管理系统，非销售业务形成的应收单都在应收款管理系统中录入。只有代垫费用单除外，在启用销售管理系统的情况下，代垫费用单在销售管理系统中录入。

2. 应收单据审核

应收单据的审核即把应收单据进行记账，并在单据上填上审核日期、审核人的过程。对销售发票或应收单进行审核有三个含义：一是确认应收账款；二是对单据输入的正确与否进行审查；三是对应收单据进行记账。

已审核的应收单据不允许修改及删除。已经审核过的单据不能进行重复审核，未经审核的单据不能进行弃审处理，已经作过后续处理（如核销、转账、坏账、汇兑损益等）的单据不能进行弃审处理。

在销售系统中增加的发票也在应收款管理系统中审核入账；在销售管理系统中录入的发票若未经管理复核，则不能在应收款管理系统中审核。

不能在已结账月份中进行审核处理；不能在已结账月份中进行弃审处理。

（二）冲销应收账款

在实际业务中，客户将通过直接付款、支付银行承兑汇票、商业承兑汇票或企业进行应付账款冲销、红蓝票对冲等业务进行应收账款冲减。

1. 收款

在手工状态下，企业因销售商品或提供劳务而向客户开具发票，收到客户交来的货款，记账，冲减客户的应收账款。在应收款管理系统中，系统通过收款单来记录所收到的客户款项。收款单中记录客户支付的款项。企业收取款项后，录入收款单，并进行审核，计入应收明细账。然后再将销售发票或应收单与收款单进行核销，冲减应收账款。

1）收款单录入

在应收款管理系统中，每增加一张收款单，需要指定其款项用途。系统提供三种类型，即应收款、预收款、其他费用，用来区别企业收到的每一笔款项，是因为销售货物而收到的货款，还是客户预付的款项，还是企业收取的其他款项。不同的用途，后续的业务及约束也会不同。如果用户收取的款项中同时包含这几种类型，则需要分开记录。

2）收款单审核

在手工状态下，当企业收到客户款项时，记账，确认收款。在应收款管理系统中，系统用审核来确认收款业务的成立。系统在用户填制收款单后，对收款单进行审核后记入应收明细账，并在单据上填上审核日期、审核人。对收款单审核有三个含义：其一是确认收款；其二是对单据输入的正确与否进行审查；其三是记入应收明细账。

已经审核的收款单据不允许修改及删除。已经审核过的单据不能进行重复审核，未经审核的单据不能进行弃审处理，已经做过后续处理（如核销、制单等）的单据不能进行弃审处理。

不能在已结账月份中进行审核处理；不能在已结账月份中进行弃审处理。

3）核销处理

在手工状态下，企业将收款单与销售发票、应收单进行勾对处理。在应收款管理系统中，企业通过核销处理功能进行收款结算，即将收款单与对应的发票、应收单据相关联，冲减本期应收。

2. 应收票据结算

在手工状态下，实际业务中，企业收到客户支付的货款，不是以现金、支票或汇票等形成支付，而是用银行承兑汇票或商业承兑汇票进行支付。在这种情况下，财务人员将应收票据记账，结转应收账款，将应收票据进行处理，或结算、或贴现、或背书等。在应收款管理系统中，系统通过【票据管理】功能来完成这些票据的处理模式。

3. 应收账款转出

应收款管理系统提供转账处理来满足用户应收账款调整的需要。针对不同的业务类型进行调整，分为应收冲应收、应收冲应付、红票对冲等调整业务。

应收冲应收是指一家客户的应收款转到另一家客户中。在手工状态下，实际业务中，如果客户之间进行合并，或已审核的销售发票或其他应收单中的客户错了，这时财务人员需要将这些业务进行调整，进行转账处理。在应收款管理系统中，通过【应收冲应收】功能将应收账款、预收账款在客商之间进行转入、转出，实现应收业务的调整，解决应收款业务在不同客商间入错户或合并户问题。

应收冲应付是指用某客户的应收账款冲抵某供应商的应付款项。在手工状态下，实际工作中，既存在又是客户又是供应商的情况，同时也存在企业欠供应商 A 的钱，供应商 A 又欠客户 B 的钱，客户 B 又欠本企业的钱这样的关系。因此，财务人员需要进行转账处理，调整应收账款。在应收款管理系统中，通过【应收冲应付】功能将应收款业务在客户和供应商之间进行转账，实现应收业务的调整，解决应收债权与应付债务的冲抵。

红票对冲是指用某客户的红字发票与其蓝字发票进行冲抵。在手工状态下，实际业务中，对同一客户，既有蓝字发票，同时又有红字发票，财务人员需要将红蓝发票进行冲销，调整应收账款。在应收款管理系统中，通过【红票对冲】功能将应收款业务在客户红蓝票之间进行冲销，实现应收业务的调整。

4. 应收账款无法收回

在手工状态下，实际业务中，经常发生客户因经营不善而导致无法偿还其所欠的债务、客户恶意不偿还所欠债务或因产品质量原因而拒付货款的情况，企业财务人员需要在期末分析各项应收账款可收回性，并预计可能产生的坏账损失。对预计可能发生的坏账损失，计提坏账准备。在应收款管理系统中，通过【坏账处理】功能，由系统自动计提应收款的坏账准备，当坏账发生时即可进行坏账核销，当被核销坏账又收回时，即可进行相应处理。

四、预收款业务处理

预收款业务是指企业先收款，后开票的业务。

（一）确认预收款

在手工状态下，企业由于生产的产品供不应求，客户预先打款要货，企业收到的提前支付的款项就是预收款，财务人员收到款后，登记入账。在应收款管理系统中，系统用收款单来记录预收款的业务，然后对其进行审核，确认预收款业务的成立，并计入应收明细账。

1. 预收款录入

企业每收到一笔预收款，就需要增加一张收款单，指定其款项性质为预收款。

2. 预收款审核

在手工状态下，实际业务中，企业收到客户提前支付的款项，确认预收款。在应收款管理系统中，用审核来确认预收款业务的成立。收款单的审核即把收款单据进行记账，并在单据上填上审核日期、审核人的过程。用户填制收款单，对收款单进行审核后记入应收明细账。对预收款的收款单进行审核有三个含义：一是确认预收账款；二是对单据输入的正确与否进行审查；三是对预收款单据进行记账。

已经审核的收款单据不允许修改及删除。已经审核过的单据不能进行重复审核，未经审核的单据不能进行弃审处理，已经做过后续处理（如核销、制单等）的单据不能进行弃审处理。

不能在已结账月份中进行审核处理；不能在已结账月份中进行弃审处理。

（二）冲销预收账款

在实际业务中，销售行为发生后，通过核销或预收冲应收的方式冲减预收账款。

1. 核销处理

当销售行为发生后，在手工状态下，将预收款与发票、应收单进行勾对业务。在应收款管理系统中，填制销售发票并审核，然后再将预收款单与应收单进行核销。

2. 预收冲应收

在手工状态下，企业将应收客户款项与已收客户款项进行对冲，填制转账凭证，同时减少应收账款和预收账款账面余额。在应收款管理系统中，填制销售发票并审核，通过预收冲应收处理客户的预收款和该客户的应收欠款的转账核销业务。

五、现结业务处理

现结业务是指销售与收款同时发生的业务。在实际业务中，同时存在一手交钱一手交货的情况，在客户全额付清货款情况下，不形成应收账款。有时，客户不是全额支付，只是部分现结，在这种情况下，尚未支付的部分形成应收账款，财会人员需要将这些业务入账。

（一）完全现结

客户在销售业务发生的同时付清货款，为完全现结。

1. 启用销售管理系统

完全现结的销售业务不形成应收账款，故应收款管理系统不对完全现结的业务进行处理，但提供现结制单的功能。

发生完全现结业务时，用户需要在销售管理系统中录入销售发票，并完成现结处理。传递到应收款管理系统中，对销售发票审核时，系统自动将结算金额与发票金额进行核销，不形成应收账款。

2. 未启用销售管理系统

未启用销售管理系统时，完全现结业务处理则在总账系统中直接填制凭证即可。

（二）部分现结

客户在销售业务发生的同时，付清一部分货款，为部分现结。

1. 启用销售管理系统

部分现结的销售业务部分形成应收账款，应收款管理系统对部分现结的业务进行处理仅限于处理尚未结算的那部分金额，对已结算的部分提供现结制单的功能，对尚未结算的部分提供核销、转账等后续处理。

2. 未启用销售管理系统

未启用销售管理系统时，部分现结的业务处理可在总账系统中对已现结的部分直接填制凭证，对未结算部分可在应收款管理系统中直接录入销售发票，参与后续的处理。

六、账表管理

在应收款管理系统中，各个内容都应该可以方便地在计算机上进行查询，包括初始化数据、各种业务账表和各种统计分析表。

（一）业务账表

业务账表包括业务明细账、业务总账、业务余额表、对账单等。

1. 业务明细账

通过业务明细账，用户可以查看客户、客户分类、地区分类、部门、业务员、存货分类、存货、客户总公司、主管业务员、主管部门在一定期间内发生的应收及收款的明细情况。应收业务明细账既可以完整查询既是客户又是供应商的单据信息，又可以包含未审核单据查询，还可以包含未开票已出库发货单（含期初）、暂估采购入库单的数据内容。

2. 业务总账

通过业务总账，用户可以根据查询对象查询在一定期间内发生的业务汇总情况。应收业务总账既可以完整查询既是客户又是供应商的业务单据信息，又可以包含未审核单据查询，还可以包含未开票已出库发货单（含期初）、暂估采购入库单的数据内容。

3. 业务余额表

通过业务余额表，用户可以查看客户、客户分类、地区分类、部门、业务员、存货分类、存货、客户总公司、主管业务员、主管部门在一定期间内发生的应收、收款及余额情况。应收业务余额表既可以完整查询既是客户又是供应商的业务单据信息，又可以包含未审核单据查询，还可以包含未开票已出库发货单（含期初）、已入库未结算的数据内容。另外，应收业务余额表可以查看应收账款的周转率和周转天数。

4. 对账单

通过对账单，用户可以获得客户、客户分类、地区分类、部门、业务员、存货分类、存货、客户总公司、主管业务员、主管部门一定期间内的对账单并生成相应的催款单。应收对账单既可以完整查询既是客户又是供应商的业务单据信息，又可以包含未审核单据查询，还可以包含未开票已出库发货单（含期初）、已入库未结算的数据内容。

（二）统计分析

统计分析主要包括应收账款账龄分析、收款账龄分析、收款预测和欠款分析。

1. 应收账款账龄分析

其用来分析客户一定时间内各个账龄区间的应收款情况。

2. 收款账龄分析

其用来分析客户一定时期内各个账龄区间的收款情况。

3. 收款预测

其可以预测将来的某一段日期内，客户、部门或业务员等对象的收款情况。

4. 欠款分析

其可以分析截止到某一日期，客户、部门或业务员的欠款金额，以及欠款的组成。

第六节　应付款管理系统应用一般方法

一、应付账款详细核算方案

应付款管理系统主要实现企业与供应商之间业务往来款项的核算与管理。如果与采购管理系统集成使用，那么在采购管理系统录入的发票可以在应付款管理系统中进行审核、制单，制成的凭证将传递到总账系统。

应付款管理系统，通过发票、其他应付单、付款单等单据的录入，对企业的往来账款进行综合管理，及时、准确地提供供应商的往来账款余额资料，提供各种分析报表，如账龄分析表、周转分析、欠款分析等，通过各种分析报表，帮助用户合理地进行资金的调配、提高资金的利用效率。

根据对供应商往来款项核算和管理的程度不同，一般可将应付账款核算分为"详细核算"和"简单核算"两种应用方案。如果企业的采购业务以及应付账款核算业务比较简单，或者现结业务很多，用户可以选择"简单核算"方案。如果企业的采购业务以及应付款核算与管理业务繁杂，或者企业需要追踪每一笔业务的应付款、付款等情况，或者用户需要将应付款核算到产品一级，那么用户可以选择"详细核算"方案。该方案能够帮助用户了解每一供应商每笔业务详细的应付情况、付款情况及余额情况，并进行账龄分析，进行供应商及往来款项的管理。根据供应商的具体情况，制定付款方案。下面的各项说明均以"详细核算"为基础。

应付账款详细核算操作流程如图 2-2 所示。

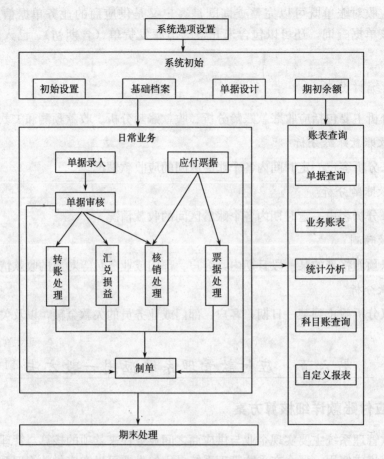

图 2-2　应付账款详细核算操作流程示意图

该方案实现的主要功能包括：

（1）根据用户输入的单据记录应付款项的形成，包括由于商品交易和非商品交易所形成的所有应付项目。

（2）帮助用户处理应付项目的收款及转账情况。

（3）对应付票据进行记录和管理。

（4）对应付项目的处理生成凭证，并向总账系统进行传递。

（5）对外币业务及汇兑损益进行处理。

（6）根据用户提供的条件，提供各种查询及分析。

二、系统初始设置

1. 建立供应商档案

在应付款管理系统初始化工作中，要建立详细的供应商档案。供应商档案应该包括如下内容：供应商单位编码，供应商单位名称，供应商单位编码对应的会计科目，供应商单位的电话、地址、邮政编码、联系人、信用等级等数据。供应商档案中填写的都是往来核算必须要使用的一些固定信息，在往来业务登记和生成记账凭证时，要频繁使用到这些信息。除了期初建账时可以建立各个往来单位，随着会计业务的发生，在登记会计业务时，也可以随时对供应商档案追加新的往来供应商。同时，为了便于按照分类进行各种统计分析，也可分类建立供应商档案。

2．建立存货档案

在应付款管理系统初始化工作中，要建立用于采购的所有存货的详细资料。存货档案资料应包括以下内容：存货编码、存货名称、规格型号、价格、成本、属性等。在录入期初数据以及进行入账业务处理时，要频繁使用到这些信息。除了期初建账时可以建立各个存货档案，随着会计业务的发生，在进行日常业务处理时，也可以随时对存货档案进行更新。同时，为了便于按照分类进行各种统计分析，也可分类建立存货档案。

3．录入期初数据

应付款管理系统的期初数据就是上一期期末、本期期初所有供应商的应付账款、预付账款、应付票据等数据，以采购发票、其他应付款、付款单等单据形式存入应付款管理系统，便于系统进行进一步的往来核算和业务分析。其中，期初采购发票是指还未核销的应付账款，以单据的形式列示，已核销部分金额不显示；期初应付单是指还未结算的其他应付单，以应付单的形式列示，已核销部分金额不显示；期初预付单是指提前支付给供应商的款项，以付款单的形式列示；期初合同结算单是合同管理系统在应付款管理系统启用前的未结算应付类合同余额；期初票据是指还未结算的票据。

4．其他设置

应付款管理系统的初始化工作中，除了上述设置外，还可以通过系统参数设置来规范业务范围与流程；可以通过初始设置来为采购行为、各种结算方式指定相应科目，便于机制转账凭证的生成；通过单据设置来设置要用到的单据的表头及表体项目；通过初始设置来设置核算采购、付款等业务的科目，以及预先设置各种凭证的科目等。

三、应付款业务处理

应付账款是企业因采购材料、商品和接受劳务等应支付给供应商的款项。应付款管理系统主要提供用户对应付款项的管理，包括应付账款的形成及其偿还情况。应付业务来源于采购业务，与采购业务息息相关。企业在实际业务中，会因为采购业务付款方式、付款时点的不同而产生不同的会计处理。就采购与付款的关系而言，可分为应付款业务、预付款业务、现结业务。应付款业务就是企业先收到采购发票，形成应付账款，后付款的业务。

（一）确认应付账款

应付款项是指企业因采购材料、商品或接受其他服务后应向有关债权人支付的款项。它是流动负债的重要组成部分。在手工状态下，一般来说，企业因采购材料、商品或接受其他服务后，供货单位向企业提供进项发票、发票清单或其他应付单据，企业据此登记入账。在应付款管理系统中，采购行为发生后，需填制采购发票或应付单，并进行审核。系统用审核来确认应付业务的成立，计入应付明细账。

1. 应付单据录入

在手工状态下，企业向供应商购买材料或接受劳务，取得供应商开具的进项发票及发票清单。在应付款管理系统中，采购发票、应付单统称为应付单据，应付单据录入是本系统处理应付业务的起点，包括采购发票的录入和应付单的录入。

采购发票是从供货单位取得的进项发票及发票清单。采购发票的录入分两种情况：如果启用采购管理系统，则采购发票不在应付款管理系统中录入，需要在采购管理系统中填制采购发票，传递给应付款管理系统，在应付款管理系统中审核；如果没有启用采购管理系统，则在应付款管理系统中录入采购业务中的各类发票，以及采购业务之外的应付单。

应付单的录入则比较统一，无论是否启用采购管理系统，非采购业务形成的应付单都在应付款管理系统中录入。

2. 应付单据审核

应付单据的审核即把应付单据进行记账，并在单据上填上审核日期、审核人的过程。在采购管理系统中增加的发票也在应付款管理系统中审核入账。对采购发票或应付单进行审核有三个含义：一是确认应付账款；二是对单据输入的正确与否进行审查；三是对应付单据进行记账。

已审核的应付单据不允许修改及删除。已经审核过的单据不能进行重复审核，未经审核的单据不能进行弃审处理，已经做过后续处理（如核销、转账、汇兑损益等）的单据不能进行弃审处理。

不能在已结账月份中进行审核处理；不能在已结账月份中进行弃审处理。

（二）冲销应付账款

在实际业务中，企业通过直接付款、支付银行承兑汇票、商业承兑汇票或应收账款冲销、红蓝票对冲等业务进行应付账款冲减。

1. 付款

在手工状态下，企业收到因购买材料、商品或接受其他单位提供的劳务后供货单位提供的发票，直接付款，记账。在应付款管理系统中，系统通过付款单来记录所支付的供应商款项。付款单中记录支付给供应商的款项。企业支付款项后，录入付款单，并进行审核，记入应付明细账。然后再将采购发票或应付单与付款单进行核销，冲减应付账款。

1）付款单录入

在应付款管理系统中，每增加一张付款单，需要指定其款项用途。系统提供三种类型，即应付款、预付款、其他费用，用来区别企业支付的每一笔款项，是因为购买材料、商品而支付的货款，还是提前支付给供应商的货款，还是企业支付的其他款项。不同的用途，后续的业务及约束也会不同。如果用户支付的款项中同时包含这几种类型，则需要分开记录。

2）付款单审核

在手工状态下，实际业务中，企业确认付款的时点为企业支付货款。在应付款管理系统中，系统用审核来确认付款业务的成立。系统在用户填制付款单后，对付款单进行审核后记入应付明细账，并在单据上填上审核日期、审核人。对付款单审核有三个含义：其一是确认付款；其二是对单据输入的正确与否进行审查；其三是记入应付明细账。

已经审核的付款单据不允许修改及删除。已经审核过的单据不能进行重复审核，未经审核的单据不能进行弃审处理，已经做过后续处理（如核销、制单等）的单据不能进行弃审处理。

不能在已结账月份中进行审核处理；不能在已结账月份中进行弃审处理。

3）核销处理

在手工状态下，企业将付款单与采购发票、应付单进行勾对处理。在应付款管理系统中，企业通过核销处理功能进行付款结算，即将付款单与对应的发票、应付单据相关联，冲减本期应付，减少企业债务。

2. 应付票据结算

在手工状态下，实际业务中，企业采用商业汇票支付方式购买商品，包括银行承兑汇票和商业承兑汇票。在这种情况下，财务人员将应付票据记账，结转应付账款，将应付票据进行处理。在应付款管理系统中，系统通过【票据管理】功能来完成这些票据的处理模式，记录票据详细信息和记录票据处理情况。

3. 应付账款转账

应付款管理系统提供转账处理来满足用户应付账款调整的需要。针对不同的业务类型进行调整，分为应付冲应付、应付冲应收、红票对冲等调整业务。

应付冲应付是指将一家供应商的应付款转到另一家供应商中。在手工状态下，实际业务中，如果供应商之间进行合并，或已审核的采购发票或其他应付单中的供应商错了，这时财务人员需要将这些业务进行调整，进行转账处理。在应付款管理系统中，通过【应付冲应付】功能将应付款业务在供应商之间进行转入、转出，实现应付业务的调整，解决应付款业务在不同供应商间入错户或合并户问题。

应付冲应收是指用某供应商的应付账款冲抵某供应商的应收款项。在手工状态下，实际工作中，存在既是供应商又是客户的情况，同时也存在企业欠供应商 A 的钱，供应商 A 欠客户 B 的钱，客户 B 又欠本企业的钱这样的关系。因此，财务人员需要进行转账处理，调整应付账款。在应付款管理系统中，通过【应付冲应收】功能将应付款业务在供应商和客户之间进行转账，实现应付业务的调整，解决应付债务与应收债权的冲抵。

红票对冲是指用某供应商的红字发票与其蓝字发票进行冲抵。在手工状态下，实际业务中，对同一供应商，既有蓝字发票，同时又有红字发票，财务人员需要将红蓝发票进行冲销，调整应付账款。在应收款管理系统中，通过【红票对冲】功能将应付款业务在供应商红蓝票之间进行冲销，实现应付业务的调整。

四、预付款业务处理

预付款业务是指企业先付款，后收货的业务。

（一）确认预付款

在手工状态下，有些企业由于生产的产品供不应求，企业需要预先打款要货，企业提前支付的款项就是预付款，财务人员付款后，登记入账。在应付款管理系统中，系统用付款单来记录预付款的业务，然后对其进行审核，确认预付款业务的成立，并计入应付明细账。

1. 预付款录入

对于预付款业务，企业每收到一笔预付款，就需要增加一张付款单，指定其款项性质为预付款。

2. 预付款审核

在手工状态下，实际业务中，企业支付货款，确认预付款。在应付款管理系统中，用审核来确认预付款业务的成立。付款单的审核即把付款单据进行记账，并在单据上填上审核日期、审核人的过程。用户填制付款单，对付款单进行审核后记入应付明细账。对预付款的付款单进行审核有三个含义：一是确认预付账款；二是对单据输入的正确与否进行审查；三是对预付款单据进行记账。

已经审核的付款单据不允许修改及删除。已经审核过的单据不能进行重复审核，未经审核的单据不能进行弃审处理，已经做过后续处理（如核销、制单等）的单据不能进行弃审处理。

不能在已结账月份中进行审核处理；不能在已结账月份中进行弃审处理。

（二）冲销预付账款

在实际业务中，采购行为发生后，通过核销或预付冲应付的方式冲减预付账款。

1. 核销处理

当采购行为发生后，在手工状态下，将预付款与发票、应付单进行勾对业务。在应付款管理系统中，根据供货单位提供的发票和发票清单填制采购发票并审核，然后再将预付款单与应付单进行核销。

2. 预付冲应付

在手工状态下，企业将应付供应商款项与已付供应商款项进行对冲，填制转账凭证，同时减少应付账款和预付账款账面余额，递减企业债务。在应付款管理系统中，填制采购发票并审核，通过预付冲应付处理企业的预付款和该企业的应付欠款的转账核销业务。

五、现结业务处理

现结业务是指采购与收款同时发生的业务。在实际业务中，存在一手交钱一手交货的情况，在企业货款全部付清情况下，不形成应付账款。有时，企业不是全额支付，只是部分现结，在这种情况下，尚未支付的部分形成应付账款，财会人员需要将这些业务入账。

（一）完全现结

企业在采购业务发生的同时付清货款，为完全现结。

1. 启用采购管理系统

完全现结的采购业务不形成应付账款，故应付款管理系统不对完全现结的业务进行处理，但提供现结制单的功能。

发生完全现结业务时，用户需要在采购管理系统中录入采购发票，并完成现结处理。传递到应付款管理系统中，对采购发票审核时，系统自动将结算金额与发票金额进行核销，不形成应付账款。

2. 未启用采购管理系统

未启用采购管理系统时，完全现结业务处理则在总账系统中直接填制凭证即可。

（二）部分现结

企业在采购业务发生的同时，付清一部分货款，为部分现结。

1. 启用采购管理系统

部分现结的采购业务部分形成应付账款，应付款管理系统对部分现结的业务进行处理仅限于处理尚未结算的那部分金额，对已结算的部分提供现结制单的功能，对尚未结算的部分提供核销、转账等后续处理。

2. 未启用采购管理系统

未启用采购管理系统时，部分现结的业务处理可在总账系统中对已现结的部分直接填制凭证，对未结算部分可在应付款管理系统中直接录入采购发票，参与后续的处理。

六、账表管理

在应付款管理系统中，各个内容都应该可以方便地在计算机上进行查询，包括初始化数据、各种业务账表和各种统计分析表。

（一）业务账表

业务账表包括业务明细账、业务总账、业务余额表、对账单等。

1. 业务明细账

通过业务明细账，用户可以查看供应商、供应商分类、地区分类、部门、业务员、存货分类、存货、供应商总公司、主管业务员、主管部门在一定期间内发生的应付及付款的明细情况。应付业务明细账既可以完整查询既是供应商又是客户的单据信息，又可以包含未审核单据查询，还可以包含未开票已出库发货单（含期初）、已入库未结算的数据内容。

2. 业务总账

通过业务总账，用户可以查看供应商、供应商分类、地区分类、部门、业务员、存货分类、存货、供应商总公司、主管业务员、主管部门在一定期间所发生的应付、付款业务汇总情况。应付业务总账既可以完整查询既是供应商又是客户的业务单据信息，又可以包含未审核单据查询，还可以包含未开票已出库发货单（含期初）、已入库未结算的数据内容。

3. 业务余额表

通过业务余额表，用户可以查看供应商、供应商分类、地区分类、部门、业务员、存货分类、存货、供应商总公司、主管业务员、主管部门在一定期间所发生的应付、付款及余额情况。应付业务余额表既可以完整查询既是供应商又是客户的业务单据信息，又可以包含未审核单据查询，还可以包含未开票已出库发货单（含期初）、已入库未结算的数据内容。另外，应付业务余额表可以查看应付账款的周转率和周转天数。

4. 对账单

通过对账单，用户可以获得供应商、供应商分类、地区分类、部门、业务员、存货分类、存货、供应商总公司、主管业务员、主管部门一定期间内的对账单。应付对账单既可以完整查询既是客户又是供应商的业务单据信息，又可以包含未审核单据查询，还可以包含未开票已出库发货单（含期初）、已入库未结算的数据内容。

（二）统计分析

统计分析主要包括应付账款账龄分析、付款账龄分析、付款预测和欠款分析。

1. 应付账款账龄分析

其用来分析供应商、存货、业务员、部门或单据的应付余额的账龄区间分布。

2. 付款账龄分析

其用来分析供应商、产品、单据在一定时期内各个账龄区间的付款情况。

3. 付款预测

其可以预测将来的某一段日期范围内，供应商、部门或业务员等对象的付款情况。

4. 欠款分析

其可以分析截止到某一日期，供应商、部门或业务员的欠款金额，以及欠款的组成。

【进一步学习指南】

随着信息技术的发展，在企业管理软件市场上，各种管理软件如雨后春笋般，纷纷冒出来。现在企业管理软件已经涉及了企业的各个部门。在企业信息化过程当中，据调查的报告显示，会计信息系统的建设占据了信息化很大的比例。本章主要介绍了会计信息系统的基本功能和一般应用方法。由于设计风格的不同，各品牌会计信息系统的具体功能和具体使用方法不尽相同。因此，有兴趣的读者可以查询系统提供商网站，如用友软件股份有限公司 www.ufida.com.cn、金蝶国际软件集团有限公司

www. kingdee. com、SAP 公司 www. sap. com 等，查询会计信息系统的具体功能和相关系统使用手册，并可下载试用版进行实践操作。

【进一步阅读书目及法规】

龚中华，何亮. 2009. 金蝶 KIS：财务软件培训教程. 北京：人民邮电出版社

马方. 2006. mySAP ERP 财务管理与应用. 北京：东方出版社

王新玲，赵彦龙，蒋晓燕. 2009. 新编用友 ERP 财务管理系统实验教程. 北京：清华大学出版社

许永斌，杨春华. 2003. 电算化会计学. 杭州：浙江人民出版社

张瑞君. 2008. 会计信息系统. 北京：高等教育出版社

庄明来，林宝玉. 2007. 会计信息化教程. 北京：北京师范大学出版社

【复习思考题】

1. 总结软件操作的一般规律，根据光盘中的模拟会计数据资料，任选一通用会计软件进行模拟实验操作。

2. 在会计软件中，为什么要设置操作员权限？

3. 系统初始设置一般包括哪些内容？

4. 发现一张已审核入账的凭证有误，如何修改？

5. 总账系统主要包括哪些功能？

6. 报表的数据来源主要有哪几种？试举例说明。

7. 报表处理系统一般主要包括哪些功能？

8. 应收款管理系统主要包括哪些业务处理功能？

9. 应付款管理系统主要包括哪些业务处理功能？

10. 应收款管理系统如何进行应收款业务处理？

【实践操作资料】

为方便读者进一步熟悉掌握系统，本教材配备了实验资料，详见光盘。

第三章

收入循环核算管理系统应用

【本章学习目标】

- 掌握收入循环系统的目标
- 掌握业务处理流程、数据处理流程的基本要点
- 掌握主要的数据文件结构以及基本的功能模块
- 掌握初始设置、日常业务处理内容和方法

　　收入循环是企业生产经营活动的一个重要环节，企业通过出售产品或提供劳务获得生产经营成果、实现企业的价值。收入循环活动包括两个方面：一方面是将生产出的产品发送给购货单位；另一方面还要按照销售价格收取货款。企业通过取得产品销售收入来补偿已消耗的生产资料、支付工资和其他费用、交纳税金并实现利润。企业只有通过销售获得必要的货币资金，才能使企业资金运动持续进行下去，企业的再生产过程才能得以进行。因此，收入循环的核算与管理是企业会计工作的重要内容。同时，在市场经济条件下，企业只有以销售为龙头，灵活组织生产，才能有强大的生命力。因此，通过对企业销售数据进行科学的分析，为企业经营管理者提供可靠、合理的决策依据也是企业管理的重要方面。

第一节　收入循环系统的业务流程分析

一、收入循环系统的目标

　　企业的收入循环过程是组织实现增长和盈利的关键过程之一。以制造业为例，一般地，收入循环过程决定了组织的生产计划，而生产计划又进一步决定了在支付循环过程中所需的资源，包括对人力资源的使用和支付，以及财务资源的取得、管理和运用。如果收入循环过程不能很好地发挥作用，无论其他过程多么有效，组织也不可能取得足够的收入来维持运营。因此，收入循环过程的总目标是通过向客户销售商品或提供服务，取得收入。具体应实现以下目标：

（1）取得的收入应能使组织在弥补成本的同时，得到适当的回报；

（2）利用各种营销手段和收款方式（如折扣、折让等）吸引客户，以增加销售额或加速货款的回笼；

（3）帮助客户选择满足客户需求的商品和服务；

（4）及时交付商品和服务；

（5）准确、及时地收款，尽量减少应收账款的数额；

（6）缩短选择产品/服务与收取现金事件之间的时间间隔；

（7）准确、适当地确定产品的质量和价格。

二、收入循环的业务流程分析

企业收入循环过程是指组织向客户销售和交付商品及服务，并收取货款的业务过程。尽管销售的商品和服务有所不同，多数组织的销售与收款业务过程涉及三类典型的业务活动：①销售商品或服务；②收取商品和服务的款项；③顾客退货及退款。具体来说，一般包括的销售活动有营销、客户订货、选择和准备交付产品和服务、装运/交付商品和服务、收款、接收客户退货等。

企业收入循环过程主要通过两个方面描述：①此过程涉及的主要凭证、会计记录和报告等数据文件；②此过程的主要业务活动及数据处理过程。

（一）收入循环的主要单据

内部制度较健全的企业，销售与收款过程设计的主要单据、会计记录和报告主要有以下几种：

（1）客户订单。即由客户提出的书面购货请求。组织可以通过销售人员或通过其他途径，如电话访问、信函或向现有的及潜在的客户发送订货单等方式接受订货，取得客户订单。

（2）销售订单。即作为销售方内部处理客户订单的依据，用来记录一项订货及订货的核准。销售订单上的数据通常和客户订单相同。

（3）提货单。通常是销售订单的一联，应交给仓库，用来授权将客户所定商品由仓储地移送到装运地。在提货单上应注明缺货等事项。

（4）装箱单。即随同商品一起送交客户的单据。通常列有装运的商品信息。

（5）提单/货运通知单。该单据描述了装运的商品、运货人、运输线路及客户信息。

（6）商品价目表。即列示已经授权的、可供销售的各种商品的价格清单。

（7）销售发票。即用来表明已销售商品的规格、数量、销售金额、运费和保险费、开票日期、付款条件等内容的凭证。销售发票的一联交给客户，其余联由组织保留，它是对已供应的商品或服务的欠款声明，也是在会计账簿中登记销售业务的基本凭证。

（8）汇款通知书。即与销售发票一起寄给客户，由客户在付款时再寄回销售方的凭证。

（9）贷项通知单。其用来表示由于销货退回或经批准的折让而引起的应收销货款的减少。

（10）坏账审批表。即一种用来批准将某些应收账款注销为坏账的、仅在组织内部使用的凭证。

（11）客户月末对账单。即一种定期寄给客户的用于购销双方定期核对账目的凭证。其上应注明应收账款的月初余额、本月各项销货业务的金额、本月已收到的货款、各贷项通知单的数额以及月末余额等信息。

（12）未实现销售订单。它是指已经核准但尚未实现的销售订单。

（13）未结清销售发票。即已经开出但货款尚未得到支付的销售发票。

除上面的以外，还有记账凭证、现金日记账和银行存款日记账、应收账款明细表（账）、主营业务收入明细表（账）和折扣与折让明细表（账）等。

（二）手工环境下收入循环的业务流程分析

收入循环业务流程包括向顾客收受订单、核准购货方的信用、供应及装运商品、开具销货发票、记录收入和应收账款、收款和记录现金收入、坏账处理等程序。涉及的会计科目主要包括应收票据、应收账款、主营业务收入、坏账准备、预收账款、代销商品款、应交税金、其他应交款、主营业务成本、营业费用、销售折让、银行存款、存货、主营业务税金及附加、其他业务利润等。整个业务过程简要描述如图 3-1 所示。

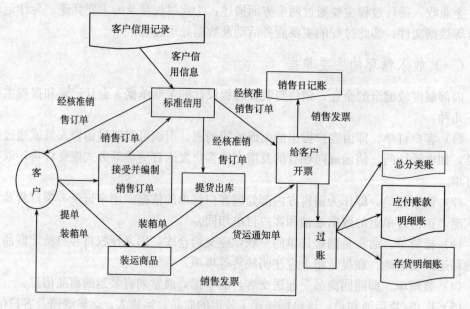

图 3-1　手工环境下收入循环的业务流程示意图

1. 收受客户订单

收到订单后，负责处理客户订单的部门检查客户文件，以便确定是新客户还是老客户，将收到的客户订单进行登记，再审核订单内容、数量以确定能否如期供货后，编制预先编号的销售订单交送信用、仓储、装运、销售等部门，作为执行职责的依据。

2. 信用核查

销售订单一式六联，首先必须送到信用部门进行核准，信用部门通过审核客户信息了解客户的信用情况，确定能否向该客户提供赊购。同时需要访问存货记录以确定当前的库存是否能满足客户的需要。然而由于时间和人力因素，在手工过程中这一步总是被忽略。经过信用部门核准的销售订单的一联与客户订单一起由销售订货部门保留存根。然后销售订货部门将已认可的销售订单的一联作为提货单（或领货单）送交仓储部门，通知仓库将商品移送到装运地。另有一联作为装箱单，通知装运部门商品已从仓库发出。另有两联销售订单送到开票部门作为销售通知及作为商品装运后开票的依据。还有一联销售订单送交客户。

3. 供应及装运商品

仓储部门根据经过核准的销售订单将商品发往装运部门，同时登记仓库存货明细账以反映移出的商品。必要时，应对缺货商品建立延期交货清单。

装运部门检查收到的装箱单、仓库送来的提货单，包装商品，选择运货人。开具提单一式四联，其中的一联与商品以及附在包装好的商品中的装箱单一起交给客户，一联交给承运人作为运输凭据，一联及提货单由装运部门存档，并记入发货登记簿。商品运出后，装运部门将提单的一联作为货运通知单送交开票部门作为开票的依据。

4. 给客户开票

开票一般可由会计部门负责，其开票职责是，控制顺序编号的货运文件（提单等）；复查交易，比较提单、销售订单、客户订单以及变更通知等记录，根据价格清单中的价格信息和以上单据计算账单总额，并开出销售发票。同时将确认的交易信息记入会计系统。在传统会计中，由于此时交易满足收入确认的条件，所以交易得以记录。

销售发票的一联在交给客户之前应加以审核，以确定价格、赊账条件、运费、总金额等是否适当和正确。销售发票的另一联作为记录交易的原始凭证记入销售日记账，每日（或一段期间）发票总额应送交总账部门编制记账凭证（记账凭证包括了日记账分录上的所有数据：日期、借方科目代码、借方科目名称、借方金额、贷方科目代码、贷方科目名称、贷方金额、摘要等），据以登记总账。还有一联销售发票送交应收账款部门据以收款和登记应收账款明细账，而提货单或装箱单送交存货控制部门登记存货明细账。

5. 信息记录和会计处理（记录收入和应收账款）

总账、应收账款及存货控制部门收到来自开票部门的装运/开票数据，登记相应会计记录。应收账款部门根据收到的销售发票在应收账款明细账中相应的客户账户上记录发票金额，并应定期编制应收账款账龄分析表，对到期应收的款项及时催收。存货控制部门减少存货明细账（在采用永续盘存制的企业中）上的存货余额并确定卖出商品成本。总账部门根据记账凭证上的销售总额登记总账相关科目。

6. 收款和记录现金收入

通常情况下，汇款通知单随客户的付款一同寄回。公司收到客户寄回的汇款通知单后，应有两人经手，以防止公司雇员的错误或舞弊。收到的款项及相应的支付单据应予汇总，编制现金收入（汇款通知单）清单。收到的支票应即时背书或加盖说明"仅用于存款"的背书章，支票上的金额应与汇款通知单上的金额进行比较。每批汇款通知单都被送到应收账款部门，登记客户明细账以反映客户支付情况。

现金收入清单的一联与支票一起送到现金收入部门，用以编制存款单，同时作为原始凭证登记现金收入日记账中的已收到现金，其总数用于编制记账凭证，由总账部门登记总账的现金科目（增加）和应收账款科目（减少）。存款单与支票一起交给银行。现金收入清单的另一联交给财务主管，与银行送来的存款单中的银行存款金额核对。

7. 坏账处理

管理部门应及时判断无法收回的应收款并进行相应的账务处理。一般应获取款项无法收回的确凿证据，经适当审批后及时作出会计记录的调整。

在传统业务过程中，组织应将授权责任（由销售订单部门及信用部门）负责、保管责任（由装运部门、仓库、出纳及债券部门）完成、记录责任（由开票、应收账款、存货控制及总账等会计部门履行）三者分开，并对数据记录实施适当的控制措施，如进行业绩独立检查，凭证预先编号，设置批控制总数，定期检查账、证、表间的勾稽关系等。

（三）基于计算机环境下的收入循环的业务流程分析

基于计算机环境下收入循环系统的数据处理过程与手工系统的相似，包括处理客户订单及核准购货方的信用、仓储提货装运、开具销货发票、记录收益和应收账款、收款和记录现金收入等程序。其采集、存储和报告信息所使用的数据结构也与手工系统中采用的纸张文件的内容相似。具体的处理过程如图 3-2 所示。

1. 录入订单

销售人员将收到的客户订单数据输入系统，由系统进行输入检查，然后访问客户主文件验证该客户是否存在。如果客户记录不存在，则作为新的客户记录加入客户主文件。接着确定信用情况，检查存货主文件，查找所需的货物是否可以得到。如果满足以上条件，就将销售订单数据记入销售订单交易文件——未实现销售订单文件，然后打印已经核准需要传递的客户订单，其中的一联交给客户作为对订货的确认。

2. 仓储/装运

仓储部门收到来自销售部门的提货单后，挑选货物，记录缺货等问题，将商品移送到装运地点。装运部门收到商品和提货单后，包装商品，填写装运交易文件，该文件中的数据与手工系统使用的提单/货运通知单的数据相同。同时访问运货商文件，该文件存有与公司有业务关系的各个承运人的信息。然后根据装运交易文件中的数据打印提单、装箱单及货运通知单，其中提单的一联交装运人，一联归档；货运通知单的一联交开票部门，一联归档。

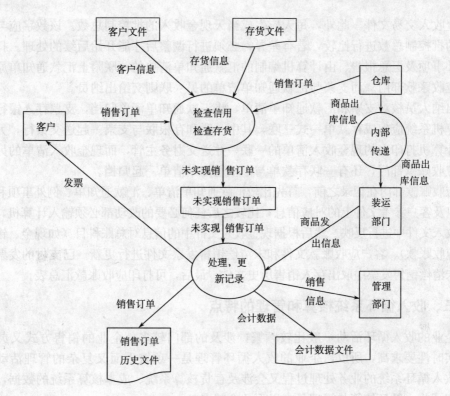

图 3-2 计算机环境下收入循环的业务流程示意图

3. 开票及记录销售

开票部门复查交易，以便验证订货有效（检验未实现销售订单文件）并已装运（检验货运通知单）。然后利用货运通知单、客户主文件、价格文件及未实现销售订单文件更新开票交易文件，并根据来自销售订单的数据加上价格，开出发票。打印出的销售发票的一联交给客户。由于已开出发票的未实现销售订单，销售已经实现，所以它们将从该未实现销售订单文件中移出，存入销售历史文件。同时，应收账款主文件中的客户记录被更新以反映销售情况，总账主文件中的现金/银行存款、应收账款、存货及销售成本等记录也被更新，存货主文件同样被更新以反映运出的存货。

销售发票开出后，该销售发票上的信息应记入未清偿销售发票文件，等到发票得到支付后，即被清偿后，相关记录才被移出未清偿销售发票文件。除销售发票外，还可根据各数据文件打印某些汇总数据，如已开发票货物清单、销售发票批控制总数、应收账款汇总清单，这些汇总数据之间还应进行比较，以确保应收账款总额的变化与当期处理过的发票的批控制总数相等。

4. 收到货款（汇款）和记录收入

手工系统收款时采用的现金控制程序同样适用于自动化系统。收到的客户支票应加总出一个批控制总数，批控制总数与现金收入数一起录入计算机，进行编辑校验（在编辑校验过程中，需要参考应收账款主文件和未清偿销售发票文件），然后将收入数据记入现金收入交易文件。此外，每天应生成当天现金收入的批控制总数。该数字应与手工计算的批控制总数进行比较，若有差异，必须进行调整后才能开始后续的处理。打印出的例外事项及汇总报告、由计算机编制的汇款通知单清单的一联附上汇款通知单原件应送交应收账款部门。而支票与汇款通知单清单的另一联则交给出纳员。

出纳人员核对支票和汇款通知单清单，将汇款通知单清单归档，支票存入银行。在此计算机系统应生成存款单一式三联，其中一联和存根联与支票一起送交银行，另一联与由计算机打印出的现金收入清单的一联一并送交财务主管，而现金收入清单的另一联送交应收账款部门，还有一联存款单与汇款通知单清单一起归档。

应收账款部门在记录之前，首先比较汇款通知单清单、汇款通知单、例外事项和汇总报告以及客户参考文件上的对应信息，比较之后任何必要的改动都必须输入计算机，并在现金收入文件中进行反映。然后根据现金收入文件中的信息对总账科目（如现金、银行存款及应收账款）、客户应收账款文件和未清偿销售发票文件进行更新。已支付的发票的记录从未清偿销售发票中取出存入销售历史文件。最后，可打印应收账款汇总表。

三、收入循环系统核算和管理的特点

企业的收入循环活动一般比较频繁，涉及的部门较多；企业的销售方式又灵活多样，实时性要求高，所以，企业的收入循环管理是一项繁重而又复杂的管理活动。同时，收入循环系统的业务处理过程又会涉及存货核算系统、成本核算系统的数据，这样就决定了收入循环核算与管理具有以下几个特点。

1. 数据量大

企业收入循环的数据量大，这对于销售数量比较多的商业企业来说，是显而易见的。对于工业企业，或者经营的产品和零配件的种类比较多，或者虽然产品单一但产量大，业务比较频繁，因而相关的往来单位也比较多，无论哪种情况，涉及的数据量都会比较大。

2. 业务频繁，且实时性要求高

企业的收入循环活动是经常性的，几乎每天都会发生一定数量的销售业务和收款结算业务需要处理。在进行这些业务处理时需要同时完成有关的核算，处理的结果在进行下一业务处理时需要实时反应，因此系统数据处理的实时性要求高。

3. 数据的真实性、准确性要求高

该系统所处理的销售收入、销售成本、销售税金及附加、销售利润，是评价企业经营活动、经营成果，进行利润分配的重要依据和指标，因此该系统所处理的数据的真实性和准确性，是严格执行国家财经法规的重要保证。

4. 业务内容及核算方法比较复杂且可靠性要求高

市场经济条件下，企业的销售方式和货款的结算方式灵活多样，由于不同企业的销售方式和手段不同，其相应的核算方法就会有所差异。销售方式可以分为普通销售（先开票后发货或者先发货后开票）、委托代销、分期收款和直销等多种模式。结算方式有现金、支票、汇票、托收承付和商业票据等。另外，销售中还会有销售折扣和折让以及销售退货等需要处理。上述不同情况，使该系统的业务内容和核算方法变得比较复杂。

而所有这些业务处理和核算既涉及资金流也涉及物流，又涉及税收的合理计算，从企业内部管理的角度和外部监督角度而言，都需要客观正确。因此，系统需要处理的业务复杂且系统处理的可靠性要求高。

5. 同其他系统联系紧密

系统中的很多输入信息可从其他子系统中转来，例如，系统需要随时调取存货子系统的库存数据和发出产成品的价格以便计算和处理销售业务；该子系统生成的信息又有相当一部分要传送到其他子系统中去，例如，在销售完成时通过自动转账模块生成有关记账凭证，传送到总账子系统中，以便进行账务处理。

四、收入循环系统的数据处理流程

收入循环系统的数据处理从原始数据的输入开始，对于输入的销售合同和客户资料直接进入相应的数据库。输入的销售发票、收款单据和退货单暂时存放于临时凭证文件中，待审核确认后由系统自动更新产品销售和应收账款主文件。在处理销售业务时如果需要，可以调取存货管理系统的有关数据。一笔销售业务处理完毕，系统将根据设置自动生成相应的记账凭证存放于记账凭证文件中，以备输送到账务系统进行必要的账务处理和更新存货管理系统的库存数据。期末或在必要时系统可以根据产品销售主文件、应收账款主文件和客户资料文件输出用户需要的各种统计报表。用户还可以对产品销售主文件和销售计划文件记录的数据进行对比、分析，以得到相应的销售统计分析和销售预测数据。收入循环系统销售与应收子系统的数据流程如图 3-3 所示。

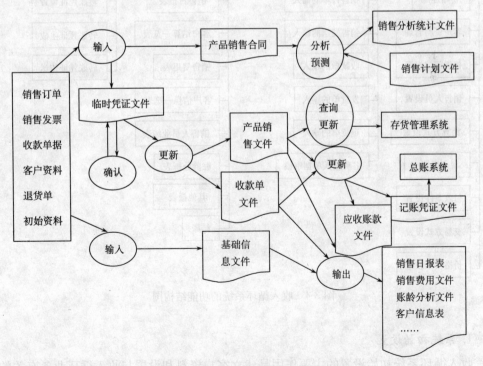

图 3-3　收入循环系统数据流程示意图

第二节　收入循环系统的功能设计

一、收入循环系统的功能结构设计

收入循环系统的功能一般包括系统初始设置、收入循环业务处理、结账与统计报表、转账处理和查询等功能模块，系统功能结构如图 3-4 所示。其中系统维护模块的主要功能有操作员管理、数据的备份和恢复等，与各个子系统并无区别，因此在功能结构图中没有重复列出，但需要注意的是在收入循环系统中一般都设有历史数据清除功能。该功能用来清除已完成并结清的销售业务使用，目的是减少硬盘的数据存储量。在使用该功能前，为了保存历史记录将要清除的数据做备份。设计较完善的系统在使用此功能时系统会给用户以提示或强制用户备份。该功能通常设置在系统维护菜单下。下面具体介绍各模块的基本功能。

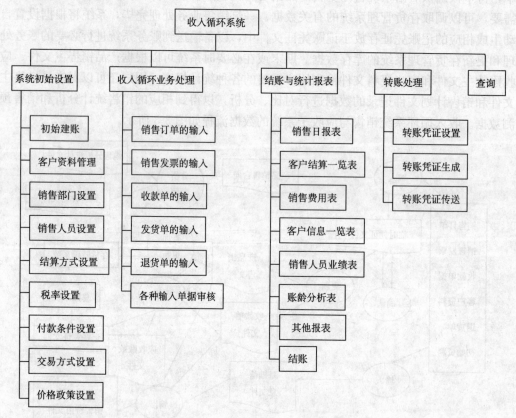

图 3-4　收入循环系统的功能结构图

1. 系统初始设置

收入循环系统初始设置的主要作用是建立客户资料和设置与收入循环业务有关的基础资料，如销售部门、销售人员等。除了可以方便、快速地输入外，更主要的作用是进行各种数据分类统计的分类依据。另一类资料是为了业务处理使用，如税率、交易方式、结算方式和付款条件。

另外，为了与账务、库存等子系统集成运行，在初始设置中还需要设置这些子系统的路径，以便相互间调用和传递数据使用。

2. 收入循环系统业务处理

收入循环业务处理主要是销售订单、销售发票的录入和货款结算及退货处理。根据销售方式的不同，用户可以从录入销售订单开始也可以从录入销售发票或收款单开始销售业务。一般来说，为了方便用户使用、保持数据一致性，销售订单、销售发票、收款单应该可以互相生成。

3. 结账与统计报表

月末结账是收入循环系统业务完成以后所进行的对销售收入、销售成本和利润的汇总和计算的过程，同时，是结清本月余额结转到下期期初作为期初数据和清空一些变动数据的过程。统计报表功能可以输出用户需要的各种统计报表。对常规报表，系统一般设置模板供用户使用。由于收入循环系统的报表主要供企业内部管理使用，因此对系统内置的模板可以进行少量的修改和项目增删。由于系统不可能在每一个子系统中都设置完善的报表设置功能，因此，比较理想的处理方式是在系统中设置标准数据输出功能，该功能可以输出 Excel 等表处理软件可以接受的数据格式。

4. 转账处理

转账处理功能的基本目的是根据输入的业务数据生成转账凭证，以便进行有关的账务处理。由于收入循环的会计核算科目与结算和交易方式有明确的对应关系，因此转账凭证设置一般在结算方式、交易方式中设置对应科目来完成。转账凭证生成一般在业务确认处理中自动生成并进行确认；在与账务系统集成运行时，生成的转账凭证一般是实时传送到账务系统的。

5. 查询

所有会计子系统都设有查询功能。一般来说，凡是输入和输出的内容都应有对应的查询功能。较为理想的查询功能应该可以根据用户的查询条件对记录进行筛选，而且可以按条件组合进行模糊查询。

二、收入循环系统的数据文件

收入循环系统主要的数据文件有三类，它们是存放销售及结算业务数据的销售主文件和应收账款主文件；存放管理和分析辅助信息的销售合同文件、客户资料文件和销售计划文件；存放解决核算需要的记账凭证文件。除此而外，还有一些存放价格政策、结算方式、交易方式、付款条件和税率等基础设置的数据文件。这些数据文件的作用和结构可做以下几方面分析说明。

（一）主数据文件

销售订单文件、销售发票文件、收款单文件和应收账款文件是收入循环系统最基本的数据文件。

1. 销售订单文件

用于存储企业确认的各种销售订单的数据文件，是整个流程的核心和基础文件。

2. 销售发票文件

它是在销售开票过程中用户所开具的原始销售单据，包括增值税专用发票、普通发票等。销售发票是确认和计量销售收入、应交销售税金、应收账款的依据，销售发票管理是销售管理的重要环节。销售业务的数据处理环节是以销售发票开始的，大部分原始信息源于销售发票，因此用户在使用该系统时务必在系统给出的空白发票录入窗口中完整录入发票信息。由于许多原始数据存于该文件中，所以销售发票在整个系统中十分重要，可以说销售发票是收入循环系统中最重要的原始数据。

3. 收款单文件

用于存储收款单信息，记录企业所收到的客户款项，每张收款凭证为一个记录，以提供生成应收账款明细账所需的收款信息，款项性质包括应收款、预收款、其他费用等。

4. 应收账款文件

用于存储每笔赊销业务形成的应收账款信息。该信息由销售发票文件记账以及销售发票文件与收款单文件核销后生成。该文件是生成应收账款对账单的重要数据来源。利用该文件可以生成销售发票信息列表、客户欠款发票列表、逾期未收款明细表、应收账款账龄分析表等。

（二）辅助数据文件

辅助数据文件主要用来存放销售管理和进行分析统计所需要的辅助信息。在收入循环系统中辅助数据文件主要有客户资料文件和销售计划文件。这些文件的结构设置应该比较灵活，以满足不同用户销售合同文件的需要。

（三）记账凭证文件

记账凭证文件是为存放系统生成的记账凭证，以便传送到账务系统进行相应的账务处理使用。该文件与账务系统的凭证文件的结构相同，该文件中的记录是由系统根据销售业务处理有关单据自动生成的，因此对文件记录只能读不能修改。

（四）其他数据文件

收入循环系统还有一些存放价格政策、结算方式、交易方式、付款条件和税率等基础设置的数据文件。这些数据文件存放的内容与数据处理的设计密切相关，因此这些数据文件从结构到库记录一般都是事先设计好的，使用户可以在初始设置时选择设置。为了使系统具有一定的通用性和灵活性，这些数据文件中的一些内容，如税率到底是百分之几，可以允许用户进行修改。

第三节 收入循环系统一般使用方法

收入循环系统的一般使用方法，包括对系统的初始设置、业务数据的输入、处理和输出。其中系统初始设置是为用户在计算机上处理自己企业的销售业务准备一个适合的环境，并在企业的经济业务处理发生变化时对已有的设置进行修改以适应企业的这种变化。数据的输入、处理和输出包括对收入循环系统中的各种单据，如销售订单、销售发票、收款单等的输入，并在此基础上对其进行的审核、核销等处理过程，最后通过对以上单据的处理可以形成企业经营过程中所需要的一系列统计分析报表。

一、收入循环系统的初始设置

收入循环系统初始设置的内容主要包括各种档案（商品档案、客户档案、部门档案、人员档案等）的建立，期初余额的录入，年初始化的执行，结算方式、销售类型、客户付款条件、打印格式、税种、税率的设置，以及数据文件结构、凭证模板、应收账款账龄时间段的定义及设置等。初始化的基本信息将运用于日常单据处理、销售核算与查询分析过程。在企业基础信息发生变化时，必须通过初始化模块的设置功能更新这些信息。初次启用系统时，需要将未处理完毕的业务单据输入子系统中，如未做收款处理的销售发票等，以保证计算机会计信息系统与手工会计信息系统的延续性。

收入循环系统的初始设置主要有以下几种。

1. 初始建账

初始建账设置的作用是为系统建立各种已清空的数据库文件和对系统需要进行的客户代码等代码设置设定编码规则。如果收入循环系统和账务、存货管理子系统等集成运行，则这些子系统所在的路径也在这一功能中进行设置。由于这一功能将清空所有的数据库，所以该功能只在系统首次使用时调用一次。

2. 期初余额的录入和年初始化

在企业第一次启用收入循环系统时，在期初必须录入尚未完成销售管理全流程的业务单据，以保持手工会计信息与计算机会计信息的延续性，保证计算机会计信息系统中每笔业务的完整性。

收入循环系统于建账期初需要录入的单据通常包括：

（1）分期收款或先发货后开票销售模式下已发货尚未开具发票的出库单；

（2）先开发票后发货模式下已开发票尚未发货的销售发票；

（3）委托代销模式下尚未与受托方办理结算的出库单；

（4）尚未办理结算的销售发票和收款单等。

第一次启用系统或每年年初执行年初始化，其目的是建立数据库结构框架，为录入原始单据做好数据库结构准备。如果上年使用了本系统，则执行年初始化的同时，亦将上年各种期末余额逐笔转至本年年初，即年初余额过账。

3. 客户资料管理

客户资料管理用来对购货的客户建立客户档案，以便于对客户进行管理。在这里最主要的设置是客户代码和客户单位名称。另外，客户的银行账号、电话、邮政编码等客户资料也是设置的内容。一般来说客户代码一经设置并使用应该既不允许删除也不允许修改，只允许增加新的客户单位。

4. 销售部门与销售人员设置

销售部门和销售人员设置是对独立完成销售业务的企业各部门和个人进行编码，以便在销售业务中明确责任单位和责任人和统计各销售部门和销售人员的销售业绩。为了保证数据的一致性，销售部门和销售人员的编码一旦设定并被使用应该既不允许删除也不允许修改。除编码以外的其他内容应该允许修改。

5. 交易方式设置

交易方式设置主要是对销售、退货等销售过程可能出现的各种情况进行设置。该设置的本质是设置每种交易方式的记账凭证模板。因此，交易方式设置包括该交易方式适用的交易类型，如用于生成销售发票还是退货单，也包括对应记账凭证的类型、凭证摘要及对应科目等，以便在处理销售业务的同时自动生成有关的记账凭证。为了灵活方便地处理销售过程中的各种费用，一般将销售过程中经常发生的运杂费、包装费等设置成非存货销售方式，并设置相应的凭证类型、凭证摘要及对应科目以便系统自动生成记账凭证。

6. 结算方式设置

企业销售货款的结算方式主要有现金、支票、汇兑、银行汇票、商业汇票、银行本票、托收承付和委托收款等。由于不同的结算方式管理要求不同，如对支票等需要登记支票号以便加强对支票的管理和进行银行对账，对应的会计科目也可能不同，因此在设置每种结算方式时需要设置对应的会计科目，以便系统自动生成相应的记账凭证。

7. 付款条件设置

采用赊销方式进行销售时，为了促使购货单位及时支付货款，当满足一定的付款条件时，销售单位可以给以一定的折扣。为了处理这种业务需要进行付款条件的设置。付款条件主要设置折扣有效期限、对应折扣率和应收账款的到期天数。

8. 设定往来账龄区间

账龄区间设置是指由企业定义应收账款时间间隔，目的是进行账龄分析时，统计应收账款在不同时间段的余额，便于企业清楚掌握在不同期间内所发生的应收款情况。

9. 价格政策设置

所谓价格政策是指企业为了促进销售对不同的客户和不同的购买数量采取不同的定价，一般可以分成零售价、优惠价、批发价等。

10. 期初其他初始设置

（1）税种、税率定义。将销售所涉及的税种、税率输入到税率库中。

（2）公式定义。将费用分摊、销售利润等计算公式按系统给出的一套计算语言的语法规则，自定义计算公式。

（3）打印格式定义。将输出的各种账表的打印格式画出，并给出取数公式。

（4）凭证模板定义。根据各类销售方式和结算方式，设置生成转账凭证的凭证模板。凭证模板也可放在自动转账模块中进行定义。

需要注意的是：企业的交易方式、结算方式、价格政策等方式有限且有确定的模式。每种方式的业务处理和记账凭证的生成一般需要一个凭证模板与之对应。因此不少软件对这些设置采用预置的方式，由用户选择自己单位使用的方式，从而减少设置的工作量。设置时一般只需对牵涉到的明细科目作少量的调整即可。

二、收入循环系统的输入

收入循环系统的数据输入可以分成三类：一是初始设置数据的输入，如价格政策、结算方式、交易方式、付款方式和税率等设置；二是从其他子系统转入的数据，如从存货子系统调取产品代码、名称、计量单位和实际成本等；三是日常业务处理的原始数据。前两类数据在系统中主要是为了形成数据辞典，以方便地输入销售发票、销售订单等销售业务数据。第一类数据在初始设置中已作了详细的说明。第二类数据是在与存货管理子系统集成运行时由系统自动调入。在这里仅对业务处理数据的输入进行说明。收入循环系统的日常数据输入主要是销售订单、发货单、销售发票、收款单和退货单的输入。

1. 销售订单的输入

对于需要组织生产或批量较大的销售业务，一般是从签订销售合同输入销售订单开始的。销售订单应该包括销售业务所应有的全部基本数据。这些数据包括订货日期、订单号、付款条件、销售部门、业务员、客户名称、存货代码、货品名称、数量、单位、单价和税率等。在输入过程中凡是可以使用系统提供的菜单选择输入功能的项目都应该使用选择输入，以减少输入错误。销售订单输入后需要进行确认，只有经过确认的销售订单才可以据此由系统自动生成相应的销售发票。

2. 发货单的输入

发货单一般由系统根据销售订单自动生成。特殊情况下如小额的现货交易等也允许在没有销售订单的情况下由有关业务人员手工输入。发货单除了销售订单所有的基本内容外，一般还应有发货日期、发货单号、货物所在仓库、发往地址、发运方式等与货物管理有关的基本内容。

3. 销售发票的输入

销售发票是供售出单位内部确认销售实现的依据，系统将依据销售发票的记录生成记账凭证和销售有关的各种统计数据。因此，销售发票上除了销售订单的内容外还需要输入开票日期、发票号、客户名称、地址、开户行、银行账号等。

需要注意的是，这里所说的销售发票与销售过程开给客户的发票是不同的两种凭证。虽然从技术上来说，依据销售发票由计算机打印提供给用户的发票完全没有问题，但由于发票管理的原因，目前制度规定不允许使用普通计算机打印的发票，因此开给客户的发票只能使用税务机关提供的发票手工填写或使用税务机关规定的专用设备打印发票。实际上，在与税务机关联网的条件下，企业通过网络向税务机关提出打印发票的请求，税务机关记录销售金额后传送给企业发票号，企业使用得到的发票号打印发票。使用这样的方式打印增值税发票，税务机关可以记录每一张发票的使用情况，其管理的严格程度将比目前的方式要高得多。这种方式应该是今后增值税发票管理的一个可行的发展方向。

4. 收款单的输入

当收到客户的款项时，应填制收款单，用以记录企业收到的款项，因此收款单是确认由于收到款项而引起的现金或银行存款增加、预收款增加或应收款减少等的依据，是业务信息向财务信息转化的纽带之一。收款单的数据录入处理有两种途径：一是将收款单作为原始凭证，在总账子系统中以记账凭证的形式录入；二是将收款单由财务有关人员录入到收入循环系统中，经处理后生成相关的转账凭证，传递到总账子系统中。这里讨论的是第二种途径。在第二种情况下输入收款单时，用户一般只要输入销售凭证号，系统将会自动将销售发票中的数据复制到收款单中并显示尚欠金额，然后直接输入收款金额、折扣或减免金额等收款数据即可。

需要注意的是：收款单的输入主要用于处理延期付款或分期付款的业务，在收到客户的货款时需要输入收款单以冲销应收账款。对于销售时即已钱货两清的销售业务，系统可以直接根据销售发票生成收款单。

5. 退货单的输入

退货单是确认退货发生的凭证。为了保证退货单数据与原销售发票的数据一致，输入退货单时首先输入原销售发票号，由系统自动将原销售发票的客户、货品名称、单位、单价、税率等数据自动复制到退货单中，用户只需要输入退货数量即可。

三、收入循环系统的业务处理

（一）审核

为确保输入的信息正确无误，加强往来账户和商品的管理，避免串户和分户现象的发生，销售报价单、销售合同、销售发票、收款单、退货单需经过审核，未经审核的销售发票、收款单、退货单不得记账。审核包括如下功能操作：确认审核，即对当前审核的票据签字；取消审核，即取消已审核的票据的审核签字。

（二）记账

通过审核的销售发票、收款单、退货单可以记账。销售发票记账内容包括登记各类账户，如登记销售、发出商品、应收账款总账、明细账等；收款单记账内容为登记应收账款、预收账款、总账、明细账。

月末根据记账后的销售收入，计算出商品税金及附加数额。若记账后发现错误，可采取红冲调整的办法。已审核、已记账的发票、收款单、退货单，在其对应的文件标识字段上留有痕迹。

1. 销售发票记账

系统将按预先设置的数据流程，更新销售文件数据、客户文件数据和应收账款文件数据。根据销售发票文件数据更新销售文件中的"销售数量"、"销售收入"、"销售数量累计"和"销售收入累计"等字段的值；在应收账款文件中建立该发票记录（发票号、日期、客户代码、销售收入、应收金额等）；更新客户文件中该客户的"本期应收账款"、"期末应收账款余额"、"应收累计金额"等字段的值。同时在销售发票文件的"记账"字段填写记账人员姓名或记账标识。

2. 收款单记账

登记的过程是：到应收账款文件中找到相应的发票记录，更新其"已收金额"，并计算出"应收余额"字段的值；再更新客户文件中对客户的"本期收回货款"、"期末应收账款余额"、"已收累计金额"等字段的值。同时在收款单文件中的"记账"字段填写记账人员姓名或记账标识。

3. 退货单记账

退货单记账是指红字冲减已记账的销售发票文件以及由此销售发票记账产生的相关账簿。同时在退款单文件中的"记账"字段填写记账人员姓名或记账标识。对于未记账的销售发票，如发生退货现象（系统根据销售发票的记账标识可以判断是否记账），系统只需冲减相应的销售发票数据，最后按冲减后的销售发票记账。

（三）往来核销

在日常业务处理的过程中，收入循环系统还有一个重要功能——往来核销。为了准确核算应收账款，加快应收账款的回收，必须对企业和客户之间的往来款项加强管理。由于收款中存在预收账款，无法预先知道该笔款项所属的销售业务，而且出纳在根据发票收款时也可能出现没有记录销售发票号的现象，为了准确核算应收客户款项，需要进行往来核销，建立收款和应收款的对应关系，加强往来款项的管理。

往来核销具有以下几个功能。

1. 逐笔录入以前年度未核销往来账

按发票号的不同，逐笔录入以前年度的应收账款发生额，以便与以后发生的往来款项进行核销，保持手工会计信息与计算机会计信息的延续性，保证计算机会计信息系统中每笔业务的完整性。

2. 自动核销

系统以发票号作为核销号，按下往来核销界面中的"自动核销"按钮，系统自动根据收款单的发票号和销售发票的发票号进行核销。由于一笔销售业务可能出现分几次收款的情况，因此，一张销售发票可能对应一条或多条收款记录。系统提供自动核销功能，提高了往来款项核销的效率。

3. 手工核销

对于系统未能自动核销的款项，即自动核销后尚未建立对应关系的发票和收款单，系统可提供手工核销的功能。按下往来核销界面中的"手工核销"按钮,操作人员可进行手工核销的操作。在往来核销界面中,屏幕可分为上下两个部分,屏幕上半部分是销售发票文件,下半部分是收款单文件,光标停在发票文件上的某条记录上时,收款单文件则显示出与发票文件的该记录发票号一致的一条或若干条记录。操作人员需要执行手工核销时,可人为指定收款单与销售发票的对应关系。手工核销方式下,可能出现一张销售发票对应一条或几条收款记录的现象。由于客户可能就几笔销售业务一次付款,因此,手工核销方式下,还需要支持一张收款单的收款金额在多张销售发票之间进行分摊,几张销售发票对应一张收款单。

4. 现金折扣处理

由于销售发票记录了客户的付款条件,因此,在进行核销时,需要根据付款条件对客户享有的现金折扣进行处理。对于在享有折扣率的信用期间内的销售发票,其实际应收款金额应该为销售金额扣除享有折扣后的余额。

5. 查询应收账款核销明细账

应收账款核销明细账是以每一发票号作为一条记录处理的。查询的时候,系统动态即时生成。系统提供按发票号、客户进行查询及按发票号进行排序的功能。查询应收账款核销明细账的同时,系统自动显示按发票号逐笔抽单核销的款项发生额记录,并计算出每个发票号项下的余额。系统自动核销时,既有一笔作销、一笔收款核销的功能,也有一笔作销、分期多笔收款核销的功能,前提是借贷双方的发票号相同。核销后余额平衡的记录可用浅色显示,未核销的记录可用黑色显示,一目了然。

6. 查询未达往来账

系统可查询未达往来明细账,由应收账款核销明细账派生而来,查询的时候,系统动态即时生成,内容为未核销的往来款项。系统以发票号、客户为记录,生成未核销款项的发生额及余额。

(四)坏账处理

在加强对企业和客户之间的往来款项进行管理的同时,还要尽量减少坏账。收入循环系统的另一项重要功能就是对坏账进行管理。系统中的坏账处理部分包括计提坏账准备处理、坏账发生处理、坏账收回处理等。

1. 计提坏账准备

企业于期末分析各项应收款项的可收回性,并预计可能产生的坏账损失,计提坏账准备。计提坏账准备的方法包括应收账款余额百分比法、销售余额百分比法、账龄分析法和直接核销法等。企业依据应收账款管理经验、债务单位的实际情况,制定计提坏账准备的政策,明确计提坏账准备的范围、方法、账龄的划分和提取比例。

(1)设置坏账计提方法。计提坏账准备首先必须设定企业所采用的坏账计提方法。如果所选坏账处理方法为应收账款余额百分比法或销售余额百分比法,则系统要求录入"计提百分比(%)";如果所选坏账处理方法为直接核销法,则无须录入任何比例。

(2)计提坏账准备。系统将自动根据企业所选择的应收账款计提方法,计算与当前应收账款匹配的坏账准备余额，并根据本次计提前的坏账准备余额，计算当前应计提额。

2. 坏账发生与收回

系统需建立文件存储记录那些被确定为坏账的应收款信息，以便用户详细掌握坏账发生的明细内容。确认坏账发生后，对应客户的应收余额也应相应减少。已经确认为坏账的应收款项如果又被收回，则需要在系统中指定哪张收款单为坏账收回单，并与已经确认为坏账的发票进行核销。

四、收入循环系统的月末结账与输出

（一）汇总与月末结账

月末结账主要是将主营业务收入、主营业务成本等账户数据结账到利润账户，并做一些相应的期末数据处理工作，如将本期的期末余额转为下期的期初余额。在计算机环境下，月末结账模块主要是为了完成产品销售利润的计算，针对销售文件的处理而设计的，主要包括以下几项功能。

1. 产品销售收入汇总

对由销售发票文件记账生成的销售文件数据进行汇总，生成按产品为汇总标志或按销售日期为汇总标志的产品销售收入汇总表。

2. 结转产品销售成本

在成本子系统中，产品的实际成本一般在期末才能计算出来，并将完工产品的成本数据转入存货子系统，所以产品销售成本的结转一般也在期末进行。结转产品的销售成本必须先假定发出产品的成本流转顺序，如采用全月一次加权平均法或其他方法结转发出产品的销售成本，从存货子系统得到发出产品的单位成本。根据当期销售发票记录的销售数量，可计算出当期应结转的销售成本，并记入销售文件相应产品的"销售成本"字段。

3. 结转营业税金及附加

期末将收入循环系统中的销项税额、支出循环系统中的进项税额等数据转入总账子系统，得到本期应缴纳的营业税金及附加税费，再转入收入循环系统中，记入销售文件中相应产品的"销售税金"字段。

4. 计算产品销售利润

当销售文件中用于计算产品销售利润的数据全部确定后，即可按照预先定义的计算公式计算出产品的销售利润，记入销售文件中的相应产品的"销售利润"字段。

5. 月末结账

计算机系统期末结账的前提是本期的数据均已录入到系统内，并处理完毕。结账是做一些相应的期末数据处理工作，如将本期的期末余额转为下期的期初余额，并在使用的数据文件中记入结账标识，进行封账处理。即本期一旦结账就不再接收本期的数据输

入及本期数据的记账等操作。结账的同时，系统在进行必要的备份后清空一些相应的字段值，准备迎接下一期的数据，如客户档案文件，要将本期"期末应收账款余额"转为下期的"期初应收账款余额"，将"本期应收账款"和"本期收回账款"字段清空。所有结账工作完成后，将进行下一期的业务处理。

（二）收入循环系统的统计分析报表

收入循环系统的统计分析报表按其作用和格式可以分成两类：一类是各单位常规管理所需要的各种报表，如销售日报表、销售费用日报表、应收账款结算情况统计表、账龄分析表等。这些报表作用明确、格式也相对固定，基本上与现有的手工报表的格式没有太大的区别。因此一般由系统提供相应模板，用户根据需要控制生成。另一类是企业销售管理所需要的各种报表，这些报表由于不同企业有不同的管理要求，因此也就有各种不同的格式要求。这些报表是企业管理的重要依据，但又是手工方式很难及时、准确提供的。在计算机条件下系统完全可以方便地提供这些信息，如分部门、按销售人员或按商品种类分类的销售金额、销售费用、应收账款余额统计，超过规定结算期的应收账款清单等。这类统计分析报表的基本格式与前一类报表区别不大，但生成报表时需按用户需要确定筛选条件。这类报表也可在系统中根据用户的一般需要设置模板，并给用户一定的自定义字段以方便用户使用。

1. 销售利润汇总表

销售利润汇总表反映各种产品的销售数量、销售单价、销售收入、销售成本、销售税金、销售费用（分摊）及销售利润，根据销售文件数据生成。还可通过销售文件数据按产品种类、销售地区、部门、业务员等在一定期间内的销售毛利分析，生成各种相应的销售汇总分析表，掌握不同产品的盈利能力，预测不同地区的销售潜力，评价不同销售部门或业务员的销售业绩。

2. 应收账款账龄分析表

应收账款账龄分析适用于分析客户、商品、业务员、部门或单据的应收款余额的账龄区间分布，有利于协助对较长账龄应收款的催收工作，减少坏账损失。应收账款账龄分析表主要按账龄分析的时间段不同，反映客户欠款金额的情况。每一个客户为一个记录。该表通过客户档案文件及应收、预收账款文件编制而成，还可以根据一定的百分比估计可能发生的坏账损失。

3. 逾期未收款明细表

根据客户付款条件所规定的信用期间，或销售合同所约定的付款时间，如果开出销售发票后，信用期间或付款期限已经结束，而客户仍然没有支付货款，则系统将提供单据的信用期间过期预警，生成逾期未收款明细表。

4. 资金回笼情况表

该表主要反映企业销售商品后应收、预收款项等资金的回笼情况。可根据销售发票文件和收款单文件数据，以发票号为核对号经核销后生成，记录同一个客户的每一个合同项下的每一发票的应收、已收、逾期未收款项等信息。

5. 收款预测明细表

收款预测适用于预测未来某一期间内，客户、产品（商品）、部门或业务员等对象的收款情况，为积极组织收款提供信息，同时有利于企业合理编制未来期间的资金计划。企业选择预测对象如客户或部门，选择预测期间后，系统将自动输出收款预测。

第四节　收入循环与财务会计循环一体化策略

总账系统是总括反映企业经营活动全过程信息的子系统，因此，收入循环系统的销售、收款业务信息都必须转化为会计信息——记账凭证的形式，传递到总账系统中。系统可以通过自动转账的方式，完成这种业务信息到会计信息的转换过程，进而实现销售、收款业务与财务的一体化策略。收入循环系统通过录入各种相应的原始单据，已经全面收集了销售活动中产生的业务信息，转账处理将业务信息按照一定的规则转化为以凭证形式体现的会计信息。转账处理主要包括两个功能：定义凭证模板，即定义信息转化规则；生成记账凭证，即根据所定义的转账流程，将销售发票和收款单所记载的业务信息转化为记账凭证形式的会计信息。

一、定义凭证模板

销售业务涉及的会计科目与交易方式和结算方式有明确的对应关系，在收入循环系统中，记账凭证的生成是通过交易方式、结算方式设置中定义的凭证模板，在销售业务确认处理的同时根据输入的有关数据自动生成的。凭证模板的定义是针对不同的单据、业务特征，定义不同的实现业务信息转化为会计信息的规则。一般只需要在期初定义一次，在销售业务发生变化的情况下需要调整规则。

（一）销售发票凭证模板的定义

首先在系统中预先定义好销售发票对应的记账凭证的借贷规则。系统将销售发票自动转为会计凭证的条件是：根据企业核算要求设置借方科目和贷方科目，借方科目为应收账款或货币资金，贷方科目一般为销售收入和销售税金。

对于销售收入科目，系统可以提供几种科目设置方式。例如，会计上只需要核算到销售收入一级科目；会计上按照商品、客户、销售部门或销售类型等关键信息设置销售收入的明细科目；会计上以商品、客户、销售部门或销售类型等关键信息作为销售收入科目的辅助核算项。因此系统至少提供三种销售收入科目的设置方式。

对于应收或货币资金科目，系统将根据销售发票的结算方式自动选择其中一种科目。销售发票可以分为现结和赊销两种。对于现结的销售发票，根据结算方式即可确定其货币资金（即借方科目），因此需要在系统中设置不同结算方式下的对应科目。

对于赊销的销售发票，需要在系统中设置应收账款科目，应收账款科目的具体核算方式与销售收入类似。例如，会计上只需要核算到应收账款一级科目；会计上按照客户等关键信息设置应收账款的明细科目；会计上以客户等关键信息设置应收账款科目的辅助核算项。因此系统至少提供三种应收账款科目的设置方式。

（二）收款单凭证模板的定义

收款单作为原始凭证，记录有许多重要的有关收款的原始信息，其中包括结算方式。系统根据输入并审核的收款单上记录的结算方式可以得到该结算方式对应的记账凭证模板。在计算机环境下，收款单对应记账凭证的借贷规则预置于系统中，因此，只需要设置货币资金类科目和应收账款（或预收款）科目。货币资金类科目由收款对应的结算方式而定，与现结方式下的销售发票借方科目设置方法完全相同。

收款单转化为会计凭证时，贷方科目需要根据收款类型而定。如果收到款项属于应收款项的收回，则贷方科目为应收账款科目，其确定方法与销售发票的借方科目设置方法完全相同；如果收到款项属于预收货款，则贷方科目为预收货款，其核算方式与应收账款类似。

（三）坏账准备计提、发生、收回的凭证模板定义

1. 坏账准备计提

当计提的坏账准备金额为负数时，坏账准备为借方科目，资产减值损失为贷方科目。因此，在系统中只需要设置资产减值损失科目和坏账准备科目，系统将根据坏账准备计提方法所计算的计提金额的正或负来决定科目方向。

2. 坏账发生

坏账发生环节需要的坏账准备科目已经在坏账准备计提环节设置完成，另一个需要的科目——应收账款科目也已经在销售发票转化环节设置完成，因此，在坏账发生环节无须设置任何科目，系统将按照预置的坏账发生规则自动将坏账发生信息转化为会计信息。

3. 坏账收回

坏账收回时会计凭证所用的三个科目"应收账款"、"坏账准备"、"库存现金（银行存款、其他货币资金）"，在销售发票环节、坏账准备环节已经设置，因此，坏账收回环节无须设置任何科目，系统将按照坏账发生规则自动将坏账发生信息转化为会计信息。

二、生成记账凭证

凭证模板定义完成后，在转账生成环节，要进行记账凭证的生成，即系统根据凭证模板上的转账规则，自动将业务单据上的数据传送给对应科目的借贷方，生成完整的记账凭证。

转账生成的时间点可以由企业选择，可以选择每笔业务发生后立即执行转账生成，以提高会计信息的及时性；也可以定期执行此操作，以对一批业务同时执行转账生成，有利于提高工作效率。

值得注意的是，在收入循环系统中，为方便用户的使用，应允许用户选择自动生成或不生成记账凭证。若用户选择自动生成记账凭证，则按预先设置的凭证模板自动生成记账凭证，在对应的凭证文件中的"制单"段，系统自动填入制单人员的姓名；若用户

选择不生成记账凭证，则由用户在记账凭证设置功能中另外进行处理。收入循环系统在与总账子系统集成运行时，生成的记账凭证一般是实时传送到总账子系统的。

【进一步学习指南】

收入循环系统是适用于各类工业企业和商品流通企业往来账款与销售业务管理及核算的系统，是企业信息系统的重要构成部分。本章在总结了一般的收入循环系统的基础上，提出了一般收入循环系统的业务流程和数据流程。但随着计算机技术、互联网、电子商务的发展，现行的收入循环发生了很多的变化，因此，在对本章内容学习的基础上，建立一套适合于本企业的业务流程和数据处理流程就显得非常重要。当然，如何建立企业的业务流程和数据流程，感兴趣的读者可以参考以下一些文献。

【进一步阅读书目及法规】

崔春. 2009. REA 会计模型：中外研究现状评述. 中国经贸，(8)：94～95

马刚. 2002. 海尔的业务流程再造模式及其经济学分析. 管理科学，(1)：7～11

王旭. 2008. REA 会计模型扩展研究. 中国管理信息化，(9)：11～14

王艳茹，周晓晔，刘作峰. 2005. 面向虚拟企业供应链管理的业务流程重组. 物流科技，(1)：42～44

杨周南. 2006. 会计信息系统（第二版）. 大连：东北财经大学出版社

【复习思考题】

1. 简述收入循环系统的目标和管理特点。
2. 简述手工环境下收入循环系统的流程。
3. 简述计算机环境下收入循环系统的流程。
4. 收入循环系统的数据文件包括哪些？它们在系统中的作用是什么？
5. 收入循环系统由哪些功能模块组成？简述各个模块的功能。
6. 收入循环系统的初始设置包括哪些内容？
7. 收入循环系统的输入包括哪些内容？
8. 收入循环系统如何生成记账凭证？
9. POS 系统是集中了收款机技术、条形码技术、网络技术、信用卡技术、软件技术在内的一种智能型的商业工作环境。目前许多商场和超市都利用条形码技术和扫描设备来记录顾客的购买信息。试分析 POS 系统应该如何与企业收入循环系统集成。
10. 某电子企业，曾在一年内进行了两次 ERP 项目的建设。在第一次信息系统建立时，业务系统与财务系统分别建立，因此造成了管理上的很多问题。例如，财务部门掌握的信用信息和业务部门的不同，销售部门的客户信息和财务部门的不一致等。试分析该公司出现这些问题的原因。

【实践操作资料】

为方便读者进一步熟悉掌握系统，本教材配备了实验资料，详见光盘。

第四章

支出循环核算管理系统应用

【本章学习目标】

- 了解支出循环系统的目标和特点
- 掌握支出循环系统的业务流程和数据流程
- 掌握支出循环系统的功能结构设计
- 掌握支出循环系统的输入、处理和输出过程
- 掌握支出循环系统与财务系统的一体化策略

支出循环过程是指一个组织获取、维护和支付该组织所需资源（包括各类存货、固定资产、各种财务资源、人力资源等）的业务过程。因此，支出循环过程应涵盖与购买、维护及支付组织的各业务过程所需的商品和服务有关的业务事件。例如，获得原材料、部件及包含在完工产品或服务中的其他资源；获得及支付各种其他商品及服务，包括设施、物料、保险、修理、维护、研究、开发及法律服务；获取和支付固定资产等。

不论组织获得的商品和服务是什么类型，支出循环业务过程都由三个阶段的业务活动组成：①商品和服务的（资源）取得；②现金支出给供应商；③退回商品。具体来说，包括以下一些典型的业务事件：发出商品/服务请求、授权采购、采购商品和服务、验收商品和服务、存放和保管已验收的商品、为商品和服务付款、退回商品等。

第一节　支出循环系统的业务流程分析

一、支出循环核算的目标

支出循环过程的总目标是获取、维护和支付组织所需的资源，也就是为组织的转换过程提供必需的资源。该目标可分为以下子目标：

（1）从可靠的供应商处购买商品和服务；

（2）应保证购买的商品和服务达到组织要求的质量；

（3）应保证购买的商品和服务能满足组织的需求；

（4）应保证以最合理的价格获取满足需要的商品和服务；

（5）应确保购买经过适当授权的商品和服务；

（6）应保证资源供应的及时性和可用性，即要确保组织在需要的时点得到可用的资源；

（7）只接受经过订购和应接受订购的商品和服务；

（8）控制已获取的资源，以防止其丢失、被盗或损坏；

（9）对已验收的商品和服务存货，应及时、正确地付款。

二、支出循环业务流程分析

支出循环业务过程通常经过请购、订购、验收、付款这样的程序。在手工和计算机环境下，资源的支出循环业务分散在采购、审批/核准、验收、仓储、财务、出纳等部门或岗位进行处理和控制，相应的信息处理和控制也是分散在各个岗位上或部门中。下面我们以存货的支出循环为例，分别考察在手工和计算机环境中支出循环过程的主要业务和信息的处理过程。

1. 支出循环业务过程的主要单据

图 4-1 列举了一个手工条件下支出循环过程——手工存货采购系统业务流程图，该过程中涉及的主要单据、会计记录和报告包括：

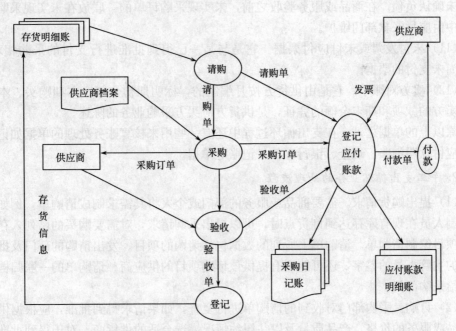

图 4-1　手工环境下支出循环业务流程示意图

（1）请购单。它是由商品制造、资产使用等部门的有关人员发出（填写），送交采购部门，申请购买商品、劳务或其他资产的书面凭据。

（2）采购订单。它是由采购部门填写，正式发给供应商，要求供应商以指定价格销售和交付特定商品或服务的书面凭据。

（3）验收单。它是由验收部门在每次运到商品的收据基础上编制的单据，其列示了来自供应商的商品和资产的数量、种类等内容。

（4）装箱单。它是由供应商开出，与商品一起装运给客户的凭据。

（5）提单。它是由接受运输商品的运输人给出的书面票据。交付或运输商品的运输人通常将提单交给要求装运商品的供应商。提单应与被装运的商品联系在一起，但它对装运人（供应商）比对接收人（采购人）更有用。

（6）供应商发票。它是由供应商开具，交给买方以载明发运的商品或提供的劳务、应付款金额和付款条件等事项的凭证。它是对已供应的商品或服务的欠款账单。供应商将发票交给购买者作为对已交付商品或已提供服务的一种支付请求。

（7）付款凭单。它是由采购方企业的应付凭单部门编制的，载明已收到商品、资产或接受劳务的厂商、应付款金额和付款日期的凭证。它是企业内部记录和支付负债的授权证明文件。

（8）支票。它是用于将货币从某个银行账户中取出，转到另一个实体的凭据。通常由财务部门（出纳）开出，用来支付采购的商品和劳务。

（9）未实现请购单。它是尚未被确认为采购订单的请购单。

（10）未实现采购订单。它是已交给供应商的采购订单，但所订商品或劳务尚未验收且未确认负债。在商品或服务验收之前，未实现采购订单的一联放在未实现采购订单文件中由应付账款部门维护。

（11）未付发票或未付应付票据。它是与某一已得到批准进行支付的采购相对应，但是尚未支付的票据。

（12）卖方对账单。它是由供货方按月编制的，标明期初余额、本期购买、本期支付给卖方的款项和期末余额的凭证，是供货方对买方采购业务的陈述。

除以上的单据之外，在支出循环过程中还有一些用来核算账务处理的单据如记账凭证、应付款明细账、现金、银行存款日记账等单据。

2. 手工支出循环业务的处理流程

（1）提出购货请求。需要商品或服务的部门或个人将其需求制成请购单。例如，存货控制人员在现有库存达到订货点时，可以提出采购请求，对需要购买的已列入存货清单的项目编制请购单。请购单上所列的数据包括请购的项目、发出请购的部门及批准该请购的主管人员的签字，还可能列有提供该请购项目的供应商。请购单的一联归档，一联交给采购部门。

（2）订购。采购部门对收到的请购单进行复查，如果请求得到批准，应根据供应商的产品或服务的价格、产品质量及以往履约情况挑选合适的供货商。对于得到批准的请求，采购部门编制采购订单。采购订单的部分内容与请购单相同，另外还有相应的核准信息、供应商信息、采购期限及商品价格信息等。采购订单主要用来在外部供应商及内部各部门之间传递采购的授权信息。

采购订单的正联应交给供应商，用于形成正式的采购合同。第二联交给发出购货请求的部门，用于传递核准信息。第三联交给验收部门，用于在商品到达时验收交付的商品，此联应不包括所定商品的数量信息，目的是为了让验收部门正确记录实际收到的货物数量，因此称其为采购订单的未加说明联。第四联交给应付账款部门，用于复查采购交易已完成的部分。第五联与请购单的一联一起归档保留在采购部门，作为记录该部门采购活动的凭据。

（3）收货和验收。在货物到达时，验收部门根据来自采购部门的采购订单未加说明联完成交付。验收部门的任务是检查货物是否与采购订单上的详细项目一致，对数量应通过计数、过秤、测量等手段来验证，并将结果记录在一式多联、预先编号的验收单上。验收单的内容包括存货品名规格、验收数量、到货时间及存货状况（如质量等）。验收单的第一联与采购订单未加说明联一起留在验收部门，作为记录验收活动的凭据。验收单的第二联交给采购部门作为对采购情况的通知。验收单的第三联交给应付账款部门，以通知该部门采购在进行中，以对采购后续阶段进行控制（复查交易的合法性）和记录。验收单的第四联交给存货控制部门登记存货明细账。然后将已验收的商品交给仓库保存或立即送到请购部门。

（4）会计处理。在手工会计系统中，从发出采购订单到验收再到采购完成，往往有一段时间延迟。很多情况下，直到收到供应商发票后才记录相应的负债。在收到供应商发票后，应付账款部门复查有关的凭证，批准对发票的付款，并确认相应的负债。此时须复查三张凭证：采购订单，用来确认是经采购部门授权的采购；验收单，用来确认商品已验收；供应商发票，用来确认供应商发票计算的正确性。如果订购的项目与实际验收的项目之间存在差异，应与供应商沟通。在复查之后，由应付账款人员确认相关的负债，把要支付的发票记为会计记录。

在应付账款部门复查了采购并确认负债之后，应将到期金额记入购货日记账及应付账款明细账。同时，应付账款部门编制记账凭证交给总账部门以便更新应付账款总账余额、存货总账余额及总账购货总额。

（5）付款。当付款到期时，组织复查其有关负债并支付相应的货款。通常是由应付凭单部门负责确定未付凭单在到期日的付款。企业有多种款项结算方式可以选择，以支票结算方式为例，应付账款工作人员将到期的发票成批地挑选出来分类，并附上其他必要的凭据（如采购订单、验收单、必要的收据等）。然后交给被授权的财务部门的人员复查和签署支票。支票总金额记入支票登记簿或现金支出日记账或银行存款日记账。会计部门编制付款记账凭证据以登记总账现金科目或银行存款科目以及应付账款科目。

支票一经签署，就应在其凭单和支持性凭证上以加盖印戳或打洞等方式将其注销，以避免重复付款。然后交回应付账款部门，归入供应商档案。同时，登记应付账款明细账，编制记账凭证，并据此登记总账应付账款科目。

3. 基于计算机环境下支出循环业务处理流程

基于计算机环境下的业务处理流程基本上采用了计算机、网络和数据库技术等一些手段模拟手工的处理方法和处理流程，如图4-2所示。其主要处理步骤是：

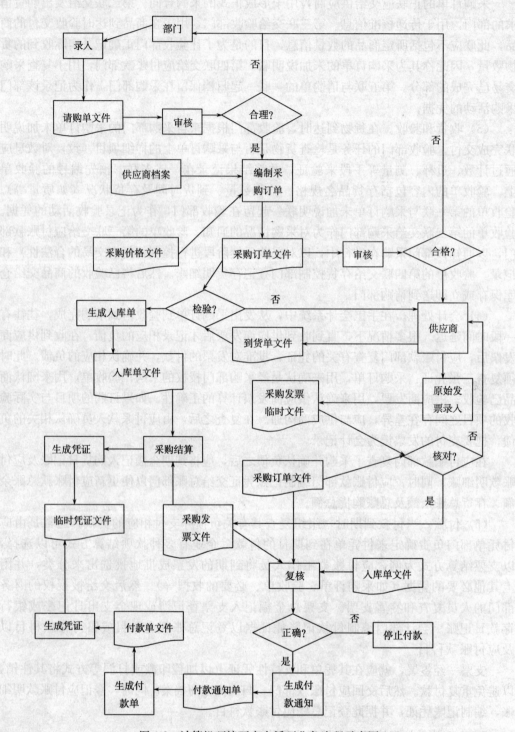

图 4-2　计算机环境下支出循环业务流程示意图

（1）提出采购请求。支出循环过程开始于某个发出购货请求的部门，如存货管理人员。存货管理人员通过查询存货主文件形成对存货的请购，然后将该请购保存在请购单文件中。保存在请购单文件中的采购请求在被否决或成为合法的采购订单之前，被看成未实现请购。需要时，打印出一联请购单交给采购部门。另一联由存货部门存档。

（2）采购。采购部门收到请购单后，选择适合的供应商，并将采购数据输入采购交易文件。输入过程中需访问供应商主文件、供应商历史文件（其中包含公司要使用的有关各个供应商及其履约情况的数据）及存货主文件（其中包含关于各存货项目的数据）。编辑好的采购订单数据先记入未实现采购订单文件，该文件中的数据与采购订单上的数据相同，由于采购尚未完成，所以将该文件称为未实现采购订单文件。当确定某项采购实现时，如收到供应商发票时，相应的记录将从该文件中移出。因此，未实现采购订单文件的内容是得到采购部门批准可以继续执行的订货信息，与手工环境中的采购订单作用相同，用来向其他部门传递核准信息。未实现采购订单文件中的内容可打印成采购订单，其中的一联交给供应商。其他各种相关的汇总报告送交采购部门和存货部门。

（3）验收。验收部门取得来自采购部门的电子化凭证或打印的采购订单未加说明联。与手工系统一样，验收部门验收商品和装箱单，验证数量和检查商品质量，并将验收得到的信息编辑录入验收单交易文件。同时，更新未实现采购订单文件、存货主文件和供应商历史文件，以分别反映已购存货项目、增加的存货和供应商履约情况。然后，将验收过的商品移送到仓库或发出请购的部门。验收单交易文件中的数据用于编制和打印验收单及报告，交给仓储部门和应付账款部门。此外，对延期交货的情况也要予以记录。

（4）信息处理。收到供应商发票后，由应付账款部门复查采购订单或访问未实现采购订单文件，进行发票确认，计算一个批控制总数，并将供应商发票与验收单和采购订单进行比较。若结果相符，则记录该项债务，更新应付账款主文件，将未实现采购订单记录从未实现采购订单文件中取出放入历史文件，同时登记未付款凭单文件（也称为未付发票文件或未付应付款文件，记录已实现采购但尚未付款的发票信息），同时生成相应的记账凭证交给会计部门，据以更新总账主文件。如果采用了付款凭单制，应生成支付凭单并更新付款凭单登记簿。

（5）付款。付款人员根据未付凭单文件中的记录提出付款请求，即由计算机输出到期凭单并计算出一个控制总数。付款后的结果是：生成一个到期支付文件；已经付款的发票从未付凭单文件中移出存入对应的供应商历史文件；更新应付账款主文件，并编制和录入付款记账凭证以便更新现金或银行存款及应付账款总账科目；生成支票登记簿和支付汇总表。最后，现金支付人员比较付款活动前后的批控制数以验证该活动处理的准确性。

三、支出循环核算的特点

企业的支出循环活动牵涉到企业内部和外部的部门较多；企业支出循环核算方式灵活多样并且实时性要求高；采购业务处理过程中需要经常查询账务和库存的有关数据。而且从目前企业的管理要求看，此系统应该更着重企业支出循环计划的准确制定和资金需求的准确预测。支出循环业务处理的这些特点决定了采购与应付系统应具有以下几个特点。

1. 数据量大

支出循环系统的数据量大。由于采购的商品品种较多，涉及的供应商较多，采购的批次较多，尤其是目前的情况下，企业为了减少库存，采取量少多进的方法。尽管采购与应付系统的数据对于某些企业可能比销售与应收系统的数据要少，如商业企业零售或批发企业，但对于某些工业企业也许情况不是这样，如生产汽车、飞机的企业。

2. 日常数据处理频繁且实时性要求高

企业的支出循环业务是企业经常性业务，一般来说，企业每天都会有一定数量的支出循环业务需要处理。支出循环业务直接影响企业的生产经营活动，必须实时加以反映。同样，与供应商结算的数据也应如此。

3. 业务处理复杂且可靠性要求高

在市场经济条件下，企业的支出循环方式是灵活多样的。仅付款方式就有钱货两清、延期付款、分期付款、预付货款等多种方式。结算有现金、银行支票、银行汇票、商业票据等多种方式。采购过程有票先到货后到、货先到票后到、票货同时到达。所有这些业务处理和核算既涉及钱也涉及物还涉及税的合理计算，容不得任何错误。因此，支出循环系统需要处理的业务复杂且系统处理的可靠性要求很高。

4. 与其他会计子系统的数据交换较多

支出循环系统，与总账系统和存货系统相联系。采购订单来自采购计划子系统；采购入库时，数据要传递到存货管理系统，更新库存数据；对采购发票进行处理时，数据要传递到存货管理系统，并生成凭证传递到总账系统；付款结算时，要生成凭证传递到总账系统。因此，支出循环系统的每一笔业务的处理都要与存货管理和总账系统进行密切的、实时的数据交换。

四、支出循环的数据处理流程分析

支出循环系统与收入循环系统一样，其接受的数据有两类：第一类是反映各种业务发生的业务数据，可以说是动态数据，包括采购订单、采购发票、采购入库单和付款单等。各种单据直接输入或经过其他方式形成后，首先存入各自的临时文件，待审核确认后，再分别存入各自正式的文件中，这样做的目的是为了保证各种业务数据的安全可靠。临时文件中的采购发票数据与付款单数据经审核确认后更新应付账款文件。第二类是基础数据，包括供应商、人员、部门、结算方式、付款条件、存货、税率等的基本信息，可以说是静态数据，这类数据输入后，直接存入各种基础信息文件。

　　系统首先接受各种输入的数据，并将其存放在相应的数据文件中，然后进行相应的数据处理，输出满足用户需要的结果。第一，系统对采购订单、采购发票、入库单、付款单和应付账款文件中的数据进行各种比较和统计分析处理后，输出满足用户需要的各种统计报表；第二，入库单文件中的数据要传递到存货管理系统；第三，系统依据采购发票、入库单和付款单文件中的数据生成记账凭证文件，然后再传递到总账系统。具体如图 4-3 所示。

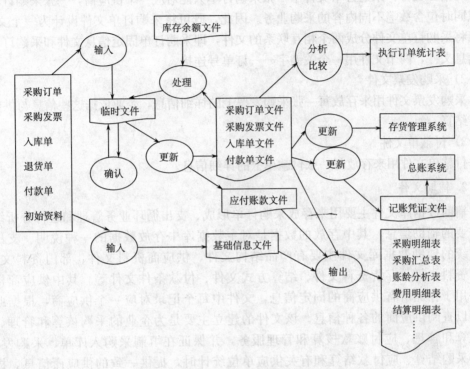

图 4-3　支出循环系统的数据流程示意图

第二节　支出循环系统的功能设计

　　支出循环系统是用于支持各种材料物资（原材料、外购半成品、修理用备件、包装物、燃料、低值易耗品）采购或商品采购、付款有关业务处理、计划制订、会计核算、采购与付款控制等业务活动的系统。

一、支出循环系统数据文件设计

　　支出循环系统主要的数据文件有两类：第一类是存放订购、采购、付款和入库业务及其结果的动态数据，包括采购订单文件、采购发票文件、入库单文件、付款单文件、应付账款文件、记账凭证文件等。第二类是存放各种基本档案信息的静态数据，包括供应商、人员、部门、结算方式、付款条件、存货、税率等基本信息的各种文件。这里主要介绍这些数据库文件存储的内容及其作用。

1. 主数据文件

支出循环系统主要包括以下几种文件。

1）采购订单文件

采购订单文件用于存储企业确认的各种采购订单的数据文件，该文件是整个流程的核心和基础文件。采购订单文件中一张采购订单只能对应一个供应商，一张采购订单又可以同时包含数笔不同内容的采购业务。因此，既可将采购订单文件设计为一个文件，也可将采购订单文件分成两个相互联系的文件，即采购订单固定信息文件和采购订单变动信息文件，两个文件用一个关键字——订单号连接。

2）采购发票文件

采购发票文件用来存放每一张采购发票上的详细信息，企业依据这些信息与供应商进行结算。

3）付款单文件

付款单文件用来存放每一张付款单上的详细信息。

2. 辅助文件

辅助数据库文件主要用来存放采购订单形成、支出循环业务管理和进行分析统计所需要的辅助信息，其中存放的数据是对主数据库中存放数据的一种说明。支出循环系统的辅助数据库文件主要有产品结构文件、供应商资料文件、部门资料文件、人员资料文件、存货资料文件、结算方式文件、付款条件文件等。其中供应商档案文件用于存储所有供应商的固定信息，文件中每个记录对应一个供应商，根据此文件可以查阅供应商的各种信息。该文件的建立主要是为企业的采购核算和管理、存货核算和管理、应付账款核算和管理服务，并保证在填制采购入库单、采购发票，进行采购结算、应付款结算和有关供应单位统计时，提供一致的供应商信息，提高数据处理速度，减少工作差错。

二、支出循环系统的功能结构设计

根据计算机环境下支出循环系统的业务流程分析得出其功能结构图。支出循环系统主要包括以下基本功能模块：系统初始设置、业务单据输入、业务处理、结账与统计报表和转账处理，如图 4-4 所示。

1. 系统初始设置

支出循环系统初始设置的主要作用是为支出循环系统的日常使用建立一个基础，其中包括初始建账、初始数据录入和基础档案资料的建立。基础档案资料包括供应商档案资料、与采购业务有关的公共码表和与采购业务相关的结算方式、付款方式等。这些公共码表有采购部门、采购人员等。除了利用这些基础资料进行方便、快速的输入外，更主要的作用是作为各种数据分类统计的分类依据。

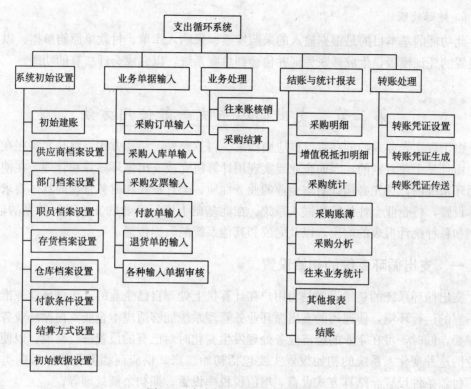

图 4-4　支出循环系统功能结构图

2. 业务单据输入

支出循环系统需要输入的业务单据有采购订单、采购入库单、采购发票、付款单等。这几个单据尽管是分别输入的，但它们之间是有关系的，也正是这种关系把支出循环系统的各业务环节联系在一起。另外，这些业务单据之间是可以相互生成的，对输入的各种业务单据可根据用户的要求，按各种条件进行查询。

3. 业务处理

业务处理包括采购结算和往来账核销两个功能。采购结算功能把采购入库单和采购发票联系在一起，通过比较入库单数据和发票数据，反映两者的差异，也就是反映资金流与物流之间的差异，同时使采购入库单上的单价与采购发票上的单价相对应，为存货成本的结算打下基础。往来账核销功能把采购发票和付款单联系在一起，通过比较采购发票数据和付款单数据，形成正确的与供应商之间的往来账。

4. 结账与统计报表

月末结账是支出循环系统业务完成以后结清本月的余额，并结转到下期期初作为期初数据和清空一些变动数据的过程。统计报表功能可以输出用户需要的各种报表，其中包括对订购情况、采购情况、入库情况、结算情况、采购费用发生的情况、与供应商的往来情况等的统计分析表。对于一般的报表都可以打印，还可以以多种格式输出到文件中，以便进行其他的处理。

5. 转账处理

此功能的基本目的是根据输入的采购发票、采购入库单、付款单原始单据，以及预先设置的凭证模板，生成转账凭证并传递到总账系统，以完成会计核算的功能。

第三节　支出循环系统一般使用方法

由于现实企业采购的存货、供应商档案、付款条件、结算方式等都是实实在在存在的，而且是千差万别的，因而企业要实现用计算机完成支出循环核算和管理。在使用支出循环系统前，首先必须针对本企业的业务性质、会计核算和财务管理的具体要求进行具体设置，将企业个性化特征嵌入系统。在此基础上进行企业的支出循环数据的输入、处理和各种统计报表的输出，以及完成和其他系统的数据传递。

一、支出循环系统的初始设置

支出循环系统的初始设置是为用户在计算机上处理自己企业的支出循环业务准备一个适宜的运行环境，使通用的支出循环业务管理系统能够适应本企业支出循环业务的管理需要，同时，可在企业的经济业务处理发生变化时对已有的设置进行修改，以便适应企业的这种变化。系统的初始设置主要包括初始建账、供应商档案设置、采购类型设置、付款条件设置、结算方式设置、增值税税率设置、期初余额处理等。

1. 初始建账

此系统的初始建账与收入循环系统的初始建账一样，主要为今后数据处理的需要建立各种数据库文件的结构和对系统需要进行的供应商代码等代码设置。因此，初始建账非常重要，一旦设置错误，将影响系统的日常处理。而且设置时要考虑到企业将来的业务发展，如初始建账时，要设置供应商、存货等代码的位数，设置的参数在初始建账中一旦确定，今后在日常处理中将无法修改。

2. 供应商档案设置

此功能设置有关供应商的档案信息，以便对供应商进行管理。这些信息包括三个方面：一是供应商的基本信息，主要包括供应商代码、供应商名称、所属的分类、所属行业、税号、法人代表和开户银行等信息，其中前两项是最重要的，一般来说供应商代码一经设置并使用应该既不允许删除也不允许修改，只允许增加新的供应商单位；二是联系信息，主要包括电话、地址、传真、到货地址、发运方式、到货方式和到货仓库等信息；三是信用信息，主要包括信用等级、信用期限、折扣率、付款条件等信息。

3. 采购类型设置

采购类型设置的功能是根据用户管理的需要（如按采购类型进行统计），允许用户将采购类型信息输入计算机并保存。当用户在使用支出循环系统填制采购入库单等单据时，输入相应的采购类型，为统计分析提供依据。

4. 结算方式设置

企业销售货款的结算方式主要有现金、支票、汇兑、银行汇票、商业汇票、银行本票、托收承付和委托收款等。由于不同的结算方式管理要求不同,如对支票等需要登记支票号以便加强对支票的管理和进行银行对账。对应的会计科目也可能不同,因此在设置每种结算方式时需要设置对应的会计科目,以便系统自动生成相应的记账凭证。

需要注意的是,在支出循环系统设置结算方式的时候,如果启用了总账系统,那么支出循环系统的结算方式应和总账系统保持一致。

5. 付款条件设置

付款条件即现金折扣,是指企业为了鼓励客户支付货款而允诺在一定期限内给予的折扣优待。付款条件设置功能是提供用户定义付款条件,并将结果保存在相应的文件中,为采购单据处理、销售单据处理、采购结算、销售结算等业务提供信息。

6. 期初余额处理

期初余额设置模块的功能是将用户输入的采购、应付账款等期初余额存入相应的文件中,为计算机系统核算和管理采购、应付账款等业务提供基础数据。期初余额模块是会计业务连续的要求,是手工采购、应付账款核算向计算机核算和管理转化的基础。录入的期初余额主要包括"采购初始业务",即将手工采购业务数据输入计算机并保存在采购订单文件中;"应付账款初始业务",即将各供应商的应付账款期初数据输入计算机并保存在发票文件中。

二、支出循环系统的输入

支出循环系统的数据输入可以分成三类:一是初始设置数据的输入,如供应商档案、结算方式、付款条件等设置;二是从其他子系统转入的数据,如从存货管理系统调取存货代码、名称、计量单位等信息;三是日常业务处理的原始数据。前两类数据在系统中主要是为了形成数据辞典,以便方便地输入采购发票、采购订单等采购业务数据。第一类数据在初始设置中已作了详细的说明。第二类数据是从其他系统调入或者直接输入。在这里仅对支出循环业务处理的输入进行说明。支出循环系统的日常数据输入主要包括请购单、采购订单、采购入库单、采购发票、付款单等的输入。

1. 请购单的处理

(1) 录入请购单。请购者需要购买存货时,通过录入请购单将需要申请采购的部门、采购的存货、采购时间、交货时间等信息输入计算机,并保存在请购单文件中。请购单文件为编制采购订单提供依据。

(2) 自动获取请购单。自动获取请购单的功能是根据用户的需要,系统自动从存货子系统、MRP 子系统等获取请购单,并保存在请购单文件中。

(3) 审核请购单。审核请购单模块的功能是通过屏幕对请购单进行审核,即将请购单与存货文件中的最高储量和最低储量进行比较,审核请购单是否合理。如果请求合理,则批准请购单,并作为编制采购订单的依据;如果请求不合理,则需要对请购单进行修改。

2. 采购价格的管理

采购价格管理模块的功能是帮助用户解决如何管理不同（相同）供应商在不同（相同）时期对不同（相同）产品的报价；如何随时提供给采购部门最新、最完整的存货采购价格；如何处理存货的新老报价等问题。

为了动态反映不同时期供应商提供的存货采购价格信息，应该设计采购价格获取功能，以帮助管理者定期获取供应商提供的存货价格信息。一般可采用两种方法获取供应商的存货采购价格信息：一是通过将供应商提供的存货采购价格信息（纸张）——输入计算机，并将相应数据保存在采购价格文件中；二是自动获取，即充分发挥计算机网络功能，管理者通过选择系统提供的"自动获取"功能，指挥计算机自动从网上获取供应商的存货采购价格信息，并将相应数据存入采购价格文件。

一般来讲，采购价格管理还需要设计修改采购价格功能，以满足对采购价格调整的需要。修改采购价格的方法很多，其中，以下两种方法最常用：一是以"供应商＋存货"为关键字，从采购价格文件中自动获取信息，显示在屏幕上，并允许管理者对各种存货采购价格进行修改；二是以"存货＋供应商"为关键字，从采购价格文件中自动获取信息，显示在屏幕上，并允许管理者对各种存货采购价格进行修改。

3. 供应商的选择

选择供应商是采购管理过程中重要的内容，供应商选择的合理与否直接影响企业采购管理水平，即影响采购存货的价格、质量、供货及时性等关键要素。一般来讲，在没有评价体系之前，供应商的选择常常受到人的主观意识影响，选择供应商通常要求具有较高的专业知识和实践经验。当然，选择供应商，并不能以价格作为唯一的选择依据，因此，很多企业采用了先进的供应商模型，通过系统的自动排名，为企业提供合理的供应商选择依据。

4. 采购订单的输入

采购订单是企业与供应商之间签订的一种协议或者经济合同。对于工业企业，采购订单是系统根据生产计划和库存余额而自动生成的。而对于一般的商业企业，采购业务是从采购订单开始的。采购订单中需要输入的基本数据有供应商代码、采购部门代码、税率、付款条件、存货代码、存货数量、存货单价、采购人员等信息。

编制采购订单的方法有三种：

（1）录入采购订单。当企业与供货单位签订采购意向协议时，可以将采购协议输入计算机，并打印出来报采购主管审批或由供货单位确认。

（2）根据请购单编制。当企业通过请购方式产生了请购单时，可以根据请购单编制采购订单。在编制采购订单时，通过使用系统提供的"调用请购单"功能，从请购单文件中获取所需的请购单，并将有关数据填入采购订单。

（3）根据供应商排名选择供应商。执行"查询排名"命令，系统自动从供应商排名文件中按照排名顺序，将供应商的物品及相应的报价信息显示在屏幕上，供采购订单签订人选择合理的供应商，并将选择的结果填入临时采购订单中。

5. 采购入库单的输入

采购入库单是根据采购到货签收的实收数量填制的单据。按进出仓库方向,划分为入库单、退货单;按业务类型,划分为普通业务入库单、受托代销入库单。它需要输入的基本数据有供应商代码、订单号、仓库编码、业务员代码、存货代码、数量、单价等。

采购入库单可以直接录入,也可以由采购订单或采购发票自动生成。

(1) 直接录入。用户可根据到货清单直接在计算机上填制采购入库单(即前台处理),或者先由人工制单后集中输入(即后台处理)。具体采用哪种方式应根据本单位实际情况而定。

(2) 根据采购订单生成采购入库单。这种方式是指计算机根据订单号自动将采购发票文件中该张采购订单的数据复制到采购入库单中,然后由用户补齐其他数据。此时生成入库单是暂估入库单(发票未到,货物先到)。

(3) 根据采购发票生成采购入库单。这种方式是指计算机根据订单号自动将发票文件中该张采购发票的数据复制到采购入库单中,然后由用户补齐其他数据。此时生成的入库单是实际入库单。

在计算机环境下,很多企业的支出循环系统、存货系统既可以独立使用,也可以集成使用。为了满足独立使用和集成使用的需要,一般来说在支出循环系统中设计采购入库模块,同时在存货系统中也设计采购入库模块。但是,当支出循环系统、存货系统等集成使用时,为了保持数据的一致性,采购入库单入口采用以下原则:①如果采购入库单在支出循环系统中的采购入库模块录入,并将结果保存在入库单文件中,那么在存货系统这里只允许修改和审核入库单。②如果采购入库单在存货系统中录入,那么支出循环系统就没有必要录入采购入库单。

6. 采购发票的输入

采购发票是以来自供应商的原始发票为依据而输入的。采购发票按发票类型,分为专用发票、普通发票(包括普通、农收、废收、其他收据)、运输发票。采购发票按业务性质,分为蓝字发票、红字发票。采购发票需要输入的基本数据有原始发票号、供应商代码、税率、采购部门、付款条件、存货代码、数量、单价等。采购发票是会计核算的依据,采购存货的价格与金额由采购发票决定,当然,与供应商结算的金额也由它来决定

采购入库单可以直接录入,也可以由采购订单或采购入库单自动生成。

(1) 直接录入。采购发票是从供货单位取得的进项发票及发票清单,在收到供货单位的发票后,如果没有收到供货单位的货物,可以对发票压单处理,待货物到达后,再将发票输入计算机做采购结算(报账结算)处理。此外,也可以先将发票输入计算机,以便及时掌握在途货物。

(2) 根据采购订单或入库单产生发票。如果货到入库,那么可以根据入库单和采购订单自动生成发票,加快发票的输入速度。此时执行"调用入库单"或者"采购订单"命令或驱动相应的功能按钮,系统自动从入库单文件或者采购订单文件中选择与发票有

关的信息，显示在屏幕上。这样可以加速发票的录入速度，发挥计算机数据共享的优势。

需要注意的是，系统除了为采购的材料与商品输入发票外，也可以为采购过程中发生的费用输入采购发票，以确认采购费用的发生。这些费用将在采购结算环节，分摊到入库商品的价格中去，以按照会计准则的要求核算存货的成本。

7. 退货单的输入

退货单在系统中就是红色的采购入库单，用来冲减已入库的存货。它需要输入的数据和入库单输入的数据相同，在此不再赘述。

三、支出循环系统的处理

支出循环系统中对输入数据的处理一般包括以下几个方面。

1. 审核

为确保输入的信息正确无误，对于支出循环系统中输入的单据，如采购订单、采购发票、采购入库单、付款单、退货单需经过审核，未经审核的采购发票、付款单、退货单不得记账。审核包括如下功能操作：确认审核，即对当前审核的票据签字；取消审核，即取消已审核的票据的审核签字。

2. 采购结算

采购结算也叫采购报账。在手工环境下，采购业务员拿着经主管领导审批过的采购发票和仓库确认的入库单到财务部门，由财会人员确认采购成本。在计算机环境下，由于各子系统之间实现数据共享，因此，系统提供"自动采购结算"和"手工辅助结算"两种功能来自动确认采购成本。

1) 自动采购结算

自动采购结算的功能是系统根据采购订单号，自动从采购订单文件、存货系统中的入库单文件中，选择与正在录入的发票相关的数据进行核对，即将发票中的单价与采购订单文件中的订货单价和暂估入库单价核对，将发票中的数量与入库单文件中的收货数量核对。如果核对结果完全相符，则生成结算表，并在入库单文件、采购发票文件、采购订单文件中做采购结算标志。如果不完全相符，则提示采用手工辅助结算。

2) 手工辅助结算

手工辅助结算模块的功能是计算机根据采购订单号，自动从采购订单文件、存货系统中的入库单文件中，选择与正在录入的发票相关的数据进行核对。如果发票单价超出订货单价和暂估入库单价，及时查明原因。如果认为原因合理，审核人员发出"审核通过"命令，系统自动根据该张入库单生成一张红字入库单（单到回冲），并根据采购发票结算出存货成本，生成一张蓝字入库单，自动传入存货系统；同时在入库单文件、采购发票文件、采购订单文件中做采购结算标志，生成采购结算表，并将其转换为记账凭证，传递到总账系统。

3. 付款管理

付款管理模块的功能是从采购发票文件中筛选出特定付款到期日未付款发票，用户根据企业情况选择将要付款的发票，系统自动生成准备付款通知书，供出纳使用。一般情况下，出纳接到准备付款通知书后，手工签发支票，编制付款凭证，再通过总账子系统的凭证录入模块将付款凭证输入计算机，记账时自动更新总账子系统中相应的数据文件，同时更新发票文件中该发票的已付金额。有些先进的应付处理模块根据付款准备通知书文件自动开支票，并生成付款凭证。

4. 往来账核销

应付账款的核销就是指确定付款单与原始的采购发票、应付单之间的对应关系的操作，即需要指明每一次付款是付的哪几笔采购业务的款项。明确核销关系后，可以进行精确账龄分析，更好地管理应付账款，系统可以完成如下情况下的核销：①付款单的数额大于等于采购发票的核销数额，付款单与原有单据完全核销；②付款单数额小于采购发票的数额时，在核销时使用预付款。

往来核销的功能主要有以下几项。

1）自动核销

系统以发票号作为核销号，按下往来核销界面中的"自动核销"按钮，系统自动根据付款单的发票号和采购发票的发票号进行核销。如果发票号一致，而且金额也一致，则可以核销。但有时由于一笔采购业务可能出现分几次付款的情况，因此，一张采购发票可能对应一条或多条付款记录。这种情况下，计算机则不能自动核销。

2）手工核销

对于系统未能自动核销的款项，即自动核销后尚未建立对应关系的采购发票和付款单，系统可提供手工核销的功能。按下往来核销界面中的"手工核销"按钮，操作人员可进行手工核销的操作。在往来核销界面中，屏幕可分为上下两个部分，屏幕上半部分是采购发票文件，下半部分是付款单文件，光标停在发票文件上的某条记录上时，付款单文件则显示出与发票文件的该记录发票号一致的一条或若干条记录。操作人员需要执行手工核销时，可人为指定付款单与采购发票的对应关系。手工核销方式下，可能出现一张采购发票对应一条或几条付款记录的现象。由于企业可能就几笔采购业务一次付款，因此，手工核销方式下，还需要支持一张付款单的付款金额在多张采购发票之间进行分摊，几张采购发票对应一张付款单。

系统根据采购发票制作会计凭证形成应付账款，采购发票与付款单核销后，制作会计凭证减少应付账款。

四、支出循环系统的统计报表

支出循环系统的输出主要是各种统计分析报表和向总账系统输出的记账凭证。输出记账凭证是为了支出循环系统能够与总账系统集成运行，由计算机系统自动完成支出循环业务的会计核算。

支出循环系统输出的统计分析报表分两类：一类是依据输入的数据直接按各种条件进行筛选后输出，如采购订货明细表与统计表依据采购订单，采购明细与统计表、费用明细表等依据采购发票，入库明细与统计表依据采购入库单，分别可以按供应商、按存货种类等条件形成相应的明细与统计报表；另一类是两种输入的数据进行比较后，再按各种条件筛选后输出，如订单执行统计表是采购订单与入库单的比较，结算明细与统计表是采购入库单与采购发票的比较，供应商的往来账是采购发票与付款单的比较。两种输入的数据经比较后，再分别按供应商、按存货种类等条件形成相应的各种报表。

统计分析的报表可以以三种形式输出：一是在屏幕上显示；二是在打印机上打印；三是以多种格式输出到文件中。

1. 支出循环系统的账表输出方法

由于支出循环系统因企业核算和管理需求的不同，其所需的各种报表的内容和格式不尽相同，所以这些报表与财务上的账簿不同，没有统一格式。在计算机环境下，为了满足企业的需要，允许用户根据企业核算和管理的需要，定义报表的格式，输入查询条件，计算机方便地从存放各种账表数据的数据库中提取数据，进行加工，高效、准确地生成各种账表和统计分析资料，并显示输出。其具体方法包括以下几个方面。

1）设计报表格式

根据用户选定要输出的报表，计算机自动将与该报表有关的项目显示在屏幕上供用户选择，从而由用户决定报表由哪些项目组成。

2）输入查询条件

报表格式设计之后，每次使用报表时输入查询条件，如日期项目，即用户输入日期以选择某会计期间的数据；供应商项目，即用户输入供应商以选择与某供应商有关的数据；业务员项目，即用户输入某业务员以选择与某业务员有关的数据等。如果对某项目不输入任何条件，计算机默认为不对该项作为条件进行筛选。

3）查看明细表

计算机根据用户输入的查询条件，把满足一定条件的数据筛选出来显示输出。

4）查看对应的原始单价

如果要详细查询报表中某行数据的详细单价信息，只要双击该数据行，计算机就会将该行对应的单据显示出来，实现自动由账表数据直接查询单据的追踪功能。

5）输出和保存报表

当需要查看各种报表时，不仅可以在屏幕上看到所需的报表，还可以通过执行打印命令，将各种报表从打印机上输出。此外，如果需要保存报表，通过执行保存命令，可以将当前的报表格式（包括选择的表项、项目顺序）和过滤筛选出的数据保存在计算机中。

2. 支出循环系统的账表分析

1）采购订单执行统计表

（1）采购订单明细表和统计表，选择明细表或统计表，输入查询条件，系统自动显示满足条件的订单在屏幕上。

（2）分析。采购订单明细表提供所有订单的各种货物的执行情况详细信息，利用该列表可以查询某采购员订单的执行情况；采购订单统计表是提供所有订单的各种货物的执行情况汇总信息，利用该列表可以查询某采购员订单的汇总执行情况。

2) 应付账款统计分析

(1) 定义账龄分析时间段。用户可以根据需要定义付款到期日的统计时间段。

(2) 对某一供应商进行账龄分析。当用户输入某一供应商编码时，系统自动从发票文件中筛选出结算方式为"应付账款"、"供应商编码"等于用户输入的供应商编码、"应付金额"不等于"已付金额"的记录，并按用户定义的付款到期日时间段将账龄分析表显示在屏幕上。

(3) 对所有供应商进行账龄分析。当用户选择所有供应商时，系统自动从发票文件中筛选出结算方式为"应付账款"、"应付金额"不等于"已付金额"的所有供应商记录，按供应商和用户定义的付款到期日时间段将账龄分析表显示在屏幕上。

通过应付账款账龄分析表，可以了解企业欠款总额是多少，欠哪个供应商的货款最多，每个时间段付款总额为多少。通过应付账款账龄分析，管理人员能够掌握应付账款的详细情况，据以决定支付或拖延哪些供应商的款项，合理安排资金，为管理决策提供信息。

第四节 支出循环与财务会计循环一体化策略

总账系统是总括反映企业经营活动全过程信息的系统，因此，企业所发生的支出循环业务都必须转化为会计信息——记账凭证，传递到总账系统。为了实现支出循环系统与财务的一体化策略，首先应该建立支出循环业务和财务联系的纽带——凭证模板，并将其保存在动态会计平台中。在日常支出循环业务发生时，系统通过动态会计平台自动将业务单据转化为记账凭证。

一、定义凭证模板

凭证模板的定义是针对不同的单据、业务特征，定义不同的实现业务信息转化为会计信息的规则。一般只需要在期初定义一次，在采购业务发生变化的情况下需要调整规则。支出循环业务转化成记账凭证的模板主要有以下几种：

(1) 当系统依据采购发票生成记账凭证时，系统便可生成如下凭证：

借：材料采购

应交税费——应交增值税——进项税额

贷：应付账款——××供应商

(2) 当某一采购发票与某一入库单结算完成后，系统便可依据结算完成的采购发票，生成如下凭证：

借：原材料

贷：材料采购

(3) 付款过程中根据付款通知书编制的凭证模板：

借：应付账款——××供应商

贷：银行存款

实际上，不同企业可以根据其核算和管理的需要，将大类模板不断细化成若干小类，使得每一类经济业务能够明确地对应一类凭证模板，并嵌入到动态会计平台中。

二、自动转账过程

当采购、结算、付款事件发生时，系统根据采购发票文件、入库单文件、凭证模板自动生成记账凭证，传递到总账子系统的临时文件中，实现财务业务一体化管理。其过程如图 4-5 所示。

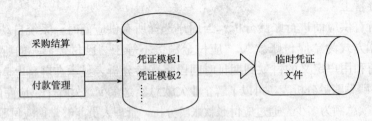

图 4-5　自动转账过程示意图

【进一步学习指南】

本章主要介绍了一般的工业企业支出循环系统的基本理论和处理过程，主要介绍了在计算机环境下，企业支出循环系统的业务处理过程及数据处理流程。但是，近年来计算机技术的发展，使得企业的支出循环融入了很多新的技术，如电子商务、商务智能、网上支付等，这些新技术的出现对企业的支出循环活动带来了一种新的挑战，为了能使得企业适应新环境下的支出过程，有兴趣的读者可以进一步研究关于企业支出循环过程的流程构建问题。

【进一步阅读书目及法规】

陈丽，何一波. 2009. 房地产企业物资采购流程再造. 企业科技与发展，(12)：112～113，122

方丹辉，张金隆，周琦. 2009. 基于 CPFR 的农产品采购模式研究. 武汉理工大学学报（信息与管理工程版），(3)：491～494，499

叶玉全，卜英勇，罗柏文等. 2009. 基于 petri 网的采购业务流程建模及仿真优化. 计算机征用，(10)：2871～2874

【复习思考题】

1. 简述支出循环的概念及其业务活动组成。
2. 简述支出循环核算的目标。
3. 简述计算机环境下支出循环系统的业务流程。
4. 简述支出循环核算的管理特点。
5. 支出循环系统的文件有哪些？它们的功能是什么？
6. 简述支出循环系统的供应商选择的基本原理。
7. 简述支出循环系统的输入内容。
8. 简述支出循环系统的采购结算的功能。
9. 简述支出循环系统的主要输出的内容。
10. 简述支出循环系统生成记账凭证的过程。

第五章

基本会计信息系统分析与设计

【本章学习目标】

- 熟悉会计信息系统开发过程
- 掌握基本会计信息系统数据流程
- 掌握基本会计信息系统科目参数库的作用
- 掌握基本会计信息系统会计分录库的结构和设计策略
- 掌握基本会计信息系统综合信息库的结构和设计策略

　　会计信息系统是典型的信息系统，从国内外信息系统的发展情况看，应用比较早和发展比较普及的也是会计信息系统。国内外信息系统开发经验教训表明：为了避免开发周期长、开发费用高、系统性能差、没有适当的文档资料、维护困难、无法满足对其日益增长的需求等所谓的"软件危机"现象，信息系统开发必须采用系统工程的方法，有计划、有目标、有步骤、分阶段地运用一整套的工作规范、技术标准、基本方法和技能以及表达工具等来进行，这就是指导软件开发的软件工程学。

第一节　信息系统开发方法

一、信息系统开发的基本思想

　　软件工程是指导计算机软件开发和维护的工程学科，它运用系统的思想和工程的技术、方法来开发和维护软件。软件工程成功地解决了软件的工业化生产问题，具有解决软件危机的管理措施和有效技术。

　　软件工程强调使用生命周期方法和结构化方法。

　　生命周期方法的基本思想是：首先从时间角度对软件开发和维护的复杂问题进行阶段分解，将软件生命周期依次划分为若干个阶段，每个阶段都有自己相对独立的任务，然后从对任务的抽象逻辑分析开始，逐步完成每个阶段的任务。前一个阶段任务的完成是开始进行后一个阶段工作的前提和基础，而后一阶段任务的完成通常是使前一阶段提出的解法更进一步具体化，加进了更多的物理细节。每一个阶段的开始和结束都有严格的标准，对于任何两个相邻的阶段而言，前一阶段的结束标准就是后一阶段的开始标准。在每一个阶段结束之前都必须进行正式严格的技术审查和管理复审。每个阶段的工作成果都必须形成文档资料，以便软件设计人员交流合作，管理人员了解审查软件开发的过程，进行管理决策，使用户易于使用和维护软件系统，对软件开发起到一个相互衔接、相互协调的重要作用。

软件工程在软件的整个生命周期中都强调使用结构化方法。结构化方法就是在完成软件生命周期每个阶段的任务时，都要采用适合该阶段任务特点的相应的结构化方法，如在系统分析阶段采用结构化的系统分析方法，在系统设计阶段采用结构化的系统设计方法，在程序设计阶段采用结构化的程序设计方法。结构化方法是在程序设计阶段首先出现的，叫做“结构化程序设计”，进而从软件生命周期的后期阶段发展到前期阶段，成为一种完整的系统开发的方法。

结构化方法的基本思想是：把整个系统开发过程分成若干相对独立的阶段，每个阶段进行若干活动，每项活动应用一系列标准、规范、方法和技术，完成一个或多个任务，形成符合给定规范的产品。不管在任何阶段，都要先考虑全局的问题，再进行下一步的具体工作。也就是说，把全局放在首位，保证全局的正确与合理，在此前提下，再考虑和处理局部的具体问题。

结构化方法包括结构化系统分析方法、结构化系统设计方法和结构化程序设计方法。

1. 结构化系统分析方法

结构化系统分析，是在系统分析阶段使用自顶向下逐步求精的方法，即在顶层抽象地描述系统，然后逐层分解，直到最下层详细描述每个细节，把所有的细节有机地组合起来，就形成了整个系统。

2. 结构化系统设计方法

结构化系统设计，是结构化方法在系统设计阶段的使用，即以数据流图和数据字典为基础，自顶向下，逐步求精和模块化的过程。其主要内容包括系统分解为模块的方法、评估模块质量的方法以及从数据流图导出系统功能模块的规则。结构化系统设计的目标是获得最优的系统功能模块。

3. 结构化程序设计方法

结构化程序设计，即只用三种基本结构顺序组合及其相互嵌套，以自顶向下逐步求精的方式，分模块进行程序设计。结构化程序设计有三个基本特点：

一是结构化。结构化程序设计方法设计出的程序具有良好的结构、很强的可读性，移植和维护都比较容易，因为它用且仅用顺序结构、选择结构和循环结构这三种基本结构的组合和嵌套来设计程序。这三种基本结构都有两个重要特征：一是只有一个入口、一个出口；二是结构中的每一部分有一条从入口到出口的路径。也就是说没有永不会被执行的“死语句”和没有永不能退出的“死循环”。由若干个三种基本结构顺序组成的程序，同样具有以上的特征。

二是自顶向下逐步求精。在求解问题时，首先从问题的全局出发，找出解决问题的初步方案，然后将问题逐步分解为一个个子问题，层层深入地考虑和处理局部问题，使得解决问题的方案更加明确、详细、具体，并同时适当地辅之以"自底向上"的归纳方法，优化解决问题的方案。

三是模块化。把复杂的问题尽量分解为若干容易解决的子问题，减少和简化各个组成部分的联系，使得组成解决问题整体方案的各个子方案尽可能相对独立且具有简单的内部结构。

二、信息系统开发过程

信息系统开发的方法很多，最典型和最基本的方法是生命周期法（life-cycle）。软件生命周期通常将信息系统划分为系统规划、系统分析、系统设计、系统实施和系统运行维护评价五个阶段，每个阶段都有其相对独立的各项任务。其中，前四个阶段为信息系统的开发阶段。下面对其基本内容作一介绍。

（一）信息系统规划

系统规划是系统开发工作的第一步。其任务是确定系统开发的总目标，并通过初步调查，分析研究其可行性，最后，根据实际条件制订系统开发计划。系统规划需由开发人员和用户共同确定。

（1）确定系统目标。确定系统开发目标是开展系统可行性分析的前提。系统目标也可以简单地理解为用户对信息系统提出的初步目标和基本要求。其内容一般包括系统开发的对象和要求、所开发的系统与外界的接口关系、计算机系统的支持、开发进度和投资的初步估算等方面。

（2）系统初步调查。根据对所确定的系统目标进行可行性分析的要求，对现行系统及其环境进行初步的调查。初步调查内容包括企业组织概况、信息系统应用部门组织情况、企业管理和会计工作水平、系统数据量的初步估算。对已开展计算机应用的单位，还应对企业已有计算机系统使用情况及应用水平，已开发系统与本系统的关系，计算机应用人员数量、水平等情况进行调查。

（3）可行性分析。初步调查后，可以从管理、技术和经济三个方面对系统开发目标及计划进行可行性分析，确定其可行性和必要性。可行性分析的结果应该整理成可行性报告，其内容包括问题的提出、初步调查情况、系统的目标和约束，可行性分析和建议等。对于重大的系统开发，可行性分析报告应会同企业内有关部门和社会上的同行专家进行论证，确保可行性分析报告本身的科学性。

（4）制订系统开发计划。制订系统开发计划的依据是可行性分析报告。系统开发计划的具体内容应该根据系统规模的大小和单位实际情况的不同确定。一般包括进度计划、设备计划、组织计划、资金计划、人员计划、培训计划。

（二）信息系统分析

系统分析的主要任务是对现行系统的数据处理及其环境状况进行调查和分析，提出最适合整体目标的新系统逻辑模型。所谓逻辑模型，是相对于具体的物理系统而言的，它以抽象方式定义新系统应具有的信息处理功能及信息流程，不涉及具体技术手段和具体处理方式。把逻辑模型和物理模型分开考虑是从实践中总结出的一条重要经验，因为只有确定"做什么"才能决定"如何做"。系统分析是下一步系统设计的前提。这个阶段工作深入与否，直接影响到未来新系统的质量和经济性。系统分析过程是系统开发人员与用户密切配合的过程。

1. 系统详细调查

系统详细调查的目的是要获得目标系统的完整详细的现状资料，包括数据处理的对象、处理方法、内容、流程及其环境等。详细调查可以采取发调查表、面谈、查阅资料、顶岗操作等方法进行。在调查过程中要特别注意收集原始素材，并及时进行整理、汇总与分析。

2. 系统分析

系统分析的主要任务是明确新系统要"做什么"，即通过对现有系统进行全面详细的调查分析，运用一定的方法和技术，用图表、文字等综合地反映现有系统的业务内容、范围、处理过程和方法，并在此基础上改进不合理部分，提出信息系统的逻辑模型，作为下一阶段系统设计工作的重要依据。描述系统逻辑模型的主要工具是数据流图（data flow diagram，DFD）和数据词典（data dictionary）。

数据流图是描述新系统逻辑模型的主要工具，它是通过"数据流"、"加工"、"文件"等概念来表达信息系统中数据的变化和传递过程的一种图示。数据流图所用符号如表 5-1 所示。

表 5-1   数据流图符号及使用说明

名　称	符　号	含　义
加工	加工名	表示对数据的处理
数据流	数据流名 →	表示数据流及其流向
文件	文件名	表示数据存储，主要指数据库
数据源及终点	实体名	表示数据来源及最终去向

数据词典是关于数据流图包含的所有元素的定义的集合，它由数据流条目、文件条目、数据项条目和加工条目等四种条目组成。数据词典中常用的符号如表 5-2 所示。

表 5-2   数据词典定义符号

符　号	意　义	定义式	含　义
+	与	$x=a+b$	x 由 a 和 b 构成
|	或	$x=a\mid b$	x 由 a 或 b 构成
（）	可选	$x=(a)$	a 可能出现在 x 中
｛｝	重复	$x=\{a\}_0^n$	x 由 $0\sim n$ 个 a 组成

通过详细调查和分析获得了目标系统的逻辑模型（数据流图、数据字典等）。然而，这一模型并不一定合理、最佳。因此，还需要根据用户要求以及计算机处理的特点等，全面分析具体模型在数据流程、文件设置、处理过程和方法等方面的不合理之处，并提出改进意见，修改原模型的有关数据流图、数据字典等，就得到了新系统的逻辑模型。

系统分析的过程就是对原有系统不断优化调整的过程，同时也是新系统逻辑模型逐步形成的过程，其基本步骤可简单归纳如下：

第一步，调查现行系统的实际运行环境及其数据流程，并抽象出现行系统的"逻辑模型"。

第二步，分析现行系统存在的主要问题，并进行优化处理。

第三步，根据新系统的目标要求，对现行系统模型进行功能扩充，最后形成新系统逻辑模型。

3. 系统分析说明书的编写

系统分析报告是系统分析的总结性文件，是系统设计及以后的验收、鉴定、评审等工作所必需的文档。编制系统分析报告是系统分析阶段的最后一项工作。系统分析报告应包括下列内容：

（1）现行系统描述。其包括单位基本情况、现行系统主要目标、任务、范围及现行系统数据流图、数据字典等。

（2）新系统描述。其包括：新系统目标、任务、业务范围界面划分等；新系统分层的数据流图及数据字典、处理过程定义；与现行系统的差别等。

（3）系统可行性分析资料。

（4）系统设计实施等工作计划。

系统分析说明书编写完毕后，企业应组织专门力量对系统分析报告进行审议、提出意见，一旦会审通过，系统分析报告就成为指导系统设计、系统实施、系统维护的依据。

（三）信息系统设计

系统设计就是要根据逻辑模型提出一个"如何去做"的具体方案，即系统的物理模型，包括模块设计、代码设计、数据库设计、输入输出设计等，编程人员根据这个方案就能编写出满足功能要求的应用软件。

1. 模块设计

模块设计包括模块结构设计和模块说明设计。根据结构化设计法，系统模块结构设计通常分两步进行：一是根据数据流图导出初始模块结构图；二是对初始模块结构图进行优化处理，直到最后取得令人满意的模块结构图为止。对初始模块结构图的优化处理主要是分析模块的独立性问题。独立性强的模块要求模块的聚合度是高的，模块的耦合度是低的。所谓模块的聚合度（cohesion）是高的，是指同一模块内部的结构要素（语句或数据）之间具有较强的相关性。所谓模块的耦合度（coupling）是低的，是指尽量减少不同模块之间的相关性，使一个模块不受或少受其他模块故障或改变所带来的影响，有利于系统的开发和维护。模块独立性强的最理想方式是，模块内部结构是功能聚合的（即一个模块恰好代表一个完整的功能），模块间的联系是通过数据交换来实现的。对初始模块结构图的优化处理，就是要从具体物理实现的角度来考虑各个模块的独立性，并进行相应的调整处理。

模块结构设计重点在于描述组成系统的功能模块之间的调用关系，而模块设计说明是定义每个模块处理逻辑的基本内容，即对模块的输入、输出和处理过程作基本描述。

2. 代码设计

代码是指对会计科目名、资产名、商品名、单位名、部门名、职工名等所给予的具有唯一性的编码符号。由于代码能用简单统一的编码符号唯一地确定被标识的对象数据，因此，它有利于计算机进行查询、分类、排序、统计等处理，有利于提高系统的输入速度。建立合理的代码体系是有效运用信息系统的基础。

代码设计，可采用 0～9 这十个数字，也可用 A～Z 这 26 个字母，或二者混合使用，这样，可把代码分为三类，即数字码、文字码和混合码。一般，数字码更易于计算机处理；而文字码的特点是易记忆（如采用拼音字头编码），并且每一位可代表 26 个不同类型的项目（数字码每一位仅能区分十个类型），因此从代码位数上看更为经济。在进行代码设计时，应根据上述特点，结合代码化对象的具体要求综合考虑。常用的代码设计方法有：顺序码，即一种用连续编码代表编码对象的代码；块码，又称组码，它是按编码对象的类型进行分组，组间有空隙，组内是连续的一种代码；群码，又叫组合码、层次码，它是以不同位代表不同类别，每类按顺序编号表示项目名的代码；尾数码，代码末位具有特定含义的代码，用来补充和说明代码的内容。

3. 数据库设计

在数据库设计时，首先要根据系统数据流图、数据字典中的有关说明以及业务处理的要求和特点，建立有关文件，如凭证文件、账簿文件、报表文件等。在设计时尽量减少文件数量，合并一些性质相似、处理要求相同的文件。其次要确定文件及其数据项名称、性质、长度、存取权限等。

4. 输入输出设计

输入输出是计算机与用户的接口，输入输出的内容与格式、操作的方便性都是用户最关心的，输入输出设计的好坏直接影响到系统实用性与运行效率。

信息系统数据输入一般都采用键盘输入。输入格式，应尽量保持或接近原手工格式、习惯。同时，为了便于用户修改数据，应采用全屏幕编辑等。数据输入是系统的生命线，"输入垃圾，得到垃圾"，所以必须保证输入信息的正确性，对输入数据进行校验是保证输入正确性的主要措施；同时，数据输入又是系统的"瓶颈"，应做到输入方法直观、方便、迅速。

输出是信息系统的目的，输出信息内容视具体系统而定。例如，会计信息系统输出内容主要有日记账、总分类账、明细账、报表、内部管理报表、自动转账凭证和其他有关的处理结果。输出的方式主要包括打印账表、输出文件和屏幕显示等。采用什么样的输出方式要根据输出内容来决定。例如，对存档数据或批量数据必须能打印输出，一些业务查询则可屏幕输出。

（四）信息系统实施

系统实施的基本任务是将系统设计阶段形成的物理模型转化为现实系统。具体地讲，系统实施包括设备购置与安装、程序设计与调试（由程序员完成）、系统使用说明书编写、人员培训、数据准备和转换（由业务人员完成）。然后进行系统测试，而后投入试运行，如有问题则作修改，直至通过用户验收。其中，程序设计和调试是最主要的工作。

第二节 基本会计信息系统逻辑模型

会计信息系统的功能结构取决于具体的软件系统。长期以来，我国的会计信息系统一直是作为一个独立的系统在发展，系统功能一般包括会计数据处理系统、会计管理系统和会计决策支持系统三大部分。其中会计数据处理系统是基础，以工业企业为例，其功能一般包括存货、工资、固定资产、成本、应收、应付、账务、报表等内容。随着管理信息系统、企业资源计划系统的发展，会计信息系统成为其中的一部分（子系统），系统中原来独立的一些核算功能也被系统化到相应的子系统中，如工资被系统化到人力资源子系统中，固定资产被系统化到资产管理子系统中，成本被系统化到生产子系统中，存货被系统化到相应业务子系统中等。但账务、报表功能作为会计信息系统的核心部分始终保持着功能的相对独立性和完整性。因此，本章讨论的基本会计信息系统主要指账务、报表系统。在国外，这部分内容称为总账系统。

一、传统会计系统简介

1. 会计科目和账户

会计科目是对经济业务内容进行科学分类并核算的项目。它是设置会计账户的依据，许多会计科目还成为会计报表中的项目。为了保证会计数据的可比性和核算上口径的一致，在我国一级会计科目一般由财政部门统一规定，对重要的二级会计科目也作了统一规定。在此基础上，企业可根据实际业务需要自行设置明细科目。

为了便于应用电子计算机，在现行会计准则中，财政部还对一级会计科目编码进行了统一规定。具体代码可参见统一会计准则。

为了提供经济核算和管理所需要的各种资料，还必须根据规定的会计科目在会计账簿中开设账户，对各项经济业务进行分类、连续的记录。

2. 复式记账方法

复式记账方法是指对发生的每一项经济业务，都要以相等的金额，在相互关联的两个或两个以上账户中进行登记的方法。目前普遍采用的记账方法是借贷记账法。借贷记账法是将全部账户分为资产、负债和所有者权益三大类，以"借"、"贷"为记账符号，以"有借必有贷，借贷必相等"为记账规则，以"资产＝负债＋所有者权益"为平衡公式的一种复式记账方法。

在借贷记账法下，登记账簿时，资产增加登记在资产类科目的借方，减少登记在贷方，余额一般在借方；负债和所有者权益增加登记在该类科目的贷方，减少登记在借方，余额一般在贷方。另外还有成本类、费用类和收益类科目，这些科目月末一般无余额，其登记方法，成本、费用类类似于资产类科目，收益类类似于负债类科目。

3. 会计数据

传统会计中的会计数据主要表现为会计凭证、会计账簿和会计报表。

会计凭证包括原始凭证、记账凭证、记账凭证汇总表等形式。原始凭证是记录和证明经济业务发生的最原始资料，种类繁多，既有外来的，也有自制的。记账凭证是根据审核后的原始凭证记录会计分录，直接作为记账依据的会计凭证。记账凭证可采用统一格式，也可根据其与现金和银行存款的关系分为收款凭证、付款凭证和转账凭证三大类。记账凭证汇总表是为了便于登记总账而将若干数量的记账凭证按相同会计科目汇总填制的凭证。

会计账簿包括总账、明细账、日记账等形式。总账是按一级会计科目设置的反映经济业务总括情况的账簿，一般采用三栏式账页格式；明细账是按明细会计科目设置的反映经济业务明细情况的账簿，根据账页格式的不同，可分为三栏式明细账、多栏式明细账、数量金额式明细账，以及诸如增值税等特殊格式的明细账；日记账主要包括现金日记账、银行存款日记账等，是指按经济业务发生的时间顺序逐笔详细记载的明细账簿，日记账一般采用三栏式账页格式。

会计报表是综合反映企业一定时期内财务状况和经营成果的书面文件，其内容是在日常会计核算的基础上，进一步加工汇总形成的综合性指标。资产负债表、损益表、财务状况变动表等是国家统一规定的企业基本会计报表。这些报表不仅供企业内容管理分析用，同时还必须向主管部门、财税部门、银行、投资者等报送。另外，企业还可根据其内部管理的需要增设一些内部管理报表，如成本费用表等。

4. 会计控制方法

建立会计控制制度的目的在于保证会计数据的可靠性，保护财产安全，防止可能发生的数据处理差错及舞弊行为。会计控制从规章制度到技术方法内容很广，其中，与账务处理直接有关的方法主要有：①复核（审核），即由第二人对会计数据（尤其是会计凭证）进行正确可靠性审查；②核对，包括总账与明细账、日记账的账账核对，账簿与现金、实物的账实核对等内容；③自动检错，根据借贷记账法的记账规则和平衡公式，从记账凭证、科目汇总表、试算平衡表到资产负债表中都自动体现着检错功能，逐个环节排除账务处理过程中的差错现象。

5. 账务处理程序

账务处理程序是指从收集、整理原始凭证开始，到编制记账凭证、登记账簿，最后编制会计报表为止的会计核算过程。手工操作下常用的账务处理程序有记账凭证账务处理程序、汇总记账凭证账务处理程序、科目汇总表账务处理程序、日记总账账务处理程序等。这些方法的主要区别在于登记总账方法的不同。由于账务处理程序与信息系统中的数据流程图相似，因而被看成是建立会计信息系统逻辑模型的基础。其中典型的是科目汇总表账务处理程序，如图 5-1 所示。

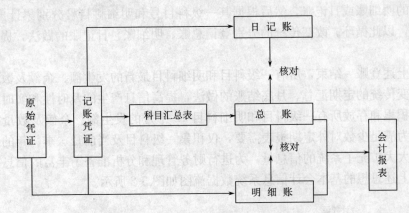

图 5-1　科目汇总表账务处理程序

二、基本会计信息系统逻辑模型设计

如何建立会计信息系统，不仅是一个技术问题，也是一个会计理论问题。因为它涉及如何确立一个基于计算机处理的会计模型问题。我国早期开发的大部分会计信息系统，基本上是模拟手工操作过程的，这对于发挥信息系统的效率是不利的。

传统会计系统是在漫长的手工操作环境下逐步发展完善起来的。它既体现着会计固有的基本特征，同时，在整个账务报表处理过程中又反映着基于手工操作这一技术特征。会计信息系统既要保持会计固有的特征，如会计科目和账户的设置，复式记账，通过账簿分类、连续、系统地记录和核算经济业务等，同时又要调整和改进与手工操作相关的技术特征内容。这些特征内容主要表现在以下几方面：

（1）与手工操作下人员分工协作相适应，数据处理工作环节多，且较分散。如为了便于分类记账和管理，记账凭证按收、付、转甚至更细的形式分类填制和编号等；

（2）受人的操作能力限制，数据处理方法力求简单，数据精确度不高，业务核算较粗；

（3）提供的信息量有限，且周期长、不及时，一般要到月末才结账，并编制有限的对外定期报表；

（4）为了防止人员在每个环节上可能出现的差错，重复记账、账账核对、试算平衡贯穿于整个账务处理过程。

在计算机处理条件下，数据处理在自动化、高速度、准确性方面有了质的飞跃，上述基于手工操作而产生的处理特征已失去存在的基础。在系统设计时应当作相应的调整和改进。

本章介绍的基本会计信息系统逻辑模型在上述方面作了一定的突破。其基本设计思想是：

（1）采用统一记账凭证格式和统一凭证编号建立会计分录数据库，以简化处理环节和内容。

（2）采用一次登账方式，即从会计分录库中取一条未入账记录，根据其明细科目号登记相应的明细账或日记账，然后根据其一级科目号和明细科目号分别累计出发生额、余额数据，以此循环。改变传统的分别登记总账、明细账、日记账的做法，提高数据一致性。

（3）上述登账一结束，所有一级科目和明细科目最新的发生额、余额及数量指标即产生。改变传统的定期汇总、月底结账的做法，提高信息产生的及时性和实时性。

（4）积累和存放所有一级科目和明细科目 12 个月的发生额、余额及数量指标，改变传统的为满足少数对外定期报表需要，仅积累一级科目及当前月、季、年的总括数据的做法，大大扩充了系统的信息量，为进行财务管理和分析准备了丰富的信息源。

体现上述思想的基本会计信息系统数据流图如图 5-2 所示。

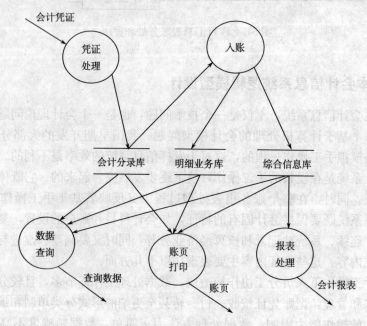

图 5-2　基本会计信息系统数据流图

第三节　基本会计信息系统数据库设计

数据库设计是系统设计的重要内容之一。数据库体系及其库结构的安排对整个系统的数据流程、体系结构，以及程序设计都有密切的关系。为了使读者更好地理解系统设计思想，本节将对基本会计信息系统主要数据库的基本结构进行列示和说明。根据图 5-2 的数据流图，结合系统运行管理的需要，可把基本会计信息系统的主要数据库分为以下四类：会计分录库、明细业务库、综合信息库和科目参数库。下面分别介绍这四类数据库的基本结构和设计策略。

一、会计分录库的基本结构和设计策略

在企业的日常生产经营活动中，任何经济业务最终都需要通过会计科目来分类确认和表示，传统记账凭证的数据均是由两个或两个以上的会计科目及其对应数据组成。因此，不管输入时采用何种记账凭证格式，在计算机系统内，都可通过标准规范的科目明细记录形式来存储会计凭证数据，一个科目代表一条记录。这样，在会计分录数据库内任何会计凭证都可以转换成两个或两个以上科目明细记录组合的形式。

关于科目记录的内容，即会计分录数据库的具体结构，除了需要统一反映规定的财务数据内容外，不同的科目在不同的核算管理要求下还存在着需要反映特殊的会计明细数据资料的要求。因此，会计分录库的数据结构不能只考虑日期、科目、金额等财务数据，还要考虑进行明细核算和管理的内容。当然，要具体给出一个固定的会计分录库数据结构是困难的。因为，不同的企业、不同的管理和核算要求对具体明细数据项的要求是不同的。即使设计出一个包罗万象的数据结构来，从数据存储上讲，也是不合理的。一般，采用以下策略设计会计分录库的具体数据结构，即把具体数据项分成三部分，一是基本数据项，即每个分录共有的数据项，基本对应传统记账凭证的数据项，这部分内容可以规范统一，以保证作为系统接口之一的规范性和开放性；二是明细核算数据项，基本对应传统原始凭证的数据项，具体数据项可具体情况具体考虑；三是责任人签字项，包括数据录入人、修改人、审核人、入账人。

表 5-3 是会计分录库数据结构定义的一般模式。

表 5-3　会计分录库数据结构

	数据项名	类　　型	宽度（小数）	含　　义
基本数据项	日期	日期	8	凭证日期
	分录号	字符	4	分录编号
	摘要	字符	40	业务摘要
	科目号	字符	10	明细会计科目号
	科目名	字符	30	会计科目名称
	方向	字符	2	借贷方向
	金额	数值	14（2）	业务金额
明细数据项	凭证类	字符	10	原始凭证种类
	凭证号	字符	4	原始凭证号码
	凭证日期	日期	8	原始凭证日期
	数量	数值	10（2）	计量单位
	单价	数值	8（2）	资产单价
	规格	字符	20	资产规格
	部门号	字符	6	部门编号
	部门名	字符	30	部门名称
	⋮	⋮	⋮	⋮
签字项	输入员	字符	8	数据录入员
	修改员	字符	8	数据修改员
	审核员	字符	8	数据审核员
	记账员	字符	8	会计记账员

表 5-3 中，前七项内容基本是记账凭证中的内容。明细数据项只有当根据"科目处理标识"（见表 5-3 及其说明）值需要处理时才在记账凭证外补充输入。后四项为账务处理的责任人签字，其值根据操作口令和权限自动产生。在凭证输入时，"修改员"、"审核员"、"记账员"三项不产生内容；审核只对本期"审核员"项为空的记录起作用，当某凭证审核通过后，"审核员"项被赋予审核操作员姓名；记账只对"审核员"项不为空、"记账员"项为空的记录起作用，当调用记账模块并确认记账时，"记账员"项被赋予记账操作员姓名；审核入账后不允许修改凭证，审核入账前对凭证的修改，系统将在"修改员"项自动记录修改操作员姓名。

二、明细业务库的基本结构和设计策略

在传统会计账务处理中，日记账和明细分类账是记账凭证内容的按科目分类。因此，明细业务库是对会计分录库记录的分类，无论是库结构组成，还是记录内容，均是会计分录库的一个子集。根据需要，明细业务库可分为现金账库、银行存款账库、明细账库三类。对于明细业务量大的企业，还可将上述明细账库再细分为一般明细账库、往来账明细账库、数量类明细账库、固定资产类明细账库等，并在账务处理系统之外单独设子系统核算。表 5-4～表 5-6 分别给出了现金账、银行存款账、明细账的库结构定义的一般模式。其中，除银行存款账库增设了一个"对账标志"数据项外，其余数据项均已包含在会计分录库中。

表 5-4　现金账库数据结构

数据项名	类　型	宽度（小数）	含　义
日期	日期	8	凭证日期
分录号	字符	4	分录编号
摘要	字符	40	业务摘要
方向	字符	2	借贷方向
金额	数值	14（2）	业务金额

表 5-5　银行存款账库数据结构

数据项名	类　型	宽度（小数）	含　义
日期	日期	8	日期
分录号	字符	4	分录编号
摘要	字符	40	业务摘要
科目号	字符	10	明细会计科目号
科目名	字符	30	会计科目名称
方向	字符	1	借贷方向
金额	数值	14（2）	业务金额
凭证类	字符	10	银行凭证种类
凭证号	数值	4	银行凭证号码
对账标志	字符	1	对账标志

表 5-6 明细账库数据结构

数据项名	类 型	宽度（小数）	含 义
日期	日期	8	凭证日期
分录号	字符	4	分录编号
摘要	字符	40	业务摘要
科目号	字符	10	明细会计科目号
科目名	字符	30	会计科目名称
方向	字符	2	借贷方向
金额	数值	14（2）	业务金额
凭证类	字符	10	原始凭证种类
凭证号	字符	4	原始凭证号码
凭证日期	日期	8	原始凭证日期
数量	数值	10（2）	计量单位
单价	数值	8（2）	资产单价
规格	字符	20	资产规格
部门号	字符	6	部门编号
部门名	字符	30	部门名称
⋮	⋮	⋮	⋮

由于明细业务库的结构和记录内容都是会计凭证库的一个分类子集。因此，在计算机存储空间和运算速度允许的前提下，完全可以考虑不设置明细业务库，直接由会计分录库代替其职能。随着计算机软硬件技术的不断发展，上述系统设计思想已越来越被系统开发人员所认可。

三、综合信息库的基本结构和设计策略

科目发生额和余额是会计数据处理结果的最基本表达形式，是会计信息分析利用的直接数据源。在传统会计中，它们是通过对总账数据的汇总以后才产生。在会计电算化条件下，通过设置会计综合信息库，根据会计分录库中的科目记录直接实时汇总产生科目发生额和余额数据的方法已得到普遍的采用。当然，在数据库具体的设置策略上不同系统存在着较大差异。这些差异主要表现在以下四方面：

（1）是否反映明细科目的差异。许多系统以满足日常对外定期会计报表为数据处理的主要目标，因此数据中只存放一级会计科目和若干会计报表需用的明细科目，并不反映所有会计科目的内容。

（2）是否反映数量指标的差异。由于许多系统不处理明细核算的内容，因此，数据库只反映用金额表示的余额和发生额指标信息，不反映科目的数量指标信息。

（3）是否反映历史数据的差异。在许多系统中只反映科目的当前余额资料，如本月的余额、借贷方发生额，以及本年累计的借贷方发生额，而不反映各月的历史数据。这虽能满足日常财务报表的需要，但对会计信息的进一步分析利用是不利的。

（4）是否与科目参数库分开的差异。在许多系统中，由于科目参数结构比较简单，

因此科目参数库与会计综合信息库是合一的。这在简单的会计核算系统中数据处理的效率是很高的。但由于科目参数库内容相对稳定,且数据处理的许多环节中都要使用科目参数。因此,在不少系统中两者是分开设置的。

在电算化会计信息系统中,会计综合信息库是有关系统对会计信息分析利用的主要信息源。在通用软件中,会计报表之所以能自由定义,前提是系统中已按标准格式储存了相应的基本数据项。同样,一些软件之所以在各种内部报表数据的定义上,以及财务信息需求的扩展上受到限制,主要原因也不在于报表生成公式或处理程序不通用上,而是在于系统中缺乏相应的数据项的存储。因此,平时如何尽可能全面地、完整地、标准化地积累基本会计信息资料,是实现会计报表系统和财务分析处理系统是否真正通用的重要前提。

企业内外对会计信息的需求是全方位的,其中核心的会计信息是财务信息。会计综合信息库应成为组合财务信息的基本文件。因此,它不仅应反映各级科目汇总的余额、发生额信息,也应该包括所有明细会计科目的余额、发生额资料;不仅应该反映当前最新的余额、发生额信息,也应积累全年 12 个月的余额、发生额信息;不仅应该反映金额信息指标,同时也应该反映数量信息指标。

会计综合信息库是会计信息分析利用的主要信息源,也是系统中数据量最大的文件之一。因此合理考虑它的数据存储策略对数据处理和管理关系重大。一般说来,根据企业的不同实际情况,可选择下述三个模式中的一个:一是对业务规模不大、明细科目不特别多的企业,可设置统一的会计综合信息库,统一存储处理各级科目的信息资料;二是对明细科目较多的企业可分别设置基本科目综合信息库和非基本科目综合信息库,分别存储处理汇总科目和明细科目的信息资料;三是对数量类明细科目特别多的企业(如大中型商业流通企业等)可分别设置非基本科目综合信息库、数量类基本科目综合信息库和基本科目综合信息库,分别存储、处理汇总科目、数量类明细科目和非数量类明细科目的信息资料。

表 5-7 是会计综合信息库结构定义的一般模式。

表 5-7   会计综合信息库数据结构

数据项名	数据类型	宽度(小数)	含 义
日期	日期	8	会计信息截止日期
科目号	字符	10	会计科目代码
方向	字符	2	余额借贷方向
借方金额	数值	14(2)	本期借方发生额
借方数量	数值	8(2)	本期借方数量
贷方金额	数值	14(2)	本期贷方发生额
贷方数量	数值	8(2)	本期贷方数量
当前余额	数值	14(2)	科目当前余额
结存数量	数值	8(2)	科目结存数量
年借金额	数值	14(2)	本年借方发生额
年借数量	数值	8(2)	本年借方数量
年贷金额	数值	14(2)	本年贷方发生额

数据项名	数据类型	宽度（小数）	含　义
年贷数量	数值	8（2）	本年贷方数量
年初余额	数值	14（2）	年初余额
年初数量	数值	8（2）	年初结存数量
借方金额1	数值	14（2）	1月借方发生额
借方数量1	数值	8（2）	1月借方数量
贷方金额1	数值	14（2）	1月贷方发生额
贷方数量1	数值	8（2）	1月贷方数量
余额1	数值	14（2）	1月末余额
结存数量1	数值	8（2）	1月末结存数量
⋮	⋮	⋮	⋮
借方金额12	数值	14（2）	12月借方发生额
借方数量12	数值	8（2）	12月借方数量
贷方金额12	数值	14（2）	12月贷方发生额
贷方数量12	数值	8（2）	12月贷方数量
余额12	数值	14（2）	12月末余额
结存数量12	数值	8（2）	12月末结存数量

四、科目参数库的基本结构和设计策略

会计科目在管理和核算要求上的区别是多方面的，归纳起来主要有以下几类：

（1）从会计信息的综合程度上看，有汇总科目和明细科目之分。明细科目是数据处理的基本元素，任何经济业务首先必须通过明细科目加以确认并分类地表示出来。而汇总科目是反映其所属明细科目逐级汇总的综合会计信息指标，也是组成会计报表项目的主要内容。

（2）从会计科目所代表的内容上看，有一般科目、银行账科目、数量类科目、往来账科目、长期类科目、固定资产类科目等几类。不同类科目反映的内容除一般科目所包括的日期、凭证号、摘要、方向、金额等基本数据项外，还包括进行明细核算和管理的原始凭证数据。其中，银行账科目需反映结算凭证种类、号码等数据；往来账科目需反映发票号码、客户情况等数据；数量类科目需反映数量、单价、计量单位、存放地点、产地等数据；长期类科目需反映长期投资（负债）的期限等数据；固定资产类科目需反映数量、单价、使用部门、年限、残值率等数据。不同类别的科目从数据的输入到明细核算都是有区别的。

（3）从会计科目与会计核算管理模式的关系看，有单一核算科目和分部门核算科目之分。企业一般均有若干科目（如费用类）需分部门建立明细账进行核算、管理和控制。有些企业（尤其是商品流通企业）的会计核算和管理甚至建立在部门核算的基础上，不仅大部分科目分部门核算，有的还要分部门生成打印内部报表，如部门盈利表、部门资金占用表等。

（4）从会计信息的计量手段角度分析，会计科目有单币（人民币）科目和复币科目

之分。如果是复币科目，则所有金额必须分成人民币和外币分别进行核算、管理和控制。

（5）从会计明细资料输出的格式上看，会计科目又可分为三栏式账科目、银行账科目、数量金额式账科目、部门多栏式账科目、子目多栏式账科目、固定资产式账科目、复币式账科目等几类。

上述科目间的特性需要通过不同的科目参数来加以描述。科目参数是用来分类和区别不同会计科目之间不同管理和核算要求的标识，它是实现会计软件通用化的基本手段之一，应通过设置科目参数库来统一存放和管理科目参数标识。科目参数库应通过用户自由设置生成。不同科目在管理和核算上的不同要求是通过系统自动判别科目参数库的具体参数来实现。

表 5-8 是科目参数库结构及其参数标识值定义的一般模式。

表 5-8　科目参数库数据结构

数据项名	数据类型	长度	含义
科目号	字符	10	会计科目代码
科目名称	字符	30	会计科目名称
方向	字符	4	余额借贷方向
处理标识	字符	1	明细数据处理标识
账页标识	字符	1	账页格式标识
部门标识	逻辑	1	是否分部门核算
外币标识	逻辑	1	是否核算外币

下面分别说明各数据项的设置考虑：

科目号：包括总账科目和二、三、四级明细科目的代码。

科目名称：分别用来说明各级科目编号所对应的会计科目名称。

方向：代表会计科目余额的方向，分为借、贷、中性三类。

处理标识：用来分类标识不同会计科目具体处理的内容。例如，根据不同处理内容可将会计科目作以下分类：空格为其他一般科目；"1"为银行存款类科目；"2"为数量类科目；"3"为固定资产科目；"4"往来账科目；"5"为长期类科目；等等。在数据处理时可根据科目"处理标识"值的不同分别进行不同内容、方式的数据处理。例如，在会计凭证录入处理时，可根据会计科目"处理标识"的值判别是否需要补充输入明细数据、输入哪些明细数据。如是空格则不需输入，如是"1"则需提供格式窗口用来输入银行科目相关的结算凭证种类、号码等明细数据，等等。

账页标识：用来分类标识某一会计科目账页输出的格式。如可作以下分类："1"为银行账账页；"2"为数量金额式账页；"3"为固定资产式账页；"4"为子目多栏式账页；"5"为部门多栏式账页；"6"为复币式账页；空格为普通三栏式账页；等等。当需要打印账页时，系统可根据会计科目的"账页标识"值自动调用相应的格式程序打印对应格式的账页。

部门标识：用来定义某会计科目是否需分部门核算和管理。对于需分部门处理的科目，在会计科目初始定义的同时还必须初始定义对应的所有部门。

外币标识：用来定义某一会计科目是否需同时进行外币核算。

设置上述科目参数库，一是实现了程序编码与具体会计科目设置分离的目标，不管具体会计科目如何设置、变更，均与程序编码无关；二是实现了会计科目与其具体的处理方式、处理内容、数据结构、输出格式等分离的目标，即系统不硬性规定什么会计科目必须处理什么内容、用什么格式输出等性质，而是由使用者根据实际管理和核算需要自由设置。

第四节　基本会计信息系统功能设计

信息系统的功能结构图是在数据流图的基础上，根据模块设计的原则和系统运行的实际需要而设计的。不同系统在考虑具体的功能结构时存在较大差异。尤其是通用软件，为了满足不同用户的需要，往往会设置众多面向不同用户的应用功能，系统功能较丰富。会计信息系统最基本的功能一般包括以下六大模块（图 5-3）。

一、系统初始

此模块主要是用来建立系统的运行环境。处理方法主要是向科目参数库、会计综合信息库、明细业务库以及其他各种辅助数据库（如人员库、部门库、外币库等）输入期初初始数据。初始结束后一般不再启用该功能，以保证会计数据账证的一致性。常用功能如下：

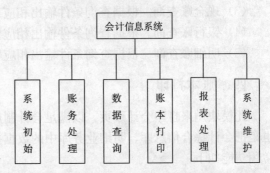

图 5-3　基本会计信息系统功能结构图

(1) 账套设置。设置新账套，并定义系统的基本属性。

(2) 人员设置。设置人员及其操作权限和口令。

(3) 部门设置。设置系统核算部门的代码和名称。

(4) 外币设置。设置系统外币币种及其汇率。

(5) 科目初始。主要是对会计科目参数库的初始设置。

(6) 会计数据初始。主要是对会计综合信息库的初始设置。

(7) 往来账设置。初始期初往来单位及其未核销往来账项明细业务。

(8) 初始数据验证。对初始数据的正确性进行自动验证。

二、账务处理

此模块是会计信息系统的核心，系统的日常使用主要在该模块内进行。主要任务是向会计分录库输入会计凭证数据，经审核确认后，按记账规则进一步向会计综合信息库、明细业务库进行记账数据处理。常用功能如下：

(1) 凭证输入。其包括记账凭证数据和原始凭证数据的输入。

(2) 凭证修改。根据凭证号修改指定凭证。

(3) 凭证查询。根据查询条件显示相应凭证。

(4) 凭证打印。根据起止凭证号打印相应凭证。

(5) 凭证审核。对非本人输入的未审核记账凭证逐一进行审核签字。

(6) 入账。将已审核未入账的凭证登记入明细账、日记账，以及进行科目发生额、余额汇总。

(7) 自动转账。月末，对一些固定的转账业务，如利润结转等自动进行转账处理。

(8) 数据结转。月末，将所有一级科目和明细科目上月借贷方发生额、余额进行结转保存，并设置下月初初始状态。

三、数据查询

此模块用来满足对会计信息资料日常查询的需要。处理方法主要是把会计综合信息库、明细业务库中的数据按照一定的条件和格式进行屏幕显示或打印。常用功能如下：

(1) 总账余额查询。输出某总账科目或所有总账科目各月借贷方发生额、余额资料。

(2) 明细余额查询。输出某类或某一明细科目各月借贷方发生额、余额资料。

(3) 现金账查询。根据查询条件输出相应现金账业务。

(4) 银行账查询。根据查询条件输出相应银行账业务。

(5) 明细账查询。根据查询条件输出相应明细账业务。

四、账本打印

此模块用来打印会计账页，以满足会计制度对会计资料存档的需要。处理方法主要也是把会计综合信息库、明细业务库中的数据按照会计制度规定的格式序时打印输出。常用功能如下：

(1) 总账打印。从会计综合信息库打印总账，总账可用"总分类账户本期发生额及余额对照表"形式代替，可随时打印输出最新的会计信息。

(2) 现金账打印。输入与上次打印的连接条件，即可打印输出三栏式账页。

(3) 银行账打印。输入与上次打印的连接条件，即可分银行打印输出三栏式账页。

(4) 明细账打印。按一级科目连续打印所属明细科目全年明细业务，账页格式由科目属性决定，具体可分为三栏式、多栏式、数量金额式、固定资产明细账等几类。

五、报表处理

此模块用来定义、生成和输出会计报表。核心处理方法是从会计综合信息库中提取账务数据生成会计报表库中的数据。常用功能如下：

(1) 报表格式定义功能。按照一定的定义规则，分具体表种对报表的项目内容、编制方法进行定义。具体表种是它的下级功能。

(2) 报表数据生成功能。根据定义的报表项目内容和编制方法，自动生成各报表数据。可重复生成报表数据。它的下级功能是具体表种。

(3) 报表审核查询功能。对已经生成的报表数据是否正确进行查询审核。本模块不提供对报表数据的修改功能（会计制度规定），对数据的修改可通过记账凭证进行调整。

如属编制方法问题，可通过报表格式定义功能进行修改。它的下级功能是具体表种。

（4）报表打印功能。根据报表库直接打印具体会计报表。

六、系统维护

此模块是系统的辅助管理功能，常用功能如下：

（1）人员维护。根据业务需要调整人员设置、修改人员权限和操作口令。

（2）科目维护。根据业务需要增减会计科目。

（3）部门维护。根据业务需要增减部门设置。

（4）外币维护。根据业务需要增减外币种类和进行汇率的调整。

（5）数据维护。对数据文件进行备份和恢复处理。

（6）转账凭证设置。设置系统自动转账凭证。

【进一步学习指南】

信息系统开发的方法很多，最典型和最基本的方法是生命周期法（life-cycle）。20 世纪 80 年代以后，为了适应不断发展变化的软件开发环境，在生命周期法的基础上，又派生出了原型法（prototy-ping approach）、面向对象法（object oriented）等多种方法。

原型法不过分强调系统开发的阶段划分，而是在确定系统的基本需求后，快速设计一个初步的原型，交给用户试用，经过一段时间的使用，根据用户对原型的意见不断对原型进行修改和扩充，从而产生一个新的原型，如此反复迭代，逐步达到准确了解用户的需求，使系统能越来越满足用户的需求，直至用户和开发者都感到比较满意为止。

面向对象方法从分析问题域中的对象出发，同时分析系统中的数据以及基于这些数据的操作或功能，进而抽象与设计对象结构模型。面向对象的系统开发，包括面向对象的系统分析（OOA）、面向对象的系统设计（OOD）和面向对象的程序设计（OOP）三部分。

目前信息系统开发技术已从过去的面向过程、面向对象、面向组件等技术抽象方法向着业务流程动态建模、业务模型驱动等业务抽象方向转变，以提高适应业务变化的能力。另外，在程序调用与共享机制上，已从进程内、进程之间、主机之间向互联网中异构平台下的服务器之间的调用与资源共享发展，极大地增强了应用程序的动态性与可扩展性。

【进一步阅读书目及法规】

丁秋林，黄传奇，吴笑凡. 2003. 现代企业信息化重构. 北京：机械工业出版社

李清，陈禹六. 2004. 信息化项目管理. 北京：机械工业出版社

佩帕德 J，罗兰 P. 2003. 业务流程再造精要. 高俊山译. 北京：中信出版社

中国会计学会会计信息化专业委员会. 2009. 中国会计信息化 30 年. 北京：中国财政经济出版社

Bodnar G H，Hopwood W S. 2004. 会计信息系统. 北京：清华大学出版社

【复习思考题】

1. 什么叫软件生命周期？其一般分为哪几个阶段？各阶段有哪些主要任务？

2. 系统分析的任务和主要内容是什么？如何认识系统分析的重要性？

3. 系统设计阶段的任务和主要内容是什么？它与系统分析有什么区别？

4. 简述科目参数库在会计信息系统中的作用。

5. 对照会计综合信息库，如果是年初启用系统，系统初始化跟库中的哪些字段有关？如果是年中启用系统，又该初始哪些字段？

6. 对照会计综合信息库，分析可从哪些方面检验初始账务数据的正确性？

7. 一个月的会计数据处理工作结束，开始下一个月工作时，会计综合信息库中应做怎样的"数据结转"工作。

8. 对照会计凭证库，写出软件设计时，对下列问题进行计算机自动控制的逻辑思路：

(1) 凭证输入时凭证号不漏号、不重号；

(2) 凭证审核时不漏审核、不重审核；

(3) 凭证修改时保证已入账凭证不被修改；

(4) 凭证入账时保证未审核凭证不入账，已审核凭证不漏登账、不重复入账；

(5) 月底结账时保证本月所有经济业务已入账。

9. 如果采取由凭证库代替明细业务库的设计思想，试设计系统的数据流图。

第六章

会计信息系统的管理、控制与审计

【本章学习目标】

- 理解和掌握会计信息系统的实施管理
- 理解和掌握会计信息系统的运行管理
- 理解和掌握会计信息系统的维护管理
- 理解和掌握会计信息系统的内部控制体系
- 熟悉会计信息系统审计的内容、步骤和方法

电算化会计信息系统的建立,提高了会计信息处理效率的同时,也带来了更大的风险,因此对电算化会计信息系统的管理、控制与审计就显得更加重要。会计信息系统的管理和控制是指运用各种方法和手段,对会计信息系统中的人、财、物等各要素进行有效的计划、组织、协调和控制,使会计信息处理工作水平有较大提升、职能和作用得到充分发挥、风险得到有效控制。会计信息系统的审计是审计人员用手工或电算化的审计方法和技术对会计信息系统进行审计。会计信息系统的有效管理、控制与审计,保证了会计信息系统实施运行的正常安全,会计信息的合规合法。

第一节 会计信息系统管理

会计信息系统的管理是指基层单位开展会计电算化的一些管理办法、措施和制度等。具体包括:会计信息系统的实施管理、运行和维护管理。

一、会计信息系统的实施管理

1. 单位会计信息系统实施模式的选择

单位建立会计信息系统,首先面临的问题是选择何种实施模式。单位要根据自身的规模、管理需要、基础水平、经济与技术条件等情况,进行充分的论证,选择最适合自身条件的实施模式。会计信息系统的实施模式通常有以下三种：

（1）单位自行开发模式。单位自行开发软件可根据自身的技术力量采取自主开发、委托外单位开发、联合外单位开发等方式。一般地说，自行开发软件方式周期长、投资成本高，但它能满足单位的特殊要求，因此这种方式适合于内部管理要求较高、整个企业管理均需实现计算机化管理的大中型企业采用。

（2）购买通用会计软件模式。直接购买通用会计软件的方式是指在市场上选择一种商品化的通用会计软件，通过初始化实施后使用。目前我国从事商品化会计软件开发的公司已有不少，商品化会计软件的优点是通用性强、安全性高，一般能满足不同用户的日常会计核算的需求，软件质量都比较高，功能比较强大，好学、易操作，但一般无法满足单位管理上的特殊要求。对计算机管理要求较低而会计数据处理工作量较大的中小型企业可采取直接购买通用会计软件的方式。

（3）购买通用会计软件和自行开发结合模式。由于通用会计软件不能满足单位管理上的一些特殊要求，单位也可一般业务使用通用会计软件，而针对一些特殊业务自行开发一些特殊模块，然后与通用模块连接，当然需开发好连接接口。

（4）ERP 实施模式。由于会计信息系统是 ERP 系统的一个重要子系统，因此企业实施 ERP 时一般都会去实施会计子系统。目前国内企业实施 ERP 系统，除少数企业采用自行开发软件模式外，大都采用购买国内或国外通用软件方式。国内 ERP 软件大都从原来财务软件基础上发展起来，一般对中小型企业较适用；国外 ERP 软件结构较成熟，既有适合大中型企业的软件，也有适合中小型企业的软件。目前国内的大型企业一般都采用国外知名 ERP 软件。

单位会计信息系统的实施模式不同，其实施管理的要求、内容也不同。由于在前文中已对信息系统开发管理方式、ERP 及其应用作了详细的论述，所以后文着重介绍购买通用会计软件模式的实施管理。

2. 清理和规范会计业务工作内容

主要是对会计业务工作进行一次全面清理，使其符合会计电算化以后的要求。具体清理工作要根据电算化会计具体软件的操作要求进行，一般包括以下内容：

（1）会计核算程序的规范化。会计电算化后要按计算机数据处理的要求调整会计岗位和工作内容，要避免出现在计算机上照搬手工处理方式，由多人填制各自凭证、多人登记各自账簿、多人打印各自账本的现象。

（2）科目编号的规范化。要严格按软件规定的科目编码方案整理所有明细科目编码。科目编码本要打印输出，新增科目必须按科目编码方案分类追加。混乱的科目编码必然导致会计数据的混乱。

（3）凭证的规范化。要按软件要求对凭证格式、内容进行规范。在会计电算化条件下宜选择统一记账凭证格式和编号，如果软件只允许每张凭证一个摘要，则要注意不要把不同的经济业务放在一张凭证上。

（4）账户清理。计算机进行会计数据处理是在初始数据的基础上进行的，一旦初始工作结束并开始进行日常会计数据处理工作，初始数据一般不得再改动。因此，要保证初始数据的正确性和完整性。要求在输入初始数据之前，首先要对手工会计数据进行账账核对、账实核对，并清理往来账户和银行未达账户。

（5）成本核算方法的规范化。在手工操作条件下，成本核算工作是按手工操作的特点逐步进行。处理环节多，产生的中间数据也较多，处理工作量大。并且，即使是同一种核算方法，不同企业也存在较大差异。因此，实行会计电算化以后，尤其是采用通用会计软件，需要根据计算机处理的特点要求，对手工操作方式的成本核算方法、处理步骤、费用分摊方法和标准、数据格式等进行规范和标准化。

（6）规范企业内部部门间的业务程序。按电算化会计核算模式的要求，规范会计部门与其他相关业务部门的数据处理和传递关系。这包括两个方面：一是会计部门对数据源部门有关数据的产生时间、内容、传递方式的规定；二是会计部门对其他部门的信息支持和服务等方面的规定。

3. 调整会计机构和配置人员

计算机应用必然会引起会计部门组织机构、岗位设置及会计人员的知识结构方面的变化，需要作相应的调整。企业计算机应用的规模越大，程度越高，这种调整就越大。单位必须在开始从事会计电算化工作的同时，考虑电算化后的组织结构、岗位配置、人员配备，以及相应人员的培训工作，这是关系到一个单位的会计电算化工作能否高效、有序地开展下去，甚至成败的大问题。

会计电算化以后企业会计部门的组织结构及人员配备没有统一的模式。一般，企业会计电算化后的工作岗位可分为基本会计岗位和电算化会计岗位。基本会计岗位包括会计主管、出纳、会计核算、稽核、会计档案管理等工作岗位。电算化会计岗位是指直接管理、操作、维护计算机及会计软件系统的工作岗位，可分为以下七个基本岗位：

（1）电算主管。负责协调计算机及会计软件系统的运行工作，要求具备会计和计算机知识，以及相关的会计电算化组织管理的经验。电算化主管可由会计主管兼任，采用中小型计算机和计算机网络会计软件的单位，应该设立此岗位。

（2）软件操作。负责输入记账凭证和原始凭证等会计数据，输出记账凭证、会计账簿、报表和进行部分会计数据处理工作，要求具备会计软件操作知识，达到会计电算化初级知识培训的水平。各单位应该鼓励基本会计岗位的会计人员兼任软件操作岗位的工作。

（3）审核记账。负责对输入计算机的会计数据（记账凭证和原始凭证等）进行审核，操作会计软件登记机内账簿，对打印输出的账簿、报表进行确认。此岗位要求具备会计和计算机知识，达到会计电算化初级知识培训的水平，可由主管会计兼任。

（4）系统管理。负责保证计算机硬件、软件的正常运行，管理机内会计数据。此岗位要求具备计算机和会计知识，经过会计电算化中级知识培训。采用大型、小型计算机和计算机网络会计软件的单位，应设立此岗位，此岗位在大中型企业中应由专职人员担任。

（5）电算审查。负责监督计算机及会计软件系统的运行，防止利用计算机进行舞弊。要求具备计算机和会计知识，达到会计电算化中级知识培训的水平。此岗位可由会计稽核人员兼任。采用大型、小型计算机和大型会计软件的单位，可设立此岗位。

（6）数据分析。负责对计算机内的会计数据进行分析，要求具备计算机和会计知识，达到会计电算化中级知识培训的水平。采用大型、小型计算机和计算机网络会计软件的单位，可设立此岗位，由主管会计兼任。

（7）档案管理。负责对数据优盘、程序光盘，打印输出的凭证、账簿、报表以及系统开发资料等各种会计档案资料的保管及保密工作。

4. 系统初始化

根据上述整理的手工会计核算资料，按具体会计软件的要求，在计算机上完成各项会计核算的初始化工作。初始化的内容因软件而定，如账务处理的初始化一般包括建立账簿数据库、设置操作权限、选择记账凭证格式、设置会计科目（包括科目代码、名称、科目特性等）、输入各科目的期初余额等内容。

5. 试运行

这一阶段首先由手工完成日常会计核算工作。同时，在上阶段初始数据的基础上，使用电算化会计软件进行日常会计核算，并经常核对手工与计算机处理的结果是否一致，出现不一致时要及时分析原因，如属软件原因则应及时修改和完善。

由于人机并行期会计部门要完成双份的会计核算工作，故并行期不宜过长。当然太短也起不到检验软件可靠性的目的。

人机并行期对会计软件的操作要注意以下几点：

（1）尽可能使用软件提供的各个功能模块，从不同的路径调用各功能模块，以全面测试软件运行的安全性、可靠性、正确性，同时尽可能多地掌握软件的操作规律。

（2）要按日常会计核算的要求每日处理会计数据，避免月底集中输入、集中审核、集中入账的做法。

（3）要按电算化会计正常的人员配置要求操作系统，不能由一人包办一切。

（4）对错账的更改要养成按规定程序和方法进行修改的习惯，要避免由软件设计人员通过直接修改数据库的方式进行更正。

6. 替代手工记账

采用计算机替代手工记账，使广大财会人员摆脱了繁重的手工操作，是会计电算化的目标之一。但是有了一个好的软件并不能保证会计数据处理的安全、可靠。企业还必须在人员、设备、管理制度等方面具备一定的条件。采用计算机替代手工记账的单位必须具备《会计电算化管理办法》中规定的基本条件。

二、会计信息系统的运行和维护管理

实施会计电算化后，不仅使核算手段发生了重大变化，而且还改变了许多手工管理的习惯和方法，对单位会计工作管理的方法、程序、核算体系产生了巨大的影响。因此，应针对会计电算化的特点，调整内部会计管理制度，否则新系统就不可能顺利运行，安全就得不到保障。会计信息系统的运行和维护管理的内容是多方面的，要根据系统的具体情况制定，主要包括建立岗位责任制、日常操作管理、计算机软硬件系统维护管理以及会计数据和档案管理等内容。

1. 建立岗位责任制

建立会计信息系统岗位责任制，要明确各个工作岗位的职责范围，切实做到事事有人管，人人有专责，办事有要求，工作有检查。实施会计电算化的单位要根据会计电算化条件下会计数据处理和财务管理工作的需要和本单位会计工作的特点，确定岗位、人员及其工作职责和权限。要注意人员分工必须符合内部控制的要求，包括系统管理员一般不得参与日常数据处理工作、操作员与审核员职责分离、操作员不得兼管系统文档资料、软件开发人员不得上机操作软件等内容。

1）会计电算化主管责任制

负责电算化系统的日常管理工作，监督并保证电算化系统的正常运行，达到合法、安全、可靠、可审计的要求。在系统发生故障时，应及时组织有关人员尽快恢复系统的正常运行。协调电算化系统各类人员之间的工作关系，制定岗位责任与经济责任的考核制度，负责对电算化系统各类人员的工作质量考核，以及提出任免意见。负责计算机输出凭证、账簿的数据正确性和及时性检查工作。建立电算化系统各种资源（硬件资源和软件资源）的调用、修改和更新的审批制度，并监督执行。完善企业现有管理制度，充分发挥电算化的优势，提出单位会计工作的改进意见。

2）软件操作员责任制

负责所分管业务的数据输入、备份和输出（包括打印输出凭证、账簿、报表）的工作。严格按照操作程序操作计算机和会计软件。数据输入操作完毕后，应进行自检核对工作，核对无误后交审核记账员复核记账，对审核员提出的会计数据输入错误，应及时修改。每天操作结束后，应及时做好数据备份并妥善保管。注意安全保密，各自的操作口令不得随意泄露，定期更换自己的密码。离开机房前，应执行相应的命令退出会计软件，并退出所登录的网络。操作过程中发现问题，应记录故障情况并及时向系统管理员报告。

出纳人员应做到"日清月结"，现金出纳每天都必须将现金日记账的余额与库存现金进行核对一致；银行出纳每月都必须将银行存款账户余额与银行对账单进行核对一致。由原始凭证直接录入计算机并打印输出的情况下，记账凭证上应有录入员的签名或盖章，收付款记账凭证还应由出纳人员签名和盖章。

3）审核记账员责任制

审核原始凭证的真实性、正确性，不合规定的原始单据不能作为记账凭证依据。对不真实、不合法、不完整、不规范的凭证，退还给各有关人员更正修改后，再进行审核。对操作员输入的凭证要及时进行审核和记账，并打印出有关的账表。凭证审核的内容包括各类代码的合法、摘要的规范性、会计科目和会计数据的正确性，以及附件的完整性。对不符合要求的凭证和输出的账表不予签章确认。审核记账人员不得兼任出纳工作。结账前，检查已审核签字的记账凭证是否全部记账。

4）系统管理员责任制

定期检查电算化系统的软件、硬件及网络的运行情况。应及时对电算化系统运行中的软件、硬件故障进行排除。负责电算化系统升级换版的调试工作。会计电算化系统人员变动或会计科目调整时，负责电算化系统维护。会计软件不满足单位需要时，与商品化软件开发商联系，进行软件功能改进。

5）电算审查人员责任制

负责监督计算机及会计软件系统的运行，防止利用计算机进行舞弊。审查电算化系统各类人员的工作岗位的设置是否合理，制定的内部牵制制度是否合理，各类人员是否越权使用软件。发现系统问题或隐患，应及时向财务负责人反映，提出处理意见。

6）数据分析员责任制

负责对计算机内的会计数据进行分析。制定适合本单位实际情况的会计数据分析方法、分析模型及分析时间，为经营管理及时提供信息。按月、年对各账套的报表及统计数据汇总、合并、统计、分析，为单位领导提供必要信息。根据单位领导随时提出的统计分析要求，及时利用会计数据进行统计分析，以满足单位经营管理的需要。

7）会计档案保管员责任制

按会计档案管理有关规定行使职权。负责本系统各类数据优盘、系统光盘及各类凭证、账簿资料的存档保管工作。做好各类数据、资料、凭证的安全保密工作，不得擅自出借。经批准允许借阅的会计资料，应认真进行登记。

2. 日常操作管理

根据会计工作流程及软件操作规程，具体规定上机操作人员的工作内容和职责、权限。其包括：操作密码管理的规定；会计凭证数据的输入、审核、传递、保管的规定；会计数据处理和输出的规定；定期数据备份的规定；按规定权限和要求维护机内会计数据的规定；人与系统运行不分离的规定；保存必要上机操作记录的规定；等等。操作管理的具体内容包括以下几个方面。

1）计算机系统使用管理

保护计算机设备，非指定人员不得进入机房操作计算机及计算机软件，保证机内程序与数据的安全。操作使用会计电算化软件，按各人员的网络权限及口令登录财务软件，使用完毕，及时退出财务软件。使用其他软件，请勿登录财务软件。使用不间断电源，避免因断电而破坏会计数据。发现网络及硬软件故障应及时处理，并报告系统管理员。任何人员不得直接打开数据库文件进行操作，修改源程序、数据库结构及数据。定期检查保养计算机硬件设备，保证硬件系统正常工作。

2）上机操作管理

操作人员应按所分配的权限操作会计软件，不得越权或以其他人的名称操作会计软件。操作人员的操作密码应注意保密，不得随意泄露，密码应每月变更一次。按软件的操作功能和会计业务处理流程操作软件，会计人员要按规定录入原始数据和各种代码、审核凭证、记账、执行各功能模块、输出各类信息。如果发现输入计算机的凭证有错误，在记账前，可由凭证制作人员进行修改，记账后，应由凭证制作人员另作红字凭证。一般不允许反结账。如当月需反过账，应提出书面申请，写明理由，经财务负责人签字批准，授权电算主管执行。在系统运行过程中，操作人员如要离开操作现场，必须在离开前退出会计软件及财务网络，以防其他人员越权操作。上机日志删除以前，必须打印成册存档，以明确责任。每天上机完毕后，都要做好备份工作，以防发生意外事故。防止计算机病毒，应避免使用来历不明的优盘和各种非法拷贝软件。禁止在财务专用机上玩游戏。使用网络上其他计算机软件及文件前，应先做好病毒检测工作，以防病毒入侵。

3. 计算机硬软件系统维护管理

1）计算机硬件系统的维护管理

硬件系统的维护是指对计算机主机、外部设备及机房各种辅助设备进行的检修、保养工作，以保证硬件系统处于良好的运行状态。为此，要建立硬件设备的定期检修制度。随着电子技术的发展，硬件质量不断提高，对硬件的维护工作相对减少。

一般情况下，应每周检查一次计算机硬件系统，并做好检查记录，以保证系统的正常运行。经常对有关设备进行保养，保持机房和设备的整洁，防止意外事故发生。要定期对计算机场地的安全措施进行检查。在系统运行过程中，出现硬件及网络故障，要及时进行故障分析，并做好检查记录。对自己修复不了的故障，应与计算机生产、销售厂家联系，及时修复，以免影响整个电算化系统运行。在设备更新、扩充、修复后，及时进行安装调试。

2）系统软件的维护管理

软件维护是指根据实际需要对软件系统进行的修正或补充工作。软件维护包括：纠错性维护，目的是改正软件中存在的错误；适应性维护，是指由于环境条件发生变化而对软件进行的修改，目的是使软件能随环境的变化而变化；完善性维护，是指为了提高系统的工作效率和性能或为了适应用户附加的以及改动了的需求所做的软件修改。

对会计信息系统用户而言，不需要修改系统软件，所以维护比较简单，主要任务是检查系统文件的完整性，以及系统文件是否被非法删除和修改，以保证系统软件的正常工作。

3）会计软件的维护管理

从维护的方法上，会计软件的维护可分为两大类：一是利用会计软件自身进行维护；二是对会计软件的直接修改。

利用会计软件自身进行维护是利用会计软件本身提供的功能直接在运行过程中进行维护，是一种日常维护工作。内容包括数据文件记录的维护、代码库（词典库）记录数据的维护、数据备份与恢复等方面。一些灵活性能较好的软件，其适应性维护中的部分内容也可通过日常维护来解决。例如，报表格式和内容的变化可通过通用报表生成模块来自动修改，不需要直接修改程序，对于如税率的调整、税种的增减、计算公式的生成和调整等具体核算方法的变化，也可通过核算方法维护模块自动进行修改，不用直接修改软件中的有关模块。

由于系统日常维护工作是通过软件自身来完成的，其维护的步骤、要求等已经体现于软件的维护模块之中，因此，系统日常维护制度的重点，主要是建立各具体维护内容的责任分工制度，并进行工作权限的控制。责任分工要符合内部控制的原则，即各操作人员所拥有的维护权与其系统操作权之间在内容上要符合内部控制制度的要求。一般地说，跟具体业务操作直接有关的维护内容，可由各自的终端操作员兼管。例如，经营新品种需增加新的商品代码记录、产生新的客户需开设新的账户记录等，这些内容随时都可能产生，并且，只有在操作员输入凭证内容，经计算机提示后才发现是新品种、新客户。显然，这些内容由操作员维护比较方便。与具体操作人员无直接联系或具有共性的维护内容，一般应由高一级的操作人员、控制人员或系统管理员负责实施。例如，报表格式和内容的调整、各种定额数据的修改、各种数据文件的转储和清理等可根据有关部门的正式通知或根据系统需要由系统管理员负责实施。

如果对系统的维护不能通过应用软件本身提供的维护功能来解决，则需对系统进行直接的修改。一般来说，对软件的维护以及对数据文件结构和代码系统结构的维护都需对系统进行直接修改。系统修改是一项细致而严密的工作，必须谨慎从事。因为系统是一个整体。各部分功能紧密关联，牵一发而动全身。例如，代码结构的扩充要影响到所有与该代码系统相关的程序模块和数据文件的结构。其中，对程序模块和数据文件结构的一致性修改，其工作量远远超过代码系统本身的修改。并且，如果在程序模块和数据文件结构的修改过程中出现疏漏现象，还会产生严重的副作用。因此，系统修改必须要有一套严格的工作制度，必须由对系统的功能结构十分清楚的系统管理员直接掌握和决定，并负责实施。

系统直接修改的五个步骤：①提出修改申请。与系统有关的人员（如操作员、信息使用者等）都可根据实际需要向系统管理员提出对系统的修改申请。修改申请一般用固定格式的修改申请书形式表示，申请书中要详细说明修改的目的、内容和要求。②修改申请的分析。系统管理员对收到的修改申请要及时进行全面的系统分析，对合理、可行的修改申请，要根据其轻重缓急的程度制订相应的计划，并确定修改所需的资源、成本及时间因素等。对于重大的修改扩充计划，要报请主管领导审批。③系统修改的实施。由系统管理员会同有关维护员（程序员），在对系统文档和修改要求进行全面分析的基础上实施修改计划。完成修改编码后，要对修改的内容进行单元测试，并形成测试报告。另外，根据实际修改的内容还要改写相应的流程图、结构图、程序清单、操作手册等系统文档，以保证系统文档与实际运行系统的一致。④系统审批。修改工作结束后，有关部门（主要是用户部门）要对系统进行复审，审查修改是否达到预期目标、测试结果是否正确等内容。对于重大的修改，应报请财政部门对软件进行重新评审和审批。⑤项目转换。复审通过后，即可在规定的时间里将修改后的模块嵌入系统，取代旧模块或扩充系统。如果涉及数据文件的切换，应做到准确、安全、可靠地实现数据文件原有记录数据的转换。另外，还应向有关部门及时通报新版本，更换操作手册，以保证系统的正常运行。

要注意的是对于商品化会计软件，软件的维护是由软件厂家或代理商负责，包括软件的修改、版本的升级等，而单位的软件维护人员的主要任务是与软件开发销售单位进行联系，及时修改或得到新版会计软件，并经审批后对软件进行升级维护，在软件升级和软件更换过程中，要保证实际会计数据的连续和安全，并由有关人员进行监控。

4. 会计数据和档案管理

会计信息系统档案是指以磁性介质存储在计算机中的会计数据和计算机打印的书面形式的信息，包括记账凭证、会计账簿和会计报表，以及会计软件系统开发运行中编制的各种文档、程序和其他会计资料。会计数据档案管理应由专人负责。会计电算化档案管理的具体内容包括以下几个方面。

1）记账凭证的生成与管理

计算机替代手工记账后，记账凭证的生成有以下两种：

一是根据原始凭证直接编制记账凭证。根据原始凭证直接在计算机上编制记账凭证并打印输出的情况下，机制记账凭证上应有录入员（或制单人）的签名或盖章、稽核人员盖章、会计主管人员的签名或盖章。收付款记账凭证还应由出纳人员签名盖章。打印生成的记账凭证视同手工填制的记账凭证，按《会计人员工作规则》、《会计档案管理办法》有关规定立卷，归档保管。

二是事先做好记账凭证然后录入计算机。根据原始凭证由手工编制记账凭证，再将记账凭证录入计算机进行处理。在这种情况下，保存手工记账凭证与机制记账凭证皆可。

2）会计账簿、报表的生成与管理。

现金日记账和银行存款日记账要每天登记并打印输出，做到日清月结。现金日记账和银行存款日记账的打印，用计算机打印输出的活页账装订成册。每天业务较少，不能满页打印的也可按旬打印输出。一般账簿可以根据实际情况和工作需要按月或按季、按年打印；发生业务少的账簿，可满页打印。在所有记账凭证数据和明细分类账数据都存储在计算机内的情况下，总分类账可用"总分类账本期发生额及余额对照表"替代。

由原始凭证直接录入计算机并打印输出的情况下，记账凭证上应有录入人员的签名或盖章、审核人员的签名或盖章、会计主管人员的签名或盖章。

各单位每年形成的会计档案，都应由财务会计部门按照归档的要求，负责立卷或装订成册。当年会计档案，在会计年度终了后，可暂由本单位财务会计部门保管一年。

3）软件管理

无论是自行开发的软件，还是委托开发的软件或是购买的通（专）用软件，都一律视同会计档案按规定进行保存，保管期限截至系统停止使用或有重大修改之后满五年为止。

对正在使用的系统软件，应尽量保持版本的连续性，未经批准不得擅自修改。

对于使用中的会计软件，一律分类拷贝备份，对不能使用的软件保留五年后删除。软件的修改、试用一律在硬盘上进行，修改完毕的软件在所有机器内统一布置后及时拷贝备份并归入档案，使档案软件同在用软件保持一致。

4）安全和保密措施

对存档的会计资料要检查记账凭证上录入人员的签名或盖章、审核人员的签名或盖章，对付款凭证还应该由出纳人员签名或盖章。

对电算化会计档案管理要做好防磁、防潮、防火、防尘、防盗等工作，重要档案应准备双份，存放在两个不同的地点。

采用磁性介质保存会计档案，要定期进行检查，定期进行复制，防止由于磁性介质损坏，而使会计档案丢失。

严格执行安全和保密制度，会计档案不得随意堆放，严防毁坏、散失和泄密。

各种会计资料包括打印出来的会计资料以及存储会计资料的优盘、硬盘、计算机设备、光盘等，未经单位领导同意，不得外借和拿出单位。经领导同意借阅的会计资料，应该履行相应的借阅手续，经手人必须签字记录。存放在磁介质上的会计资料借阅归还时还应该认真检查病毒，防止感染病毒。会计档案应由专人负责。

第二节　会计信息系统控制

当会计信息系统由手工方式转变为计算机方式以后，它的安全问题就变得更加严峻了。而当会计信息系统由基于单机、局域网的信息系统发展到基于互联网的信息系统，会计信息系统的控制也就不仅包括企业内联网（Intranet）环境的内部控制，还包括互联网环境下的内部控制。本节主要介绍会计信息系统存在的风险，以及会计信息系统的内部控制体系。

一、会计信息系统存在的风险

风险是指可能发生的危险，它是潜在的损失，一旦受到触发，即具备了一定的条件后，风险就会形成真正的损失。基于计算机的会计信息系统的实现，使有些风险减少，但同时增加了许多在手工系统中不曾有或较小的风险。而基于互联网的会计信息系统的实现，由于互联网系统的分布式、开放性等特点，与原有集中封闭的会计信息系统比较，系统在安全上的问题更加突出。不仅具有传统会计信息系统的所有风险，也带来了与开放性相关的新风险。会计信息系统的风险主要来自以下几个方面。

1. 系统故障的风险

任何计算机系统都存在着由于操作失误，硬件、软件、网络本身出现故障，而导致系统数据丢失甚至瘫痪的风险。但在互联网结构的会计信息系统中，由于其分布式、开放性、远程实时处理的特点，系统的一致性、可控性降低，一旦出现故障，影响面更广，数据的一致性保障更难，系统恢复处理的成本更高。

2. 计算机对不合理的业务缺乏识别能力

尽管计算机运行速度快，计算精度高，但以其代替人的手工操作进行数据处理的同时，也使系统在一定程度上失去了人类所具有的对不合逻辑、不合理以及例外事件的理性判断和处理能力。计算机所进行的逻辑判断一般要求事先编入有关程序才能进行。因此，如果程序设计不周或在系统的初始设置中设置不当，而在系统处理过程中不能进行人工干预，就可能导致一些错误的、不合理的业务和数据游离于企业内部控制之外。

3. 数据安全性较差

在手工系统中，数据的处理与存储分散于各有关部门和人员，而信息化系统的数据处理及存储却呈现出高度集中的趋势和特点，给数据的安全性带来一定的危险。首先，数据处理集中意味着某些部门和人员在执行不相容的分类职责，需要采取一些额外的补偿性控制手段来降低这一风险。其次，数据存储集中于磁性载体，一方面，由于磁性载体对环境的要求较高，对湿度、温度和清洁度具有一定的要求，而且存储于磁性载体中的数据易于被毁损；另一方面，未经授权人员一旦接触数据，就可能导致大量数据丢失或泄露。

4. 差错反复发生

在手工系统中，发生差错往往是个别现象，而且由于数据处理各环节由各部门、多个人员完成，因此一个部门或人员发生的差错往往可以在下一个环节中被发现并改正。在信息化环境下，由于数据处理集中于计算机，同时计算机处理依靠程序运行并且运算速度较快，其处理结果一旦在某些环节发生错误，就能在短时间内迅速蔓延，使得相应的文件、账簿，乃至整个系统的数据信息失真。如果错误是由应用程序和系统软件造成的，则计算机会反复执行同一错误操作，多次给出错误处理结果。

5. 内部人员道德风险

内部人员道德风险主要是指企业内部人员对会计数据的非法访问篡改、泄密和破坏等方面的风险。在传统的单机和局域网会计信息系统中，由于系统与外界在物理上和逻辑上都是隔离的，因此，系统风险除客观的故障风险外，主要来自企业内部人员的道德风险。在互联网技术应用之前，计算机应用中出现的舞弊和犯罪现象，大都是由企业内部人员造成的，尤其是掌握技术的应用人员，如系统管理员、程序员等。建立基于互联网的企业信息系统后，尽管系统风险的范围大大扩大，但从目前应用看，网络安全的最大风险仍然来自于组织内部。据统计，将近60%的非法闯入者来自内部雇员。

需要注意的是，由于互联网会计信息系统不仅与企业内联网完全融合，而且与互联网相联。因此，其内部人员道德风险远远超出了以往计算机系统的范畴。从对象上看，已从会计机构内部扩展到整个企业，即凡是使用企业内联网的人员都有可能成为风险来源；从地域上看，已从企业内部扩展到企业外部，即企业内部人员的风险不仅来自从企业内部进入系统，还包括在企业外部通过互联网进入系统。

6. 系统关联方道德风险

系统关联方道德风险主要是指关联方非法侵入企业内联网，以盗窃数据和知识产权、破坏数据、搅乱某项特定交易或事业等所产生的风险。广义地说，企业的关联方包括客户、供应商、合作伙伴、软件供应商或开发商，也包括银行、保险、税务、审计等社会部门。企业与这些关联方存在着特殊的业务和数据交换关系，过去这些企业之间的计算机系统在物理上基本是隔离。在互联网条件下，为适应竞争发展需要，企业内联网与关联方内联网需建立企业外联网（Extranet）连接。在外联网内，企业之间的数据查询、数据交换、服务技术可通过互联网实现（松散型关系），也可通过虚拟专用网（VPN）实现（紧密型关系）。因此，无论是从业务联系或是从网络联系上看，我们都可把外联网范围内的企业看成是一种特殊的内部关系。

特殊的内部联系也使相互间道德风险的发生成为可能。例如，像软件供应商或开发商这样的关联方，由于其对企业内联网的控制结构一清二楚，因此，在接受网上技术支持和维护的同时，实际上也向对方敞开了系统控制的大门；又如电子商社内的合作伙伴，由于存在数据交换和实时处理关系，需要相互之间开放一定的数据库资源，从而使系统的数据库资源处于风险之中；又如在实行网上审计的情况下，系统一般应向审计方提供全部数据资源，如果允许直接对运行中的数据库资源进行实时审计，那将对系统的安全构成很大的威胁。所有这些问题都需要从网络技术上、软件功能和管理上采取专门的对策措施。

7. 社会道德风险

社会道德风险主要是指来自社会上的不法分子通过互联网对企业内联网的非法入侵和破坏，这是目前媒体报道最多的风险类型。互联网是一个开放的世界，没有国界和时空的限制。来自社会上的道德风险几乎永远不可避免。目前互联网社会道德风险主要来自网上的信息截收、仿冒、窃听，黑客入侵，病毒破坏。尤其是黑客攻击和病毒破坏，已成全球普遍性的问题。

从有关报道可知，一些黑客的攻击手段非常简单，只要下载一个小程序并把它移植到遍布全世界的计算机上，然后让这些计算机一遍又一遍地向某个站点发出登录请求，于是进入该站点的路被阻塞，服务被中断。病毒破坏更是到了无所不在的地步，现在的病毒主要已不是通过 U 盘传播，更多的是通过合法的电子邮件通道自动传播。有电子邮箱的地方，随时都可能收到带毒的邮件。

二、会计信息系统的一般控制

在研究和评价一般控制时，应当考虑以下主要因素：组织与管理控制、应用系统开发和维护控制、计算机操作控制、系统软件控制、数据和程序控制。

1. 组织与管理控制

电算化会计信息系统的组织与管理控制，用于建立对电算化会计信息系统活动进行控制的组织结构，其基本目标是减少发生错误和舞弊的可能性，其基本要求是权责的划分和职能的分离。

组织与管理控制的主要内容包括以下几个方面：

（1）电算化部门和用户部门的职责分离。用户部门负责业务的授权、产生、执行、记录、资产的保管等，其内部的职能分离基本与手工系统相同。电算化部门则负责电算化会计信息系统的建立、使用和管理。电算化部门根据用户部门的需要进行数据的处理，不能自行增加、修改或减少相应的数据。电算化部门和用户部门保持独立，用户部门不可以根据自己的需要自行修改处理结果或者处理程序。

（2）电算化部门内部的职责分离。电算化部门一般可以分为两类工作：一类是电算化会计信息系统的开发、维护工作；另一类是电算化会计信息系统的使用工作，这是不相容职务，必须分离。电算化会计信息系统开发小组负责电算化会计信息系统的建立和维护工作，小组成员包括系统分析员、系统设计员、程序员、数据库管理员等。他们对于整个信息系统的构造非常了解，如果他们有机会操作信息系统，则可能更有能力利用这种便利进行舞弊行为。电算化会计信息系统使用小组负责电算化会计信息系统的日常操作和处理工作，小组成员包括数据输入人员、数据处理人员、数据控制人员、数据资料保管人员等。对于使用小组的人员，应该限制、不允许他们接触系统的开发文档，以免他们对系统的内在工作原理过于了解，这样有可能会出现舞弊行为。

（3）人事控制。要通过一系列的人事制度对相关人员进行管理，在招聘、培训、评价、轮岗等方面加强监督。要提倡和培育安全观念，明确责任。对重要岗位的员工，要特别关注。

2. 应用系统开发和维护控制

应用系统开发和维护控制是为了保证电算化会计信息系统开发过程中各项活动的合法性和有效性进行而设计的控制，可以提高软件开发的效率和效果。

系统分析阶段是生命周期法的第一个阶段，在这个阶段的控制工作包括：审查用户的要求，审查系统的成本和效益分析资料，审查系统的可行性分析过程等。怎样将用户的具体要求转化为一个真正的电算化会计信息系统，这就是系统设计阶段所要解决的问题，在这个阶段的控制工作包括：审查系统的设计工作和系统的分析工作是否相一致，审查系统设计工作是否遵循了"结构化设计"的思想，审查代码设计是否合理，审查输入环节设计、处理环节设计和输出环节设计。系统实施阶段要具体实现电算化会计信息系统的物理模型，在这个阶段的控制工作包括：审查新的系统是否与原先的设计方案一致、与用户的需求一致，审查程序编写是否符合结构化编程风格，审查测试计划、各种实施准备工作是否齐备等。系统运行和维护阶段的控制工作包括：审查新系统是否符合原先的设计想法和要求，审查控制措施是否运行正常有效，审查工作程序问题，审查维护工作是否及时、合规等。

3. 计算机操作控制

计算机操作控制用于控制系统的操作，其目的是通过标准的计算机操作来保证信息处理的高质量，减少差错的发生和未经批准而使用数据和程序的机会，确保系统的运行安全。

计算机操作控制是通过制定和执行操作规程来实现的，主要包括以下几个方面：

（1）全面的操作计划。电算化部门需要制订有关的操作计划及时间安排，在这些计划中涉及成本、培训和人员安排等多个方面。

（2）严格的机房守则。机房守则主要是关于机房工作的一般规定，涉及设备的使用、进出人员的登记和管理、文件的存储和使用、应急措施等。

（3）严格的软件操作规程。软件操作规程是指具体软件的使用方法，主要描述了电算化业务处理过程的具体操作步骤。

（4）完善的操作日志。操作日志中记录了上机操作人员的情况、操作任务、操作时间等信息，可以留下审计线索。

4. 系统软件控制

电算化会计信息系统是运行在一定的系统软件上的。系统软件的主要功能包括管理系统操作、辅助和控制应用程序的运行等内容。较为理想的系统软件控制包括以下几个方面：

（1）错误处理。系统软件能够检测和纠正由于硬件和软件问题而引起的一些错误，如读写错误处理、记录长度检查、存储装置检查等。

（2）程序保护。这项控制的目的是防止在处理过程中各应用程序相互干扰，防止程序调用的错误，防止未经授权而对应用程序进行改动。例如，边界保护、程序调用控制等。

（3）文件保护。这项控制是要防止未经授权使用或修改数据，具体包括内部文件标签检查、存储保护、内存清理、地址比较等。

（4）安全保护。这项控制是要防止未经授权使用计算机系统，具体包括日志控制、口令控制等。

（5）自我保护。需要对系统软件本身加以保护，防止被滥用。例如，加强系统软件开发阶段的监控，记录系统软件的维护情况，尽量将系统软件的维护工作与其他工作分离开来等。

5. 数据和程序控制

数据和程序控制包括以下几个方面：

（1）接触控制。要保证只有经过授权的人员才可以接触数据和程序。例如，可以采用口令控制方式，要求每一个使用者必须进行注册，并输入相应的口令，只有口令正确，才能打开数据和程序。另外，对于合法的注册用户，还可以根据其工作岗位和性质限定他们对于各个功能的使用，也就是进行权限控制。

（2）防止计算机病毒的侵害。计算机病毒是指编制或者在计算机程序中插入的破坏计算机功能或者毁坏数据、影响计算机使用并能自我复制的一组计算机指令或者程序代码。应当加强机房管理，避免使用来路不明的 U 盘和非法拷贝的软件，也不要接收异常的电子邮件，在下载时也要小心；购置反病毒软件，经常对硬盘和 U 盘进行病毒检测。

（3）加密。加密就是对明文（未经加密的信息）按照选用的加密算法进行处理，而成为难以识读的密文（经加密后的信息），这样可以大大提高数据和程序的安全性和保密性。

（4）备份。要经常进行备份。要根据数据变化的快慢、数据的重要程度和重新输入数据时所要花的工作量等因素，确定备份的方式和频率。一般要求进行双备份，并且备份的资料要分开存放。

三、会计信息系统的应用控制

在研究和评价应用控制时，应当考虑以下主要因素：输入控制、计算机处理与数据文件控制和输出控制。

（一）输入控制

输入环节是会计信息系统工作的起点。信息系统首先要接收到一些数据和指令，然后才可以进行进一步的处理，从而得到用户要求的输出结果。如果没有输入数据，或者输入了错误的数据，就会给后续的处理和输出带来严重的后果。所以，应用控制最为强调的控制环节就是输入环节的控制。

输入控制要保证经济业务在计算机处理之前经过适当的批准，并被准确地转换为机器可读的形式，这些数据是正确的、真实的、可靠的。输入控制主要包括以下几点。

1. 数据采集控制

采集数据是用户部门的工作。数据采集控制的目的是要保证应用系统在合理授权的基础上完整地收集、正确地编制、安全地传递输入数据。可以采用的控制措施主要包括以下几项：

一是严格的职责分离。在用户部门内部，要实行严格的职责分离，即资产保管与数据采集职能分离、业务授权与资产保管职能分离、业务授权与原始凭证填制职能分离、填制原始凭证与审核原始凭证职能分离等。

二是严格的数据收集规程。要确定数据收集的规章和流程，明确使用的原始凭证的格式和规范，明确凭证的填制时间、方式、内容等。在原始凭证数据收集完成的基础上，指派专人进行数据的审核。对于与事实不相符合的原始凭证，不能接受与进行后续输入和处理。在将原始凭证登记为记账凭证的过程中，也需要进行审核。

三是加强审核，明确责任。在数据收集的每一个步骤，都要加强审核，并标注相关工作人员的签名、盖章，明确责任。

2. 数据录入控制

数据录入控制是为了防止将原始数据输入电算化会计信息系统时出现遗漏、重复或者错误，检查输入数据是否正确的控制措施。一般来说，电算化会计信息系统录入时使用的是记账凭证。可以采用的控制方法主要有以下几项：

（1）批控制总数的方法。当经济业务累积到一定的批量，如 1 天、10 天、半个月或 100 项经济业务等以后，需要对这些经济业务作为一个批次进行输入和处理。输入之前，可以计算一下批控制总数。对输入之前计算得到的控制总数和输入以后用同样的方法计算得到的控制总数进行比较，如果这两次计算得到的控制总数有不一致的情况，则表明输入过程中有错输、漏输、多输等情况。

（2）存在性校验。对于会计科目，可以采用存在性校验。存在性校验要求在初始化时在会计信息系统中建立一个会计科目名称和会计科目代码一一对应的会计科目词典库。当用户输入会计科目名称或者会计科目代码以后，系统立即到这个会计科目词典库中进行查找，看是否能够找到相应的记录。如果能够找到，说明这个会计科目是企业确实存在的；如果找不到，则说明这个会计科目不存在。除了会计科目以外，还有很多项目也可以采用存在性校验，如材料代码（或者材料项目）的输入、产品代码（或者产品名称）的输入、客户代码（或者客户名称）的输入等。

（3）校验位校验。在会计信息系统中广泛用到代码，如会计科目代码、产品代码、材料代码、固定资产代码、客户代码等。这些代码的形式大多是数字型。当输入一长串的数字时，很容易输错而不易察觉。比较有效的代码校验方法为校验位的方法。所谓校验位，是在原来代码的最后加上的一位。加上这一位后，使得整个代码（连同校验位）具有某种数学的特征，如可以被某个数整除。校验位控制方法能够消除绝大多数因代码输入错误而发生的串户等错误。

（4）平衡关系校验。会计中广泛存在着平衡关系。例如，会计等式表明了资产、权益之间的平衡关系：资产＝负债＋所有者权益。在复式记账法中广泛采用的借贷记账法的记账规则为"有借必有贷，借贷必相等"。对于资产类账户，正常情况下期末余额总是在借方，期初余额（借方）＋本期借方发生额－本期贷方发生额＝期末余额（借方）。对于负债、所有者权益类账户，正常情况下期末余额总是在贷方，期初余额（贷方）＋

本期贷方发生额－本期借方发生额＝期末余额（贷方）。这些都是会计中存在的基本的平衡关系，在输入过程中，可以利用这些平衡关系进行检查。

（5）界限、极值校验。会计信息系统中有些字段的取值是有一定界限或极值的，可以利用这些界限、极值进行控制。例如，工资核算模块中需要输入员工的基本工资。员工的基本工资通常是根据员工的工龄、级别、岗位等而定的，是有极值的。可以设定一个企业基本工资的最高值，如果输入的基本工资超出这个最高值，则存在错误。又如，缺勤的天数不能大于工作日天数。

（6）完整性校验。输入时有些字段是一定要输入的。例如，记账凭证中的审核人员字段。还有，在一张记账凭证上，必然存在着至少一个借方和贷方。

（7）连续性校验。有些字段项目是连续的，如记账凭证的凭证号、销售的发票号码、入库单的编号等。这些字段可以由用户输入，也可以由计算机自动产生。对于这些连续的字段项目，可以进行顺序检查，以查找出跳号、重复号、空号等情况。

（8）静态检查法。对于已经输入计算机的信息，可以通过屏幕将这些信息一条一条地调出来进行逐一的检查，也可以以清单的方式打印出来进行对照。这种静态检查的方法有助于检查和保证每一个字段信息的正确性，而且成本较低。

（9）二次输入法。这是指对于重要的记录或者字段可以分别由两个不同的操作人员进行输入，输入完成以后再进行匹配检查，看是否完全一致。如果出现不一致的情况，则需要判断是哪一方出了错误，应该予以更正。因为两个不同的操作人员在同一个地方输入同一个错误的概率是相当小的，所以，这种校验方法非常有效。

（二）计算机处理与数据文件控制

计算机处理与数据文件控制用于确保经济业务由计算机正确地处理，经济业务没有丢失或不适当地增加、删除、改动，及计算机处理的错误被及时地发现并改正。

计算机处理与数据文件控制的方法主要有以下几种：

（1）业务时序控制。会计业务的数据处理有时序性，某一处理过程的运行结果取决于相关业务过程的处理。例如，凭证输入之后必须先进行审核，然后才可以记账；只有某会计期间所有的凭证均已记账之后，才可以结账等。在数据处理过程中如果颠倒了业务处理时序，会导致数据处理混乱。

（2）控制总数的方法。在输入时已经计算得到控制总数，在处理过程的各个时点（如一项重要的处理完成以后）可以重新计算各个控制总数，然后进行比较，以判断处理环节中是否对所有的输入数据都进行了正确的处理，没有遗漏，也没有重复。

（3）文件标签检查。在处理时，必须注意不能处理了其他不需处理的数据。这种控制可以采用文件标签的方法。文件标签分为外部标签和内部标签。外部标签就是保存有数据的磁带或者磁盘的外包装上所记载的文件的名称等信息。在每次处理时如果需要调用某些数据，则操作人员首先要检查一下文件的外部标签，以确认这个存储介质里包含有所需要的文件。而文件的内部标签是由计算机在存储数据记录时产生的，可以用计算机加以检查，以确定所打开并处理的文件确实是要处理的文件。

（4）界限、极值校验。在处理过程中会得到各种新的数据，如员工的应付工资。可以设定企业职工应付工资的最大值和最小值（不得低于规定的最低工资标准），将计算的应付工资结果进行比较，必须在这个界限范围内，否则就出错了。还有些数字不可能为负数，如结余的存货数量。对于账务处理程序，资产类账户的期末余额一般在借方，负债、所有者权益类账户的期末余额一般在贷方，收入、费用类账户经结转后一般没有期末余额。根据所得数字的符号和方向以及范围，可以判断处理得正确与否。

（5）平衡关系校验。在会计信息系统的账和表中存在着各种平衡关系。可以根据试算平衡原理对全部账户的期末余额和本期发生额进行检查，一旦发现不平衡，即说明处理有错，应进行更正。

（三）输出控制

输出控制的目的是要保证计算机处理的输出结果准确无误，输出结果只传递给经过授权的人员。对会计信息系统输出环节的控制主要分为三个方面：一是对输出信息的内容和格式的控制；二是对输出信息的传送过程的控制；三是对输出结果的分析。

1. 对输出信息的内容和格式的控制

输出信息必须符合用户的要求，要做到有用、完整、正确、及时。可以采用控制总数等方法进行校验，确保输出内容的准确性。输出信息的格式也必须符合用户的要求，要事先与用户进行广泛的接触，了解用户所希望的输出格式，尽可能使得输出格式清晰、美观、醒目，易于让用户理解和把握重要信息。

2. 对输出信息的传送过程的控制

会计信息系统的输出信息在很多时候涉及企业的机密，不能随意扩散；而且，输出的信息必须提交给那些可以对信息有所动作和反应的部门和人员，才有价值。所以，必须对输出信息的传送过程进行控制。要设置输出报告发送登记簿，记录报告发送份数、时间、接收人等事项。

3. 对输出结果的分析

要将正常业务报告与例外报告中的有关数据进行对比，进一步挖掘和分析输出结果。

四、互联网环境下的内部控制

在互联网环境下，企业内联网已不再是独立、封闭的系统，已成为互联网世界的组成部分。因此，所谓系统的"内部"控制，也已是一个相对的概念。要有效地实现企业内部控制的四个目标，保证企业网上商务活动的正常进行，必须把内部控制从企业网的小内部扩展到互联网的大内部，也就是说，同时还要对企业内联网以外的系统空间进行控制。

1. 周界控制

周界控制是通过对安全区域的周界实施控制来达到保护区域内部系统的安全性目的，它是一切防外措施的基础。从防外角度考虑最便捷的做法就是对安全区域的周界实施控制，在实施周界控制前，首先要定义出明确的周界范畴及安全要求。一般地说，周界控制包括设置外部访问区域、建立防火墙、实行周界实时监控等内容。

2. 大众访问控制

网上大众访问包括电子邮件传递、网上信息查询等内容。由于网络系统是一个开放的系统,对社会大众的网上行为实际上是不可控的。因此,除了加强社会法律威慑作用外,企业主要是在系统的外部访问区域内采取防护性控制措施。其包括:邮件系统控制,一般宜将邮件系统限定在外部访问区域的服务器和工作站上比较安全,数据库系统应当与邮件系统隔离,防止通过邮件系统进入的计算机病毒对系统的破坏;网上信息查询控制,社会大众可在网上查询企业的产品信息、财务报告等内容,这类业务一般也应限制在系统的外部访问区域内,并且只提供查询和检索功能,系统要对发布信息的内容、格式、更新时间周期作严格的规定,并通过安全通道更新访问区上的信息资料,严格控制任何人穿过或绕过访问区直接进入企业信息系统内部。

3. 电子商务控制

电子商务的安全问题涉及技术、管理和法律多个方面,因此需运用数据加密、数字签名和认证等技术手段,以及建立健全管理制度和法律法规等措施进行解决。电子商务控制主要包括:

(1)电子商务关联方控制。在电子商务活动中,企业与关联方的网上关系是比较特殊的。一般社会大众在网上除查阅企业提供的数据外,不发生其他数据交换关系,而与交易关联方却存在着数据交换关系。这些电子数据是企业重要的原始会计数据源。为了保证电子交易的安全,企业要分别情况,建立与关联方的电子商务联系模式。

一般可分为两类:一类是数据浏览型模式,企业通过 www 向外部企业提供信息和条件检查功能,外部企业不能更改数据;另一类是事务处理型模式,交易双方可在网上直接进行电子凭证的交换,并更新双方的事务处理文件。为保证交易信息的安全可靠性,防止被窃取、被仿冒、被篡改,交易双方可对传输信息进行加密处理,对稳定密切的合作伙伴还可进一步建立虚拟专用网,实现双方(或多方)之间具有互操作性的数据联系,并建立相应的访问控制制度。

(2)网上交易控制。网上交易涉及电子合同的签订与确认、电子凭单的传递与确认、电子货币的支付与确认,以及商品或劳务的提供等业务环节,涉及交易双方、银行、电子货币服务公司、认证中心等经济实体,在企业内部也要涉及进、销、财务等部门,因此,企业要根据网上交易流程,建立严密的网上交易规范,包括网上交易活动的授权、确认制度,以及相应的电子文件、电子货币的接收、签发、验证制度等。

(3)交易文件控制。交易文件是在电子商务活动中产生的电子凭单、电子合同等原始交易材料。在无纸化会计环境下,计算机系统中的电子交易资料就代表原始会计凭证,它是企业会计信息系统中最重要的数据资源。因此,要建立严格的控制措施,确保电子数据的完整性、正确性、安全性。其主要包括备份制度、不能删除和修改制度,并从技术上加以保障。

(4)交易日志控制。交易日志用来自动记录电子商务每个步骤的交易时间和内容。对企业内外来说,交易日志都是重要的审计线索,企业需要也有义务保证它的完整性、可靠性。

4.远程处理控制

基于互联网的会计信息系统的建立为集团型企业实现远程查账、远程报表、远程审计，以及对交易事项的远程财务监控创造了条件。建立相应的远程处理控制系统，将成为互联网环境下会计信息系统控制的重要内容之一。其主要控制措施包括：

（1）分支系统安全系统模式设计。分支系统是企业在异地具有独立内联网结构的会计信息系统，由于母系统的监控和访问直接伸入分支系统内部，而不是通常的外部访问区域。因此，要实现母系统与分支系统之间的远程处理，尤其是远程实时处理，首先必须解决会计数据接口的安全问题，即由于远程处理给双方增加的风险问题。

除了在通信技术上应采取基于互联网的虚拟专用网外，在保证实时处理和财务监控有效的前提下，分支系统可采取建立热备份服务器和数据库体系，供母系统实时处理用，也即单独设置母系统访问区域。如果母系统的访问属于浏览性质，则在通道安全得到保障的前提下，也可采取直接访问在用数据库系统的方式。

（2）数据通信控制。企业内部异地分支机构之间的远程实时通信必须在信息加密方式下进行，虚拟专用网可以在互联网上提供低成本加密的专用数据通道。

（3）远程处理规程控制。由于远程实时处理双方一般不是通过系统的外部访问区域连接的，因此，任何一方的安全问题很可能给另一方带来危害。因此，双方要制定严格的远程处理控制操作规程，主要内容包括：

第一，操作权限控制。远程处理业务一般不适宜由母系统的基层操作员承担，权限应相对集中于计算中心，并由专人负责处理。

第二，内容授权控制。远程处理内容必须严格限制在规定范围内，母系统要从技术和管理上严禁越权处理和访问分支机构系统内容。

第三，处理程序控制。要严格按照双方规定的方式、内容、程序进行远程业务处理，同时还要考虑各种特殊情况（如故障）的处理程序。

第四，通道及两端服务器安全控制。连接母系统与分支机构的通信通道及两端服务器一般应专用，要防止一方出现安全故障而殃及另一方。

另外，对于需在线实时处理的内容，如在线财务审批、电子转账等内容，也需在严格的操作规程下进行，确保处理结果的有效性和可验证性。

第三节　会计信息系统审计

随着现代信息技术应用的迅速发展，不仅传统的会计业务处理实现了计算机化处理，而且整个企业日趋网络化、信息化。企业信息化极大地改变了审计的环境和对象，传统的审计方式，尤其是获取充分可靠的审计证据的方式发生了很大变化，传统审计技术在许多情况下已经无能为力，需要运用现代的计算机辅助审计技术。

一、企业信息化对审计的影响

美国执业会计师协会（AICPA）早在其 1984 年发布的审计标准文告第 48 号《计

算机处理对检查财务报表的影响》中指出："审计人员的具体目的并未发生变化，无论会计数据是由人工还是由计算机来处理。但是，应用审计程序来收集证明材料的方法也许会受到数据处理方法的影响。审计人员可以使用手工审计程序或计算机辅助审计技术，也可结合使用两者来获取充分、适切的证明材料。不过在某些用计算机处理重要会计数据的会计系统中，审计人员不借助于计算机，就很难甚至不可能获取有关审查、询问和询证的数据。"一般认为，信息化并不改变审计的目的，但却对审计的下述方面产生了重要影响。

1. 对审计环境的影响

审计要在一定社会经济环境下执行其职能、实现其目标、并对社会产生一定影响，其技术属性要不断地适应经济和技术发展的需要，其社会属性必然要体现出该历史时期社会形态的特征，即体现审计环境对审计的要求。由于企业实施信息化，不仅所有的业务都要通过计算机执行，而且企业的经济交易和资本决策都在瞬间完成，决定了信息化的企业不可能通过手工记账来进行会计业务处理，而是由信息系统自动编制记账凭证、登记账簿、编制报表，实现会计核算的自动化；企业实施信息化，企业的传统的管理模式和组织方式也将发生重大的变化，因而对内部控制也产生重大的影响；企业经营管理的信息化和网络化，使得信息社会交易的主要方式是网上交易，通过浏览器将有关的信息以特定的格式进行传递，并与政策、财政、税务、银行建立关联，同时通过网络进行结算与支付，完成业务的网络清算。在这样的情况下势必需要一种新的监督机制来维护和保障其正常运作，审计机构和人员面临着一个全新的审计环境。

2. 对审计线索的影响

由于企业的业务处理和会计核算的信息化与网络化，传统纸质的审计线索已部分或完全消失，发票、支票、电子货币、收付款凭证和转账凭证等都以电磁信息的形式存储于电磁介质中。代替传统纸质凭证、账簿和报表的是电磁化的会计信息。这些电磁介质上的信息不再是肉眼所能识别的。可能被删改而不留下痕迹，有些还可能只是暂存的。即使系统留有充分的审计线索，其产生与存储方式、其特点与风险都和传统的审计线索有重大变化。尽管有些传统业务会留下部分纸质凭证，但这对企业的完全审计显然是不够的。对审计线索的影响具体有：

（1）实现电子商务以后，客户的订单、企业的发货单、税务发票、收付凭证等经济活动中的重要证据资料越来越表现为电子数据形式，书面形式的审计证据将会越来越少。

（2）原始凭证一旦转换到机器可识别的输入介质上，就不再在数据处理过程中使用。

（3）在某些系统中，传统的原始凭证可能由于采用直接采集数据的设备而不复存在（如在联机实时处理系统中即是如此）。

（4）总分类账为主文件所代替，而在主文件中只有累计的汇总数，可能看不出计算汇总数所依据的明细数据。

（5）数据处理过程未必提供业务的日常记录，若要提供只有采用专门的步骤。

（6）系统不一定经常打印出原始记录，只有在例外情况下才提供打印报告。

（7）保存在磁介质上的数据除非依靠计算机和应用程序，否则无法阅读。

（8）计算机记录的顺序和数据处理工作很难直接观察。这些影响的结果是，审计人员难以像以前那样对经济业务进行追踪。

3. 对审计内容的影响

由于企业业务和会计信息均由计算机按程序自动进行处理，许多重要的内部控制也建立在系统中由计算机自动监控，如果系统的应用程序有错误，则计算机只会按程序以同样错误的方法处理所有的业务，错误的后果将是不堪设想的。系统如果被嵌入一些非法的舞弊程序，不法分子可以利用这些舞弊程序大量侵吞国家钱财。信息化企业业务的特点及其固有的风险，决定了在信息化条件下审计的内容应包括对计算机信息系统的处理和控制功能的审查。一个计算机信息系统若开发完成并投入使用后再对它进行修改和优化，要比在系统设计、开发阶段对它改进困难得多，代价也要昂贵得多。因此，除了要对已投入使用的计算机系统进行事后审计，监督其合法性和安全性外，还应提倡在系统的设计、开发阶段，要对系统的开发进行事前和事中审计，使开发出来的系统合规、合法、安全、可靠，能满足企业经营管理和财务核算的需要。对信息系统的开发和功能进行审计是传统审计所没有的。

4. 对审计技术方法的影响

由于企业的业务与信息化发展，审计环境、审计线索和审计内容都发生改变，信息化的交易方式和技术手段，使得数据传送呈现即时性和动态性，决定了审计人员在审计的过程中，必须根据网络的"即时互动"的特点，采用多样化的审计方法。其中计算机辅助审计技术和网络审计是必不可少的审计技术。首先，审计人员要对企业计算机信息系统的处理和控制功能进行审查。此项审计通常离不开计算机。其次，由于缺乏纸质的审计线索，审计人员不得不使用计算机跟踪电磁化的审计线索。有些传统业务虽然会留下部分纸质凭证，但信息化企业庞大的业务量所产生的凭证数不胜数，审计人员也不可能全部翻阅审查。由于系统中存有电子数据，而且通常是海量数据，利用计算机可以更快速、更有效地对信息化企业的各种电子信息进行抽样、检查、核对、分析、比较和计算，能有效地提高审计效率、扩大审查范围、提高审计质量。企业的信息化发展不仅给审计人员带来挑战，也带来机遇。在信息化条件下，计算机技术和数据挖掘技术是审计必不可少的工具。

5. 对审计标准和审计准则的影响

一方面，企业信息化使得审计对象、审计线索、审计方法等方面都发生了变化，人们在以往的审计工作中已建立了一系列的审计标准和准则，如审计人员标准、现场审计标准、审计报告标准、职业道德规范、审计效果衡量标准、财务审计准则、经济效益审计准则等，已不能完全适用于变化了的情况；而另一方面，又缺乏与新情况相适应的新的审计标准和准则。因此，需要建立新的适应企业信息化环境的审计标准和审计准则来指导审计工作实践。例如，对电子商务人员审计的一般要求、电子商务事前审计准则、电子商务安全评价标准、电子商务内部控制准则等。另外，还需建立新的经济和审计法规以适应无纸化审计环境带来的问题，包括电子证据的法律承认、电子签名的法律认定、电子合同的法律认可等。

6. 对审计组织和人员的影响

在传统审计过程中，各个审计组之间的信息交流和沟通成本较高，而每个审计组又很难掌握整体信息，因此，常常会出现各审计组经过个人判断选择后的信息的不一致性，从而影响审计效率和质量。网络审计提供了一个信息资源共享的平台，使得审计工作能够实现从孤立的单体处理方式向系统的协同式处理方式的转变。当然，由于网络计算机系统的环境比手工处理系统更为复杂，审计人员面临着更新知识的需要。他们不仅要具有丰富的会计、财务、审计知识和技能，不仅要熟悉审计的政策、法令依据以及其他审计依据，而且，还要掌握一定的计算机知识及其应用技术。此外，实现计算机化审计后，审计组织中需要有各类计算机应用人员，这不仅因为审计的对象是一个计算机系统，而且因为审计人员使用计算机作为审计工具，需要设计和应用自己的审计软件，需要建立自己的电算化审计系统。

二、会计信息系统审计的内容

1. 对会计信息系统内部控制的审计

会计信息系统的内部控制措施是否健全有效，决定了系统是否能够安全可靠地按既定方针运行，也就决定了系统提供信息是否合法、真实和可靠。会计信息系统的内部控制由两个子系统组成：一是一般控制系统，它为应用程序的正常运行提供外围保障。二是应用控制系统，它是指针对具体的应用程序而设置的各种控制措施。由于一般控制与应用控制之间的层次关系，通常先审计一般控制，后审计应用控制。审计人员在对系统的内部控制进行审查时，一则为了在内部控制系统进行审计的基础上，对会计信息系统的处理结果进行审计；二则为了加强内部控制，完善内部控制系统。

2. 系统开发审计

系统开发审计是指对会计信息系统开发过程进行的审计。这是一种事前审计，它具有积极意义。内部审计人员最适合于进行这种审计。系统开发审计实际上是审计人员参与系统的分析、设计和调试。它的积极意义表现在：审计人员可借此熟悉系统的结构、功能和控制措施；审计人员可借此了解系统控制的强弱；通过加入审计人员的建议，使系统更可靠、更具有可审计性；可以让审计人员安插审计程序段，便于今后开展审计。

系统开发审计一方面要检查开发活动是否受到恰当的控制，以及系统开发的方法程序是否科学、先进和合理；另一方面，还要检查系统开发过程中是否产生了必要的系统资料和凭证，以及这些资料和凭证是否符合规范。

系统开发审计必须取得信息系统管理人员的支持，因为系统分析、设计、实施、运行和维护都离不开信息系统管理人员的参与。尤其是在系统维护工作中，审计人员和系统维护人员要充分考虑系统调整与维护对嵌入审计程序的影响，保证系统运行符合内部控制与审计的要求。

3. 对计算机应用程序处理和控制功能的审计

计算机硬件和系统软件是由厂商提供的，为保证其运行的可靠性，计算机厂商在产品出厂前作了大量的测试，并在其中建立了不少自动监测程序，相对来说，技术较为成熟，它们的可靠性也较强。审计人员对此部分的审计工作可以从简。应用程序一般是购买或自行开发的，出现错漏或被篡改的可能性较大，因此，审计人员要着重对应用程序进行审查，主要审查其中的处理和控制功能是否存在、是否合理、是否有效。为此，要根据具体情况采用不同的审查方法。可以对程序直接进行审查，也可以通过数据在程序上的运行进行间接测试。对程序直接进行审查，可借助流程图作为工具。在对程序进行间接测试时，往往要设计测试数据，这种测试数据可以是真实的数据，也可以是模拟的数据。

4. 对数据文件的审计

数据文件是计算机处理的对象和结果。在会计信息系统中，会计凭证、会计账簿、会计报表等均以数据文件的形式存储于一定的介质上。在企业信息化和电子商务环境下，越来越多的会计数据表现为数据文件形式的电子数据，因此，数据文件审计是未来审计的主要内容。

从方法上讲，对计算机文件的审计，可以将该文件打印出来进行审查，也可以在计算机内直接进行审查（这就要编制一些计算机审计程序测试文件的内容）。

数据文件测试也有两个目的：一是对数据文件进行实质性测试；二是通过对数据文件的审计，测试一般控制措施或应用控制措施的符合性。数据文件测试主要是为了实质性测试。

对数据文件进行实质性测试，包括两个方面：一方面是对会计账户余额和发生额直接进行检查，确定项目是否漏记、资产计价是否正确、会计分录是否恰当、会计事项的分期是否妥当、总账余额与明细账余额是否相符等；另一方面是对会计数据进行考核，即通过比率分析、趋势分析，检查有无例外情况和异常变动，从中找出不符合会计制度、原则的会计处理或者错误的会计处理。

5. 对其他与经济活动有关的资料和资产的审查

在会计信息系统中，为证实资产记录和保管的一致性，审计人员同样要对其他与经济活动有关的文件资料和资产进行测试盘点。这一部分内容的审查方法与手工审计中相应的审查没有什么区别。

三、会计信息系统审计的策略

在执行审计过程中，一般审计人员都是站在独立的立场上，以批判的眼光去审视被审计对象，判断其与既定标准的符合程度。通常采用询问、检查、绘制内部控制流程图、分析性复核等方法获得审计证据，经过审计计划阶段、符合性测试与实质性测试阶段、审计报告阶段完成审计工作，实现审计目标。

会计信息系统是建立在计算机硬件和软件基础之上的软件系统，由于其在企业管理过程中的核心重要作用及其本身的复杂性和建设维护成本的高昂性，在对会计信息系统正式实施审计过程前，要做到高屋建瓴，对整个审计过程有个策略性的把握，是十分重要的。基本策略是：要考虑会计信息系统审计目的，将整个会计信息系统分解成为子系统；要确定每一子系统的可靠性，并根据每一子系统的可靠性推导出系统总体的可靠性。

1. 将系统分解成为子系统

了解一个复杂系统的首要步骤就是将该系统分解成为若干个子系统。子系统是系统的组成部分，它是系统更为具体的、基本的功能，系统的不同功能描述在不同的子系统中。将系统分解成为子系统，不仅可以降低系统的复杂性，而且还可方便审计人员了解和评价系统。系统经过分解后，形成自顶向下的层次结构。

系统分解要遵循"高内聚、低耦合"理论。在系统分解时，首先，每一子系统应当尽可能独立于其他子系统，其目的是使每一子系统与其他子系统是低耦合的，从而使审计人员在评价一个子系统时，可相对独立于其他子系统而评价该系统。其次，每一子系统内部应当是高内聚的，子系统所执行的活动应尽可能在其内部完成。这样，就便于审计人员了解与评价该子系统所执行的活动。

虽然可以从不同的视角，采用不同的方式来分解一个系统。但是，在执行会计信息系统审计时，为便于审计人员了解和评价系统，我们提倡从对信息系统的管理角度和应用角度两方面来分解系统。

首先，从对会计信息系统管理的角度，按照管理功能进行分解。为确保会计信息系统的开发、实施、运行和维护能够按照计划并在一定的控制方式下运作，必须对会计信息系统进行管理。按照一个组织的管理层次和会计信息系统职能部门所执行的主要工作，可以识别出以下管理子系统：

（1）高层管理子系统。负责管理会计信息系统，并负责制定运用会计信息系统的长期策略。

（2）会计信息系统管理子系统。全面负责会计信息系统活动的计划与控制，同时向高层管理者提供与长期决策有关的建议，并将长期策略变为短期目标。

（3）系统开发管理子系统。负责设计、实施和维护应用系统。

（4）程序设计管理子系统。负责新系统程序代码的编制，并维护旧系统。

（5）数据资源管理子系统。负责组织数据资源的使用规划和控制。

（6）质量保证管理子系统。确保会计信息系统的开发、实施、运行和维护符合所建立的质量标准。

（7）安全管理子系统。负责会计信息系统的访问控制和物理安全工作。

（8）运行管理子系统。负责对日常运行进行管理和控制。

其次，从业务的角度，按照应用功能进行分解。应用功能是为了完成会计信息处理所必须执行的功能。应用系统可以依次分解成若干个应用子系统，如会计核算子系统、成本核算子系统、固定资产管理子系统、库存管理子系统等，而每一应用子系统都具有输入、处理和输出功能。

2. 评价子系统的可靠性

在系统的层次结构中，识别出最低层的子系统后，要对各个子系统的可靠性进行逐一评价，进而推断整个系统的可靠性。从最低层的子系统开始，设法识别子系统中发生的不同类型的事项，既要留意合理、合规事项，也要留意可能发生的不合理或不合规的事项。而且，会计信息系统审计人员更为关注的是不合理或不合规的事项，并且还要确定为防止系统可能发生的不合理或不合规事项而采取的控制措施是否适当和切实起到作用。

（1）在识别管理子系统的合理、合规事项和不合理或不合规事项时，应当关注每一子系统执行的主要功能，首先考虑某一功能应当如何执行，然后确认该功能实际是如何执行的，如果一项功能的实际执行情况与应当执行的情况不相符，一般来讲，则发生了不合理事项，否则为合理事项。

确认管理子系统合理、合规事项与不合理、不合规事项的关键是要确定该子系统的特定功能应当如何执行。然而，由于各个组织的业务性质不同、所面对的特定环境不同、信息技术的应用程度不同，致使不同组织应执行的会计信息系统管理功能也不相同。在一些组织中，会计信息系统的战略规划起着十分重要的作用，而在另外一些组织中仅起到较小的作用。审计人员在确定一个组织应该执行的会计信息系统管理功能时，必须知识渊博、精明敏锐。

（2）在识别应用子系统的合理、合规事项和不合理、不合规事项时，应关注输入到该子系统中的交易。应用系统的事项是由交易而产生的，当交易输入到应用系统时，应用系统会对该交易进行处理。如果交易及其处理是经过授权的、准确的、完整的、非冗余的和有效的，则发生了合理、合规事项，否则为不合理、不合规事项。

要确认应用系统中由于交易而产生的事项，必须了解系统是如何对交易进行处理的。审计人员可以追踪通过系统的交易，了解系统对交易处理的步骤及其产生的事项。追踪通过系统的每一笔交易，了解系统中发生的所有事项往往要花费大量的时间，因此，在审计过程中审计人员可以把具有相似处理的交易进行分类，分类了解各类交易及其产生的事项。此外，在审计过程中，审计人员也可根据具体情况，着重关注从审计目标的角度来看认为是重要的事项，审查重要事项，而不必识别系统中发生的所有事项。

3. 根据每一子系统的可靠性推导出系统总体的可靠性

由于就某个子系统进行审计时，只是就这个子系统所承担的功能、作用是否符合要求进行审查，很少涉及子系统与其他子系统的接口和协同工作情况。因而，对会计信息系统审计时，各个子系统的可靠是不能保证整个系统可靠的。只有在子系统可靠的基础上，对整个会计信息系统进行集中评审，才能保证整个系统可靠。

四、会计信息系统审计的步骤和方法

会计信息系统审计的步骤包括审计准备、初步审核和评价内部控制系统、详细审核和评价内部控制系统、对内部控制系统进行符合性测试、对数据处理结果进行实质性测试、全面评价和编写审计报告。会计信息系统的审计方法可分为三大类，即间接审计方法、直接审计方法和计算机辅助审计方法。

（一）会计信息系统审计的步骤

1. 审计准备

审计人员首先应明确审计任务。不同的审计任务决定了审计工作的侧重点、审计的具体程序和方法，对审计人员的知识和技能要求也不同。根据审计任务，了解被审企业基本情况、前期审计底稿资料，以及被审信息系统基本资料，并归纳出被审计系统的结构特点和审计重点。在此基础上，组织审计人员准备审计软件，包括通用审计软件和根据现场需要准备的简易审计软件。

2. 初步审核和评价内部控制系统

不管进行的是财务审计、合规审计还是经济效益审计，审计人员均可在研究和评价被审单位的内部控制的基础上进行。研究和评价被审单位的内部控制可以分几个步骤来完成。首先是进行初步的审核和评价。在这一步里，审计人员要了解被审单位有哪些应用项目，哪些是重点项目，概略地了解被审单位的业务流程，了解被审单位内部控制的基本结构，最后综合人员的工作能力、系统的规模和稳定性、软件的复杂性、环境控制的强弱、应用项目的复杂性和应用系统中业务的重要性、应用控制的强弱等方面的情况，对内部控制系统的可靠性作出初步的评价。

3. 详细审核和评价内部控制系统

详细审核和评价是要在深入了解被审单位业务流程的基础上，找出对这些业务设置了哪些控制措施，并且评价这些控制措施是否能产生预期效果。详细审核一般要经过下述步骤：确定需详细审核的领域；确定被审核领域的内部控制点和可能发生的错误及其危害；明确各内部控制的目的；确定每个控制点是否有必要的控制措施；决定每个控制措施的效果和效率。对内部控制系统进行了详细审核后，就可以进行一次较为全面的评价。审计人员的评价标准主要是四个方面，即：是否有必要的控制措施来限制对资产和信息的接触？具有重要性（或重大性）的错误是否能得到恰当的纠正？对敏感度较高的业务是否存在必要的控制措施？设立的控制措施从经济角度上看是否合算？

4. 对内部控制系统进行符合性测试

如果内部控制系统看来是可以依赖的，那么审计人员就对其进行符合性测试。符合性测试的目标是寻找证据确定信息系统的内部控制制度是否在发挥作用，以及实际存在的控制措施是否可以信赖。它主要涉及三个方面的问题，即：必要的内部控制措施在执行吗？它们是在按设计要求执行吗？它们是由谁来执行的？符合性测试的方法有模拟数据测试法、用计算机软件重新处理法、随机抽样测试法等。通过符合性测试，检查内部控制是否达到设计要求，进而评价内部控制的强弱，以便决定实质性测试的动机和范围。

5. 对数据处理结果进行实质性测试

实质性测试的目的是收集充分的证据，以便审计人员作出审计结论，即信息系统在各重大方面是否偏离公允性或存在哪些弱点。它包括两方面：一是对会计账户余额和发生额直接进行检查；二是对财务信息进行分析性审核。通过这两方面的工作，确定关于会计信息及其他有关信息是否正确、可靠、公正和合理。实质性测试一般借助计算机审计软件或其他数据处理软件工具进行。

6. 全面评价和编写审计报告

通过上述审计步骤，审计人员已形成初步判断结果和相应审计证据。在汇总各审计小组成员审计证据的基础上，对信息系统进行综合评价，包括会计信息的公允性、内控制度的有效性、信息系统的效率性等内容。在全面评价的基础上，编制客观公正的审计报告和管理建议。

（二）会计信息系统的审计方法

1. 间接审计方法

间接审计方法也称绕过计算机系统审计方法（auditing around the computer）。它不理会电算化会计信息系统如何处理和控制，也不审查机内各种数据文件，而只是对输入数据和数据处理的打印输出进行检查，用以推断程序中是否存在必要的控制措施以及控制措施的可靠性，查明会计数据处理是否适当（如资产计价方法是否适当、会计分期核算是否适当、账户余额是否正确和平衡）。数据处理的打印输出包括出错清单、会计凭证、日记账、分类账、报表等。出错清单可以看做应用控制的一面镜子，它是由系统自动提供的有关输入、输出和处理控制是否有效的分析报告，检查它可以了解应用控制的效果。对打印输出的会计凭证、账簿和报表进行审查，则既可以推断出应用控制的有效性，又能对数据文件进行实质性测试。审核打印输出的方法与传统的审计账簿、报表和凭证的方法是相同的。

2. 直接审计方法

直接审计方法也称通过计算机方法（auditing through the computer）。它不仅审查电算化会计信息系统的输入、输出数据，而且还直接审查电算化会计信息系统本身，包括审查会计软件、机内数据文件、测试系统数据处理方法及内部控制措施的有效性。

直接审计的方法很多，以下列示的是常用的方法：

（1）程序流程图检查法。程序流程图检查法适用于应用程序及程序化内部控制的审计测试。审计人员通过检查程序流程图，了解程序的逻辑、程序中包含了哪些控制措施，并且利用程序流程图追查一些样本数据，以决定程序逻辑的正确性和应用控制措施的有效性。实施这种方法的优点是成本较低且容易理解。但难以确信程序流程图是否代表实际运行中的程序，并且检查和分析程序流程图需要相当的专业技能。

（2）程序指令检查法。可在程序流程图检查的基础上，有重点地对应用程序的指令加以检查和分析，找出程序化的控制措施并验证其有效性，确定程序逻辑的正确性。

（3）程序运行状况记录检查法。程序运行状况可由操作系统自动加以记录，其内容包括起止时间、中断、故障等方面。通过对它们进行检查，可测试是否存在内部控制措施，若存在，是否可靠。错误情况、突然停止运行、超时运行等现象的存在可能表明程序化的控制措施不存在或不起作用、程序逻辑错误等情况。

（4）控制处理方法。控制处理方法是指审计人员对被审计单位的实际会计数据的处理进行监控。审计人员首先对输入数据进行检查，并建立审计控制标志；然后亲自处理或监督处理这些数据；最后对处理结果加以检查和分析，确定控制措施能否按要求起作用。

（5）控制再处理法。控制再处理法是指审计人员要求对已处理过的实际数据重新进行处理，并且对再处理过程加以控制。这种方法与控制处理方法相似，只是所处理的数据已经处理过一次，因此，审计人员可以通过对两次处理的结果加以比较来确定应用控制的可靠性。

（6）程序比较法。程序比较法是通过比较两个独立的程序版本以确定两个版本之间是否存在差异。用于比较的两个程序版本可能是正在运行的程序与其副本，可能是前期审计过的程序副本和现期审计的程序副本。程序的比较可以由审计人员以手工方式比较，也可以由专门用于比较程序的软件来完成；可以是源程序的比较，也可以是目标程序的比较；可以单独使用，用于查明程序是否受到非法篡改，也可以与其他方法结合使用，以保证这些方法的可信度。

（7）并行审计控制法。并行审计控制法是审计人员通过在系统中安装一些审计程序来收集审计证据的方法。其具体做法是：在被审计程序中安插一些审计程序，并设立专门的审计文件，当被审计程序运行时，激活审计程序，将审计感兴趣的、由被审计程序处理的某些数据写入审计文件，并在需要的时候打印输出审计文件中的数据，由审计人员进行审查和分析。

（8）平行模拟法。平行模拟法是由审计人员模拟被审计单位的程序另编程序，用来处理实际数据，然后将处理结果与被审单位的处理结果进行比较，以确定内部控制可靠性的一种方法。如果审计人员自信模拟程序的逻辑是正确的，且包含了所有应具有的控制措施，那么模拟程序处理的结果就是正确的，应该与被测试程序处理的结果相同。如果两者处理的结果不相同，说明被测试程序中的控制措施失灵或程序逻辑有错误。

（9）侦测法。侦测法是利用监督程序来测定被测试程序中哪些指令执行过，哪些指令未曾动用，并对未曾动用的指令进行检查以发现欺诈指令的一种方法。被测试程序中的一些指令可能是为对付例外业务而设的，但例外业务没有发生，因此没有执行过。有些未曾执行过的指令也许是程序员的花招，是用来图谋私利、进行计算机犯罪的。因此，用侦测法可以查出此类被暗设的"定时炸弹"，保证系统的安全。侦测法还可以用来提高程序的质量。有些程序指令从未曾动用或极少动用，可能是因为编程技术太差而产生的冗余指令。利用侦测法可以消除这些赘品。

（10）测试数据法。测试数据法是由审计人员设计一套测试数据或模拟数据，分别由人工和被测试程序予以处理后，比较两种处理结果以确定应用控制可靠性和数据文件准确性的方法。它可以用来测试整个应用系统的全部应用程序和数据文件，也可以用于测试个别程序和数据文件，还可以用于测试程序中个别控制措施和数据文件中的个别数据项。审计测试的范围越大，测试数据的设计就越困难。

（11）虚构单位法。虚构单位法是通过虚构一个单位或部门，用被测试程序对该部门的数据（亦是虚构）与实际数据一同处理后，将虚拟数据的处理结果与手工处理结果相比较，以判断应用控制的可靠性、程序逻辑的正确性，推断数据文件的正确性。

3. 计算机辅助审计方法

计算机辅助审计方法也称利用计算机审计方法（auditing with the computer），是指利用审计软件完成一定的审计任务。

1) 软件的功能

审计软件是一个或一组用于审计测试的标准化和通用化程序。这种软件的功能包括：存取文件，以读出不同组织方式和存取方式的数据文件；重新组织文件，即将文件中的记录按审计目的重新进行分类、合并、排序；抽样，能在给定可靠度和精确度及样本标准等条件下计算样本容量，进行随机抽样或系统抽样，并能计算出样本的平均数、标准差及进行统计分析；计算，能对文件中数据进行加、减、乘、除、小于或大于等运算，以验证利息支出、折旧额、合计数等；比较，如将存货实际数（输入）与存货文件中的结余数进行比较；复制，将某文件中的记录复制到另一文件中去；查找和打印，如查找敏感性强的业务数据、例外数据并打印出来；编表，将审计数据或结果按审计人员期望的格式打印出来。

2) 软件审计步骤

利用审计软件进行审计，一般按下列步骤进行（以核对存货盘存数与账面数为例）：确定审计软件应用目的，核对存货盘点数和账面数是否一致，将不一致的存货打印出来；设计审计测试，确定被测试的数据文件，即存货主文件；确定需比较的项目，即存货数量、单价、金额、地点；确定输出的内容和格式，即将盘点数与账面数不一致的商品打印出来，列出品名、编号、盘点数量、单价和金额、账面数量、盘存与账面间的数量差异和金额差异；确定操作程序，键入盘点资料并建立文件，读出存货主文件，将两个文件按同一标志排序（如按编号排序），将两个文件中的记录进行比较，打印输出比较结果；处理，即按上一步的操作步骤进行操作；检查输出报表，根据差异报告与有关人员进行核实，确定差异产生的原因。

【进一步学习指南】

国家财政部在 1994 年制定发布了《会计电算化管理办法》、《商品化会计核算软件评审规则》、《会计核算软件基本功能规范》等管理规范，1996 年制定发布了《会计电算化工作规范》，这些规范明确规定了会计电算化的工作要求和会计信息系统应达到的标准。

2009 年财政部提出《关于全面推进我国会计信息化工作的指导意见》，2010 年财政部、中国证券监督管理委员会（下称证监会）、审计署、中国银行业监督管理委员会（下称银监会）、中国保险监督管理委员会（下称保监会）联合发布了《企业内部控制应用指引》、《企业内部控制评价指引》、《企业内部控制审计指引》，其中包括《企业内部控制应用指引第 18 号——信息系统》，财政部会计司对其进行了详细解读。

COBIT（control objectives for information and related technology）是由信息系统审计和控制协会下属的 IT 治理研究院开发和发布的，旨在为 IT 的治理、安全和控制提供一个普遍适用的公认的标准，以辅助企业管理层进行 IT 治理。COBIT 对信息系统控制与审计有着很好的指导作用。

【进一步阅读书目及法规】

金文，张金城. 2005. 基于 COBIT 的信息系统管理、控制与审计的模型构建研究. 审计研究，(4)：75~79

李燕，姚洪略，向凯. 2008. 企业信息化对审计的影响研究. 广东技术师范学院学报，(4)：62~65

梁梅. 2008. 试论电算化会计信息系统的管理和应用控制. 财会研究，(19)：30~31

孙立辉. 2009. 会计信息系统审计的策略. 湖北经济学院学报（人文社会科学版），(6)：51~52

吴炎太，林斌，孙烨. 2009. 基于生命周期的信息系统内部控制风险管理研究. 审计研究，(6)：87~92

赵正强. 2003. 电算化会计信息系统管理的研究. 西南民族学院学报（哲学社会科学版），4 (24)：282~287

周常兰，陈宝峰. 2009. ISCA 模型——IT 治理视角下的解析. 会计研究，(2)：61~67

IT Governance Institute. 2010-12-23. COBIT 4. 1. http://www. itgi. org

【复习思考题】

1. 单位建立会计信息系统有哪几种模式？各自的适用范围是什么？
2. 手工系统转换到计算机系统时，一般应在哪些方面对手工会计业务进行规范？
3. 会计电算化后，在会计账簿、报表的生成与管理上有什么规定？
4. 简述会计核算软件维护管理的基本内容。
5. 简述会计信息系统存在的风险。
6. 简述会计信息系统的组织与管理控制。
7. 简述会计信息系统的应用开发和维护控制。
8. 简述企业信息化对审计的影响。
9. 简述对会计信息系统数据文件的审计。
10. 简述会计信息系统的审计策略和步骤。

第七章

电子商务及其应用

【本章学习目标】

- 理解电子商务的概念
- 掌握电子商务的流程
- 熟悉电子商务的安全技术
- 掌握电子商务的交易方式
- 了解电子商务环境下会计信息系统的运用

早在20世纪70年代，电子数据交换（electronic data interchange，EDI）系统已经开始运用于商务活动，它是按统一的报文标准和最少的人工介入，将结构化的数据利用专用增值网（VAN）等电子通信手段从一个计算机用户传输到另一个计算机用户，EDI是现代电子商务的雏形。20世纪90年代，随着计算机网络、通信技术的迅速发展和日益融合，互联网的应用得到了空前的发展。基于互联网的EDI开始出现，利用互联网进行商务活动已逐渐成为世界潮流。本章主要介绍电子商务的基本内容及电子商务环境下会计信息系统的运用。

第一节 电子商务概述

一、电子商务概念

关于电子商务的概念众说纷纭，许多组织和个人从不同角度提出了各种有关电子商务的定义，例如：

从通信的角度看，电子商务是通过电话线、计算机网络或其他方式来实现信息、产品/服务或结算款项的传送。

从服务的角度看，电子商务是要满足企业、消费者和管理者的愿望，如降低服务成本，同时改进商品的质量并提高服务实现的速度。

从营销的角度看，电子商务是市场营销手段的技术化、网络化。

这些差异明显影响了对电子商务核心理念的理解，为此，必须有一套国际上公认的定义，便于深入的学习与理解。本书中主要介绍经济合作与发展组织（Organisation for Economic Co-operation and Development，OECD）的有关成果，OECD 在电子商务领域的国际性讨论中一直起着领导作用。它认为电子商务的概念中至少包括以下三种维度：

（1）用以开展相关活动的网络系统；

（2）应该包含在电子商务一般领域内的过程；

（3）交易中的参与者。

关于电子商务活动得以开展的网络系统，OECD 成员国已经在如下两个定义的使用上达成一致。

广义的定义：电子化交易是指产品或服务的销售或购买，发生在企业、家庭、个人、政府和其他的公共或私有机构之间，通过以计算机为媒介的网络系统实施。产品或服务在这些网络系统上订购，但是产品或服务的支付和最终传送可以在网上或网下实施。

狭义的定义：通过互联网实现的商务活动，该活动是指产品或服务的销售或购买，发生在企业、家庭、个人、政府和其他的公共或私有机构之间，部分在互联网上进行。产品和服务在互联网上订购，但是产品和服务的支付和最终传送可以在网上或网下实施。

二、电子商务基本框架

（一）电子商务的基本组成

电子商务的基本构成要素有互联网、内联网、外联网、用户、物流配送、认证中心、银行、商家等，其系统结构如图 7-1 所示。

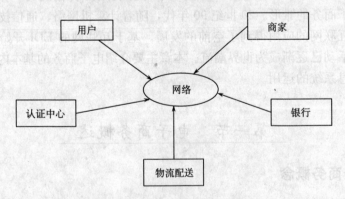

图 7-1　电子商务系统结构示意图

1. 网络

网络包括互联网、内联网、外联网。互联网是电子商务的基础，是商务、业务信息传送的载体；内联网是企业内部商务活动的场所；外联网是企业与企业以及企业与个人进行商务活动的纽带。

2. 用户

电子商务用户可分为个人用户和企业用户。个人用户使用浏览器、电话等接入互联网。企业用户建立企业内联网、外联网和企业管理信息系统，对人力、财力、物力、供应、销售、储存进行科学管理。企业利用互联网网页站点发布产品信息、接受订单等，如要在网上进行销售等商务活动，还要借助于电子报关、电子报税、电子支付系统与海关、税务局、银行进行商务、业务处理。

3. 认证中心

认证中心是受法律承认的权威机构，负责发放和管理数字证书，使网上交易的各方能互相确认身份。数字证书是一个包含证书持有人、个人信息、公开密钥、证书序号、有效期、发证单位的电子签名等内容的数字文件。

4. 物流配送

物流配送就是接受商家的送货要求，组织运送无法从网上直接得到的商品，跟踪产品的流向，将商品送到消费者手中。

5. 网上银行

网上银行就是在互联网上实现传统银行的业务，为用户提供 24 小时实时服务；与信用卡公司合作，发放电子钱包，提供网上支付手段，为电子商务交易中的用户和商家服务。

（二）物流、资金流和信息流

电子商务的任何一笔交易都包含以下三种基本的"流"，即物流、资金流和信息流。

物流主要是指商品和服务的配送和传输渠道。对于大多数商品和服务来说，物流可能仍然经由传统的经销渠道，而对有些商品和服务来说，可以直接以网络传输的方式进行配送，如各种图书出版物、信息咨询服务、有价信息等。

资金流主要是指资金的转移过程，包括付款、转账、兑换等过程。

信息流既包括商品信息的提供、促销营销、技术服务、售后服务等内容，也包括诸如询价单、报价单、付款通知单、转账通知单等商业贸易单证，还包括交易方的支付能力、支付信誉、中介信誉等。

（三）企业电子商务的基本框架

企业电子商务的基本框架如图 7-2 所示。一个企业实体上游连接着供应商，下游连接着客户，因此，供应商管理与客户管理已成为企业不可缺少的内容。企业实体除了本身具有的商业场所外，还应有虚拟商厦、虚拟配送中心、虚拟银行等，虚拟商务将成为传统企业的发展方向。在虚拟商务中交易安全问题是普遍关注的问题。物流管理是企业实施电子商务中物流的具体实现。支付结算是企业资金流的体现。网络技术、数据库技术、网站建设等基础技术是企业实现电子商务、进行信息化管理的基础。

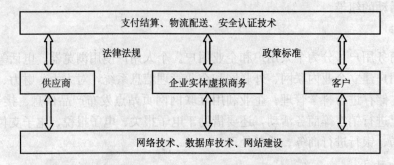

图 7-2　企业电子商务的基本框架示意图

三、电子商务对价值链的影响

在电子商务时代，企业为了向顾客提供价值展开了激烈竞争。这种竞争并不是单个企业所能够代表的，而是以多个企业构建的超企业形式体现的。

（一）价值链问题

价值链思想最早是由迈克尔·波特（Michael Porter）在 1985 年出版的《竞争优势》一书中提出。价值链是一种对企业业务活动进行组织的方法，每个战略业务单位通过实施这些活动对其销售的产品或服务进行设计、生产、促销、销售、运输和售后服务。除了这些关键活动，波特认为价值链还应该包括一些支持活动，如人力资源管理和原材料采购。因此，战略业务单位的价值链包括关键活动和支持活动。

战略业务单位在购买原材料和配件之前就可能已经开展了市场营销活动。对于每个业务单位而言，其关键活动包括如下几个方面：

（1）寻找顾客。帮助企业寻找新的顾客或寻找向老顾客提供新服务的活动，包括市场调查和顾客满意度调查。

（2）设计。从产品概念到制造之间的活动，包括产品概念调查、工艺设计和试销。

（3）购买原材料和配件。采购活动，包括供应商选择、资格认定、协商长期供货合同、监督交货的质量和及时性。

（4）制造。把原材料和劳动力转化成最终产品的活动，包括制造、组装、完工、测试和包装。

（5）上市销售。选择销售渠道并诱导顾客购买的活动，包括广告、促销、推销人员管理、定价、寻找并监督销售和物流渠道。

（6）运输。储存、配送和运输最终产品的活动，包括仓储、材料处理、协商运费、选择承运人、监督货物的及时运达。

（7）提供售后服务和技术支持。与顾客保持持续关系的活动，包括安装、测试、维护、包换担保和零配件的更换。

价值链中的其他活动则和产品制造业务单位的活动一样。每个业务单位还要开展支持活动，这些支持活动是关键活动的基础。

（8）财务和管理。企业的基础活动，包括会计、付款、借款、部门提供财务报表、确保企业的合法经营。

（9）人力资源。协调雇员管理的活动，包括人员招聘、录用、训练、工资和奖励。

（10）技术开发。改进企业销售的产品或服务以及改善每个关键业务流程的活动，包括基础研究、应用研究和开发、业务流程改进研究、维护工作的现场测试。

（二）电子商务对价值链的影响

通过分析行业价值链，企业会发现电子商务可以降低成本、改进产品质量、找到新的顾客或供应商、开发销售现有产品的新渠道。事实上，企业对价值链的影响作用体现在价值链集成上。

价值链集成就是在顾客、企业、供应商以及其他商业伙伴之间，实现经营流程和信息系统的融合及连续性，以达到经营运作一体化。

企业运用价值链集成可以获得显著收益。一方面，企业同供应链、需求链伙伴在需求预测、存货供应和订货等方面共享信息，可以更大限度地降低成本；另一方面，通过有效的信息共享，企业可以更好地控制产品物流。这些收益主要体现为速度优势，反映在以下方面：企业库存得到及时补充（避免了库存不足所带来的损失）；雇员费用得到节省（雇员人数的减少）；企业计划更加准确、迅速（因为所依据的信息更加完全）；最后，企业顾客关系也得到加强（因为企业与顾客的交往沟通更加迅速便捷）。显然，无论从时间上还是成本效率上，价值链集成都给企业带来竞争优势。

四、电子商务与会计信息系统

在电子商务环境下，传统的会计业务处理、业务凭证的形成、会计凭证的生成、会计信息的加工、信息在各环节的传递实现了协同处理。因此在电子商务环境下，会计信息流更为紧凑和顺畅。传统会计填制凭证、登记账簿、编制报表的固定会计方法已被突破，电子商务环境下会计信息系统的运行方式发生了重大改变。

1. 电子原始凭证

电子商务环境下会计处理要尽力与业务处理一体化，提高会计实时化处理能力。业务发生后会计信息系统迅即自动获得购货发票、运输单据、材料入库单、领料单、工资单、成品入库单、发货单、银行账单等电子原始凭证，以提高会计数据的处理速度、增进会计信息的及时性。此外，应通过计算机软件控制日后增补原始凭证，预防会计造假。相关经办人、制单人、审核人应采用数字签名等可保持独特性的签字方法在电子原始凭证上签字确认，以便验证和核查，并应保证凭证内容的不可修改性。原始凭证信息存放于业务数据库，既可供财务记账，也可供内部管理参考、电子商务会计研究，还可供内部审计、外部审计时使用。

2. 电子记账凭证

电子记账凭证的生成是提供财务信息的关键和中心环节。按照现行会计核算的要求，记账还较多依靠财务人员的判断，电子记账凭证的自动生成难度较大，这影响了会计处理的速度，也给会计造假以可乘之机。但可以尽量增加记账凭证自动生成的种类和数量。记账凭证的自动生成可尝试采用借贷方一级科目由系统自动定义，而借贷方明细科目由人工辅助定义的做法。在取得电子原始凭证的同时，由软件根据该经济业务的性质产生一个规范的摘要，并根据该摘要与科目的对应关系生成借贷方一级科目。例如，根据销售发票和收款单，得出摘要"销售并由银行收到货款"，进而生成科目分录"借：银行存款，贷：产品销售收入"。电子记账凭证可设计更为具体的明细科目，如分项目、分部门、分责任人、分客户设置，使信息含量更多，更便于日后对会计数据的深入分析。

3. 电子账簿

由电子记账凭证可自动生成电子化的会计账簿，包括日记账、明细账、总账。它还可根据其他所需项目进行设置，只要将数据代码标准化，便可从业务数据库中提取数据生成由各类项目组成的账表。

4. 电子财务报表

由电子化的账簿可自动生成电子化的财务报表，还可直接在业务数据库中提取数据或由电子记账凭证生成财务报表。传统会计中凭证到账簿再到报表的会计流程在计算机环境下可打破重组。内部管理用报表也可从业务数据库记录加工取得。

5. 数据仓库技术

在进行电子商务会计处理时，会产生大量各式各样的财务数据和非财务数据，这些数据存于数据库中，并在此基础上开发形成数据仓库。数据仓库将来源不同、结构不同、分散的各种数据按标准结构进行组织，然后按照"主题"进行重新组合和加工，构成面向决策的数据集合。所谓"主题"是指用户使用数据仓库决策时拟分析的项目或对象。在数据仓库的基础上可对数据进行更深层的挖掘，如多维数据分析、动态查询、编制电子商务会计研究制动态报表等，这为财务分析提供了强有力的手段，可为决策者科学决策提供强有力的支持。

6. 事件驱动程序

在电子商务环境下，企业的数据收集、存储能力大为增强，可生成大型的会计信息数据库，并开发与之相连的事件处理模型库。处理模型库中包含重分类汇总、财务报告、预测、决策、财务分析等事件处理模型。软件程序员编写用于调用事件处理模型的事件驱动程序，再用简单的事件处理代码来调用事件驱动程序。运用事件驱动程序的数据处理方法，企业会计人员在会计处理时，只需输入事件处理代码便可调用事件处理模型对会计信息数据库中的信息进行处理，并输出处理结果。会计信息数据库、事件处理代码、事件处理模型库也可在网上发布，供企业外部的信息用户自行对数据进行加工处理，使用户可迅速获取自己所需会计信息。

综上所述，电子商务的出现对企业会计信息系统产生了很多影响，主要表现如下：①电子商务为会计信息系统提供了无纸化输入方式，业务活动从开始到最后均不受人工干预。②会计信息获取范围大、信息冗余度低，大量的信息可以利用互联网/内联网从企业的客户和外界环境中直接获取。③电子商务交易中，买卖双方利用 EDI 以电子文件形式签约，提高了会计信息获取的速度。④会计信息系统对业务活动进行实时记载和处理，使得联机实时报告成为可能，提高了会计信息动态性和快速性。同时，对企业会计信息系统设计的安全性提出了挑战。

第二节 电子商务流程及主要交易模式

一、电子商务运作流程

（一）传统商务的运作流程

传统商务起源于远古时代，当人们对日常活动进行分工时，商业活动就开始了。每个家庭专心于某一项活动，然后用他们的产品去换所需之物。在这些原始的商务中，无形的服务也开始了买卖。货币的出现取代了换物交易，交易活动变得容易、简捷了。然而，贸易的基本原理并未变化。所以，商务或商务活动是至少有两方以上参与的有价物品或服务的协商交易过程，它包括买卖各方为完成交易所进行的各种活动。我们可以从买主或卖主的角度来考察交易活动。

1. 买方

传统商务中，涉及买方的业务活动如图 7-3 所示。

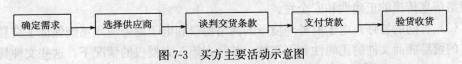

确定需求 → 选择供应商 → 谈判交货条款 → 支付货款 → 验货收货

图 7-3 买方主要活动示意图

买方的首要工作是确定需要。一旦确定了需要，就要寻找能够满足这些需要的产品或服务。在传统商务中，买方寻找产品或服务的途径很多，他们可以参考产品目录、请教朋友、阅读广告或查找工商企业名录等。买方也可以向推销员咨询商品的特点和优势。买方选择了满足自己需求的服务之后，就要选择一个可以提供这些产品或服务的卖主。传统商务中，买主可以通过很多途径与卖主进行接触。一旦买主选择了一个卖主，双方就开始了关于交货日期、运输方法、质量保证和付款条件等各个细节问题的谈判。当买方认为收到的货物满足双方协定的条件时，就应该支付货款。买卖完成后，买方可能要就质量担保、产品更新和日常维护等问题和卖方接触。

2. 卖方

对于上述的买方完成的每一项业务，卖方都有一个相应的业务与之对应，图 7-4 为卖方的主要活动。

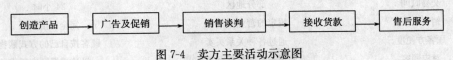

创造产品 → 广告及促销 → 销售谈判 → 接收货款 → 售后服务

图 7-4 卖方主要活动示意图

卖方通常通过市场调查来确定潜在顾客的需求，如问卷调查、与顾客交谈、小组讨论、聘请咨询公司等。一旦确定了买方的需求，卖方就要开发出能满足顾客需要的产品，包括新产品的设计、测试和生产等过程。下一步工作就是让潜在顾客知道这种新的产品或服务，如开展多种广告和促销活动等。一旦顾客对卖方的促销活动有了回应，双方就开始对交易的条件进行谈判。谈判成功后，卖方一般要求买方在交货前或交货时付款，大部分企业还是靠商业信用做生意，可以选择以后付款。销售活动结束后，卖方要为产品和服务提供持续的售后服务，这样可以使买方满意并重新购买企业的产品，实现企业的可持续发展。

（二）电子商务的运作流程

电子商务的定义指出它主要是指网络上开展的商务活动。在电子商务环境下，商务的运作流程并没有变，只是其中的一些环节运用电子商务进行。它更注重的是买卖双方的业务流程。在买卖双方中将图 7-3 和图 7-4 合称为交易前的准备、贸易的磋商、合同的签订以及资金的支付等环节。

（1）交易前的准备：在电子商务模式中，交易的供需信息都是通过交易双方的网址和网络主页完成的，双方信息的沟通具有快速和高效率的特点。

（2）贸易的磋商：电子商务中的贸易磋商过程将纸面单证在网络和系统的支持下变成了电子化的记录、文件和报文在网络上的传递过程，并且由专门的数据交换协议保证了网络信息传递的正确性和安全性。

（3）合同的签订：电子商务环境下的网络协议和电子商务应用系统保证了交易双方所有的贸易磋商文件的正确性和可靠性，并且在第三方授权的情况下，这些文件具有法律效应，可以作为在执行过程中产生纠纷的仲裁依据。

（4）资金的支付：电子商务中交易的资金支付采用信用卡、电子支票、电子现金和电子钱包等形式以网上支付的方式进行。

（三）传统商务与电子商务的比较

传统商务与电子商务的比较可以从信息提供、流通渠道、交易对象、顾客方便度、交易时间等几个方面进行，如表 7-1 所示。

表 7-1 传统商务与电子商务的比较

项目	传统商务	电子商务
信息提供	根据销售商的不同而不同	透明、准确
流通渠道	根据销售商的不同而不同	企业→消费者
交易对象	企业→批发商→零售商→消费者	全球
交易时间	部分地区	24 小时
销售方法	规定的营业时间内	完全自由购买
顾客方便度	通过各种关系买卖	顾客按自己的方式购物
对应顾客	需要很长时间掌握顾客需求	迅速捕捉顾客需求
销售地点	需要销售空间	网络虚拟空间

当然，并不是所有的商品都适合用电子商务的，如易腐食品、低值小商品等。有些商品非常适合采用电子商务，如软件、图书、音像制品等。有些商品可以采用电子商务与传统商务相结合的方式，如汽车、古董、珠宝等。

二、EDI

（一）EDI 定义

EDI 至今还没有统一的规范，联合国欧洲经济委员会贸易程序简化工作组认为它是将商业或行政事务处理按照一个公认的标准，形成结构化的事务处理或报文数据格式，从计算机到计算机的电子传输方法；联合国国际贸易法委员会 EDI 工作组认为是计算机之间信息的电子传递，而且使用某种商定的标准来处理信息结构。这两种关于 EDI 有三个方面的内容是相同的：①资料用统一标准；②利用电信号传递信息；③计算机系统之间的链接。

EDI 标准的数据格式必须用统一的标准编制各种商业资料。商业资料包括订单、发票、货运单、收货通知和提单等。这些商业资料形成了电子数据，在计算机系统之间传输。

在 EDI 系统中，一旦数据被输入买方计算机系统，会传入卖方的计算机系统。数据不仅在交易伙伴之间电子化流通，而且在每一个贸易伙伴内部电子化流通，这样可以节约成本，减少差错率，提高效率。

（二）手工方式与 EDI 方式的比较

图 7-5 是手工条件下贸易单证的传递方式，可以看出，传统商业贸易在单据流通过程中，买卖双方之间重复输入的数据较多，容易产生差错，准确率低，劳动力消耗多及延时增加。在 EDI 中这些问题都得到了良好的解决。

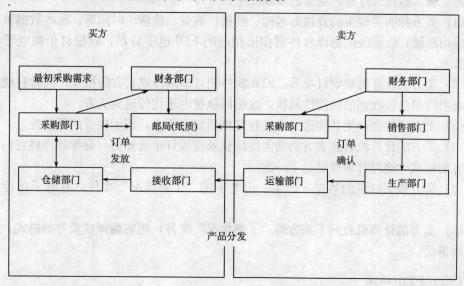

图 7-5　手工条件下贸易单证传递方式示意图

图 7-6 是 EDI 条件下贸易单证的传递方式。数据库中的数据通过一个翻译器转换成字符型的标准贸易单证，然后通过网络传递，计算机通过翻译器将单证又转换成企业内部的数据格式，存入数据库，很好地解决了手工条件下所存在的问题。但由于单证是通过数字方式传递的，因此，加强安全性、保证单证的真实可靠成为一个重要的问题。

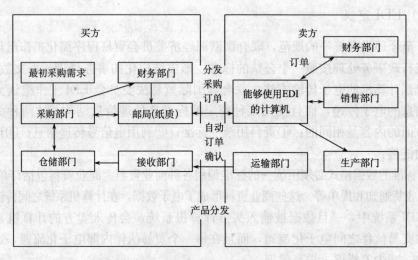

图 7-6　EDI 条件下贸易单证传递方式示意图

（三）EDI 贸易的工作步骤

·贸易双方通过 EDI 在其内部实现商业信息的通道，明显减少了每笔业务所需的时间和重复输入数据的过程，主要的步骤如下：

（1）买方标明要购买的货物的名称、规格、数量、价格、时间等，这些数据被输入采购应用系统，该系统的翻译软件制作出相应的 EDI 电子订单，这份订单被电子化传递到卖方。

（2）卖方的计算机接到订单后，EDI 软件把订单翻译成卖方的格式，同时自动生成一份表明订单已经收到的功能性回执。这份回执被电子化传递到买方。

（3）卖方可能会产生并传递一份接收订单通知给买方，表示供货的可能性。

（4）买方的计算机收到卖方的功能性回执及接收订单通知后，翻译软件将它们翻译成买方的格式，这时订单被更新了一次。

（5）买方根据订单的数据，产生一份电子的"了解情况"文件，并电子化传递到卖方。

（6）卖方的计算机收到了买方的"了解情况"文件，把它翻译成卖方的格式，并核查进展情况。

（四）EDI 标准

由于 EDI 是国际范围的计算机与计算机的通信，所以 EDI 的核心是被处理业务的国际统一标准。EDI 的标准应该遵循以下两条基本原则：

（1）提供一种发送数据及接收数据的各方都可以使用的语言，这种语言所使用的语句是无二义性的。

（2）这种标准不受计算机机型的影响，既适用于计算机间的数据交流，又独立于计算机之外。

目前国际上存在两大标准体系，一个是流行于欧洲、亚洲的，由联合国欧洲经济委员会（UN/ECE）制定的 UN/EDIFACT 标准；另一个是流行于北美的，由美国国家标准化委员会（ANSI）制定的 ANSIX.12 标准。此外，现行的行业标准还有 CIDX（化工）、VICX（百货）、TDCC（运输业）等，它们是专门应用于某一部门。

三、主要交易模式

电子商务的主要交易模式有 B2B（business to business）模式、B2C（business to customer）模式、C2C（customer to customer）模式三种类型，在这里作简单的描述。

（一）B2B 模式

企业与企业间的电子商务，即 B2B。目前，人们又将 B2B 模式区分为面向交易市场的水平 B2B 电子商务和面向制造业或商业的垂直 B2B 电子商务模式两种。前一种模式是指将买方与卖方汇聚到一个市场上来进行信息交流、拍卖、交易和库存管理等。阿里巴巴是这一模式电子商务的典型代表。垂直 B2B 电子商务模式可以分为两个方向，即上游与下游。生产商与零售商可与上游的供应商之间形成供货关系，生产商与下游的经销商可以形成销货关系，他们都借助于网络来开展相互间的商业活动。这样的电子商务活动通常只限于需要某一类商品的企业，或者某一行业的企业。

（二）B2C 模式

企业与消费者之间的电子商务，即 B2C。B2C 类型的电子商务主要应用于商品的零售业，包括面向普通消费者的网上商品销售和网上电子银行业务。传统企业都根据各自销售商品的经验使用电子商务平台进行此类商务活动，如当当网就是将传统的图书销售虚拟到互联网上，经过多年经营成为全球最大的中文网上书店。

（三）C2C 模式

消费者与消费者之间的电子商务，即 C2C，如淘宝网是这一类型的电子商务的典型代表。淘宝网为消费者提供了一个"个人对个人"的交易平台，给每一位淘宝网的访问者参与电子商务的机会。其他如易趣网、拍拍网等竞拍网站都属于此类型的电子商务网站。

第三节 电子支付

一、电子货币

（一）电子货币概念

电子货币是指用一定金额的现金或存款从发行者处兑换并获得代表相同金额的数据，通过使用某些电子化方法将该数据直接转移给支付对象，从而能够清偿债务。按支付方式可将电子货币分为储值卡型电子货币、银行卡型电子货币、电子支票和电子现金。后三种是网上常用的电子货币。

（二）电子货币的发行和运行

电子货币发行和运行的流程分为三个步骤，即发行、流通和回收，如图 7-7 所示。

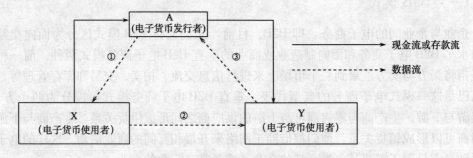

图 7-7　电子货币直接发行运作示意图

（1）发行：电子货币的使用者 X 向电子货币的发行者 A（银行、信用卡公司等）提供一定金额的现金或存款并请求发行电子货币，A 接受了来自 X 的有关信息后，将相当于一定金额电子货币的数据对 X 授信。

（2）流通：电子货币的使用者 X 接受了来自 A 的电子货币，为了清偿电子货币的另一使用者 Y 的债务，将电子货币的数据对 Y 授信。

（3）回收：A 根据 Y 的支付请求，将电子货币兑换成现金支付给 Y，或者存入 Y 的存款账户。

在发行者与使用者之间有中介机构介入的体系是常见的体系。例如，在图 7-7 中，除了 A、X、Y 三个当事者之外，A、X 之间介入了 a 银行，A、Y 之间介入了 b 银行，如图 7-8 所示。

间接发行的电子货币体系的运行分为五个步骤，涉及五个当事者：

（1）A 根据 a 银行的体系，用现金或存款交换，获取电子货币；

（2）X 对 a 提供现金或存款，请求得到电子货币，a 将电子货币向 X 授信；

（3）X 将由 a 接受的电子货币用于清偿债务，授信给 Y；

（4）Y 的开户银行 b 根据 Y 的请求，将电子货币兑换成现金支付给 Y（或存入 Y

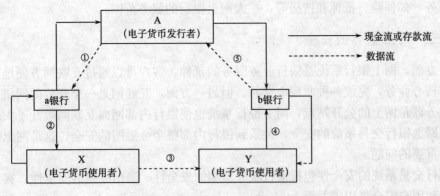

图 7-8　电子货币间接发行运作示意图

的存款账户）；

（5）A 根据从 Y 处接受了电子货币的银行 b 的请求，将电子货币兑换成现金支付给 b（或存入 b 的存款账户）。

二、网上银行

（一）网上银行的概念

网上银行（e-bank），又称网络银行、在线银行，是指通过互联网络完成金融业务的银行。银行利用网络技术，可以向客户提供开户、销户、查询、对账、行内转账、跨行转账、信贷、证券、投资理财等传统服务项目，并且为客户提供电子支付、网上充值等新型服务项目。它不受时间、空间限制，能够在任何时间、任何地点、以任何方式为客户提供金融服务。也可以说，网上银行是在互联网上的虚拟银行柜台。

（二）网上银行的业务

不同的网上银行，一般都提供以下业务：

（1）基本网上银行业务：在线查询账户余额、交易记录、下载数据、转账和网上支付等。

（2）网上投资：国外的银行一般提供包括股票、期权、共同基金投资和信用违约合同（CDs）买卖等多种金融产品服务。

（3）网上购物：大大地方便了客户上网购物，为客户在相同的服务品种上提供了优质的金融服务或相关的信息服务。

（4）个人理财：国外网上银行重点发展的一个服务品种，将传统银行业务中的理财业务转移到网上进行，扩大了服务范围，降低了相关成本。

（5）企业银行：服务品种比个人客户的服务品种更多更复杂，响应及时性的要求更高，一般提供账户余额查询、交易记录查询、总账户与分账户管理、转账、在线支付、透支保护、商业信用卡、投资服务等。

（6）其他金融服务：很多大型商业银行与其他金融服务网站联合，为客户提供多种金融服务，如保险、抵押和按揭等，扩大网上银行的服务范围。

（三）网上银行的安全

一方面，网上银行系统是银行业务服务的延伸，客户可以通过互联网方便地使用商业银行核心业务，完成各种非现金交易。但另一方面，互联网是一个开放的网络，银行交易服务器是网上的公开站点，网上银行系统也使银行内部网向互联网敞开了大门。如何保证网上银行交易系统的安全，关系到银行内部整个金融网的安全，这是网上银行建设中最重要的问题。

银行交易系统的安全性包括银行服务器端的安全性、通信线路的安全性、客户端的安全性和用户安全意识等方面。

1. 银行服务器端的安全性

为防止交易服务器受到攻击，银行主要采取以下三个方面的技术措施。

（1）设立防火墙，隔离相关网络。一般采用多重防火墙方案。其作用为：分隔互联网与交易服务器，防止互联网用户的非法入侵；用于交易服务器与银行内部网的分隔，以有效保护银行内部网，同时防止内部网对交易服务器的入侵。

（2）高安全级的 Web 应用服务器。服务器使用可信的专用操作系统，凭借其独特的体系结构和安全检查，保证只有合法用户的交易请求能通过特定的代理程序送至应用服务器进行后续处理。

（3）24 小时实时安全监控。例如，采用因特网安全系统公司（ISS）网络动态监控产品，进行系统漏洞扫描和实时入侵检测。在 2000 年 2 月，雅虎等大网站遭到黑客入侵破坏时，使用 ISS 安全产品的网站都幸免于难。

2. 通信线路的安全性

由于互联网是一个开放的网络，客户在网上传输的敏感信息（如密码、交易指令等）在通信过程中存在被截获、破译、篡改的可能。为了防止此种情况发生，网上银行系统一般都采用加密传输交易信息的措施，使用最广泛的是 SSL 数据加密协议。

3. 身份认证

网上交易不是面对面的，客户可以在任何时间、任何地点发出请求，传统的身份识别方法通常是靠最常用的用户名和密码对用户的身份进行认证的。但是，用户的密码在登录时以明文的方式在网络上传输，很容易被攻击者截获，进而可以假冒用户的身份，系统很容易被攻破。这对网上银行以及交易双方构成了巨大的安全威胁。

为了保证互联网上电子交易的安全性（保密性、完整性和不可抵赖性等），防范交易及支付过程中的欺诈行为，除了在信息传输过程中采用更强的加密算法等措施之外，必须在网上建立一种信任及信任验证机制，使交易及支付各方能够确认其他各方的身份，这就要求参加电子商务的各方必须有一个可以被验证的身份标识，即数字证书。数字证书是各类实体（个人/人、企业/商户、银行/网关等）在网上进行信息交流及商务活动的身份证明，在电子交易各个环节，交易的各方都需验证对方数字证书的有效性，从而解决相互间的信任问题。

4. 用户的安全意识

银行卡持有人的安全意识是影响网上银行安全性的不可忽视的重要因素。目前，我国银行卡持有人安全意识普遍较弱，不注意密码保密，或将密码设为生日等易被猜测的数字。一旦卡号和密码被他人窃取或猜出，用户账号就可能在网上被盗用，如进行购物消费等，从而造成损失，而银行技术手段对此却无能为力。因此，一些银行规定：客户必须持合法证件到银行柜台签约才能使用"网上银行"进行转账支付，以此保障客户的资金安全。

三、第三方中介

第三方中介，就是一些和国内外各大银行签约、并具备一定实力和信誉保障的第三方独立机构提供的交易支持平台。

第三方支付中介很好地解决了双方在支付过程中的信誉问题。相对于传统的资金划拨交易方式，第三方支付可以比较有效地保障货物质量、交易诚信、退换要求等环节，在整个交易过程中，都可以对交易双方进行约束和监督。

在不需要面对面进行交易的电子商务形式中，第三方支付为保证交易成果提供了以下必要的支持：

（1）第三方支付平台作为中介方，可以促成商家和银行的合作。对于商家，第三方支付平台可以降低企业运营成本，同时对于银行，可以直接利用第三方的服务系统提供服务，帮助银行节省网关开发成本。

（2）第三方支付服务系统有助于打破银行卡壁垒。目前，我国实现在线支付的银行卡各自为政，每个银行都有自己的银行卡，这些自成体系的银行卡纷纷与网站联盟推出在线支付业务，客观上造成消费者要自由地完成网上购物，手里面必须有十几张卡。同时商家网站也必须装有各个银行的认证软件，这样就会制约网上支付业务的发展。第三方支付服务系统可以很好解决这个问题。

（3）第三方支付平台能够提供增值服务，帮助商家网站解决实时交易查询和交易系统分析，提供方便、及时的退款和支付服务。

在通过第三方支付平台的交易中，买方选购商品后，使用第三方平台提供的账户进行货款支付，由第三方通知卖家货款到达、进行发货；买方检验物品后，就可以通知第三方付款给卖家，第三方再将款项转至卖家账户。随着电子商务在国内的快速发展，第三方支付行业也发展得较快。世界著名的第三方中介支付公司有美国贝宝公司（www.paypal.com），国内著名的第三方中介支付公司有支付宝（www.alipay.com）等。

第四节 电子商务交易安全

一、电子商务安全概念

电子商务是一个社会与技术相结合的综合性系统，其安全性是一个多层次、多方位的系统的概念：①广义上讲，它不仅与计算机系统结构有关，还与电子商务应用的环境、人员素质和社会因素有关；②从狭义上讲，它是指电子商务信息的安全，主要包括两个方面：信息的存储安全和信息的传输安全。

广义的电子商务安全包括电子商务系统的硬件安全、软件安全、运行安全及电子商务安全立法。

(1) 电子商务系统硬件安全。硬件安全是指保护计算机系统硬件（包括外部设备）的安全，保证其自身的可靠性和为系统提供基本安全机制。

(2) 电子商务系统软件安全。软件安全是指保护软件和数据不被窜改、破坏和非法复制。系统软件安全的目标是使计算机系统逻辑上安全，主要是使系统中信息的存取、处理和传输满足系统安全策略的要求。根据计算机软件系统的组成，软件安全可分为操作系统安全、数据库安全、网络软件安全和应用软件安全。

(3) 电子商务系统运行安全。运行安全是指保护系统能连续和正常地运行。

(4) 电子商务安全立法。电子商务安全立法是指对电子商务犯罪的约束，它是利用国家机器，通过安全立法，体现与犯罪斗争的国家意志。

综上所述，电子商务安全是一个复杂的系统问题。电子商务安全立法与电子商务应用的环境、人员素质、社会有关，基本上不属于技术上的系统设计问题，而硬件安全是目前硬件技术水平能够解决的问题。鉴于现代计算机系统软件的庞大和复杂性，软件安全成为电子商务系统安全的关键问题。这也是本章主要介绍的内容。

二、电子商务安全技术

电子商务安全从整体上可分为两大部分，即计算机网络安全和商务交易安全，两者相辅相成，缺一不可。

（一）加密技术

加密是用基于数学算法的程序和保密的密钥对信息进行编码，生成难以理解的字符串。将明文转成密文的程序叫做加密程序。消息在发送到网络或互联网之前进行加密，接收方收到消息后对其解码称为解密，所用的程序称为解密程序，这是加密的逆过程。加密程序的逻辑称为加密算法。加密程序和加密算法对保护安全至关重要。

在电子商务过程中，如果信息传递采用了加密程序和算法，即使有人知道加密程序的细节，没有消息加密所用的密钥也无法解开加密的消息。加密消息的保密性取决于加密所用密钥的长度，其单位是位（bit），40 bit 的密钥是最低要求，更长的（如 128 bit）密钥能提供更高程度的加密保障。如果密钥足够长的话，信息是无法解密的。按密钥和相关加密程序类型可把加密分为三类：散列编码、对称加密和非对称加密。其中比较著名的算法有美国数据加密标准、欧洲数据加密标准、RSS 公钥算法、DSA 公钥算法和单向哈希算法等。

（二）信息认证技术

信息的认证性是信息的安全性的另一个重要方面。认证的目的有两个：一是验证信息的发送者是真正的，而不是假冒的；二是验证信息的完整性，即验证信息在传递或存储过程中未被篡改、重放或延迟等。

1. 消息摘要

消息摘要（message digest）方法也称安全 Hash 编码法或 MD5，它是由 R. Rivest 发明的。消息摘要是一个唯一的对应一个消息的值，它由单向 Hash 加密算法对一个消息作用而生成，有固定的长度。所谓单向是指不能被解密。不同的消息其摘要不同，相同消息摘要相同，摘要成为消息"指纹"，以验证消息是否是"真身"。发送端将消息和摘要一同发送，接收端收到后，Hash 函数（即杂凑函数）对收到的消息产生一个摘要，与收到的摘要对比。若相同，则说明收到的消息是完整的，在传输过程中没有被修改；否则，就是被修改过，不是原消息。消息摘要方法解决了信息的完整性问题。

2. 数字签名

政治、军事、外交等活动中签署文件，商业上签订契约和合同，日常生活中在书信以及从银行取款等事务中的签字，传统上都采用手写签名或印章。随着信息时代的来临，人们希望通过数字通信网络进行远距离的贸易合同签名，数字或电子签名技术应运而生，并开始用于商业通信系统，如电子邮递、电子转账、办公自动化等系统中。

一个数字签名（digital signature）算法至少应满足三个条件：①数字签名者事后不能否认自己的签名；②接受者能验证签名，而任何人都不能伪造签名；③当双方关于签名的真伪发生争执时，使用验证算法得出"真"或"假"的回答。

一个数字签名算法主要由两个算法组成，即签名算法和验证算法。签名者能使用签名算法签一个消息，所得的签名可以通过公开的验证算法来验证。给定一个签名，使用验证算法得出"真"或"假"的回答。

目前已有大量的签名算法，如 RSA 数字签名算法、椭圆曲线数字签名算法等。数字签名技术是将摘要用发送者的私钥加密，与原文一起传送给接收者。接收者只有发送者的公钥才能解密被加密的摘要，然后用 Hash 函数对收到的原文产生一个摘要，与解密的摘要对比。若相同，则说明收到的信息是完整的，在传输过程中没有被修改；否则，被修改过，不是原信息。同时，也证明发送者不能否认自己发送了信息，这样，数字签名就保证了信息的完整性和不可否认性。

3. 数字时间戳

交易文件中，时间和签名一样是十分重要的证明文件有效性的内容。数字时间戳（digital time-stamp）就是用来证明消息的收发时间的。用户首先将需要加时间戳的文件用 Hash 函数加密形成摘要，然后将摘要发送到专门提供数字时间戳服务的权威机构，该机构对原摘要加上时间后，进行签数字名（用私钥加密），并发送给用户。原用户可以把它再发送给接收者。

4. 数字证书

1）认证中心

怎样证明公钥的真实性？即一个公钥是属于信息发送者，而不是冒充信息发送者的另一个人冒用他的公钥，这就要靠第三方证实该公钥的确属于真正的信息发送者。认证中心（certificate authority，CA）就是这样的第三方，它是一个权威机构，专门验证交易双方的身份。验证方法是接受个人、商家、银行等涉及交易的实体申请数字证书，核实情况，批准/拒绝申请，颁发数字证书。认证中心除了颁发数字证书外，还具有管理、搜索和验证证书的职能。通过证书管理，可以检查所申请证书的状态（等待、有效、过期等），并可以废除、更新证书；通过搜索证书，可以查找并下载某个持有人的证书；验证个人证书可帮助确定一张个人证书是否已经被其持有人废除。

2）数字证书

数字证书（digital ID）又称为数字凭证、数字标识。它含有证书持有者的有关信息，以标识他们的身份。证书包括以下内容：

（1）证书拥有者的姓名；

（2）证书拥有者的公钥；

（3）公钥的有效期；

（4）颁发数字证书的单位；

（5）颁发数字证书单位的数字签名；

（6）数字证书的序列号。

3）数字证书的类型

其包括个人数字证书、企业（服务器）数字证书、软件（开发者）数字证书。个人数字证书仅仅为某个用户提供凭证，一般安装在客户浏览器上，以帮助其个人在网上进行安全交易额操作：访问需要客户验证安全的因特网站点；用自己的数字证书发送有自己签名的电子邮件；用对方的数字证书向对方发加密的邮件。企业数字证书为网上的某个 Web 服务器提供凭证，有服务器的企业就可以用具有凭证的 Web 站点进行安全电子交易：开启服务器 SSL 安全通道，使用户和服务器之间的数字传送以加密的形式进行；要求客户出示个人证书，保证 Web 服务器不被未授权的用户入侵；软件数字证书为软件提供凭证，证明该软件的合法性。

4）认证中心的树形验证结构

在双方通信时，通过出示由某个认证中心签发的证书来证明自己的身份，如果对签发证书的认证中心本身不信任，则可验证认证中心的身份，逐级进行，一直到公认的权威认证中心处，就可确信证书的有效性。每一个证书与数字化签发证书的认证中心的签名证书关联。沿着信任树一直到一个公认的信任组织，就可确认该证书是有效的。例如，C 的证书是由名称为 B 的认证中心签发的，而 B 的证书是由名称为 A 的认证中心签发的，A 是权威的机构，通常称为根（root）认证中心。验证到了根认证中心处，就可确信 C 的证书是合法的。

（三）世界知名认证中心介绍

（1）世界上比较早的数字认证中心是美国的 Verisign 公司（www.verisign.com）。该公司成立于 1995 年 4 月，位于美国的加利福尼亚州。它为全世界 50 个国家提供数字证书服务，有超过 45 000 个互联网的服务器接受该公司的服务器数字证书，使用它提供的个人数字证书的人数已经超过 200 万。

（2）中国数字认证网（www.ca365.com）。

（3）中国金融认证中心（www. cfca. com. cn）。

三、电子商务安全交易协议

（一）SET 协议

SET（secure electronic transaction），即安全电子交易，是万事达国际组织和 Visa 国际组织在微软公司、网景公司、IBM 公司、GTE 公司和 SAC 等公司的支持下联合设计的安全协议。SET 的目的是通过互联网在商家网站和处理银行之间传输信用卡结算信息时提供安全保证。虽然 SSL（安全套接层）协议保证了在商家和消费者之间传输数据和其他敏感信息的安全，但 SSL 不能验证消费者是否是信用卡的持有人。

SET 标准的安全程度很高，它结合了 DES、RSA 算法、SSL 和安全超文本传输协议（S-HTTP），为每项交易都提供多层加密。

SET 结算安全的目标是：提供对信用卡持卡人、卖方和让受人的身份认证，提供结算数据的保密性；保持结算数据的完整，界定这些安全服务所需的算法和协议。

SET 也有自己的局限性。例如，SET 只能接收信用卡和不需要个人身份号码（PIN）的借记卡。大多数基于 SET 的交易都要通过信用卡进行处理。普通信用卡和各种形式的数字现金今后会逐渐添加到这一标准中去。SET 能够处理的交易类型也有限，直接购买和退货还应付得了，但无法处理分期付款等比较复杂的结算形式。

（二）SSL 协议

SSL 协议，即安全套接层协议，主要包含 SSL Handshake 协议和 SSL Recovered 协议两部分，前者负责通信前的一些参数协商，后者则定义 SSL 内部数据格式。SSL 协议主要是使用公开密钥体制和 X. 509 数字证书技术保护信息传输的机密性和完整性。在用数字证书对双方的身份验证后，双方就可以用保密密钥进行安全会话了。SSL 协议主要适用于点对点之间的信息传输，常用 Web Services 方式提高应用程序之间数据的安全系数。

SSL 协议的整个概念可以被总结为：一个保证任何安装了 SSL 的客户和服务器间事务安全的协议，它涉及所有 TCP/IP 应用程序。它主要提供三个方面的服务：

（1）用户和服务器的合法性认证。

（2）加密数据以隐藏被传送的数据。

（3）保护数据的完整性。

（三）SET 协议和 SSL 协议比较

SET 协议和 SSL 协议各有优、缺点，网站在搭建自己的交易系统时，可根据自己的需求和两个协议的特性（表 7-2）来进行选择。

表 7-2　SET 协议和 SSL 协议特性对比

特性	SET 协议	SSL 协议
参与方	客户、商家、支付网关、认证中心和网上银行	客户、商家和网上银行
软件费用	必须在银行网络、商家服务器、客户机上安装相应的软件，而不是像 SSL 协议可直接使用，因此增加了许多附加软件费用	已被大部分 Web 浏览器和 Web 服务器所内置，因此可直接投入使用，无需额外的附加软件费用
便捷性	SET 协议在使用过程中必须使用电子钱包进行付款，因此在使用前，必须先下载电子钱包软件，因此操作复杂，耗费时间；每天交易无限额，利于购买大宗商品；由于存在着验证过程，因此支付缓慢，有时还不能完成交易	SSL 协议在使用过程中无需在客户端安装电子钱包，因此操作简单；每天交易有限额规定，因此不利于购买大宗商品；支付迅速，几秒钟便可完成支付
安全性	安全需求高，因此所有参与交易的成员——客户、商家、支付网关、网上银行都必须先申请数字证书来认识身份；保证了商家的合法性，并且客户的信用卡号不会被窃取，替消费者保守了更多的秘密，使其在购物和支付时更加放心	只有商家的服务器需要认证，客户端认证则是有选择的；缺少对商家的认证，因此客户的信用卡号等支付信息有可能被商家泄漏

四、相关电子商务法

电子商务法是指以电子商务活动中所产生的各种社会关系为调整对象的法律规范的总和，电子商务法是一个新兴的综合法律领域。近年来世界上已有很多国家和国际组织制定了为数不少的调整电子商务活动的法律规范，形成了许多电子商务法律文件。联合国国际贸易法委员会主持制定了一系列调整国际电子商务活动的法律文件，主要包括《计算机记录法律价值的报告》、《电子资金传输示范法》、《电子商务示范法》、《电子商务示范实施指南》等。它们是世界各国电子商务立法经验的总结，同时又指导着各国的电子商务法律实践。

(一) 电子签名法

电子签名法是以规范作为电子商务（也包括电子政务）信息载体的数据电文和当事人在数据电文上以电子数据形式"签名"为主要内容的法律制度。电子签名与电子商务的交易安全直接相关，在电子商务法中有重要意义。因此，国际上电子商务法，一方面要在原则上规定电子签名具有与手写签名同等的法律效力；另一方面，还需单独制定电子签名法，对电子签名作出进一步明确具体的规定。因此，电子签名概念的出现和电子签名的应用，使电子商务的发展更具有现实性，因为电子签名在某种意义上比手写签名更具安全性。《中华人民共和国电子签名法》已经于 2005 年 4 月 1 日开始施行。该法共 5 章 36 条，包括总则、数据电文、电子签名与认证、法律责任、附则。其立法目的是为了规范电子签名行为，确立电子签名的法律效力，维护有关各方的合法权益。

确立电子签名法律效力，主要解决两个问题：一是通过立法确认电子签名的合法性、有效性；二是明确满足什么条件的电子签名才是合法的、有效的。在众多的电子签名方法和手段中，并不是所有的都是安全有效的，只有满足一定条件的电子签名，才能具有和手写签名或者盖章同等的效力。在解决什么条件下电子签名具有效力的问题上，参照联合国国际贸易法委员会《电子签名示范法》的规定，以目前国际公认的成熟签名技术所具备的特点为基础，明确规定了与手写签名或者盖章同等有效的电子签名应当具备的具体条件。

（二）电子合同法

美国统一州法委员会于 1999 年 7 月制定的《统一电子交易法》（UETC）对合同和电子方式定义为："合同"是指当事人根据本法案和其他适用法订立的协议所产生的全部法律义务。"电子方式"是指采用电学、数字、磁、无线、光学、电磁或相关手段的技术。2000 年 8 月修正的《统一计算机信息交易法》采用了与《统一电子交易法》相同的定义。这两部法案与联合国的《电子商务示范法》的定义方式是类似的，即不明文规定电子合同的定义，而是强调了"电子"的内涵，凡符合以"电子"形式订立的合同即属电子合同。

1999 年 3 月我国颁布的《中华人民共和国合同法》在合同形式方面大胆地吸收了数据电子形式，并将之视为书面合同。可以说是世界上第一步采纳电子合同形式的合同法，这为电子合同的推广应用以及今后的电子商务立法奠定了基础。

从我国当前电子商务开展的情况看，基本上有这样三种合同履行方式：第一种是在线付款，在线交货。此类合同的标的是信息产品，如音乐的下载。第二种是在线付款，离线交货。第三种是离线付款，离线交货。后两种合同的标的可以是信息产品也可以是非信息产品。对于信息产品而言，既可以选择在线下载的方式，也可以选择离线交货的方式。采用在线付款和在线交货方式完成电子合同履行，与离线交货相比，其履行中的环节比较简单，风险较小，不易产生履行方面的争议。

（三）域名法律保护

域名（domain name）就是用人性化的名字表示主机地址，这比用数字式的 IP 地址表示主机地址更容易记忆。一个域名由若干部分组成，各部分用"．"分割，最后一部分是一级域名，也称顶级域名。域名主要具有标识姓、排他性和唯一性。域名商业价值的发现，导致将他人商标、商号、服务标记等注册为域名的现象大量发生。为遏制这种现象，美国国会于 1999 年 11 月通过了《域名反抢注法》，主要禁止"未经许可、注册的域名或者包含了美国商标或活着的名人名"。对于恶意抢注域名者，除了强制取消域名外，还要处以 10 万美元的罚金。

我国的域名管理机构中国互联网信息中心（CNNIC）工作委员会讨论通过了《中国互联网络域名争议解决办法（讨论稿）》，很好地解决了中国互联网域名与受法律保护的商标之间发生的争议。《中国互联网络域名注册暂行管理办法》规定禁止转让或买卖域名，有了这一条，就能够比较有效地控制域名被恶意抢注的情况发生。但在域名申请的实际工作中域名被恶意抢注的现象还是存在的，一旦发现自己的域名被恶意抢注，可以通过法律程序解决。

根据《中国互联网络域名注册暂行管理办法》和《中国互联网络域名注册实施细则》，在域名的归属出现争议时，域名注册管理机构并不负责域名争议的解决。在由于域名的注册和使用而引起的域名注册人与第三方的纠纷中，中国互联网信息中心不充当调停人，由域名注册人自己负责处理并且承担法律责任。当某个三级域名与在我国境内的注册商标或者企业名称相同，并且注册域名不为注册商标或者企业名称持有方拥有时，注册商标或者企业名称持有方若未提出异议，则域名注册人可继续使用其域名；若注册商标或者企业名称持有方提出异议，在确认其拥有注册商标权或者企业名称权之日起，中国互联网信息中心为域名持有方保留 30 日域名服务，30 日后域名服务自动停止，期间一切法律责任和经济纠纷均与中国互联网信息中心无关。

【进一步学习指南】

20 世纪末，我国的电子商务曾经处于风雨飘摇之中，摇摆不定。8848 的悲壮、王峻涛等一批网络英雄的陨落，电子商务似乎遥不可及。而今，阿里巴巴已经成长为全球最大的 B2B 网站，马云当选 APEC 资源工作委员会主席，电子商务真正走进中国人的生活。

有关统计资料显示，运用电子商务的中小企业生存状况远远好于运用传统模式的企业，在金融危机中，未运用电子商务的企业陷入困顿的比例达 84.2%，而运用电子商务的企业陷入困顿的比例为 16.8%，两者相差近 5 倍。同时我国网民人数达到 4.04 亿；互联网普及率达到 28.9%，超过世界平均水平，使用手机上网的网民达到 2.33 亿人，我国网站达 323 万个。

电子商务已经成为我国社会经济的重要组成部分。同时，在应对全球性金融危机的过程中，电子商务突显了自身低成本、高效率、开放性的特点，不仅大大降低了交易成本，也为企业创造了更多的贸易机会。目前我国的电子商务正处于一次重要的转型与升级时期，感兴趣的读者可进一步探讨服务于企业供应链整合与协同的更深层次的电子商务服务，这将是未来电子商务发展的方向。

【进一步阅读书目及法规】

曹淑艳. 2007. 电子商务. 北京：清华大学出版社
陈进，黄健青. 2008. 电子支付与金融. 北京：中国财经出版社
阎强，胡桃. 2007. 电子商务安全管理. 北京：机械工业出版社
中国电子商务协会. http://www.ec.org.cn/
中国电子商务协会网络营销专业委员会. http://pcem.org.cn/

【复习思考题】

1. 电子商务对会计信息系统的具体影响体现在哪些方面？
2. 结合自己在生活中的应用，谈谈目前电子商务的主要交易模式有哪些？
3. 电子货币的形式体现在哪些方面？
4. 电子商务安全问题主要体现在哪些方面？
5. 开通自己银行卡的网上银行业务并进行电子支付，掌握支付宝的使用方法。

第八章

ERP 及其应用

【本章学习目标】

- 了解 ERP 发展的历程及其所蕴含的管理思想
- 了解 ERP 的基本功能模块以及财务模块在 ERP 中的地位和作用
- 了解业务流程重组的概念、方法、实施策略与过程
- 理解业务流程重组与 ERP 的内在联系
- 了解国内外 ERP 软件的优缺点
- 了解 ERP 软件选型应考虑的因素

我国加入世界贸易组织（WTO）以后，企业所面临的挑战更为剧烈，要想保持可持续发展的竞争优势，势必要用更有效的信息系统进行管理。ERP 系统作为先进的企业管理软件，已成为企业竞争的有力武器。随着 ERP 技术的不断成熟和深化，它的应用范围正逐渐扩大。我国企业正在加快推行 ERP 系统管理的速度，越来越多的企业认识到这是提高企业信息化管理水平的重要途径。但 ERP 系统能否成功地应用和实施，对 ERP 系统的全面了解是必不可少的。

第一节　ERP 概述

ERP 即企业资源计划，是目前全球企业信息化采用的主流系统。它是指建立在信息系统基础上，以系统化的管理思想为企业决策层及员工提供决策运行手段的管理平台。ERP 系统融信息技术与先进的管理思想于一体，是现代企业运行的主导模式，能够对企业资源进行合理调配，最大化地创造社会财富。

ERP 可以从管理思想、软件产品、管理系统等不同角度进行定义：①ERP 是一套企业管理体系标准，是在 MRP Ⅱ 基础上进一步发展而成的面向供应链的管理思想；②ERP 是综合应用了数据库技术、互联网技术等现代信息技术的最新成果，以 ERP 管理思想为灵魂的软件产品；③ERP 是整合了企业管理理念、业务流程、基础数据、人力物力、计算机硬件和软件于一体的企业管理系统。

一、ERP 的发展及其管理思想

ERP 是由美国著名的国际咨询公司 Gartner Group Inc. 于 20 世纪 90 年代首先提出的。追根溯源，ERP 理论产生与发展的背景是产品复杂性的增加，市场竞争的加剧及经济全球化。为适应复杂多变的经营环境，在企业管理理念与实践发展的基础上，根据企业生产经营管理的需要，并伴随计算机信息技术的发展，ERP 理论和技术逐步产生和发展起来。ERP 的形成大致经历了五个阶段，即库存控制（IC）阶段、MRP 阶段、闭环 MRP 阶段、MRP II 阶段以及 ERP 阶段。

（一）ERP 的发展过程

1. 库存控制阶段

在 20 世纪 40 年代，西方学者根据库存物料随时间推移而被使用和消耗的规律，提出了订货点（ROP）的方法和理论。订货点方法的理论基础是：库存物料随着时间的推移而使用和消耗，当某一时刻的库存数量可供生产使用消耗的时间等于采购此种物料所需用的时间（提前期）时，就要进行订货以补充库存。订货点方法适用于消耗均衡的销售和生产环境。

但是，由于顾客需求不断地变化，产品以及相关原材料的需求在时间上和数量上往往是不稳定和间歇性的，订货点法不能按照各种物料真正需要的时间来订货和无法预测未来需求的局限性和缺点也就日益显现，对需求的判断常常发生失误，进而造成库存积压、物料短缺、库存不平衡等后果，这就引发了对 MRP 的研究。

2. MRP 阶段

20 世纪 60 年代的时段式 MRP 建立了一个赋予产品结构时间属性的模型，把销售件、采购件和加工件都集成在一个模型中，来解决"产供销严重脱节"这个难题。MRP 的基本任务可以总结为：

（1）从最终产品的生产计划（独立需求）导出相关物料（原材料、零部件等）的需求量和需求时间（相关需求）。

（2）根据物料的需求时间和生产（订货）周期来确定其开始生产（订货）的时间。

时段式 MRP 的主要缺陷是没有考虑到生产企业现有的生产能力和采购有关条件的约束。同时，它也缺乏根据计划实施情况的反馈信息对计划进行调整的功能。这使它们在物料生产的进度安排上缺乏可行性和可靠性。

3. 闭环 MRP 阶段

随着市场的发展及 MRP 的应用与实践，于 20 世纪 80 年代发展形成了有反馈机制的闭环式 MRP 系统。

闭环 MRP 理论就是在 MRP 的基础上充分考虑能力的约束，加入了能力需求计划理论（CRP），即全部工作中心的负荷平衡。运用这一计划来验证所提出的加工和采购计划的可行性，及时地对 MRP 进行调整，以保证下达给执行部门（车间、供应）的是一个经过确认的可行计划。在计划下达后，将在执行过程中出现的物料的问题（如设计更改、废品、外购件未能按时到货）和能力的问题（如定额不准、设备故障、人员缺勤）及时反映到计划层，形成自下而上的反馈信息。此外，为了适应企业内外环境的变化，在必要的时候应修改计划。这种自上而下又自下而上闭环式的信息传递和运作，称为闭环MRP系统。

4. MRP Ⅱ 阶段

闭环MRP系统充分考虑了能力的约束，保证企业的各工作中心有足够的人力和物力完成生产。但资金的短缺仍然会影响整个生产计划的执行。MRP Ⅱ是以生产计划为主线，对企业制造的各种资源进行统一计划和控制的有效系统，将生产、财务、销售、技术、采购等各个子系统结合成了一个一体化的系统。MRP Ⅱ能最大限度地缩短产品生产周期和零部件、原材料的加工或采购提前期，压缩不必要的库存和在制品以减少资金的占用，加强和提高各层次计划的及时性和准确性以确保按计划、按时、按需、按量地提供产品、零部件及原材料，从根本上提高企业的管理水平，实现企业管理的整体优化，以实现最佳的客户服务水平和经济效益。

MRP Ⅱ的出现和使用产生了深远的影响，但随着市场竞争日趋激烈和科技的进步，MRP Ⅱ也逐步显示出其局限性，主要表现在以下几个方面：

（1）企业的竞争是综合实力的竞争，仅停留在对制造部分的信息集成与理论研究上是远远不够的。现实要求管理系统要从制造部分扩展到全面质量管理、企业的所有资源（分销资源、人力资源和服务资源等）及市场信息和资源，并要求能够处理工作流。

（2）大型企业集团和跨国集团不断涌现，企业规模越来越大，这就要求集团与集团之间、集团内多工厂之间统一计划，协调生产步骤，汇总信息，调配集团内部资源。

（3）在经济全球化社会，市场的竞争不再是企业与企业之间的竞争，而发展成为供应链之间的竞争。这就要求企业之间必须加强信息交流和信息共享，信息管理要求扩大到整个供应链的管理。

5. ERP 阶段

20世纪90年代，MRP Ⅱ发展到了一个新的阶段——ERP。ERP技术及系统特点包括：

（1）ERP更加面向市场、面向经营、面向销售，能够对市场快速响应，它包含供应链管理功能，强调了供应商、制造商与分销商间新的伙伴关系，并且支持企业后勤管理。

（2）ERP更强调企业流程与工作流，通过工作流实现企业的人员、财务、制造和分销间的集成，支持企业过程重组。

（3）ERP更多地强调财务，具有较完善的企业财务管理体系，这使得价值管理概念得以实施，资金流与物流、信息流更加有机地结合。

（4）ERP较多地考虑人的因素作为资源在生产经营规划中的作用，也考虑了人的培训成本等。

（5）在生产制造计划中，ERP支持MRP Ⅱ与即时生产（JIT）的混合生产管理模式，也支持多种生产方式（离散制造、连续流程制造等）的管理模式。

（6）ERP采用了最新的计算机技术，如客户/服务器分布式结构、面向对象技术、

EDI、多数据库集成、图形用户界面、第四代语言及辅助工具、电子商务平台等。

此外，有的 ERP 系统包括了金融投资管理、质量管理、运输管理、项目管理、法规与标准、过程控制等补充功能。这使得企业的物流、信息流与资金流更加有机地集成。它能更好地支持企业经营管理各方面的集成，并给企业带来更广泛、更长远的经济效益与社会效益。

（二）主要信息系统比较

综上所述，企业信息系统的演变进程经历了库存控制、MRP、闭环 MRP、MRPⅡ和 ERP 五个主要的发展阶段，表 8-1 大体上显示了这五类信息系统在功能和规模上的发展状况。

表 8-1　企业管理信息系统的五种类型

系统类型	管理需求	技术推动	功能特点	产生年代
库存管理	保证生产连续性的情况下控制库存	高级语言、文件管理	安全库存订货点法	20 世纪 60 年代
MRP	在给定交货期下控制库房与在制品库存	高级语言、数据库技术	BOM、MPS、MRP	20 世纪 70 年代
闭环 MRP	保证计划的可行性	高级语言、数据库技术	BOM、MPS、MRP、CRP	20 世纪 80 年代
MRPⅡ	物流控制与成本管理的集成	数据库技术、网络技术	经营计划、生产计划、成本会计、车间作业	20 世纪 80 年代
ERP	企业中各类管理活动的协调一致与集成	多媒体、数据库、网络客户机/服务器	一个企业产、供、销、人、财务信息的集成	20 世纪 90 年代

为了便于对 MRP/MRPⅡ/ERP 各系统有一个更完整、清晰的认识，它们之间的关系也可用一个简单的包含图来表示，如图 8-1 所示。

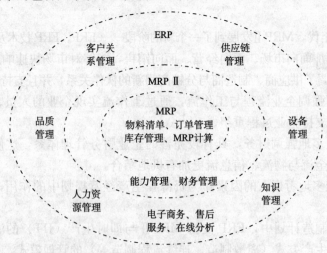

图 8-1　MRP/MRPⅡ/ERP 的包含关系示意图

二、ERP 的基本功能模块

采购、销售和库存是构成企业内部物流的主要部分，其中库存和采购又称为企业的后勤补给系统。三大生产计划构成企业生产计划的核心，是企业计划的主要内容。财务模块包括应收、应付、成本管理等。此外，还有系统管理模块、客户关系管理模块及供应链管理模块等，如图 8-2 所示。一般的系统包括的模块如下：①销售管理；②采购管理；③库存管理；④制造标准；⑤主生产计划；⑥MRP；⑦能力需求计划；⑧车间管理；⑨JIT 管理；⑩质量管理；⑪总账管理；⑫成本管理；⑬应收款管理；⑭应付款管理；⑮现金管理；⑯固定资产管理；⑰工资管理；⑱人力资源管理；⑲分销资源管理；⑳设备管理；㉑工作流管理；㉒系统管理。

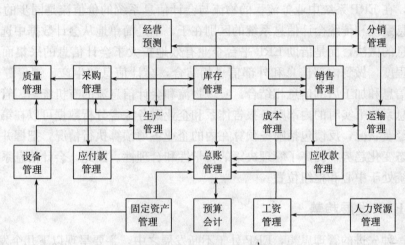

图 8-2 ERP 系统总流程示意图

三、ERP 环境下的会计信息系统

（一）会计模块在 ERR 软件中的地位和作用

在 ERP 系统中，会计模块作为 ERP 软件的一个模块，与其他模块发生广泛的数据传递关系。在图 8-2 中，基本描述了 ERP 各主要模块之间的协作关系。会计模块涵盖总账管理、应收款管理、应付款管理、固定资产管理、工资管理、成本管理，ERP 中的其他模块如采购管理、库存管理、人力资源管理等的数据将最终以记账凭证的形式流入会计模块。由此可见，在 ERP 中，会计模块是以货币作为统一的尺度，反映企业资源运动各环节的价值，以此来为企业财力资源、物力资源、人力资源的计划和控制提供敏捷的"价值神经"。这个"神经系统"与 ERP 中的其他模块紧密配合，进行频繁的信息交流，最大限度地发挥各个子模块的功能，收集和生成各种各样的信息，而不仅仅是价值信息，从而为各项资源的优化配置提供全方位的信息支持，服务于企业价值最大化的最终目标。它及时反馈企业资源运动的价值信息，促进企业各项资源的优化配置，从而实现企业价值的最大化。

（二）基于 ERP 环境的会计信息系统

随着电子商务的渗透和普及，企业的环境也在发生深刻的变革，对外部的依赖度大大提高了，企业管理不仅是一个内部管理的问题，还有外部供应链的问题。好的供应链对企业的重要性越来越突出。ERP 的实施实现了产、销、存一体化和信息的高度集成系统。这就使企业各方面的人力资源、物力资源可以实现最有效地利用，使信息流、物流和资金流得到合理配置，而 ERP 中的会计信息系统的实施为企业提供了分析增值过程的工具。

在 ERP 环境下，企业的会计信息系统是一种面向企业业务流程实时的财务处理和报告系统。会计信息系统必须实时地反映企业业务流程中的价值产生并发生价值流转的所有环节，在 ERP 系统中业务流程的物流与会计信息系统的价值流是同步的。ERP 中的会计信息系统和传统会计信息系统的区别在于，不是简单地从会计数据中选择并加工成会计信息的做法，而是借助 ERP 平台企业有效地扩大了会计信息的采集面，提高信息的加工程度，做到内部信息和外部信息相结合，会计信息和生产、销售等信息相结合，原始信息和加工后的信息相结合，实现物流和会计信息流的有机统一。管理者借助于会计信息系统下实时的内部财务报告体系和企业财务综合分析数据可以在第一时间了解企业的经营状况，反馈包括财务预算在内的企业各项预算执行情况，把握并实时地反映企业动态变化趋势，提高了管理决策的科学性和合理性。因此，会计信息系统在业管理信息系统处于中心和枢纽位置。

四、ERP 发展趋势

作为一种先进的管理思想，ERP 处于不断发展之中，主要呈现以下几个发展趋势。

1. ERP 与电子商务无缝连接

电子商务的核心是如何加速企业和企业之间的沟通，它既可以加速沟通，又可以减少交易环节。ERP 的核心是实现企业内部资源的优化配置，提高企业生产效率和市场响应能力。可见，电子商务着重于前台，而 ERP 着重于后台，两者相辅相成。因此，为了使企业的业务流程更加连贯，增强企业对市场的响应能力和市场竞争力，必须将ERP 与电子商务有机地结合在一起，组成一个集成的企业信息系统。ERP 与电子商务的无缝连接成为未来企业信息系统的发展趋势。

2. ERP 与 Web、互联网的集成

一方面，企业内联网已成为许多大公司网络建设的首选。使用 Web 客户机具有费用低廉、安装和维护方便、跨平台运行、用户界面统一友好、读取数据快速的优点，ERP "Web" 化成为必然趋势。另一方面，互联网的应用不仅可以改善供应链中各部分间的沟通，提高供应链效率，更重要的是，互联网将改变供应链的结构，对现有的销售及服务体系进行重组。基于互联网的计算环境和 Java 技术平台促使了新一代 ERP 的产生，即网上的企业资源计划（iERP）。

3. ERP 与客户关系管理的集成

客户关系管理（customer relationship management，CRM）核心思想是把客户群体看做企业宝贵的外部资源，并尽可能地纳入企业的控制范围内，以增加客户价值，有效满足客户的个性化需求，改善客户关系和提高企业的市场竞争力。客户关系管理定位于生产成品的整个营销过程的管理，包括市场活动、营销过程与售后服务三大环节的管理。因此，客户关系管理系统又称前台管理系统，成为 ERP 市场上最新的亮点。

4. 增加知识链管理功能

随着知识经济的到来，知识资源和信息资源已成为企业在竞争中获胜的最重要的战略资源。如何有效地开发、管理、利用知识资源已成为企业关注和研究的热点问题。因此，在创建 ERP 系统时，也应将知识链管理纳入其中，即把知识的创造、识别、获取、开发、分解、储存、传递、继承、共享、评判和使用等组织成一条与生产经营相关联的知识链，并进行有效的优化管理，从而提升和挖掘知识的内在价值。

5. 纳入产品数据管理功能

产品数据管理（product data management，PDM）将企业中的产品设计和制造全过程的各种信息、产品不同设计阶段的数据和文档组织在一个统一的环境中。随着计算机集成制造（CIMS）和并行工程的日益发展，产品数据管理愈显重要。将产品数据管理纳入 ERP，有利于实现设计数据、产品构型、数据清单（BOM）、设计文档等的有效控制。

6. 增加工作流功能

对工作流（work flow）的需求是与无纸化管理及 EDI 在 ERP 中的应用同时发生的。使用 EDI 以后就出现了电子文档在要求的时间按照规定好的路线传递到指定人员处的问题，必须采用工作流管理进行控制。在 ERP 中加入工作流管理模块，即一个集成的、基于规则的、自动和连贯的工作流管理程序，其全面的工作流规则保证了与时间相关的业务信息，能够自动地在正确的时间流转到指定的人员处。对工作流的管理使 ERP 的功能扩展到办公自动化和业务流程的控制之中。

7. ERP 智能化

电子商务时代所带来的巨大信息量是人力处理所不能完成的，管理系统必须加入一定的智能化处理功能，才能协助人们有效地完成各项管理工作。顺应这一需求，ERP 正朝着具备商业智能的信息系统方向发展，使之具有智能化业务过滤和处理，以及智能化计划优化功能，以便决策者能在更短时间内得到有效的信息，即时回应市场的变化。

8. ERP 模块化、专业化

为了满足企业个性化管理的需要，ERP 软件不应再追求大而全，而应更加注重个性化，更应趋于灵活、实际和面向具体用户。针对不同公司开发风格各不相同的系统，新的模块化和专业化软件应运而生。新模块化软件，就是采用一种新的将第三方软件集成到 ERP 中去的方法，称为业务应用程序接口（BAPI）。这是一个标准化的开放接口，有了 BAPI，用户可以通过浏览器、电子邮件来使用 ERP 系统，可以将这些软件模块与非 ERP 软件混合匹配使用。用户还可以按需求单独更新某一模块，而没有必要为了增强某一个功能对系统进行全面升级。换句话说，用户可以采用逐个模块更新的办法增强系统的功能，而不必更换整个系统。而专业化软件就是改变向用户提供适于所有用户的通用产品的状况，而针对具体的用户市场对软件预先"裁剪"，推出针对特殊市场的软件产品。专业化软件不需要用户进行针对性的配置就可得到可用的菜单、模块和报表等，可以更快地启用，可得到更有针对性的服务。

不难看出，随着 IT 技术的发展、新的管理思想的出现，ERP 的发展呈现出数字化、网络化、集成化、智能化、柔性化、行业化和本地化的特点，不断吸收最新的技术成果，使得 ERP 具有强大的生命力。

第二节　业务流程重组的基本思想与方法

一、业务流程重组简介

（一）业务流程重组的概念

业务流程重组（business process reengineering，BPR）也叫做企业流程再造，作为强化企业管理、提高企业整体水平和竞争能力的一种新的管理概念，最初于 1990 年由美国前 MIT 教授 M. Hammer 提出，后来 M. Hammer 与 CSC Index 的首席执行官 J. Champy 于 1993 年发表了《公司重组：企业革命的宣言》。

根据 Hammer 和 Champy 的定义："业务流程重组就是对企业的业务流程（process）进行根本性（fundamental）再思考和彻底性（redical）再设计，从而获得在成本、质量、服务和速度等方面业绩的戏剧性（dramatic）的改善"，使得企业能最大限度地适应以"顾客、竞争和变化"为特征的现代企业经营环境。"流程"、"根本性"、"彻底性"、"戏剧性"是业务流程重组的四个核心内容。

"流程"是指一组共同为顾客创造价值又相互关联的活动。业务重组的工作都是围绕企业的流程展开的，它是业务重组的中心。

"根本性"是指企业进行业务流程重组，不是枝节的，不是表面的，而是本质的、革命性的，是对现存系统进行彻底的怀疑，用敏锐的眼光看出企业的问题，找到症结之所在，以便更好地解决问题。

"彻底性"表明企业对流程的变革不是进行简单的、肤浅的改变或调整性的修补完善，而是抛弃所有的陈规陋习、毫无效益或效益低下的作业方式，并且不考虑一切已规定好的结构与过程，创造发明全新的工作方法，重新构建业务流程。

"戏剧性"表明业务流程重组追求的不是一般意义上的业绩提升或略有改善、稍有好转等，而是要使企业业绩有显著的增长、极大的飞跃和产生戏剧性的变化。这也是业务流程重组的特点和取得成功的标志。

在此之后，很多国内外学者都对业务流程重组的定义作了扩充和阐述，总体来说，有三种不同的角度：①程序观点，即强调流程的重新设计；②组织观点，即强调企业系统的整合；③技术观点，即强调IT科技的运用。

（二）业务流程重组的类型

不同行业、不同性质的企业，其流程重组的形式不可能完全相同。企业可根据竞争策略、业务处理的基本特征和所采用的信息技术的水平来选择实施不同类型的业务流程重组。根据流程范围和重组特征，可将业务流程重组分为以下四类。

1. 局部的业务流程重组

这是指选择一个或几个关键流程实施流程再造，以达到局部的重组。目前许多流程再造项目都是这种类型，一般能在风险不大的情况下，取得可观的效益。例如，蓝色巨人IBM下某公司所推行的信贷流程重组，就属于这种类型。

2. 部门层级的业务流程重组

部门层级的业务流程重组（或称功能内的业务流程重组）是指选择一定的范围，对所有主要流程实施流程再造，强调流程相关部门之间的紧密协作和及时反馈，以提高部门的工作效率和效果。这种再造在职能内部进行，仍保持企业现有机制和部门的职能划分，保持部门状态或边界不变。例如，Kodak公司在其开发一次性照相机流程中所进行的流程革新，就属于此类。

3. 企业层级的业务流程重组

企业层级的业务流程重组（或称功能间的业务流程重组）是指在企业范围内，跨越多个职能部门边界的业务流程重组。它是一种激烈彻底的流程再造，最终要求是建立一个完全面向流程的企业运作模式，包括组织机构的重组。目的是使组织结构灵活机动，适应性强，将各部门人员组织在一起，使许多工作可平行处理，从而可大幅度地缩短新产品的开发周期。

4. 扩散性的业务流程重组

扩散性的业务流程重组（或称组织间的业务流程重组）是指发生在两个以上企业之间的业务重组，就是要重组跨越多数企业的业务流程，结合上、下游厂商，形成一个长期的伙伴关系，实现对整个供应链的有效管理，缩短非生产成本，简化工作流程，是目前业务流程重组的最高层次，也是业务流程重组的最终目标。

（三）业务流程重组的作用

成功实施业务流程重组，必然给企业带来三个层次的变化。首先是企业过程及其运营方式的变化，以及由信息技术的应用带来的工作方式的变化；其次是组织层次上的变化，包括组织结构、运行机制和人力资源管理，这是为适应第一层次上的变化而发生的变化，又反过来作用于第一层；最后是企业管理理念层次上的变化，包括管理思想、企业文化、价值观念等，这是为适应过程、组织层次上变化而发生的变化，反过来促使这些变化更加有效。

二、业务流程重组的方法、实施策略与过程

(一) 业务流程重组的方法

业务流程重组的方法一般有两大类：全新设计法（clean sheet approach）和系统改造法（systematic redesign）。前者遵循 Hammer "推倒重来"的主张，倡导"在一张白纸上重新开始"，从根本上抛弃旧流程，零起点设计新流程。后者继承逐步改善的思想，辨析理解现有流程，在现有流程的基础上，系统渐进地创造新流程。

(二) 业务流程重组的实施策略

在业务流程重组实施过程中，关键是要做好以下几个方面的工作：

(1) 以核心生产能力为中心，重组业务流程。一个企业要想在激烈的市场竞争中立足，必须不断培养和创新自己的核心能力。为此，企业应当充分搞好企业最基本的内部流程重组，以现有的核心生产能力为基础，多角度、全方位地思考所有流程，大胆取舍，最后形成核心能力以及核心流程，进而形成具有自己的核心产品和核心竞争力的立体式、网络化业务流程体系。

(2) 以顾客为起点，再造整合企业业务流程。目前我国企业面临的市场已由卖方市场转向买方市场，对顾客的争夺越来越激烈，这些情况要求企业在业务流程再造时，以顾客为"起点"，调整企业的研究与开发（R&D）及生产经营活动。

(3) 围绕企业的业务流程再造，其他方面也要采取配套措施，对组织机构进行适当的调整，为实现企业业务流程再造的目标提供良好的保证。

(4) 加强人力资源的开发与管理及信息基础设施的建设。一方面，目前整个社会正逐步步入知识经济时代，"知识资本"将取代"金融资本"成为第一要素，拥有了高素质的人才，才能使企业的流程再造得以成功。另一方面，我国大多数企业对于信息技术和信息基础设施目前仍处于局部利用和内部整合阶段，远未达到业务流程重组在这方面的要求，为此，企业必须加强对信息技术的利用和信息基础设施的建立。

(三) 业务流程重组的实施过程

业务流程重组涉及企业流程和环节的根本性改变。在重组过程中，要实现新的想法，创造新的结构，开发并实施新的系统，是一个十分复杂的过程。为了有效地实施业务流程重组，把实施过程分为若干阶段，称为"业务流程重组生命周期"，其具体可由六个阶段构成：

(1) 构想阶段。在这一阶段，高层领导统一认识，明确责任；确定需重组的核心企业过程；建立业务流程重组性能评价指标及目标等。

(2) 准备阶段。在这一阶段，建立业务流程重组实施小组；宣传业务流程重组思想；进行职工培训；制订实施计划、经费计划及目标等。

(3) 过程分析阶段。在这一阶段，进行现有过程建模与分析及企业问题诊断等。

(4) 过程重组阶段。在这一阶段，进行过程流的重组、组织与管理重组；建立新过

程模型；开展业务流程重组仿真和原型评价等。

（5）系统实施阶段。在这一阶段，建立新的信息系统，组织重构；进行人力资源开发和培训等。

（6）项目评价阶段。在这一阶段，进行业务流程重组项目评估，发现问题，总结经验等。

三、业务流程重组与 ERP

业务流程重组的提出与 ERP 的应用并没有直接的关联关系，企业可以不考虑 ERP 的应用而组织实施业务流程重组。但是从业务流程重组实施成功的案例中，有很多都与 ERP 的应用分不开，在业务流程重组的实施过程中，不考虑 ERP 的应用一般是难以达到对管理业绩的巨大改善目标。另外，企业在应用 ERP 前，不首先进行业务流程重组，也是很难达到预期效果的。企业应用 ERP 只有在实施业务流程重组的基础上才能获得最佳应用效益。

（一）业务流程重组与 ERP 结合的必要性

对企业而言，业务流程重组与 ERP 结合导入是必然趋势，其原因在于：

（1）ERP 的指导思想要求业务流程重组。ERP 所体现的先进的管理思想和精简的组织结构与企业现状存在着一定的差异，这就要求企业按照先进的 ERP 的管理要求对现有的业务流程进行根本性的思考与彻底的重新设计，为 ERP 的成功实施打下扎实的基础。

（2）ERP 的功能实现要求企业必须进行一定的业务流程重组。ERP 应用改变了传统的经营管理方式，它将企业经营活动按照功能分为制造、物流、财务、人力资源管理等几大模块，它们的功能实现无疑要求企业对原有的基础数据、人员设置、工作流程进行重新安排，以保证 ERP 功能的实现。

（3）ERP 的应用目的要求企业实施业务流程重组。从根本上讲，企业应用 ERP 的目的在于改善企业经营管理，提升企业竞争实力，提高企业经济效益。这样一个最终目的就必然要求企业能够借助 ERP 在企业中的实施应用，不断地优化业务流程，使整个经营活动更加符合科学管理的要求。

（二）业务流程重组与 ERP 结合的模式

根据企业的实践，业务流程重组与 ERP 的结合大致可以分为以下三种模式。

1. 业务流程重组后 ERP

对于那些原先管理制度不严、业务流程混乱的企业，在实施 ERP 之前，必须首先梳理清楚企业的业务流程，对其进行全面的重新设计，然后进行简化、重组，即业务流程重组，使之与 ERP 系统合拍，最后才实现 ERP，即"先合理化，再自动化"。只有这样，实施 ERP 才能收到管理上的实效，并保证达到实施 ERP 的预期效果，否则就像泥泞路上跑赛车，阻力重重。

2. ERP 后业务流程重组

如果经初步调查，企业并不存在与 ERP 不符的管理思想、业务流程，且整体的管理体制较完善、业务流程较清晰，此时可以先暂且不考虑业务流程重组，而是直接实施 ERP。在 ERP 实施后若出现不符的流程，则可考虑再进行新的业务流程重组设计。通常情况下，企业导入业务流程重组已不仅仅为了应用 ERP 的需要，更多的则是为了使企业适应市场竞争和提高自身整体水平的需要。

3. ERP 与业务流程重组并行

多数企业则应采取此种方式。业务流程重组和 ERP 系统的实施同时展开，一方面，随着 ERP 系统的推行，企业逐渐明确了未来的发展方向，找到了困扰企业顺利发展的瓶颈，彻底进行流程重组的计划也就显得更切合实际、更规范化了；另一方面，随着业务流程重组计划阶段性改进和实施，为企业去除了冗余的工作环节，规范了管理制度，为 ERP 系统的实施扫除了障碍。从而使企业在应用 ERP 系统与实施业务流程重组过程中，不仅大大提高了成功率，而且还会取得事半功倍的效果。

总之，ERP 与业务流程重组的结合可以说是一个复杂而又漫长的系统工程。一方面，企业在导入系统前，应对企业自身的发展状况、目标有一个明确的认识与分析，并相应地确定适合的实施策略与模式；另一方面，循序渐进的实施过程决定了投资巨大但收效较慢的特点，同时，随着系统流程的不断深入与完善，这项投资还将继续增加，以确保系统健康地运转。

第三节   ERP 的实施

一、ERP 项目实施过程各阶段主要工作

ERP 系统实施质量的好坏、成功几率的大小，在很大程度上取决于我们是否采用科学的方法来实施 ERP 项目。就像产品有生命周期一样，ERP 项目也是有生命周期的。对 ERP 项目来讲，其周期一般包括以下几个阶段：

前期阶段，包括 ERP 原理培训、需求分析、效益分析、目标设定、设计业务流程模型、分析风险和制定防范措施、制定明确的项目定义、选择合作伙伴及软件选型等工作。

实施阶段，包括软件和系统应用培训、编制项目计划、落实项目组织、业务人员培训、数据录入、参数设置、原型测试和应用模拟、用户化或二次开发、业务流程改进等工作。

交付阶段，包括操作人员培训及考核、制定工作准则与工作规程、切换运行、项目评价、验收等。

（一）前期阶段

在 ERP 领域有一条不成文的共识："ERP 成功应用＝有准备的企业＋合适的软件＋

有效的实施"。其中，"有准备的企业"被排在首位。也就是说，ERP 要成功实施，前期准备工作十分重要。企业推行 ERP 的前期工作可分为：成立筹备小组、ERP 知识培训、可行性分析与立项、需求分析、准备测试数据及选型或转入开发等几个环节。

1. 成立筹备小组

企业作为实施 ERP 项目的主体，通常需要建立一个相对稳定的组织主持项目的进行。因此，成立一个精干、高效的项目筹备小组对于 ERP 的实施非常重要。项目筹备小组中应有企业决策层的成员，还包括业务部门、财务部门、IT 部门相关人员。筹备小组的主要任务和作用有：组织 ERP 基本原理知识的培训；对企业实施的 ERP 项目进行可行性研究；调查同行业管理信息系统的应用状况；明确企业对新系统的需求，提交需求分析报告；同软件商接触，评价和推选软件。

2. ERP 知识培训

该阶段侧重的是对企业高层领导实施教育。只有企业的高层领导认识到 ERP 是制造业解决众多生产经营障碍的最佳方法，才能对项目寄予希望，才能作出正确的成本估算，保证资金的投入，并在项目过程中积极推进人思维方式和行为方式的改变，保持项目较高的优先级，监督实施计划的进行，协调各部门的矛盾，推进项目的发展。

3. 可行性分析与立项

通过对 ERP 必要知识的理解，筹备小组要根据企业的现状提出可行性分析报告。报告中一般包括：ERP 基础知识介绍；实施 ERP 所需资源（包括管理环境、人员要求、资金预算和时间计划，并对资源的偏差作出计算与计划）；企业实施的必要性；实施的目标与实施中预计的困难等。企业领导通过可行性报告来进行决策。经过企业领导决策批准后，正式对 ERP 项目进行立项，作出项目的预算，并由筹备小组对有关资源需求计划进行落实，同时启动各项计划。

4. 需求分析

管理需求分析是在企业诊断的基础上进行的，通过管理需求分析，找到目前企业管理中存在的无效或低效的环节，明确企业的规模、生产类型以及对 ERP 系统的特殊需求。其主要解决两个问题：一是实施 ERP 系统的时机；二是对 ERP 系统的具体要求。具体内容包括：各部门需要处理的业务需求；考虑用计算机处理的业务数据的软件使用权限的设置；业务报表需求；现有系统使用调查；数据接口的开放性等。

5. 准备测试数据

企业从各个业务部门填写的数据收集报表中抽取一些各主要业务的典型数据，作为以后 ERP 选型的测试数据。

6. 选型或转入开发

选型或转入开发是实施 ERP 前期工作的最后阶段了，前面各个阶段工作的好坏会直接影响该阶段的顺利进行。

（二）实施阶段

国内外的管理环境不同，各公司的 ERP 软件产品不同，因而也会有不同的实施方法。但一般来说，ERP 的实施按项目管理的原则进行，有共同的地方，其一般实施流程为：成立三级项目组织→制订项目实施计划→调研与咨询→系统软件安装→培训与业务改革→准备数据→原型测试→用户化与二次开发→建立工作点。

1. 成立三级项目组织

项目实施必须落实责任与权力，ERP 项目实施按照对项目的实施作用把项目组织分为三个级别，即项目指导委员会、项目实施小组与项目应用组。

（1）项目指导委员会。项目指导委员会对项目计划的执行情况进行定期审查，及时地解决问题，协调矛盾，确保项目实施顺利进行。应正式指定总经理或某位副总经理作为指导委员会的主持人，其对 ERP 的实施负有决策级责任，要直接听取项目负责人的报告，代表指导委员会处理决策问题。如果有必要的话，通过他取得其他高层领导的支持。

（2）项目实施小组。项目实施小组负责 ERP 在操作级上的实施。其主要工作有：制订项目计划；报告计划的执行情况；发现实施过程中的问题和障碍；适时作出关于任务优先级、资源重新分配等问题的决定；必要时向企业高层领导提出建议；为保证 ERP 成功地实施而需要的任何操作级上的工作。

（3）项目应用组。项目应用组要在项目实施小组的领导下，根据部门工作的特点，制订出本部门的 ERP 项目实施方法与步骤，熟练掌握与本部门各业务工作点有关的软件功能，提出具体意见，包括业务改革的执行意见。

2. 制订项目实施计划

项目的实施计划一般由经验丰富的咨询公司制订，或在其指导下制订。由企业项目实施小组根据企业的具体情况进行讨论、修改，最后由项目指导委员会批准。项目实施计划一般分两类，即项目进度计划与业务改革计划。

一般来说，ERP 项目的实施会分为两到三个阶段，也就是常说的一期、二期或更多。期数的划分要依据企业的 ERP 软件模块需求、二次开发量、企业的业务工作量、项目资源、企业的市场销售情况进行。要制订分阶段、分步实施的系统模块的细化计划，详细到各个业务的具体实施计划，并对负责人作出规定。

3. 调研与咨询

在该阶段对企业的 ERP 业务管理需求进行全面调研，并根据企业的管理情况提出管理改革方案。调研报告与咨询方案要经实施小组与指导委员会的讨论并通过。ERP 的调研报告与咨询方案通常包括以下几个部分：企业现状描述；ERP 管理方式；业务实现与改革；达到的效果。

4. 系统软件安装

系统软件安装包括软、硬件的设计与安装。硬件的方案可以与调研同步进行，一定要考虑企业现有的资源，可以提供几种方案供企业参考，并通过与硬件供应商合作，制定与建立企业的硬件系统建设方案。关于软件的安装，一般来说，在该阶段以安装服务器系统软件为主，而后根据需要进行工作点扩充。初步的安装是为了培训与测试的需要。

5. 培训与业务改革

培训的目的是为了企业顺利地实施 ERP 系统，贯彻 ERP 的思想与理论，使企业的管理再上一个台阶。ERP 培训的类型有理论培训、实施方法培训、项目管理培训、系统操作应用培训、计算机系统维护培训等。要根据不同的层次、管理业务对象制订不同的培训计划。经过培训，指导委员会、实施小组就可以对业务改革提出更为详细的执行计划，并且还会有一些补充意见与建议。因此，业务改革从这里开始较为成熟。

6. 准备数据

在培训开展后，就可以开始收集业务数据，也就是进入准备数据阶段。其目的是用于实际操练经过培训的处理模块，并检验测试软件的处理结果。在前期工作中已经涉及对测试软件系统的测试数据的收集，但这些数据没有规范性。在加深对 ERP 的理解后，可以在实施顾问的指导下，重新对业务数据进行收集，主要分为三类，即初始静态数据、业务输入数据和业务输出数据。

7. 原型测试

根据收集的数据，录入 ERP 软件，进行原型测试工作。在这个阶段，企业的测试人员应在实施顾问的指导下，系统地进行测试工作，因为 ERP 的业务数据、处理流程相关性很强，不按系统的处理逻辑处理，则录入的数据无法处理，或根本无法录入。原型测试的目的是：深入理解 ERP 系统，分析它与现行系统的差异；熟悉系统提供的各项功能，掌握 ERP 系统业务处理的方法和流程；检验数据处理结果的正确性；理解各项数据定义、规范的重要性与作用，弄清各种数据之间的关系；学会查询、分析业务数据，增强实施的信息；根据原型测试中发现的问题，提出二次开发的需求；为进行最终用户培训做好准备。

8. 用户化与二次开发

由于企业自身的特点，ERP 软件系统可能会有一定量的用户化与二次开发的工作。例如，用户的特殊操作界面、报表和特殊业务等。一般地，对界面的二次开发应尽量减少，重点放在报表与特殊业务的需求上。二次开发会增加企业的实施成本和实施周期，并影响实施人员的积极性，应比较慎重。当二次开发或用户化完成后，要组织人员进行实际数据的模拟运行，通过处理过程及输出结果的检验，确认成果。

9. 建立工作点

工作点也就是 ERP 的业务处理点、电脑用户端及网络用户端。ERP 的业务、管理思想就是通过这些工作点来实现，但它不等价于实际的电脑终端。建立工作点时要考虑 ERP 的各个模块的业务处理功能、企业的硬件分布和企业的管理状况。建立工作点后，要对各个工作点的作业规范作出规定，也即确定 ERP 的工作准则，形成企业的标准管理文档。

（三）交付阶段

1. 并行

新旧系统并行是指新的 ERP 系统与原有的手工系统或旧的计算机系统同步运行，

保留两个系统的账目资料与输出信息。新旧系统并行的主要目的是检验新旧系统的运行结果是否一致。ERP 实施后，有很多流程和工作方法与以前不尽相同，并行可以让最终用户有一段时间去熟悉各项功能的操作。但要注意并行会增加用户的工作量，所以时间不宜过长，企业在该阶段要全力支持，做好资源调配工作。

2. 正式运行

经过一段时间的并行，验证了新系统能正确处理业务数据，并输出满意的结果，新的业务流程也进行顺利，经项目组双方签字确认后，新系统就可以开始独立正式运行了。要注意的是，ERP 项目周期在交付验收之日结束，但企业实际上仍然有大量巩固和改进等后续工作。

二、成功实施 ERP 的关键因素

（一）企业实施 ERP 不成功的现象和原因

ERP 在我国的发展不是很顺利，实际应用状况远不尽如人意。具体表现为：

（1）最严重的问题就是企业的高层领导，特别是"一把手"的不重视，把实施 ERP 看做是技术专家和下属的事，基本上不过问、不参与，仅做口头支持。

（2）企业的广大员工对 ERP 缺乏热情，一般只有计算机技术人员从事这项工作，而其他职能部门的人员不参与或仅以提供帮助的姿态参与部分工作，整个项目推进十分困难。

（3）关键岗位的员工调换工作，新来的员工不了解情况，致使项目受阻，特别是领导换岗，带来的问题更为严重。

（4）企业最终用户缺乏学习精神，不愿放弃已习惯的工作方式去适应 ERP 系统，而希望修改 ERP 系统来适应原来的工作方式。

（5）教育和培训不足。企业员工对如何应用 ERP 系统来解决企业的问题缺乏全面而深入的了解，ERP 的作用难以全面发挥。

（6）基础数据不准确，不能根据这些数据得到有效的计划数据来指导企业的生产经营活动。

（7）实施过程缺乏积极进取且切实可行的计划，时断时续，拖延太久，致使员工对项目失去热情。

探究造成这些现象的原因，不难看出是人，是人对 ERP 原理、处理逻辑、实施和运行管理的方法缺乏深刻的理解和认识。经验表明，成功实施 ERP 的关键因素是技术、数据和人。其中，人的因素最重要。无论是企业内部人员，还是供应商的实施顾问，都直接影响到企业 ERP 实施的好坏。

（二）实施 ERP 的建议和忠告

总结这些年来 ERP 的实施和应用情况，得出十条建议和忠告，对于企业 ERP 的成功实施有着很好的借鉴意义。

1. 着重强调人的因素

在 ERP 的实施过程中，一方面，对现行业务流程的变更和改革，涉及各个部门，另一方面，新的 ERP 系统会对业务人员的工作习惯造成冲击，这些都将影响企业人员的已得利益，使 ERP 项目的推行受阻，产生各种问题。因此，在 ERP 的实施中，要着重强调人的因素，特别要做到：领导全面支持，始终如一；树立全员参与意识。

2. 高度重视数据的准确性

计算机系统就是处理数据的系统，不正确的数据，将导致产生无效的系统，甚至是负效益的系统。因此，ERP 系统要发挥作用，依赖于数据的准确、及时和完备。而数据的完善、正确依赖管理的完善与提高。因此，必须建立明确的责任制度，数据操作的各个环节上的准确性都要有专人负责。

3. 培训是贯彻始终的一项工作

ERP 实施对企业各层人员来说，是一个全新的课题。教育培训是实施过程中实现知识转移的重要手段。因此，实施人员、实施组织要及时组织各种相关的培训，并对培训的效果进行考核，唯有通过培训效果的验收，才能保证企业的人员在实施中理解与贯彻 ERP 实施的原则、方法及行动要素。培训的过程是不可逾越、不可简略的重要实施过程。

4. 确立系统的目标并对照衡量系统的性能

没有目标就没有实施 ERP 的方向，不对照目标衡量现状就无法对现实有个正确的判断，也就无法找出可改进的地方。因此，建立 ERP 系统必须确定明确的目标，并据以衡量系统的性能，不断改进，否则就要招致失败。

5. 有效的项目管理

项目管理，就是项目的管理者在有限资源的约束下，运用系统的观点、方法和理论，对项目涉及的全部工作进行有效的管理。对于 ERP 实施来说，就是项目经理如何在时间、成本、人力资源的约束下，对实施的全过程进行计划、组织、协调、控制和评价，以达到使企业管理提升的目的。

6. 寻求专家的帮助

事实上，一切由自己干将比聘请有经验的专家花费更大。凡是可能出错的地方必定出错，这是一条统计规律。如果一切都由自己干，则作出错误决定的机会就会增加很多，其代价将是数倍或数十倍于聘用专家的费用。

7. 不要把手工系统的工作方式照搬到计算机系统中

如果对现行的工作方式及其结果颇为满意而不愿意寻求改变，那么实施 ERP 就是浪费资金。一个制造业肯定可以从 ERP 系统中获益，但应当按 ERP 标准改变现行的工作方式，切不可修改 ERP 系统去模仿现行的不适当的手工工作方式。

8. 既要从容，又要紧迫

一方面，实施 ERP 系统可以分解为一系列具体的工作任务，有些任务枯燥烦琐，却必不可少。对此，要从容计划，不要急于求成，否则欲速则不达。而另一方面，为避免实施过程无限期地拖长，影响员工热情，紧迫感也是十分必要的。

9. 分步实施策略

ERP 是一个庞大、复杂的系统，如果片面强调要实施软件中的全部功能，往往会因此消耗大量的资源、时间而不得要领。应该本着"总体规划、分步实施、重点突破、效益驱动"的原则，首先实施最基本的功能，让系统尽快运行起来，然后再随着应用经验和时机的成熟，扩大应用，逐步完善。

10. ERP 不能"医治百病"

ERP 可以为企业带来多方面的效益，但它不能"医治百病"。企业不应抱有"一旦实施 ERP，所有问题都迎刃而解"的奢求，否则一旦出现 ERP 无法解决的问题，就会全面否定 ERP 的作用。

第四节 ERP 软件及其应用

一、ERP 软件市场现状

从 20 世纪 80 年代开始，一批国外著名的 ERP 厂商相继登陆中国，拉开传播 ERP 的序幕。但由于厂家本身的技术问题，文化背景、管理行为的差异，软件的非本土化特征，实施经验以及配套服务环节的欠缺等多种因素，MRP II /ERP 在绝大多数企业中的应用搁浅。如今，同行业的激烈竞争、不可抵挡的全球化进程、内忧外患的形势使企业家又寄希望于 ERP，新的 ERP 热潮又卷土而来。目前，市场上的国内外 ERP 产品可初步划分为以下几个层次：

（1）高端。ERP 软件功能强大、应用复杂、实施周期长、价位较高，能够提供跨地域、多法人、多业务部门的精细核算与管理，适合业务需求复杂、预算充足的大型企业集团选用。

（2）中端。ERP 软件往往在一些行业领域具有特别优势，甚至有面向行业的专业版本，因此在行业应用上有着独到的经验。

（3）低端。ERP 功能实用、易于掌握、实施周期短，往往在某些行业应用非常广泛，因此行业解决方案比较完善。

在市场占有方面，国外大型 ERP 系统在高端有一定的市场占有率，而在国外 ERP 软件本土化应用遇到难题时期发展起来的国内 ERP 软件，首先从需求量大、应用成功率高的中、低端市场起步，并占据了绝大部分市场份额。

二、国外的 ERP 软件系统

（一）国外主要的 ERP 软件供应商简介

全球 ERP 软件供应商最有实力的公司，包括德国的 SAP 公司、美国的 Oracle 公司等。以下是对这两家在中国成功运作的国外 ERP 软件公司及其产品的介绍。

1. 德国 SAP 公司

SAP 公司成立于 1972 年，总部位于德国沃尔多夫市，是全球最大的企业管理软件及协同商务解决方案供应商，全球第三大独立软件供应商。目前，全球有 120 多个国家的企业使用 SAP 软件，世界 500 强中 80％以上的公司都在使用 SAP 的管理解决方案。1996 年年初，SAP 中国推出了第一个中国本地化的 SAP R/3 系统。SAP R/3 系统是 ERP 领域的最佳解决方案，它包括财务会计、管理会计、生产计划和控制、项目管理、物料管理、质量管理、工厂维护、销售和分销、服务管理、人力资源管理等模块，具备全面、集成、灵活、开放的特点。经过本地化处理的 R/3 系统包含符合中国财政部门要求的账务系统和报表系统、符合税务管理要求的增值税系统以及完全中国化的人力资源系统等。

在 SAPR/3 不断取得成功之后，1999 年 SAP 公司推出了 mySAP 协同电子商务解决方案，它具有完整的自助服务、财务分析、人力资本管理、运营和企业服务功能。此外，还包括对用户管理、配置管理、集中数据管理和 Web 服务管理等系统管理问题的支持。

2. 美国 Oracle 公司

Oracle 公司（甲骨文公司）是世界上最大的企业软件公司，向遍及 145 多个国家的用户提供数据库、工具和应用软件以及相关的咨询、培训和支持服务。

PeopleSoft 公司是全球第二大的企业应用程序软件公司，同时也是最大的中型市场解决方案供应商。2005 年 1 月 Oracle 公司收购了 PeopleSoft 公司使 Oracle 公司成为全球大的软件公司之一，同时也是最大的中型市场解决方案供应商。目前 Oracle 提供的 ERP 产品主要有 Oracle 公司的 Oracle 应用系统系列产品：企业绩效管理、合同管理、客户数据管理、客户关系管理、财务管理、订单管理、物流管理、销售管理、市场营销管理、生产制造管理、产品生命周期管理、项目管理、智能管理、供应链管理、交互中心管理、供应链计划、供应链执行、维护管理、服务管理、人力资源管理，以及原 PeopleSoft 公司的 PeopleSoft Enterprise、PeopleSoft EnterpriseOne 和 PeopleSoft World 三大产品系列。

（二）国外软件供应商的优势和缺点

1. 国外 ERP 软件的优势

ERP 思想起源于国外，这使得国外 ERP 软件较为成熟并在很多方面具有较大的优势，主要表现为：

（1）国外 ERP 软件本身蕴含了许多先进的管理思想和管理手段，为企业提供了可借鉴的"参考模型"，能够较显著地提高流程优化与重组的效率。

（2）国外 ERP 软件一般在全面集成性、技术稳定性、功能灵活性、系统开放性方面实力较强，为企业的不断发展与改变留有较大的空间。

（3）国外 ERP 软件厂商的咨询合作伙伴较多，有助于企业找到合适的管理咨询伙伴。

（4）国外 ERP 软件一般比较重视售后服务，在问题响应等方面比较规范，对升级维护方面的支持比较及时。

2. 国外 ERP 软件存在的问题

尽管国外软件供应商有数十年的软件开发经验，但选择国外 ERP 软件时必须考虑我国企业的具体情况和经济效益，从而避免不必要的浪费和损失。我国企业在使用国外 ERP 软件时应注意以下问题：

（1）软件购置费用与年维护费用较高。国外 ERP 软件的购买费用与年维护费用一般高于国内 ERP 软件。如果企业在资金的持续投入上不能及时到位，则软件应用的效果势必不佳。

（2）国外 ERP 软件的管理起点较高，设计比较复杂，这就对企业的管理基础水平、基础数据的准确与完备、各部门的协同默契程度、业务人员和 IT 人员的素质水平提出了更高的要求。

（3）软件文档或资料的汉化。国外的 ERP 软件的界面、文档以及其他的支持资料存在一个汉化的问题。有些国外 ERP 软件虽然界面是汉化的，但汉化的质量以及软件深层的内容汉化则有较多的问题，而且有些国外 ERP 软件在文档和资料方面都是外文的，必然给企业人员的学习和掌握带来很多麻烦。

三、国内的 ERP 软件

（一）国内主要的 ERP 软件供应商简介

近年来我国国内 ERP 软件的发展可谓突飞猛进，已经有几家成熟的公司和产品，并形成了一定的市场规模，如金蝶、用友、浪潮、神州数码等，这里我们介绍两家市场份额占有率较大、软件产品相对成熟的公司。

1. 用友 ERP

用友软件股份有限公司成立于 1988 年，长期致力于提供具有自主知识产权的企业应用软件、电子政务管理软件的产品、服务与解决方案，并在金融信息化和软件外包等领域占据市场领先地位。

用友公司是我国最大的管理软件、ERP 软件供应商之一。企业应用软件产品线涉及供应链管理、客户关系管理、人力资源管理、企业资产管理、办公自动化和行业管理软件等诸多领域。依靠领先的技术、丰富的产品线、强大的咨询实施队伍和优秀的营销技术在制造业、流通业、服务业、金融业、政府机构以及传媒出版行业得到了广泛的应用，成为推动我国企业管理信息化和政府信息化的主流应用软件。

作为我国最大的财务软件供应商，用友公司以 30% 左右的市场占有率长期保持领先地位，其财务软件在各行各业得到广泛深入的应用，成为推动我国财务管理信息化的主流应用软件和实际应用标准，为我国的财务会计改革提供了强有力的工具支持。

2. 金蝶 ERP

金蝶国际软件集团有限公司始创于 1993 年 8 月，是亚太地区领先的企业管理软件及电子商务应用解决方案供应商，是全球软件市场中成长最快的独立软件厂商之一。金蝶国际软件集团有限公司是我国第一个基于互联网平台的三层结构的 ERP 系统——金蝶 K/3 的设计者，金蝶 K/3 是我国中小型企业市场中占有率最高的企业管理软件。另外，金蝶还有第 3 代产品——金蝶 EAS（kingdee enterprise application suite）。金蝶 EAS 构建于金蝶自主研发的商业操作系统——金蝶 Bos 之上，面向大中型企业，由超过 50 个应用模块高度集成，涵盖企业内部资源管理、供应链管理、客户关系管理、知识管理、商业智能等，并能实现企业间的商务协作和电子商务的应用集成。

（二）国内软件供应商的优势和缺点

1. 国内 ERP 软件的优势

1）实施人员对产品理解较透彻

尽管国外的产品比较先进，但由于其在国内的实施人员只是通过简单的产品培训后，就开始为企业实施，因此，他们对产品的理解难以全面、深刻，国外产品的优势就难以在企业中充分发挥。而国内的 ERP 产品尽管未形成专业的实施队伍，但有产品研发人员共同参与实施，容易对产品及其内部结构有深刻的了解，为产品功能的充分发挥奠定了基础。

2）对国内企业管理理解较为深入

由于国、内外企业文化和管理水平差距很大，国外 ERP 产品实施中将成熟的业务流程重组技术照搬到国内企业时存在较大的问题，这些软件在国外企业的实施经验难以继续在国内企业中直接运用。而国内的 ERP 产品及其专业软件公司，由于前期在企业管理信息系统或财务会计系统的应用及实施中，已与国内企业有良好的沟通和合作，对企业情况和管理及管理者的思想和思路更容易理解，从而为国内 ERP 产品在国内企业的实施创造了条件。

2. 国内 ERP 软件供应商的不足之处

1）经验上的不足

国外特别是发达国家，企业管理水平较高，管理者对企业信息化的认识和要求都比较到位，为 ERP 在这些企业的实施成功奠定了环境基础；且 ERP 产品已形成专业化的实施队伍，使国外的 ERP 产品从技术和实践两个方面的经验明显高于国内的同类产品。而国内的 ERP 产品则起步相对较晚，大部分企业及其管理者尚对企业信息化建设及其对企业管理的作用认识不足，并且未形成专业化的代理实施队伍，造成 ERP 应用实施水平较低。

2）技术积累上的欠缺

ERP 产品是先进技术的集成，其产品的研发设计需要现代化的计算机技术和网络通信技术的支持。国内在这两方面的技术积累与国外发达国家的专业软件公司相比，还有较大的差距，特别是在这些先进产品的设计运用方面更是欠缺技术和经验的积累。

3）支持平台较少

国内 ERP 软件发展时间较短，在平台上一般只支持主流平台，如 SQL Server、SYBASE、Oracle。

四、ERP 软件选型

随着 ERP 系统的发展及其给企业带来的效益的显现，国内外越来越多的企业开始选择相应的 ERP 软件作为提高自己企业竞争力的方法和手段。而软件选择的好坏直接影响到企业 ERP 实施的成功与否。

1. ERP 系统的适用范围

ERP 系统是在管理实践中产生和发展起来的，它的发展反映了应用对象需求的不断提高，且有鲜明的阶段应用特征。ERP 发展至今，许多 ERP 软件厂商都已采用了模块化的设计理念，使 ERP 系统在功能和模块的组合上具有充分的灵活性，这使得用户可以根据自己的需要在选择和应用 ERP 系统时进行适当的取舍。

企业在选择管理软件时，不应只看软件所标识的名称是 MRP、MRPⅡ，还是 ERP，而应看其所包含的模块、作业流程设计以及所实现的功能的完善程度。不应简单地认为，ERP 软件比 MRPⅡ软件好或 MRPⅡ软件比 MRP 软件好。实际上，ERP 软件系统有其各自的适用范围，企业真正需要的是能解决企业生产管理、财务管理或客户和供应链管理等实际问题的软件，而非软件的 ERP 标签。

2. ERP 软件选型原则

企业在 ERP 选型时，应考虑以下几个原则：

（1）选择一个适用的软件产品。市场上软件品种繁多，不同的软件产品有不同的功能、性能和可选特征，必须综合考虑，性能价格比是最好的指标。软件选择的标准应当是针对本企业的实际情况选择一个最为适用的软件产品，应着重了解 ERP 的功能是否体现了 ERP 的主要思想，是否涵盖了企业的主要业务范围，而不是经过若干年的全面考察，选择一个"高、大、全"的软件产品。

（2）兼顾软件的功能和技术。在选择软件产品时，既要考虑软件的功能，又要考虑软件的技术，既要考虑当前的需求，又要考虑未来的发展。企业可参考 Garter Group 公司提出的 MRPⅡ/ERP 软件四区域技术功能矩阵进行综合考虑。该矩阵由直角坐标系中的四个区域构成，纵坐标表示产品功能完备程度，横坐标表示技术水平高低。各种 MRPⅡ/ERP 软件产品根据其功能和技术水平，位于不同区域中。区域Ⅰ称为保持优势区域，该区域内的软件在功能和技术两方面都处于优势地位，但相对来说，价格也比较昂贵。区域Ⅱ称为有待加强区域，该区域的软件产品技术先进，但功能尚有待加强和完善，是可供用户选择和考虑的重点对象。区域Ⅲ称为重新构造区域，该区域的软件产品功能比较强，但技术已显得落后，从长远看，这些软件是没有生命力的，尽量不要选择。区域Ⅳ称为重新考虑区域，该区域的软件产品在技术和功能两方面都比较差，明智的用户不会选择这类软件。

（3）选择有成功用户先例的软件产品。即使对于落在区域Ⅰ或Ⅱ中的软件产品，也要考查其是否有成功的用户，成功的用户可以验证软件产品以及相关服务的有效性。实施 MRPⅡ/ERP 是企业的大事，既要作出较大的投资，又要成为企业的重要资源。所以，不要贸然选择那些未经实践证实的软件产品。特别要注意，不要被供应商牵着鼻子走。因为，在选择软件的过程中，软件供应商并不是自己的同盟者，而是生意对手，企业对此应当保持清醒。

（4）考虑为了补充不足的功能需要对软件做哪些修改或扩充。任何一种软件产品都不可能实现企业所有的功能需求。MRPⅡ/ERP不是一个简单的计算机项目，它涉及企业运营的各个方面。为了尽量将企业实际与ERP功能相结合，一方面要根据MRPⅡ/ERP的标准逻辑调整前者，但也需要对后者在一定程度上进行修改或用户化开发。应当确定哪些修改或扩充是必需的，以及由谁来承担，是由自己来做，还是由供应商来做，还是委托第三方来做。在任何情况下，都既需要计算成本，又要考虑所需的时间。

3. ERP软件选型考虑的因素

（1）从软件功能考虑。软件功能应该满足企业当前和今后发展的需要。要特别注意的是，着眼点应是"适用"，而不是盲目追求"先进"和"万能"，要知道，多余的功能只会造成使用和维护上的复杂性。对一个ERP软件要注意它的分拆、优化和适应流程变化等方面的功能，以及对企业各级管理决策的支持程度。当然，所谓需求是以近期为主，但也要方便扩充，以满足今后发展的需求。

（2）从技术平台考虑。技术的创新是任何力量都阻挡不了的，各种新的概念不断涌现，让人目不暇接。每个软件都有它的历史，有它的发展历程，相对来说，越是历史久远的软件产品，所采用的技术也就越久远，并不是每一次革命都要向新的平台迁徙，那将投入无数艰辛的劳动，同时承担巨大的转换风险。考查一个软件技术平台的标准并不是最新最好，而是要考查它是否采用主流的技术和方法，以满足未来企业应用的基础服务设施；是否满足业已出台的工业标准，保证是可管理的开发；是否有可伸缩性；是否考虑了互联网环境的应用，以满足ERP与电子商务前端集成的要求。

（3）从系统的开发性考虑。任何商品软件，不论是国内的还是国外的，用户化和二次开发往往是不可避免的。一方面，可能在实施ERP系统之前，企业中已经有了某个方面的很好的子系统，实施ERP时，企业希望保留这样的子系统；另一方面，随着企业应用范围的扩大，企业也必定会增补一部分功能。在这些情况下，都需要把这些子系统连接起来，实现数据共享。还有的时候，需要把ERP系统中的数据成批地提取出来进行处理，或者把一批数据输入到ERP系统内。凡此种种，都需要ERP系统在程度级或数据级的开放性，因此所用软件的开发工具必须方便用户掌握和使用。

（4）从服务上考虑。"ERP成功应用＝三分软件＋七分实施"，在ERP领域，这句话早已被实践所证明，由此服务也就成为ERP选型过程中需要着重考查的一个方面。企业在软件选型的过程中，具体可以从服务渠道、合作伙伴、实施顾问的经验、成功案例和文档的规范性五个角度进行，以考查是否能得到快捷的响应和支持：实施支持的合作伙伴是否具有良好的信誉和业绩，他们同软件商的关系是否密切；在实施项目中起关键作用的实施顾问是否具有丰富的行业经验、产品知识、管理经验；软件厂商是否拥有大量的成功案例；他们是否提供软件产品的各种使用和说明资料等。

（5）从软件供应商的信誉和稳定性考虑。除了产品和服务以外，还需要看公司的管理和发展趋势。软件供应商应该有长远的经营战略，通过提供满足技术进步和用户需求的产品，通过高质量的服务，在各类用户中树立成功的典范。企业在购买软件的同时，也决定了在一定时间内要购买同一家软件开发商的服务，一旦软件开发商的经营出现问题，那么企业只有自尝苦果。因此，企业在选择软件产品时，还要关注软件开发商的信誉程度以及发展态势。另外，在与软件提供商签订购买软件协议时，还应就服务条款等相关问题达成共识。

4. ERP 软件选型的误区

(1) ERP 选型误区一——怎样理解"软件中包含有先进的管理思想"。一些软件公司为了推广自己的产品，竭力宣传其软件中包含有"先进的管理思想"、"先进的业务模式"。作为使用者，要正确理解其中的含义。由于 ERP 系统是从实际的制造流程管理过程中升华而来的管理思想，是对制造业方程式的抽象和总结，从某种意义上来说，其中确实包含有先进的管理思想。但企业是各不相同的，各有各的特色，特别是在今天，企业的个性化已成为其基本生存要素，企业需要快速地对市场变化作出反应，生硬地套用 ERP 软件可能会吃苦头。况且，如果大家都采用相同的方式也就失去了特色与竞争力。企业应坚持自己的个性化管理模式，根据实际情况，选择和构建适合自身的 ERP 系统。

ERP 软件既有改善流程的一面，也有制约流程的一面。当一个企业购买 ERP 系统时，需要对 ERP 系统进行认真学习，充分理解 ERP 系统的运行机制，然后再考虑将软件系统同企业的业务流程相结合，改善企业业务流程中不良的方面，同时也修正软件中不适用的部分，将 ERP 系统同企业的管理机制互相融合、相得益彰，才能真正体现出先进的管理思想。

(2) ERP 选型误区二——选择 ERP 软件中最先进的功能。近年来，随着互联网等新的计算机、通信技术的发展，各种软件都向着最新技术方向发展，ERP 也不例外。一些软件提供商竭力宣传自己的软件是基于最新技术构建的，可为用户提供最先进的计算机功能。实际上，企业自己应该清醒，企业不仅要考查其产品是否成熟可靠，同时也要看自己的业务是否真正需要这些最先进的功能。

特别是在我国，经济发展相对比较落后，企业间的功能位置各异，发展水平也不均衡，绝大多数企业目前所采用的管理方法还仅限于人工管理。在这种情况下，要企业直接采用现代化的管理软件功能来管理企业，显然很容易失败。因此，当务之急，就是通过相应的企业管理软件按部就班、一步一个脚印地引导企业改善管理，规范业务流程，逐步升级软件。作为企业家，既不能急也不能等，应积极行动起来，认真分析企业的现状和需求，对症下药，逐渐实现企业信息化目标。

(3) ERP 选型误区三——MRP 过时了。在实际情况中，还有些人认为 MRP 过时了，已不适应时代的需求了，其实这些人还没有真正明白 MRP 原理。无论是 MRP 发展到了 MRP II、还是 ERP 或是将来的更高阶段，作为核心的 MRP 逻辑不会改变，也就是"制造业方程式"不会改变，MRP 仍是制造业管理系统的核心，所有想了解、研究、开发、实施 ERP 系统的人员或企业，都应该从 MRP 这一基础核心开始，否则只可能是空忙一场。

特别是广大中小型企业，由于多数处于成长期，一些制度不太规范，作业分工不太细致，业务流程通常具有高度的灵活性，而且无论在资金还是信息技术的应用基础上都相对薄弱，要实施管理系统最好就是从风险小、投资少、见效快的 MRP 部分开始。若实施周期拖长，不仅在资金上消耗不起，而且企业的士气也会受影响。中小企业的业务没有大企业那么复杂，在业务流程优化重组的过程中，改变相应较少，只要能先把企业最核心的业务需求解决了，不仅能帮助企业树立对信息化的信心，也能为今后信息技术的深化应用打下基础。若一开始就想用ERP软件的全部功能，不但不能给企业带来效益，反而会由于软件要求的严格性而使企业的许多业务活动变得难以进行，以致给企业套上沉重的枷锁，最终只能是以失败告终。

（4）ERP选型误区四——购买ERP就可以自动解决工厂中的问题。也有这样的情况，企业认为购买了ERP系统，就拥有了先进的管理思想及业务流程，可以自动解决以前管理中所存在的问题。实际上，无论多好的ERP软件都仅是一个管理工具而已，它无法代替管理本身。ERP软件仅能快速地告诉管理者问题在哪里、应如何管理，ERP软件不能自己去解决问题。例如，ERP软件可以告诉管理者，某一个部门存在浪费原材料的问题，这时就需要管理者自己去了解浪费原材料的原因何在，是生产工艺不合理还是人为的浪费，然后做出相应的改善决策和行动。反之，如果管理者不去解决这一问题，那么ERP软件会一直告诉管理者那个部门有浪费原材料的问题，但这个问题会一直存在而不会自己消失。

【进一步学习指南】

ERP软件系统集信息技术与先进管理思想于一身，以先进管理思想为导引，以信息技术为实现手段，为现代企业提供了一种科学而有效的运营管理模式。在这种模式下要求企业的物流、信息流、资金流三方面信息同步体现到ERP系统内，作为企业管理层进行企业管理和员工进行日常作业的基础依据。这三方面信息的质量直接影响到企业经营运作的有效性与科学性。从实质上讲，物流、信息流、资金流其实是企业业务流程在财、物、信息三个不同侧面的体现，在企业具体实施ERP系统时，如何使企业的业务流程与ERP管理流程结合，在较大程度上会影响到ERP实施的效果，感兴趣的读者可以进一步阅读关于ERP设计实施应用的文献。

【进一步阅读书目及法规】

蔡颖，唐春明. 2009. 精益实践与信息化——基于ERP的精益制造体系的设计. 北京：电子工业出版社

陈启申. 2009. 成功实施ERP的规范流程：知理·知己·知彼·知用（第2版）. 北京：电子工业出版社

简泽民. 2009. 企业ERP成功之道. 厦门：厦门大学出版社

吴士亮. 2009. 行业版ERP构建理论与方法. 北京：中国物资出版社

【复习思考题】

1. ERP的形成大致经历了哪些阶段？各阶段有何特点？

2. ERP有哪些基本功能模块？财会模块在ERR软件中处于什么样的地位？

3. ERP未来发展趋势如何？

4. 什么是业务流程重组？业务流程重组与ERP有何联系？

5. 结合案例，探讨企业实施ERP不成功的现象和原因。

第九章

基于 Excel 的会计信息
分析技术应用

【本章学习目标】

- 熟练掌握各种 Excel 会计信息获取方法和技术
- 熟练掌握 Excel 会计信息表格分析和图形分析方法和技术
- 熟练掌握利用 Excel 建立会计报表分析的各种模型
- 熟练掌握利用 Excel 函数进行会计信息分析
- 熟练掌握利用 Excel 工具进行会计信息分析

在信息经济时代，信息的分析及利用日益显得重要。对企业而言，经济信息中的 70％来源于会计，因此会计信息的开发程度将直接影响企业决策的及时性和正确性。在企业实现会计电算化后，以前会计日常工作中大量的记账算账工作都已由计算机完成，为会计信息的分析和利用提供了前提和基础。而市场上各种数据分析软件的推出，又为会计信息的分析提供了手段和技术。由 MicroSoft 公司推出的 Excel，因其具有全面的表处理功能、卓越的图形功能、丰富的函数功能、有效的辅助决策功能、方便的宏和 VBA 功能和共享数据与互联网功能，而被国外财务管理人员誉为强有力的信息分析与信息处理软件工具。本章主要介绍如何利用 Excel 技术进行会计信息的分析。

第一节　会计信息获取及分析技术

一、Excel 会计信息获取技术

利用 Excel 分析会计信息，除了在 Excel 表格中直接输入会计信息进行分析外，还可以从其他应用程序获取数据进行分析，在此主要介绍从其他应用程序获取会计信息的各种途径。

（一）不能筛选不能更新的信息获取技术

这类 Excel 信息获取技术，只能获取外部数据，不能对数据进行筛选，当外部数据发生变化后，也不能自动对数据进行更新。

1. 利用剪贴板获取会计信息

利用剪贴板将其他 Windows 应用程序的会计信息引入 Excel 的具体步骤为：首先激活含有原始会计数据的应用程序，选定数据；然后选择【编辑/剪切】命令或选择【编辑/复制】命令，也可单击【剪切】工具或【复制】工具，将数据传送到剪贴板；接着转到 Excel，选定位置，选择【编辑/粘贴】命令或单击【粘贴】工具，将数据从剪贴板粘贴到既定位置。

通过这种途径，Excel 可以从众多的 Windows 应用程序中获取所需要的会计信息，而当 Excel 从来自 Microsoft Office 套件的其他程序获取所需会计信息时，这种方法能够得到最好的发挥。这些程序包括 Word、PowerPoint 和 Access。

2. 利用【打开】工具获取会计信息

利用上述途径，Excel 可以从其他 Windows 应用程序获取会计信息，但会计信息并非总存放于 Windows 应用程序中，有时可能存放在 DOS 应用程序中，这时上述方法就不再适用，但可利用一个非常简单但十分有用的命令——【文件/打开】命令或【打开】工具完成这项功能。

利用【文件/打开】命令或【打开】工具将 DOS 应用程序中的会计信息引入 Excel 的具体步骤为：首先选择【文件/打开】命令或单击【打开】工具，然后在【查找范围】中选择要引入的相应文件的驱动器和文件夹；接着在【文件类型】下拉列表中选择相应类型，突出显示要引入的文件，再选择【打开】即可。

如果引入的文件应用 Excel 特定的格式化功能后，要想保留这些特征，必须把该文件按照 Excel 文件格式保存。这时首先应选择【文件/另存为】命令，显示其对话框；然后在【保存类型】下拉列表中，选择【Microsoft Excel 工作簿】选项。

3. 利用文本导入向导获取会计信息

当 Excel 进行会计信息分析时，可能会使用到存于文本中的数据，这就需要导入文本文件以获取文本数据。这时可以使用 Excel 中的文本导入向导工具来获取外部文本数据，实现将文本按列分开的功能，即对一些有规律的文本文件，可将其转变成表格格式。

在具体使用 Excel 文本导入向导时，要取决于文本的格式。文本正文的格式有两种，分隔型正文和定宽型正文。在分隔型正文中，每个字段用代号、空格或跳格键这样的字符隔开，而在定宽型正文中，字段按列对齐。其操作步骤如下：首先选择【文件/打开】命令，出现打开文件对话框，在【查找范围】中选择要引入的文本文件的驱动器和文件夹，在对话框下面【文件类型】下拉列表中选择文本文件；然后突出显示要引入的文本文件，选择【打开】，启动文本导入向导，出现如图 9-1 所示的文本导入向导对话框，接着根据文本的类型进行选择，并依据文本导入向导的提示，将文本文件中的会计信息导入 Excel。

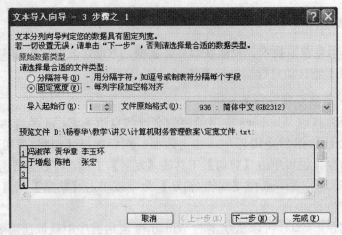

图 9-1　文本导入向导示意图

（二）可筛选可更新的信息获取技术

这类 Excel 信息获取技术可将外部数据导入 Excel 工作簿，并且在外部数据发生变化后，能自动对数据进行更新，有些技术还可以对被导入的外部数据进行筛选。

1. 导入 Excel 表格数据

将外部数据导入 Excel 工作簿，可通过【数据/导入外部数据/导入数据】命令来实现，如图 9-2 所示。选择外部数据所在路径，选中要导入的文件，单击【打开】，在"选择表格"对话框中选中要使用的数据源，单击【确定】，在"导入数据"对话框中选择数据存放的位置，单击【确定】即可。该数据一旦导入，其外部数据源发生变更时，可使用【刷新数据】命令进行更新。

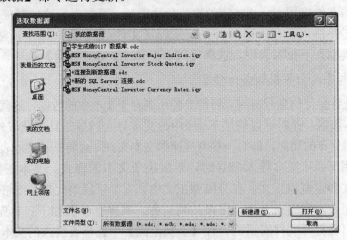

图 9-2　导入数据示意图

2. 使用 Microsoft Query 获取会计信息

在导入外部数据时，可能需要对外部数据进行筛选，这时可利用 Microsoft Query

工具来完成。利用 Microsoft Query 访问外部数据库，获取会计信息时，首先应确定数据源，如该数据源是新的，则应先设置好数据源，这可通过【数据/导入外部数据/新建数据库查询】命令实现，如图 9-3 所示。

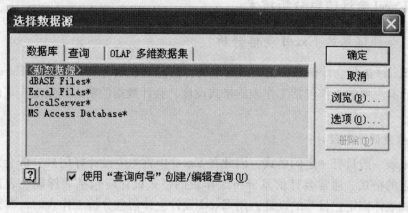

图 9-3 利用 Microsoft Query 创建数据源示意图

在此对话框中突出显示【新数据源】，单击【确定】按钮，然后按照出现的对话框及其提示，输入相应的内容，完成新数据源的创建工作。如果数据源业已存在，则在图所示的"选择数据源"对话框中选择其名称，单击【确定】按钮，然后按照出现的对话框及其提示，输入相应的内容，选择所需要的数据，并将查询结果返回到 Excel，以供 Excel 作进一步分析之用。其外部数据源发生变更时，可使用【刷新数据】命令进行更新。

3. 导入网站数据

对于网站中一些有用数据或表格等，也可以直接将其导入到 Excel 表格中使用，所使用的命令便是【数据/导入外部数据/新建 Web 查询】，如图 9-4 所示。在地址栏输入

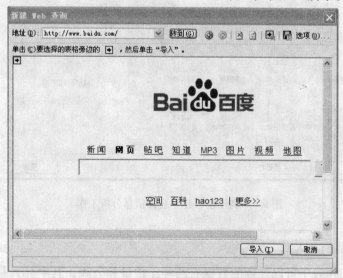

图 9-4 导入网站数据示意图

要引用数据的网址，单击所要选择表格旁边的 ➡，再单击【导入】即可。其外部数据源发生变更时，可使用【刷新数据】命令进行更新。

二、Excel 会计信息分析技术

（一）会计信息的 Excel 表格分析

利用 Excel 进行会计信息分析，最常用的方法就是表格分析，即使用 Excel 工作表进行分析。其主要的工作包括工作表的格式设计、会计数据的输入以及工作表的修改和编辑。

1. 工作表的格式设计

会计报表一般具有一定的格式，因此在 Excel 中首先应设计好用来分析会计信息的相应工作表的格式。通常会计信息分析工作表的格式设计应包括表标题、表日期、表头、表尾和表体固定栏目等的设计。用 Excel 设计会计信息分析工作表时，有两种方法可以选择：

（1）手工设计。手工设计会计信息分析工作表时，如同在一张网格纸上画表一样，只要将标题、表头、表体等按照需要安排在相应的网格（单元格）中即可。

（2）利用模板。Excel 提供了大量的工作簿模板，借助于这些现成的模板，可以方便地建立如企业财务报表等工作表。具体操作时，选择【文件/新建】命令，在其显示的对话框中选择【电子表格模板】按钮，出现如图 9-5 所示的对话框，其中给出了各种现成的报表模板，突出显示想要的模板，单击【确定】按钮即可。这些报表的格式已经按照标准设置好了，只要添加数据即可。

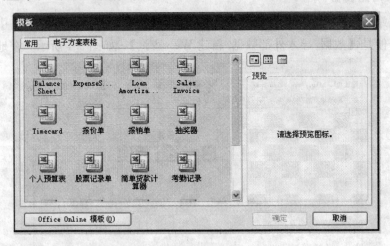

图 9-5   利用模板建立会计信息分析工作表

2. 会计数据的输入

在 Excel 工作表中可以处理的数据有两种：常量和公式。其中公式是 Excel 工作表最具特色的地方之一。会计报表内数据之间都存在一定的勾稽关系，即工作表项目之间的核对关系，如毛利等于销售收入减销售成本，固定资产净值等于固定资产原值减折旧等。在 Excel 中，表内数据之间的勾稽关系就可以用公式表示。

函数是 Excel 事先定义好的公式。Excel 提供了丰富的函数功能，主要类别有财务类、日期与时间类、数学与三角函数类、统计类、查找与引用类、数据库类、文本类、逻辑类和信息类。进行会计信息分析最常用的当然是财务函数，Excel 的财务函数提供了许多威力强大的工具，用于如投资回报率、养老保险金的未来价值，或固定资产折旧等财务运算，帮助创建企业财务和个人财务方面的应用程序。

函数的输入有两种方法，即手工输入和使用函数向导。函数向导是 Excel 为了方便函数的使用而设计的，具体操作步骤也比较简单：首先选定单元格后，单击常用工具栏上的"fx"工具，启动函数向导，依据其对话框中的提示，输入相关内容即可。

3. 工作表的修改和编辑

一般来说，一张会计信息工作表建立之后，其格式通常不变，当基本数据变化时，只需修改其数据，一张新表即可编制完成，也就是说，工作表的格式是一次定义多次使用的。但是，随着经济环境和管理要求的改变，工作表的格式可能也会随之而改变，以适应新的环境和新的决策要求。因此，工作表的修改是一项必备的技术。其主要包括数据的移动、复制及填充，数据的插入、删除与清除以及数据的查找和替换。这些功能都可以通过直接使用鼠标、选用菜单条上的相应命令、工具栏上的相应工具或利用快捷菜单来实现。

同时，一张工作表编制完成后，还应加以编排，调整列宽、行高、设置单元格格式等，使会计信息分析工作表外形更加美观，数据格式更加符合财务人员习惯。这项工作主要可通过菜单条上的命令、工具栏中的工具和鼠标这三个途径来实现。

（二）会计信息的 Excel 图表分析

建立会计信息分析工作表的目的在于提供有用的会计信息来辅助决策。而有时将数据以图的形式显示，可使数据显得清楚、有趣且易于理解。因此，对会计信息的分析并不总是局限于表格分析，有时也需要图形分析。Excel 提供了丰富的图形和简便的绘制方法，学习和掌握它将有助于对会计信息的分析和利用。

1. 图表的类型

Excel 提供了丰富的图表，有柱形图、折线图、饼图等。对于每一种图表类型，还有多种不同的子图表类型可供选择。而且当没有合适的内置图表格式时，Excel 还提供了自定义图表类型的功能。各个图表所表示的数据属性是不一样的，如柱形图常用于趋势分析，如销售收入趋势分析、资金需求量趋势分析等；条形图一般不太适合表示序列随时间的变化，而适合于进行各数为结果的数据间的比较，尤其是单一序列用该类图表示时特别清楚；折线图特别适合于反映一定时期内数据的变动情况及变化趋势，常用于如销售收入、资金需求量等的趋势分析；而饼图最适合用来反映配比关系，常用于结构比率分析，如总资产结构比率分析、流动资产结构比率分析等。因此，在利用图表进行分析时最为关键的是选择恰当的图形来表示要分析数据的属性。

2. 利用图表进行分析

利用图表对会计信息进行分析的主要工作包括建立图表、数据分析和编辑图表三部分内容。而建立图表是基础，只有绘制出图表，才能对会计信息进行更为直观地分析。Excel 可以用两种方式建立图形，一种是建立嵌入图表，另一种是建立图表工作表。这两种方式的创建过程基本一致，都是通过单击工具栏上的【图表向导】工具，或选择【插入/图表】命令，启动如图 9-6 所示的图表向导来建立。而且无论是哪种图表，它们的依据都是工作表中的数据，都与相应的工作表的作图数据相链接。当工作表上的数据改变时，图形便会随之更新以反映出数据的变化。

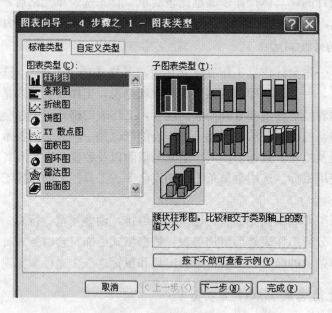

图 9-6　图表向导示意图

有时新建立的图表的显示效果可能不尽如人意，因此需要对其进行适当编辑，如对其进行移动、缩放、复制与删除、修改等。这可在选定所要编辑的部位后，利用鼠标、菜单命令或快捷菜单来实现。

第二节　会计报表分析模型及其应用

一、会计报表分析的数据源

会计报表分析的前提条件是收集内容真实、数字正确的资料，分析所需的资料是多方面的，不仅要收集各种核算的资料，还要收集有关计划、定额、标准等资料，不仅要收集有关的数据资料，还要收集有关财务决策、股票发行等的决议、纪要、报告、备查簿等文字资料，其中企业的财务报告是进行会计报表分析所依据的主要资料。这些资料可以通过手工录入的方法，也可以从网络上下载，还可以从其他外部数据源获取，最终形成 Excel 工作表，因此本节分析的数据源均假定为 Excel 工作表。

1. 资产负债表

资产负债表是反映企业某一特定日期财务状况的会计报表，它是进行会计报表分析的重要财务报表，它提供了企业的资产结构、资产流动性、资金来源状况、负债水平以及负债结构等财务信息。分析者通过对资产负债表的分析，可以了解企业的偿债能力、资产管理水平等财务状况，为债权人、投资者以及企业经营者提供决策依据。本节会计报表分析所使用的资产负债表如表 9-1 所示。

表 9-1　资产负债表

编制单位：ABC 公司　　　　　　2009 年 12 月 31 日　　　　　　（单位：万元）

资产	行次	年初数	期末数	负债及所有者权益	行次	年初数	期末数
流动资产：				流动负债：			
货币资金	1	25.00	50.00	短期借款	21	45.00	60.00
交易性金融资产	2	12.00	6.00	应付票据	22	4.00	5.00
应收票据	3	11.00	8.00	应付账款	23	109.00	100.00
应收账款	4	199.00	398.00	预收账款	24	4.00	10.00
预付账款	5	4.00	22.00	应付职工薪酬	25	17.00	14.00
其他应收款	6	22.00	12.00	应交税费	26	8.00	7.00
存货	7	326.00	119.00	应付股利	27	10.00	28.00
一年内到期的非流动资产	8	0.00	45.00	其他应付款	28	13.00	14.00
其他流动资产	9	11.00	40.00	一年内到期的非流动负债	29	0.00	50.00
流动资产合计	10	610.00	700.00	其他流动负债	30	10.00	12.00
非流动资产：				流动负债合计	31	220.00	300.00
长期股权投资	11	45.00	30.00	非流动负债：			
固定资产	12	955.00	1 238.00	长期借款	32	245.00	450.00
在建工程	13	25.00	10.00	应付债券	33	260.00	240.00
固定资产清理	14	12.00	0.00	长期应付款	34	60.00	50.00
无形资产	15	8.00	6.00	其他非流动资产	35	15.00	20.00
长期待摊费用	16	10.00	8.00	非流动负债合计	36	580.00	760.00
递延所得税资产	17	15.00	5.00	负债合计	37	800.00	1 060.00
其他非流动资产	18		3.00	所有者权益（或股东权益）：			
非流动资产合计	19	1 070.00	1 300.00	实收资本（或股本）	38	100.00	100.00
				资本公积	39	10.00	16.00
				盈余公积	40	40.00	74.00
				未分配利润	41	730.00	750.00
				所有者权益合计	42	880.00	940.00
资产总计	20	1 680.00	2 000.00	负债及所有者权益总计	43	1 680.00	2 000.00

2. 利润表

利润表也称损益表，是反映企业一定期间生产经营成果的会计报表。通过利润表可以反映企业经营业绩的状况，分析企业的获利能力以及利润增减变化的原因，预测企业今后利润的发展趋势，为投资者和企业经营者等各方提供财务信息。本节会计报表分析使用的利润表如表 9-2 所示。

表 9-2　利润表（单位：万元）

编制单位：ABC 公司　　　　　　　　　2009 年度

项　目	行　次	上年实际	本年累计
一、营业收入	1	2 850.00	3 000.00
减：营业成本	2	2 503.00	2 644.00
营业税金及附加	4	28.00	28.00
销售费用	3	20.00	22.00
管理费用	5	40.00	46.00
财务费用	6	96.00	110.00
加：投资收益	7	24.00	40.00
二、营业利润	8	187.00	190.00
加：营业外收入	9	53.00	30.00
减：营业外支出	10	5.00	20.00
三、利润总额	11	235.00	200.00
减：所得税	12	75.00	64.00
四、净利润	13	160.00	136.00

二、比率分析模型的设计

（一）比率分析的主要指标

财务比率可以分为变现能力比率、资产管理比率、负债比率、盈利比率和市价比率五类。其中变现能力比率是用来反映企业产生现金能力的财务比率，它取决于可以在近期转变为现金的流动资产的多少。资产管理比率又称运营效率比率，是用来衡量企业在资产管理方面的效率的财务比率。负债比率是指债务和资产、净资产的关系，它反映企业偿付到期长期债务的能力。而盈利比率是用来反映企业赚取利润能力的财务比率，市价比率则是股份公司所特有的，用以分析股份公司的税后利润（在此不涉及）。常用的各类别指标见表 9-3。

表 9-3　比率分析的常用指标

类别	比率	计算公式
变现能力比率	流动比率	流动资产÷流动负债
	速动比率	（流动资产－存货）÷流动负债
资产管理比率	存货周转率	营业成本÷平均存货
	应收账款周转率	赊销收入净额÷平均应收账款（赊销收入净额可用营业收入代替）
	流动资产周转率	营业收入净额÷平均流动资产
	固定资产周转率	营业收入净额÷平均固定资产
	总资产周转率	营业收入净额÷平均资产总额
负债比率	资产负债率	（负债总额÷资产总额）×100%
	股东权益比率	（股东权益总额÷资产总额）×100%
	产权比率	（负债总额÷股东权益总额）×100%
	已获利倍数	息税前利润÷利息费用（利息费用可用财务费用代替）
盈利比率	销售净利率	（净利润÷营业收入净额）×100%
	销售毛利率	［（营业收入－营业成本）÷营业收入］×100%
	成本费用利润率	（利润总额÷成本费用总额）×100%
	资产净利润率	（净利润÷平均资产总额）×100%
	净资产收益率	净利润÷平均股东权益×100%

（二）比率分析模型的建立

比率分析的数据主要来源于报表，因此比率分析模型建立的主要工作就是从会计数据源获取财务报表，建立数据间的动态链接，采集数据，以及利用这些数据进行比率分析。具体操作步骤如下：

（1）获取数据。比率分析主要以本期资产负债表、利润表等财务报表为依据，但有的也涉及上期财务报表数据，因此首先应新建一个名为"财务报表分析"的工作簿，利用本章第一节所述的数据获取技术获取所需数据，产生如表 9-1、表 9-2 所示的工作表（以下不再重复）。

（2）建立比率分析模型的工作表。在"财务报表分析"工作簿中，选择一张工作表用于设计比率分析模型，并将其命名为"比率分析"，如图 9-7 所示。

（3）根据企业需要选取比率分析的指标。如此例选取了图 9-7 所列示的指标。

（4）设计比率分析指标，即定义所选指标的计算公式。在设计公式时，可采用直接用单元格地址定义和给单元格取名字，用名字定义两种方式。下面以流动比率为例分别加以说明：

• 直接用单元格地址定义：选择 C3 单元格，输入公式：＝资产负债表！＄D＄20/资产负债表！＄H＄21 即可，其中单元格 D20 存储着流动资产的年末数，H21 存储着流动负债的年末数。

• 给单元格取名字，用名字定义：先选择"资产负债表"工作表，选定 D20 单元

	A	B	C
1	ABC公司比率分析模型		
2	类　　别	比　　率	值
3	变现能力比率	流动比率	2.33
4		速动比率	1.94
5	资产管理比率	存货周转率	11.88
6		应收帐款周转率	10.05
7		流动资产周转率	4.58
8		固定资产周转率	2.74
9		总资产周转率	1.63
10	负债比率	资产负债率	53.00%
11		股东权益比率	47.00%
12		产权比率	112.77%
13		已获利倍数	2.82
14	盈利比率	销售净利率	4.53%
15		销售毛利率	11.87%
16		成本费用利润率	7.02%
17		资产净利润率	7.39%
18		净资产收益率	14.95%
19			

图 9-7　比率分析模型

格，然后使用【插入/名称】命令下的【定义】子命令，在其出现的对话框中输入"流动资产"，单击【确定】按钮，就完成对 D20 单元格的命名，按同样方式给 H21 命名后，选择"比率分析"工作表，选定 C3 单元格，然后输入公式：＝流动资产/流动负债即可。

用这两种方式都可以建立表与表之间的动态链接，但各有优缺点。直接用单元格地址定义方法的优点是简单，但公式不直观、不容易理解。而给单元格取名字，用名字定义方法的优点是容易阅读理解和记忆，但比较麻烦，特别是在公式比较复杂时。

(5) 编排"比率分析"工作表，使之更加美观（以下不再重复）。

由于工作表中各比率都与财务报表数据建立了动态链接，因此当财务报表数据变化时，各比率都会作出相应调整，不必像手工那样再重新计算。

三、综合分析模型的设计

(一) 杜邦分析模型的建立

杜邦分析法就是利用各个主要财务比率指标之间的内在联系，来综合分析企业财务状况的方法。利用这种方法可以把各种财务指标之间的关系绘制成杜邦分析图。

建立杜邦分析模型的关键在于设计杜邦分析图，其具体步骤如下：

（1）建立杜邦分析模型工作表。在"财务报表分析"工作簿中，使用【插入/工作表】命令，添加一张新的工作表，用于设计杜邦分析模型，并将其命名为"杜邦分析"，如图 9-8 所示。

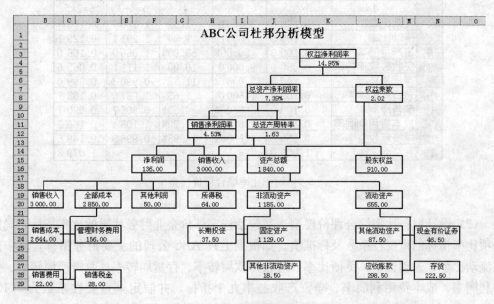

图 9-8　杜邦分析模型

（2）设计分析框。杜邦分析图是一个由连线将分析框联系起来的系统，用以反映各分析框之间的勾稽关系。分析框的设计可采用【格式/单元格】命令下的【边框线】标签或使用【边框】工具来完成。各分析框之间的连线可通过调用【绘图】工具来实现。

（3）定义分析框内容。杜邦分析图的每个分析框中均包含了分析项目的名称、比率公式和相应的计算结果，因此定义分析框内容包括定义分析框的名称、公式和数据链接。各项目可参照比率分析模型的建立步骤完成分析框公式的定义工作。

由于工作表中各比率都与财务报表数据建立了动态链接，因此当财务报表数据变化时，各比率都会作出相应调整，得到一个新的杜邦分析图，重新对企业进行杜邦分析。

（二）财务比率综合评价模型的建立

财务比率综合评价法就是根据有关财务比率及其重要性系数计算一个综合指数，用以确定企业总体财务状况的方法。

建立财务比率综合评价模型主要就是建立财务比率综合分析表，其具体步骤如下：

（1）建立财务比率综合评价模型工作表。在"财务报表分析"工作簿中，使用【插入/工作表】命令，添加一张新的工作表，用于设计财务比率综合评价模型，并将其命名为"综合评价"，如图 9-9 所示。

	A	B	C	D	E	F
1	ABC公司财务比率综合评价模型					
2	指标	重要性系数	标准值	实际值	关系比率	综合指数
3	1	2	3	4	5=4÷3	6=2×5
4	流动比率	0.150 0	2.000 0	2.33	1.166 7	0.175 0
5	速动比率	0.100 0	1.500 0	1.94	1.291 1	0.129 1
6	资产负债率	0.100 0	50.00%	53.00%	1.060 0	0.106 0
7	应收账款周转率	0.050 0	9.000 0	10.00	1.111 1	0.055 6
8	存货周转率	0.100 0	12.000 0	11.88	0.990 3	0.099 0
9	总资产周转率	0.100 0	1.500 0	1.63	1.087 0	0.108 7
10	销售净利率	0.100 0	5.00%	4.53%	0.906 7	0.090 7
11	成本费用利润率	0.150 0	6.50%	7.20%	1.108 4	0.166 3
12	净资产收益率	0.150 0	15.00%	14.95%	0.996 3	0.149 5
13	合　计	1.000 0				1.079 8

图 9-9　财务比率综合评价模型

(2) 设计财务比率综合评价模型。其包括选定评价企业财务状况的比率指标、确定各项比率指标的重要性系数及标准值。如根据上述 ABC 公司的主要财务指标，从中选取流动比率、速动比率、负债比率、应收账款周转率、存货周转率、总资产周转率、销售利润率、成本费用利润率、净资产收益率九个指标，并假定其重要性系数为 0.15、0.10、0.10、0.05、0.10、0.10、0.10、0.15、0.15，标准值为 2.000、1.500、0.500、9.00、12.00、1.50、5.0%、6.5%、15.0%。然后通过参照比率分析模型中财务比率定义方式完成比率的定义与计算。

(3) 计算关系比率。首先定义第一个指标的关系比率公式，然后采用拖放填充的方式一次性完成其他指标的定义。如图 9-9 中，首先定义流动比率指标的关系比率公式：=D4/C4，然后用拖放填充的方式计算表中其他指标的关系比率。

(4) 计算综合指数。首先定义第一个指标的综合指数公式，然后采用拖放填充的方式一次性完成其他指标的定义。如图 9-9 中，首先定义流动比率指标的综合指数公式：=B4×E4，然后用拖放填充的方式计算表中其他指标的综合指数。

(5) 使用求和函数，计算各指标综合指数的合计数。如图 9-9 中，选定 F13 后输入公式：=SUM（F4：F12），计算出综合指数的合计数。

由于工作表中各比率都与财务报表数据建立了动态链接，因此当财务报表数据变化时，各比率都会作出相应调整，获得一个新的综合指数的合计数来重新评价企业。

第三节　Excel 函数在会计信息分析中的应用

一、贷款分析模型的建立与应用

(一) Excel 货币时间价值函数

由于在货币时间价值的计算中，年金的计算相对复杂，因此 Excel 提供了年金现值、年金终值、年金、利率、期数等有关年金计算的函数，通过这些函数可以简化年金问题的计算。

有关参数含义如下：

rate——在借贷或投资期内的固定利率；

nper——在借贷或投资期内的付款或存款周期次数；

pmt——每个周期内的付款额或存款额；

pv——借贷（本金）的现有价值或投资的初始存款额；

fv——借贷或投资的未来价值；

type——付款或投资的类型，用 0 表示在周期结束时付款或存款，用 1 表示在周期开头时付款或存款。

（1）年金终值函数 FV（）。

语法：FV（rate，nper，pmt，pv，type）。

功能：在已知期数、利率及每期收付款额的条件下，返回年金终值数额。

（2）年金现值函数 PV（）。

语法：PV（rate，nper，pmt，fv，type）。

功能：在已知期数、利率及每期收付款额的条件下，返回年金现值数额。

（3）年金函数 PMT（）。

语法：PMT（rate，nper，pv，fv，type）。

功能：在已知期数、利率及现值或终值的条件下，返回年金应用中的各期收付款额（包括本金和利息）。

（4）年金中的利息函数 IPMT（）。

语法：IPMT（rate，per，nper，pv，fv，type）。

功能：在已知期数、利率及现值或终值的条件下，返回年金处理的每期固定收付款额中，每期所含有的利息。

（5）年金中的本金函数 PPMT（）。

语法：PPMT（rate，per，nper，pv，fv，type）。

功能：在已知期数、利率及现值或终值的条件下，返回年金处理的每期固定收付款额中，每期所含有的本金。

（6）期数函数 NPER（）。

语法：NPER（rate，pmt，pv，fv，type）。

功能：在已知利率、现值或终值的条件下，返回每期收付款金额及利率固定的某项投资或贷款的期数。

（7）利率函数 PATE（）。

语法：PATE（nper，pmt，pv，fv，type，guess）。

功能：在已知期数、年金及现值或终值的条件下，返回年金的每期利率。

（二）贷款分析模型的设计与应用

在上述基础上，可以建立贷款分析模型，以帮助企业快速计算与贷款相关的各种数据。具体步骤如下：

（1）建立"会计信息分析"工作簿和"贷款分析"工作表。使用【文件/新建】命令或【新建】工具，建立一新的工作簿，并将其命名为"会计信息分析"，选择一张工作表，将其更名为"贷款分析"。

（2）输入贷款的基本数据，如图 9-10 中（A1：B4）单元格所示。

	A	B	C	D	E	F	G
1	贷款基本数据				贷款分析		
2	贷款总金额	500 000		年份	每期偿还金额	每期偿还年金中的本金数	每期偿还年金中的利息
3	贷款年利率	8.80%		1	¥-77 225.53	¥-33 225.53	¥-44 000.00
4	贷款年限	10		2	¥-77 225.53	¥-36 149.38	¥-41 076.15
5				3	¥-77 225.53	¥-39 330.53	¥-37 895.01
6				4	¥-77 225.53	¥-42 791.61	¥-34 433.92
7				5	¥-77 225.53	¥-46 557.27	¥-30 668.26
8				6	¥-77 225.53	¥-50 654.31	¥-26 571.22
9				7	¥-77 225.53	¥-55 111.89	¥-22 113.64
10				8	¥-77 225.53	¥-59 961.74	¥-17 263.79
11				9	¥-77 225.53	¥-65 238.37	¥-11 987.16
12				10	¥-77 225.53	¥-70 979.35	¥-6 246.18
13							

图 9-10　贷款分析模型示意图

（3）使用年金函数、年金中的本金函数、年金中的利息函数分别计算每期偿还金额、每期偿还年金中的本金数、每期偿还年金中的利息数。以第一年为例，选定 E3 单元格，输入＝PMT（＄B＄3，＄B＄4，＄B＄2），计算每期偿还金额；选定 F3 单元格，输入＝PPMT（＄B＄3，D3，＄B＄4，＄B＄2），计算每期偿还年金中的本金数；选定 G3 单元格，输入＝IPMT（＄B＄3，D3，＄B＄4，＄B＄2），计算每期偿还年金中的利息数。然后复制下去即可。

由于贷款分析中的各数据与贷款基本数据之间建立了链接，因此对于调整贷款基本数据，贷款分析数据就会自动更新，无需重新建立。

二、固定资产折旧分析模型的建立与应用

（一）Excel 固定资产折旧函数

固定资产折旧的方法很多，有直线法、工作量法、加速折旧法等。Excel 提供了五个常用函数可以帮助确定在指定时期内资产的折旧费，分别是 SLN（）、DDB（）、DB（）、VDB（）及 SYD（）函数。

（1）直线折旧法函数 SLN（）。

语法：SLN（cost，salvage，life）。

功能：返回某项固定资产每期按直线折旧法计算的折旧数额。

参数：cost 为固定资产的原始成本；

salvage 为固定资产报废时的预计净残值；

life 为固定资产可使用年数的估计数。

（2）双倍余额递减法函数 DDB（）。

语法：DDB（cost，salvage，life，period，factor）。

功能：返回固定资产在某期间（period）的折旧数额。

参数：cost、salvage、life 含义同上；

period 为所要计算的折旧的期限，必须与 life 参数采用相同的计量单位；

factor 为递减速率，为选择性参数，缺省值为 2。

（3）固定余额递减法函数 DB（）。

语法：DB（cost，salvage，life，period，month）。

功能：返回固定资产在某期间（period）的折旧数额。

参数：cost、salvage、life 、period 含义同上；

month 为第一年的月数，可缺省，缺省值为 12。

（4）倍率余额递减法函数 VDB（）。

语法：VDB（cost，salvage，life，start _ period，end _ period，factor，no _ switch）。

功能：返回固定资产在某期间（start _ period 与 end _ period 之间）的折旧数额。

参数：cost、salvage、life、factor 含义同上；

start _ period 为所要计算的折旧的起始时间，必须与 life 参数采用相同的计量单位；

end _ period 为所要计算的折旧的终止时间，必须与 life 参数采用相同的计量单位；

no _ switch 为一个逻辑值，指定在直线折旧费大于双倍余额折旧费时是否切换到直线折旧法，如果为 FALSE 或被缺省，则要切换，如果为 TRUE，则不切换。

（5）年数总和法函数 SYD（）。

语法：SYD（cost，salvage，life，per）。

功能：返回固定资产在某期间按年数总计法计算的折旧数额。

参数：cost、salvage、life 含义同上；

per 为所要计算的第几期折旧数额，必须与 life 参数采用相同的计量单位。

（二）固定资产折旧分析模型的设计与应用

在上述基础上，可以建立折旧分析模型，以帮助企业选择最合适的折旧方法。下面以直线折旧法、双倍余额递减法和年数总和法对比为例，介绍该模型的建立。具体步骤如下：

（1）建立折旧对比工作表。打开"会计信息分析"工作簿，选择一张工作表，将其更名为"固定资产折旧分析"。

（2）输入要折旧的固定资产的基本数据，如图 9-11（A1：C4）单元格区域所示。

（3）使用折旧函数计算该固定资产各期折旧数额。以双倍余额递减法为例，可采用直接输入公式或启用函数向导两种方式。如采用直接输入公式的方法，则在选定 C6 单元后，输入：＝DDB（＄C＄2，＄C＄4，＄C＄3，A6）公式，将该公式复制到 C7、C8 单元格，选定 C9 单元后，输入：＝SLN（＄C＄2－＄C＄6－＄C＄7－＄C＄8，

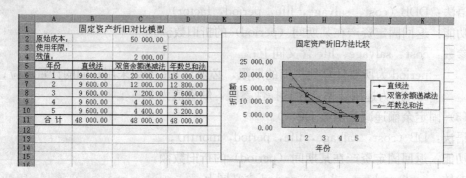

图 9-11　固定资产折旧对比模型

$C$4，2）公式，最后选定 C9 单元，【复制】，选择 C10 单元，【粘贴】即可；如启用函数向导，则在选定 C6 单元后，单击【粘贴函数】工具，在其出现的对话框的【函数分类】列表中选择【财务】，并在其【函数名】列表中选择【DDB】函数，单击【确定】按钮后，在其出现的对话框中输入函数的参数，再单击【确定】即可，然后，将该公式复制到 C7、C8 单元格中，接着，选定 C9 单元后，单击【粘贴函数】工具，在其出现的对话框的【函数分类】列表中选择【财务】，并在其【函数名】列表中选择【SLN】函数，在其出现的对话框中输入函数的参数，再单击【确定】即可，最后将 C9 单元的公式复制到 C10 单元。

（4）计算各折旧方法下折旧数额的合计数。选择 B11，直接输入公式：＝SUM（B6：B10），或单击【粘贴函数】按钮，在其出现的对话框的【函数分类】列表中选择【常用函数】，并在其【函数名】列表中选择【SUM】函数，单击【确定】按钮后，在其出现的对话框中输入函数的参数，再单击【确定】即可，最后将 B11 的公式复制到 C11、D11 单元就完成了各方法合计数的计算。

（5）比较各种折旧方法，选择该固定资产最合适的折旧法。

为了更直观地对比各折旧方法计算的各期折旧数额，可采用绘制图表的方法，如图 9-11 所示。由于工作表中的图、表都与基本数据建立了链接，因此对于不同的固定资产，只需改变其基本数据，各折旧方法的各期折旧额就会自动重新计算，相应的图也会自动更新。

三、投资决策指标分析模型的建立与应用

（一）Excel 投资决策指标函数

投资决策指标按其是否考虑时间价值分为两类：一类是非贴现指标，即没有考虑时间价值因素的指标，主要包括回收期、会计收益率等；另一类是贴现指标，即考虑了时间价值因素的指标，主要包括净现值、内含报酬率等。在此主要说明常用的贴现指标的计算。Excel 提供了 NPV（）、IRR（）、MIRR（）、XIRR（）、XNPV（）等函数，帮助财务人员建立投资决策模型和加速完成指标的计算。

（1）NPV 净现值函数。

语法：NPV（rate，value1，value2，…）。

功能：在已知未来连续期间的现金流量（value1，value2，…）及贴现率（rate）的条件下，返回某项投资的净现值。

参数：rate 为每一期现金流量折为现值的利率，即投资方案的资本成本率或企业要求的必要报酬率；

value1，value2，…为流入或流出的现金流量。其所属各期长度必须相等，而且现金流入流出的时间均发生在期末。

（2）IRR 内含报酬率函数。

语法：IRR（values，guess）。

功能：返回连续期间的现金流量（values）的内含报酬率。

参数：values 为必须是含有数值的数组或参考地址，且其顺序必须按照正确的顺序排列，同时它至少必须含有一个正数及一个负数，否则内含报酬率可能会是无限解；

guess 为你猜想的接近 IRR 结果的数值，大多数处理中，并不需要提供此值。

（3）MIRR 修正内含报酬率函数。

语法：MIRR（values，finance＿rate，reinvest＿rate）。

功能：返回某连续期间现金流量（values）修正后的内含报酬率。MIRR 函数同时考虑了投入资本的成本（finance＿rate）和各期收入的再投资报酬（reinvest＿rate），从而弥补了内含报酬率忽视的再投资机会成本的缺点。

参数：values 为必须是含有数值的数组或参考地址，且其顺序必须按照正确的顺序排列，同时它至少必须含有一个正数及一个负数，否则内含报酬率可能会是无限解；

finance＿rate 为资本成本率或必要的报酬率；

reinvest＿rate 为再投资资本机会成本或再投资报酬率。

（4）现值指数的计算函数。

Excel 没有给出现值指数的计算函数，但可借助净现值函数来完成。其表述如下所述：

$$PVI = \frac{NPV（）}{初始投资投资额}$$

（二）投资决策指标分析模型的设计与应用

在上述基础上，可以建立投资决策指标分析模型。具体步骤如下所示：

（1）建立投资决策分析的工作表。打开"会计信息分析"工作簿，然后选择一张工作表，将其更名为"投资决策指标分析"。

（2）将企业投资决策相关的基本数据输入该工作表，作为投资决策分析的依据，如图 9-12（B3：E13）单元格区域所示。

（3）利用 Excel 提供的投资决策指标函数，计算各指标。以计算各方案的净现值指标为例，可采用直接输入净现值函数或启用函数向导两种方式。如采用直接输入净现值函数的方法，则先选定 C14 单元，输入：＝NPV（＄C＄4，D11：C13）＋C10 公式即

	A	B	C	D	E
1			**ABC公司投资决策分析模型**		
2					
3			**基本数据**		
4		资本成本率	10%		
5		再投资报酬率	12%		
6					
7			**计算数据**		
8		期间	A方案	B方案	C方案
9			现金净流量	现金净流量	现金净流量
10		0	-20 000.00	-9 000.00	-12 000.00
11		1	11 800.00	1 200.00	4 600.00
12		2	13 240.00	6 000.00	4 600.00
13		3		6 000.00	4 600.00
14		净现值	1 669.42	1 557.48	-560.48
15		内含报酬率	16.05%	17.87%	7.33%
16		修正内含报酬率	15.01%	16.49%	8.96%

图 9-12　投资决策指标分析模型

可；如启用函数向导，则在选定 C14 单元后，单击【粘贴函数】工具，在其出现的对话框的【函数分类】列表中选择【财务】，并在其【函数名】列表中选择【NPV】，单击【确定】按钮后，在其出现的对话框中输入函数的参数，再单击【确定】，这时【编辑栏】中出现＝NPV（＄C＄4，C11：C13），再输入＋C10 即可。然后将 C14 单元的公式复制到 C15、C16 就完成了三个方案净现值指标的计算。其他指标以此类推。

（4）对计算结果进行分析，选择最满意的方案。

由于在工作表中，各投资决策指标都与基本数据建立了链接关系，因此，当投资方案改变时，只需改变方案中的基本数据，新方案的各个指标将自动计算出来。

四、营业收入预测模型的建立与应用

（一）Excel 营业收入预测函数

营业收入预测就是指企业在一定的市场条件和营销努力下，对本企业商品在一定的时间和市场空间可以实现的营业收入的预期数的预计和测算，包括商品销售量的预测和商品价格的预测。其中，销售量的预测是营业收入预测的核心问题。对销售量的预测分定性和定量分析两种。销售预测的定量分析方法很多，在此主要讨论趋势分析和因果分析。Excel 提供了多种预测函数，在此主要介绍回归分析 LINEST（）函数，及其辅助的 INDEX（）函数，用它们可以进行直线趋势分析、曲线趋势分析和因果分析。

（1）LINEST（）函数。

语法：LINEST（known_y's，known_x's，const，stats）。

功能：找出直线回归方程 $Y＝A \cdot X＋B$ 最合适预测数据的直线回归系数与统计量，并返回该系数与统计量。

参数：known_y's 为满足线性拟合直线 $Y＝A \cdot X＋B$ 的一组已知的 Y 值；

known_x's 为满足线性拟合直线 $Y = A \cdot X + B$ 的一组已知的 X 值，如进行因果多变量分析，则该参数为一已知自变量数组；

const 为逻辑值，用于指定是否要强制常数 B 为 0，如果 const＝TRUE 或忽略，B 取正常值，如果 const＝FALSE，B＝0；

stats 为逻辑值，如果 stats＝TRUE，返回附加的回归统计值，直线回归分析时如表 9-4 所示，因果分析时如表 9-5 所示，如果 stats＝FALSE 或被忽略，仅返回参数 A 和 B 的值。

表 9-4 直线回归分析返回值

A 参数值	B 参数值
A 参数估计标准差	B 值估计标准差
相关系数平方值 R^2	Y 值估计标准差
统计量 F	自由度 D. F
回归平方和	估计值列值平方和

表 9-5 因果分析返回值

A_1 参数值	A_2 参数值	…	A_n 参数值	B 参数值
A_1 的标准差 SE_{a_1}	A_2 的标准差 SE_{a_2}		A_n 的标准差 SE_{an}	B 的标准差 SEB
相关系数的平方 R^2	Y 的计数标准差 SE_y			
统计值 F	自由度 D. F			
回归平方和 SSreg	残差平方和 SSResid			

（2）INDEX（）函数。

语法：该函数的语法参数有多种，在此以 INDEX（arrav，row_num，column_num）为例。

功能：使用索引从单元格区域或数组中选取值。在此主要用于从 LINEST（）返回的二维附加回归统计值数组中取得所需的值。

参数：arrav 为单元格区域或数组常量；

row_num 为数组或引用中要返回值的行序号，如忽略，则必须有 column_num 参数；

column_num 为数组或引用中要返回值的列序号，如忽略，则必须有 row_num 参数。

（二）销售预测直线趋势模型的设计与应用

建立销售预测直线趋势分析模型的具体步骤如下：

（1）建立销售预测分析工作表。打开"会计信息分析"工作簿，新建一张工作表，并将其命名为"销售直线趋势分析"。

（2）输入历史资料。将企业过去若干期间销售量的实际历史资料输入到工作表中所建立的历史数据单元格区域，如图 9-13 （B6：H7）单元区域所示。

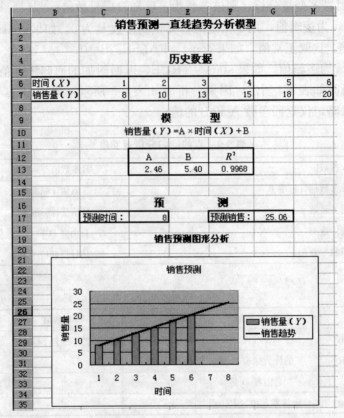

图 9-13　销售直线趋势分析模型

（3）建立销售预测的直线趋势分析回归方程模型。在工作表所选择的模型单元格区域，输入直线回归方程：销售量（Y）＝A×时间（X）＋B。

（4）使用 LINEST（）函数及 INDEX（）函数，计算参数 A、B 的值及相关系数的平方 R^2。选择 D13 单元，输入公式：＝INDEX（LINEST（C7：H7，C6：H6，TRUE，TRUE），1，1），计算参数 A 的值；选择 E13 单元，输入公式：＝INDEX（LINEST（C7：H7，C6：H6，TRUE，TRUE），1，2），计算参数 B 的值；选择 F13 单元，输入公式：＝INDEX（LINEST（C7：H7，C6：H6，TRUE，TRUE），3，1），计算相关系数的平方 R^2 的值。

（5）输入预测时间，使用已求得的销售预测模型，预计销售。在工作表的预测单元格区域，选择 D17 单元，用以输入预测时间，选择 G17 单元，输入公式：＝D13×D17＋E13，预计销售。同时可以从相关系数的平方 R^2＝0.996 8，得出该预测是可靠的。

（6）绘制销售预测分析图。根据基本数据区的数据绘制柱形图，并添加趋势线，更直观地分析销售趋势，如图 9-13 所示。

由于工作表中各单元间建立了链接，只要将企业的历史数据输入，与该历史数据相对应的直线回归方程便可建立，企业便可利用该方程进行销售的预测，同时销售预测分析图也随之作出相应调整。而且企业还可根据所得的相关系数是否接近 1，来判断该预测结果是否可靠。

（三）销售预测因果分析模型的设计与应用

建立销售预测因果分析模型的具体步骤如下：

（1）建立销售预测分析工作表。打开"会计信息分析"工作簿，然后插入一张新的工作表，将其更名为"销售因果分析"。

（2）输入相关历史资料。销售总是受一些因素的影响，如本例中的单价和广告费，财务人员应分析影响企业销售的原因，并将企业过去若干期间的相关实际历史资料输入到工作表中所建立的历史数据单元格区域，如图 9-14（B5：H8）单元区域所示。

	B	C	D	E	F	G	H
1			销售预测—因果分析模型				
2							
3							
4			历史数据				
5	日期	1	2	3	4	5	6
6	单价（A_1）	22	24	30	32	32	32
7	广告费（A_2）	1	4	8	15	26	36
8	销售量（Y）	16	25	33	40	50	60
9							
10							
11			模　　　型				
12		销售量（Y）=$A_1 \times X_1 + A_2 \times X_2 + B$					
13		A_1	A_2	B		R^2	
14		0.90	1.02	−5.40		0.991 9	
15							
16							
17			预　　　测				
18	预测数据：	单价：	33		预计销售：	52.81	
19		广告费：	28				

图 9-14　销售因果分析模型

（3）建立销售预测的因果分析方程模型。在工作表所选择的模型单元格区域，输入因果分析方程：$Y = A_1 \cdot X_1 + A_2 \cdot X_2 + B$。

（4）使用 LINEST（）函数及 INDEX（）函数，计算参数 A_1、A_2、B 的值及相关系数的平方 R^2。选择 C14 单元，输入公式：=INDEX（LINEST（C8：H8，C6：H7，TRUE，TRUE），1，1），计算参数 A_1 的值；选择 D14 单元，输入公式：=INDEX（LINEST（C8：H8，C6：H7，TRUE，TRUE），1，2），计算参数 A_2 的值；选择 E14 单元，输入公式：=INDEX（LINEST（C8：H8，C6：H7，TRUE，TRUE），1，3），计算参数 B 的值；选择 G14 单元，输入公式：=INDEX（LINEST（C8：H8，C6：H7，TRUE，TRUE），3，1），计算相关系数的平方 R^2 的值。

（5）输入预测相关数据，使用已求得的销售预测模型，预计销售。在工作表的预测单元格区域，选择 D18、D19 单元，用以输入单价和广告费，选择 G18 单元，输入公式：=C14×D18+D14×D19+E14，预计销售。同时从相关系数的平方 $R^2 = 0.991\ 9$ 可知其预测是可靠的。

由于工作表中各单元间建立了链接，只要将企业的历史数据输入，与该历史数据相对应的因果分析方程便可建立，企业便可利用该方程进行销售的预测。同时企业还可根据所得的相关系数是否接近1，来判断该预测结果是否可靠。

第四节　Excel工具在会计信息分析中的应用

一、目标利润分析模型的设计与应用

（一）Excel单变量求解工具

1. 单变量求解的原理

单变量求解工具具有根据结果倒推出原因的功能，即具有处理如果（if）需要得到结果，那么原因会是什么呢（what）问题的功能。在使用单变量求解法之前，通常在工作表的一个单元格中存有一个公式，在另一个单元格中存有公式的变量，当然公式中可有多个变量，但是单变量求解法每次只能操纵一个变量。单变量求解法采用迭代方法来寻找一个解，也就是说，单变量求解首先试探变量的初值是否满足所需的结果，如果不行的话，单变量求解尝试不同的值，直到收敛于一个解。

2. 单变量求解工具的使用

单变量求解工具的使用方法十分简单：首先选定选择包含公式的目标单元格；然后选择【工具/单变量求解】命令，出现"单变量求解"对话框，如图9-15所示；然后在其对话框的【目标单元格】中输入目标单元格的引用位置或名字，这个单元格必须包含要求出特定解的公式，在【目标值】中输入希望求出的数值，在【可变单元格】中输入将要被调整的单元格的引用位置或名字，这个单元格的单元引用包含在目标单元格中的公式中，且不能包含公式；最后选择【确定】按钮，便开始求解，直到达到目标值为止。

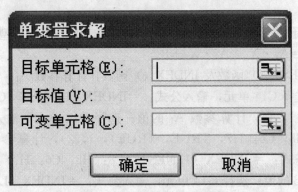

图9-15　单变量求解工具使用示意图

（二）目标利润分析模型的设计与应用

建立目标利润分析模型的具体步骤如下：

（1）建立目标利润分析的工作表。打开"会计信息分析"工作簿，插入一张新的工

作表，并将其更名为"目标利润分析"。

（2）确定影响利润的因素，并输入初值，如图 9-16（B4：D7）单元区域所示。

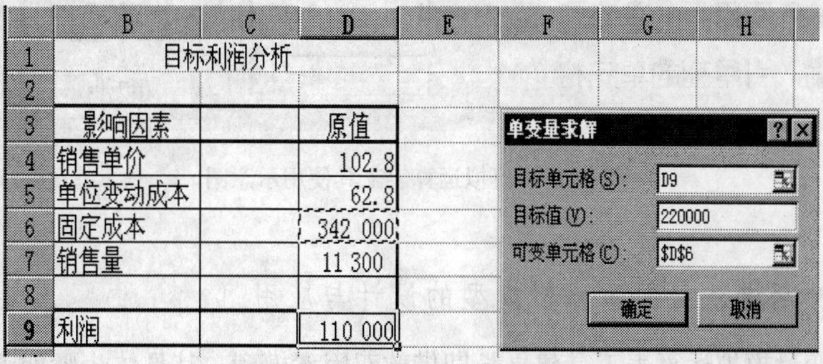

图 9-16　目标利润分析模型示意图

（3）输入相应公式，计算利润的值。由于在此，利润等于销售收入减去变动成本、固定成本后的差额，故选择 D9 单元，输入公式：＝D4×D7－D5×D7－D6 即可。

（4）选择存储利润的单元格，然后选择【工具/单变量求解】命令，出现"单变量求解"对话框，如图 9-15 所示。

（5）在其对话框的【目标单元格】中输入目标单元格的引用位置：D9，在【目标值】中输入希望求出的数值：220 000，在【可变单元格】中输入将要被调整的单元格的引用位置：＄D＄6。

（6）选择【确定】按钮，便开始求解，最终告之求解结果，同时将解存放入上面选定的可变单元格 D6 中。

通过上述模型可以分析在确定目标利润下，固定成本应作出的相应调整，按照同样方法，只需修改【可变单元格】的位置，即可分析在相同目标利润下，其他影响利润的因素应做的调整。

二、长期借款双因素分析模型的设计与应用

（一）Excel 模拟运算表

1. Excel 模拟运算表原理

Excel 模拟运算表是一种只需一步操作就能计算出所有变化的模拟分析工具。它可以显示公式中某些值的变化对计算结果的影响，为同时求解某一运算中所有可能的变化值组合提供了捷径。并且，模拟运算表还可以将所有不同的计算结果同时显示在工作表中，便于查看和比较。

2. Excel 模拟运算表使用

Excel 模拟运算表的使用方法十分简单：首先选定目标单元格区域，然后选择【数据/模拟运算表】命令，出现"模拟运算表"对话框，如图 9-17 所示；输入引用行单元格和引用列单元格地址，再单击【确定】按钮即可。

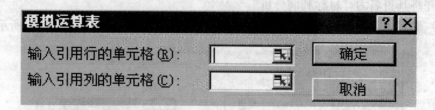

图 9-17　模拟运算表工具使用示意图

（二）长期借款双因素分析模型的设计与应用

利用双变量模拟运算表工具建立长期借款双因素模型，其具体步骤如下：

（1）建立长期借款模型工作表。打开"会计信息分析"工作簿，插入一张新的工作表，并将其更名为"长期借款模型"。

（2）输入基本数据。将企业长期借款有关的基本数据输入该工作表，如图 9-18（D2：F6）单元区域所示。

（3）计算总付款期数。总付款期数是借款年限与每年付款期数的乘积（＝借款年限×每年付款期数），在选择 F7 单元后，输入公式：＝F5×F6 即可。

（4）计算每期偿还金额。每期偿还金额属于年金问题，因此，计算每期偿还金额可使用 PMT（）函数。选择 F8 单元后，输入公式：＝PMT（＄F＄4/＄F＄6，＄F＄7，＄F＄3）即可。

（5）列示企业长期借款"借款利率"和"总付款期数"各种可能的数据，如图 9-18（A16：A23）、（B15：G15）单元区域所示，并在行与列交叉的 A15 单元格中输入目标函数 PMT（），即在该单元格中输入公式：＝PMT（＄F＄4/＄F＄6，＄F＄7，＄F＄3）。

	A	B	C	D	E	F	G
1				ABC公司长期借款基本模型			
2				借款种类		更新改造贷款	
3				借款金额		25 200.00	
4				借款年利率		6.00%	
5				借款年限		2.00	
6				每年还款期数		4.00	
7				总付款期数		8.00	
8				每期偿还金额		3 366.32	
9							
10							
11							
12							
13				ABC公司长期借款双因素分析模型			
14	借款年利率	/总付款期数					
15	3 366.32	4	8	12	16	20	24
16	4.60%	6 482.160 487	3 315.186 796	2 260.264 632	1 733.354 772	1 417.649 19	1 207.545 056
17	5.00%	6 498.097 788	3 329.755 039	2 274.509 471	1 747.537 396	1 431.873 819	1 221.863 531
18	6.00%	6 538.008 607	3 366.317 42	2 310.335 821	1 783.279 961	1 467.792 544	1 258.087 37
19	7.00%	6 578.015 655	3 403.081 668	2 346.467 099	1 819.429 326	1 504.218 859	1 294.918 404
20	8.50%	6 638.205 858	3 458.604 69	2 401.232 529	1 874.411 022	1 559.802 422	1 351.292 448
21	9.00%	6 658.316 977	3 477.212 375	2 419.638 519	1 892.939 076	1 578.580 183	1 370.381 768
22	10.00%	6 698.610 518	3 514.577 115	2 456.675 6	1 930.294 513	1 616.507 644	1 409.003 073
23	10.50%	6 718.792 85	3 533.333 951	2 475.306 294	1 949.121 241	1 635.656 326	1 428.533 554

图 9-18　长期借款双因素模型示意图

（6）选择目标单元区域（A15：G23），使用【数据/模拟运算表】命令，出现如图 9-17 所示的对话框。

（7）在其对话框的【输入引用行的单元格】中输入＄F＄7，【输入引用列的单元格】中输入＄F＄4，再单击【确定】按钮，长期借款双因素分析模型就建立完毕，各分析值自动填入双因素分析表中。

当长期借款各因素发生变化时，财务人员只需改变因素所在的行和列，各分析值将会自动计算。

三、贷款方案管理模型的建立与应用

（一）Excel 方案管理器

1. Excel 方案管理器原理

Excel 中的"方案"，就是已命名的一组输入值，这组输入值保存在工作表中，并可用来替换工作表的模型参数，得到相应方案的输出结果。通过 Excel 的"方案管理器"工具，可以使用户很方便地进行方案分析，可以为任意多的变量存储输入值的不同组合（在方案管理器中，它们被称为"可变单元格"），并为每个组合命名。可以根据名称选择一组值，Excel 显示使用这些值的数据表。还可以创建汇总报告，显示不同值组合下的效果，汇总报告既可以是内容摘要，也可以是数据透视表。

2. Excel 方案管理器使用

Excel 模拟运算表的使用如下：首先建立基本模型，然后选择【工具/方案】命令，出现"方案管理器"对话框，如图 9-19 所示；先单击【添加】按钮添加方案数据，再选择方案，单击【显示】按钮查阅方案结果。

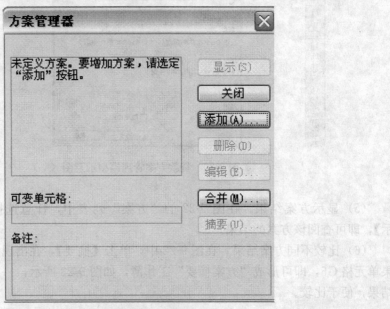

图 9-19　方案管理器使用示意图

（二）贷款方案管理模型的设计与应用

利用方案管理器工具建立贷款方案管理模型其具体步骤如下：

（1）建立贷款方案管理模型工作表。打开"会计信息分析"工作簿，插入一张新的工作表，并将其更名为"贷款方案管理模型"。

（2）输入基本数据。将贷款各方案的基本数据输入该工作表，如图9-20（A1：D6）单元区域所示。

（3）建立"最佳贷款方案"数据分析表，如图9-20（F1：G6）单元区域所示。将G2单元格名称定义为"贷款金额"，将G3单元格名称定义为"年利率"，将G4单元格名称定义为"贷款年限"，并在G6单元格输入公式：＝PMT（年利率/12，贷款年限×12，贷款金额），建立结果与方案的链接关系，出现"♯DIV/0！"提示信息，这是因为还未输数据的缘故，没有关系。

（4）使用方案管理器。选择【工具/方案】命令，出现"方案管理器"对话框，如图9-19所示，单击【添加】按钮；在图9-20中输入方案名和可变单元格，单击【确定】按钮；在图9-21中输入第1银行方案，单击【确定】。依此方法将各方案输入，形成图9-22所示结果。

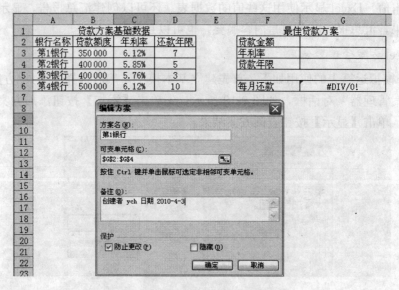

图9-20　贷款方案管理模型示意图（一）

（5）显示方案结果。在图9-22的"方案"列表中，任意选择一方案，单击【显示】，即可查阅该方案的结果。

（6）比较不同方案结果。在图9-22中，单击【摘要】，在出现的对话框中，输入结果单元格G6，即可形成"方案摘要"工作簿，如图9-23所示，一次性显示各方案及其结果，便于比较。

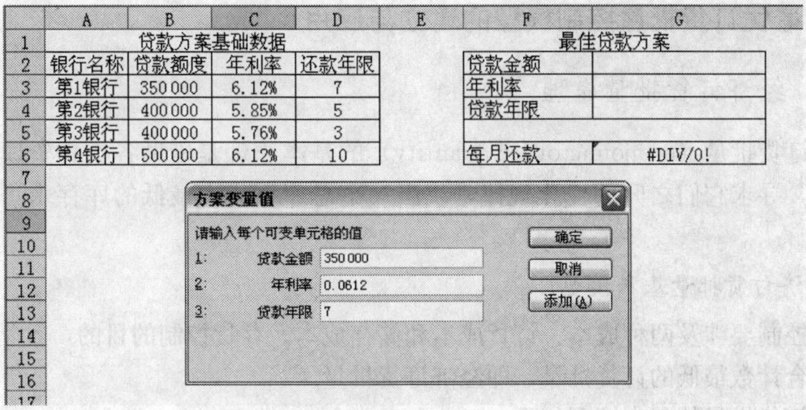

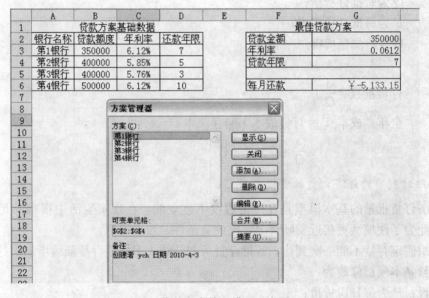

图 9-21　贷款方案管理模型示意图（二）

图 9-22　贷款方案管理模型示意图（三）

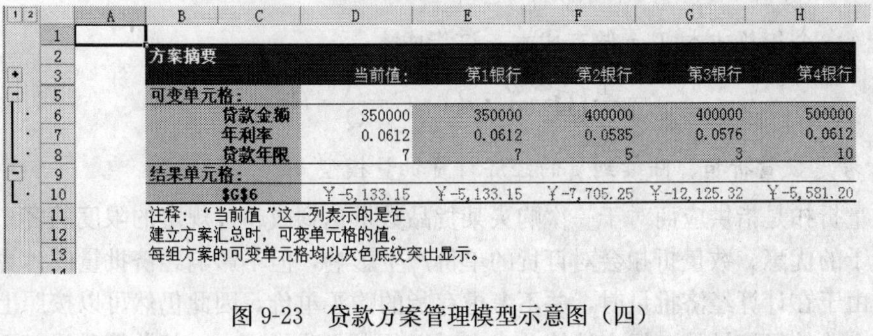

图 9-23　贷款方案管理模型示意图（四）

四、最优订货批量控制模型的建立与应用

（一）经济订货批量原理

经济订货批量（economic order quantity）的基本原理是借助各类物资库存成本的不同特点，寻求它们之间的变化规律，找出一个总库存成本最低的库存水平（存货数量）。

1. 经济订货批量基本模型

存货控制要涉及两种成本：订货成本和储存成本。存货控制的目的，就是要寻找这两种成本合计数最低的订货批量，即经济订货批量。

经济订货批量的基本模型如下：

假设：A 为某存货全年需要量；

$\quad\quad$ Q 为每批订货量；

$\quad\quad$ F 为每批订货成本；

$\quad\quad$ C 为单位存货年储存成本；

则有

$$订货批数 = \frac{A}{Q}$$

$$全年总成本\ T = 订货成本 + 储存成本$$

$$= \frac{A}{Q} \cdot F + \frac{Q}{2} \cdot C$$

2. 陆续到货的经济订货批量模型

经济订货批量的基本模型是在严密假设下建立的，在现实生活中很难满足这些条件，因此为了使模型更接近实际情况，应放宽条件，改进模型。

如果假定存货不能一次到达，各批存货可能陆续入库，使存货陆续增加。这时经济订货批量基本模型修改为：

假设：P 为每日送货量；

$\quad\quad$ d 为每日消耗量。

则有

$$全年总成本\ T = 储存成本 + 订货成本$$

$$= \frac{1}{2}\left(Q - \frac{Q}{P} \cdot d\right) \cdot C + \frac{A}{Q} \cdot F$$

3. 考虑数量折扣、陆续到货的经济订货批量模型

数量折扣是指供应商对于一次购买某货品数量达到或超过规定的限度的客户，在价格上给予的优惠。数量折扣会对订货的单价产生影响，但不影响经济批量的计算。也就是说，由于在计算经济批量时，并不考虑存货的购买单价，因此仍然可以按照上述方法计算出企业的经济批量。但在计算总成本时必须考虑购货成本，其计算公式如下所示：

$$全年总成本\ T = 储存成本 + 订货成本$$

$$=\frac{1}{2}\left(Q-\frac{Q}{P}\cdot d\right)\cdot C+\frac{A}{Q}\cdot F$$

（二）Excel 规划求解工具

1. 规划求解

规划求解是通过若干个变量的变化来找到一个最大化、最小化或一个确定的目标，在求解的过程中还可以给出多个约束条件。规划求解常用于企业的生产调度、计划安排等，利用规划求解可以为企业寻找出一种最优解。如合理地安排利用有限的人力、物力、财力资源，达到产量最高、利润最大、成本最小、资源消耗量最佳的经济效果。

规划求解问题一般由以下几个部分组成。

1）决策变量

决策变量是实际问题中有待确定的未知因素，一个问题一般有一组决策变量，这些决策变量的一组确切值代表了一个具体的规划方案。

2）目标函数

一个问题应该有一个明确的目标，如利润最大或成本最小，也可能是某个确切的利润值。这个目标是由一个目标函数来表示的，它是决策变量的函数，可能是线性的也可能是非线性的。确定目标函数是进行规划求解的关键。

3）约束条件

约束条件是实现目标时的限制因素，对决策变量的取值起到了约束作用。约束条件可能是等式也可能是不等式，条件可能是线性的也可能是非线性的。

如果目标函数和约束条件都是线性的，则这样的问题就成为线性规划问题。

2. 规划求解工具

Excel 提供了功能强大的规划求解工具，用来进行最优问题的决策。

1）规划求解工具的安装

要运用 Excel 的规划求解工具，就要选择【工具/规划求解】命令。但如果在安装 Excel 时执行的是自动安装方式，往往在【工具】菜单中不包含【规划求解】命令，这时就需要进行规划求解工具的安装。安装方法非常简单：首先选择【工具/加载宏】命令，在出现的对话框"当前加载宏"列表中选择【规划求解】复选框，单击【确定】即可。

2）规划求解工具的使用

使用规划求解工具只需从【工具】菜单中选择【规划求解】命令，便出现规划求解对话框，如图 9-24 所示。其中，【目标单元格】就是上述的目标函数，是工作表模型中的一个设置最大值、最小值或特定值的单元格，在此输入其应用位置或名字；【可变单元格】就是上述的决策变量，是会对目标单元格中数值产生影响的单元格，在此输入其应用位置或名字；【约束】即上述的约束条件，是必须符合某些限制或目标值的单元格数值，使用对话框中的【增加】、【改变】和【删除】按钮，可以增加、改变和删除约束框中的一系列的约束条件；而【选项】允许用户控制求解过程的高级特性，并加载或保存工作表上一个特殊问题的选择，还可以为线性问题和非线性问题之间的差异定义参数；【全部重新设置】按钮则可清除当前规划求解问题设置，并重新设置全部选项为默认值；【求解】按钮则是开始规划求解过程，直到达到目标值为止。

图 9-24　规划求解工具使用示意图

（三）最优订货批量控制模型的设计与应用

使用考虑数量折扣、陆续到货的经济订货批量模型，建立最优订货批量控制模型的具体步骤如下：

（1）建立最优订货批量分析的工作表。打开"会计信息分析"工作簿，然后选择一张工作表，将其更名为"最优订货批量分析"。

（2）输入基本数据。将企业有关最佳现金余额分析的各基本数据输入到工作表所设置的基本数据单元格区域，如图 9-25（B4：C12）单元区域所示。

（3）对存货成本进行分析。在工作表所设置最优订货批量规划求解的分析区，选定 F4 单元格，输入订货批量 600，然后利用上述计算公式及输入的基本数据，定义储存成本、订货成本、储存成本与订货成本之和最佳订货次数的计算公式。具体操作时，选择 F5 单元，输入公式：＝（F5－F5/$C$8×$C$9）/2×$C$7，计算储存成本；选择 F6 单元，输入公式：＝$C$5/F5×$C$6，计算订货成本；选择 F7 单元，输入公式：＝F5＋F6，计算储存成本与订货成本之和；选择 F8 单元，输入公式：＝$C$5/F5，计算最佳订货次数。

（4）利用规划求解工具求出最优订货批量。选择【工具/规划求解】命令，出现如图 9-24 所示的对话框，在【目标单元格】中，输入储存成本与订货成本之和单元格位置：$F$7，并在【等于】选项中选择【最小值】；然后在【可变单元格】中，输入最优订货批量所在的单元格位置：$F$4；接着选择【增加】按钮，在其出现的对话框中输入增加条件：$F$4＞＝500；最后单击【求解】按钮。计算机经过一段时间的自动计算后，会将最优订货批量显示在单元格 F5 中。

（5）绘制最优订货批量分析图。首先建立订货批数、订货批量、储存成本、订货成本，及储存成本与订货成本之和数据表，如图 9-25（B13：H19）单元区域所示，其中各

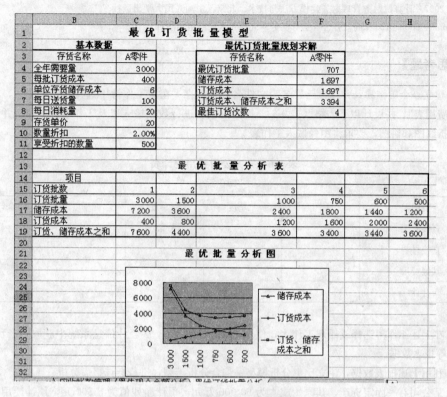

图 9-25 最优订货批量决策模型

成本的计算公式与上述公式类同。然后，根据数据表绘制最优批量分析图，如图 9-25 所示。

　　由于工作表中的图、表都与基本数据建立了链接，因此对于不同企业或不同存货，只需改变其基本数据，便可直接使用规划求解工具求出最优订货批量，并计算出相应的成本数据，同时分析图也会相应地自动更新。

【进一步学习指南】

　　在企业信息化背景下，用电子表格软件处理会计数据是读者进入工作岗位时必须掌握的一项技能。本章主要介绍了利用 Excel 进行会计信息分析的基本技能，以及一些常用分析模型的建立和应用方法。有兴趣的、想进一步学习的、在学习过程中或今后工作中遇到问题的读者可登录相关网站，如 http://office.microsoft.com/zh－cn/？CTT＝97，http://www.excelpx.com/，http://www.excelhome.net/等，获得在线支持。

【进一步阅读书目及法规】

韩良智. 2009. Excel 在财务管理中的应用. 北京：清华大学出版社

马琳. 2009. Excel 会计应用典型实例. 北京：清华大学出版社

吴爱妤. 2009. Excel 2007 会计与财务管理范例精解：公式与函数篇. 北京：机械工业出版社

吴辉，任晨煜. 2006. Excel 在财务会计与管理会计中的应用. 北京：清华大学出版社

张瑞君. 2007. 计算机财务管理财务建模方法与技术. 北京：中国人民大学出版社

Excel Home. 2008. Excel 高效办公：会计实务. 北京：人民邮电出版社

【复习思考题】

1. 建立一个工作簿，并以自己姓名为文件名进行保存。在该工作簿中选择一张工作表，将其命名为"费用表"，并设计以下表格（表 9-6），同时对该表进行数据输入以及工作表的编排，并绘制柱形图、折线图和饼图，要求将图像嵌入工作表。

表 9-6　东方公司费用统计表

2010 年

费用	一季度	二季度	三季度	四季度	合计
直接人工					
直接材料					
其他费用					
合计					

2. 在上述工作簿选择或插入工作表，使用 Microsoft Query 从会计信息系统中获取资产负债表、利润表等报表数据。

3. 利用上述报表数据，建立比率分析模型、综合分析模型，进行会计报表分析。

4. 某公司有一固定资产，其原始成本为 60 000 万元，预计净残值为 5 500 元，预计使用年限为 10 年。要求建立折旧对比模型，计算各折旧方法下该固定资产的各年折旧额，并绘制出分析图。

5. 已知贴现率 10%，再投资报酬率 15%，有三种投资机会，有关数据如表 9-7 所示。要求建立投资决策指标分析模型，利用净现值、内含报酬率、修正的内含报酬率和现值指数进行投资分析。

表 9-7　投资方案基础数据

期间	A 方案	B 方案	C 方案
0	−20 000	−9 000	−12 000
1	11 000	1 000	4 000
2	14 000	5 000	5 000
3		5 500	4 600

6. 某百货公司 1999～2009 年各年的营业收入资料如下：1999 年 235 万元；2000 年 251 万元；2001 年 327 万元；2002 年 310 万元；2003 年 293 万元；2004 年 364 万元；2005 年 456 万元；2006 年 436 万元；2007 年 457 万元；2008 年 619 万元；2009 年 650 万元。要求建立计算机模型，预测 2011 年的营业收入。

7. 某公司甲产品 2009 年销售量为 10 万件，单价 750 元，单位变动成本 300 元，固定成本总额 2 500 万元，为了在 2010 年达到目标利润 3 500 万元，要求使用单变量求解工具，计算所要达到的销售量。

8. 若某人买房，需资金 90 万元，一部分由银行贷款取得，年利率为 4%，采取每月等额还款的方式，运用模拟运算表计算不同贷款金额、不同还款期限下每期的还款数。

9. 某公司 3 月份的销售利润计算表、计算公式和 4 月份的销售计划调整方案如图 9-26 所示，使用方案管理器，分别计算各种方案下 4 月份的销售利润，并指出哪种方案所带来的销售利润最大。

	A	B	C	D
1	3月份公司销售利润计算表			
2	销售价格	￥45.00		
3	销售数量	50000		
4	销售折扣	90.00%		
5	总销售额	￥2,025,000.00	销售价格*销售数量*销售折扣	
6	销售费用	￥45,000.00		
7	佣金比例	6.00%		
8	人员提成	￥121,500.00	总销售额*佣金比例	
9	销售利润	￥1,858,500.00	总销售额-销售费用-人员提成	
10				
11	4月份的销售计划调整方案			
12	方案1：薄利多销	方案2：打折优惠	方案3：人员激励	方案4：多管齐下
13	销售价格降到43元	销售折扣降低到85%	佣金比例提高到7%	销售价格降低到43元
14	销售数量增加到60000	销售数量增长到65000	销售数量增加到55000	销售折扣降低到88%
15			销售费用降低到40000	佣金比例提高到6.5%
16				销售费用降低到40000
17				销售数量增加到70000
18				

图 9-26　销售计划调整方案基础数据

10. 使用存货模式来确定最佳现金余额，已知某企业全年现金需求总量为 450 000 元，每次转换成本 160 元，有价证券利率为 15%，利用规划求解工具，计算该企业的最佳现金余额（总成本＝现金的持有成本＋现金的转换成本＝现金的平均余额×有价证券利率＋变现次数×有价证券每次交易的固定成本）。

【实践操作资料】

为方便读者进一步熟悉掌握 Excel 会计信息分析功能，本教材配备了实验资料，详见光盘。

第十章

基于 XBRL 的网络财务
报告技术

【本章学习目标】

- 了解当前主要财务报告呈报格式
- 掌握 XBRL 技术原理
- 了解 XBRL 格式下的财务报告模式

　　财务报告是投资者获知企业经营情况、监督资金运用效率的重要途径，随着经济发展，社会经济活动节奏不断加快，财务信息使用者对财务报告提出了更多如时效性更强、信息量更大、获取成本更低以及信息更加多样化和个性化等的要求。传统财务报告呈报格式受其技术基础所限，无法满足这些更高级的要求。可扩展性商业报告语言（extensible business reporting language，XBRL）应运而生。XBRL 的权威机构是 XBRL International，它是一个非营利性组织，由大约 450 个公司及中介组成，它的主要目的就是发布 XBRL 技术规范，定期举行 XBRL 国际会议以交流 XBRL 技术的应用经验，推动 XBRL 技术更好地在世界各国应用。从 1998 年到目前为止已召开了多次 XBRL 国际会议。于 2001 年 2 月召开的第一次会议由来自十个国家的 85 个成员参加，随着 XBRL 技术的发展，参加会议的国家和人数在不断增加，主题也在不断深化，可以预见，XBRL 将会在全世界发展起来。本章主要介绍 XBRL 的一些基本知识。

第一节　当前主要财务报告呈报格式比较

一、一般文本格式

　　互联网上的财务报告的文本格式主要有三种：PDF 格式、HTML 格式和交互式格式（interactive version）。PDF 格式是电子文档格式的一种，它是通过 Acrobat reader 软件来装载和打开的。PDF 格式支持在线阅读、打印和快捷下载，具有和纸质财务报告完全一样的效果。缺点主要是无法建立要素间的链接，也无法实现报告公司和信息用户的交流。HTML 具备链接功能，并且可以通过搜索引擎进行查找，因而可以实现一些纸质财务报告所不具备的功能。HTML 格式的主要缺点是排版效果一般不太理想，也不太适合保存，因而在实践中，很多公司都采取了 HTML 格式＋PDF 格式来表达公司报告。交互格式是一种较理想的公司财务报告格式。在交互式格式的网页上方设置了一个下拉式菜单，菜单的内容是公司报告的各个章节（如公司简介、关键财务数据、财务报表、管理层讨论与分析、独立审计报告等），通过点击菜单条就可以迅速转到相关内容上。同时它还支持报告内部的检索功能，通过在关键字（keyword）栏中输入单词，就可迅速在该报告检索到相关的信息。而交互式报告具有方便的在线阅读、打印、下载等功能且无须装载专用软件，因而非常适合公司财务报告的披露。这种文本格式是目前采用最多的财务报告呈报格式，它技术含量较低，易于普及，基本上满足了企业的需求，所以在目前互联网盛行的今天具有比较大的市场。

但 PDF 和 HTML 等形式的网络财务报告不能直接用来进行数据分析，对不同的要求都要重新进行数据录入，从而浪费大量人力物力，增加了重复录入的成本。因此，目前迫切需要一种具有统一格式、跨平台、多格式输出、搜索准确、便于数据挖掘的语言工具。

二、数据库格式

数据库格式旨在提供一个数据库以便信息使用者从中提取不同明细程度的数据，它是在数据库环境中对事项报告模式的拓展，但与事项报告模式有不尽相同的取向。事项报告模式强调编制明细的财务报表，而数据库格式则着重于储存和维护最原始的数据。这时，对信息使用者的专业要求更高了，他们应该成为财务分析专家。数据库格式采取以信息理论为基础的记录和储存方式，在信息反映中，没有固定的报表格式，而是以开放数据库方式由阅读者根据自己设定的决策模型去获取信息，他们认为阅读者有能力自己分析信息并通过对信息的不同组合来完成自己对信息的需要。数据库格式提高了数据的共享性、实时性，由于企业会计人员将主要负责一个共享数据库的维护，而不是选择披露信息的数量，因此既防止了呈报信息的不足又不会导致信息过量，但企业信息系统的安全性也面临重大挑战，数据库格式未能提出有效的保守商业秘密的途径，因过多地披露原始信息而有利于竞争对手。

三、XBRL 格式

无论是公布在报纸上的文字，还是以 PDF、DOC、HTMI 等多种格式发布的财务报告，虽然人可以阅读，但要用计算机抽取其中的数据进行统计、分析、比对、检验，却非常困难。在没有采用 XBRL 技术之前，这种现状给监管部门、中介机构、信息服务商等平添一道数据再录入环节。这样不仅工作效率低，而且各种差错也很多。信息发布后，由于口径的不统一、文本格式的技术标准不统一和非"国际化"的障碍，信息的最终使用者由于无法直接提取报表中的数据进行进一步的分析，结果转移了投资方向，企业失去发展的机会。

XBRL 技术便是解决上述问题的一种有效方式。XBRL 是一种能够使财务和商业报告的数据交换更加明晰并有望改变整个财务行业的技术标准。采用基于 XBRL 的财务报告就能够同其他公司实现财务数据的实时无缝交换。除了公司间的交流以外，XBRL还能很方便地用于建立高速检索的数据库和开发管理决策支持工具等多种公司内部的用途。由于 XBRL 技术含量比较高，在实施的过程中，尤其是在发展初期，其成本也会比较高。

<h2 style="text-align:center">第二节　XBRL 技术简介</h2>

一、XBRL 技术原理

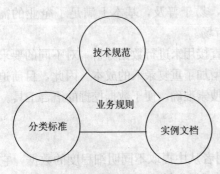

图 10-1　XBRL 技术框架示意图

XBRL 是基于 XML 的一种扩展商业报告语言，主要用于商业报告信息交换和非结构化信息处理。目前被公认为业务数据报告领域的统一标准。XBRL 技术框架可分为三个部分：技术规范（specification）、分类标准（taxonomy）和实例文档（instance），如图 10-1 所示。目前 XBRL技术规范已经有 1.0、2.0、2.1 三个版本，这三个版本共存。

1. XBRL 技术规范

XBRL 技术规范是 XBRL 的核心和基础，用于定义表达信息的元素和属性，运用定义后的元素和属性可完成财务报告的创建、交换和比较等任务。XBRL 的框架模型规范了分类标准和实例文档的句法与语义，明确了符合规范的 XBRL 文档格式。

2. XBRL 分类标准

分类标准是技术规范的具体化描述，不同国家、不同地区、不同行业基于不同版本的 XBRL 规范制定和发布不同的分类标准。XBRL 分类标准是 XBRL 的核心部分，它首先要定义财务报告中要使用的各个财务报告元素以及其属性，同时还要定义各种关系，如元素之间的关系、制作财务报告所依据的会计准则、元素与标记间的关系等。XBRL 分类标准由两个部分组成（图 10-2）：模式文件（schema）对特定类型财务报告的数据元素进行概念定义，如主营业务收入，即企业（集团）从事某种主要生产、经营活动所取得的营业收入；链接库（linkbases）文件对元素之间的关系进行链接定义，包括：

（1）标签链接（label link）：定义概念和标签之间的关系。如将主营业务收入定义一个标签为 A，在链接库之间相互引用的 A 就代表主营业务收入。

（2）引用链接（reference link）：描述概念及其含义出处之间的引用关系。如主营业务成本 B 出自会计准则的某份文件。

（3）展示链接（presentation link）：定义概念在显示结构上的层次关系和顺序关系。如主营业务成本 B 是主营业务收入 A 的子科目，则 B 显示时处于 A 的下一层。

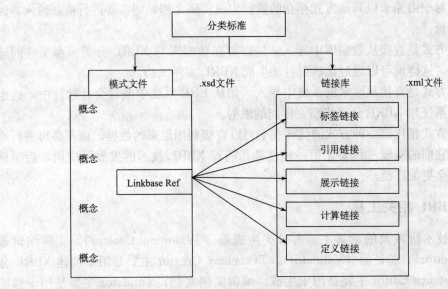

图 10-2　XBRL 分类标准组成示意图

（4）计算链接（calculation link）：描述财务报表各概念之间的计算关系。如 D＝A－B－C对应计算关系为主营业务利润＝主营业务收入－主营业务成本－主营业务税金及附加。

（5）定义链接（definition link）：描述报表框架，体现概念之间包含关系、等价关系、依赖关系、相似关系。如资产与流动资产是包含关系，实收股本与实收资本是等价关系，坏账准备与应收账款是依赖关系。

上述五种链接库将分类模型文件中定义的概念关联起来，成为一个有机整体。

3. XBRL 实例文档

XBRL 实例文档是财务报告具体体现，可发现的分类信息集（discoverable taxonomy set，DTS）是与实例文档相关的 XBRL 分类标准集合的子集，为具体财务报表转化为实例文件提供支持。实例文件通过规范定义的四个元素（schemaRef，linkbaseRef，roleRef 和 arcroleRef）与 DTS 中的相关的分类文件建立链接，其中，schemaRef，roleRef 和 arcroleRef 与分类模式（taxonomy schema）建立链接，linkbaseRef 与分类链接库（taxonomy linkbases）建立链接。

公司的财务数据由数据项（item）和元组（tuple）来表现，item 为简单元素，不可再嵌套子项，分为数值数据项和非数值数据项，对于数值数据项，须标明度量精度和度量单位；tuple 是复合项类似结构体，可嵌套多个数据项。上下文（context）元素描述财务报告的背景，包括时间、实体、场景等。

4. 数据导入方式

生成 XBRL 实例文档，有三种数据导入方式。

第一种方式是采用界面录入方式，即开发一个录入界面，由用户将数据逐一录入。

但这种方式对于由原来以其他方式存在的数据生成实例文档，则需要进行重新输入，因此，比较麻烦。

第二种方式是直接从数据库中导入，这需要在数据库与 XBRL 分类模型文件间建立一个映射，这样就可以通过该映射自动生成 XBRL 实例文档。

第三种方式是直接从原来的系统中导入，如从 ERP 系统中或者会计软件中，这也需要建立原系统与 XBRL 分类模型文件间的映射。

后两种方式相比第一种方式的优势在于可以直接利用原来的数据，而不必再进行重新输入；但它们的实现过程要比第一种复杂，随着 XBRL 技术的发展及应用，后两种方法的应用会更加广泛。

二、XBRL 相关工具

XBRL 技术所涉及的工具主要有分类生成器（Taxonomy Creator）、实例编辑器（Instance Editor）、验证器（Validator）。Taxonomy Creator 主要是用于创建 XBRL 分类标准；Instance Editor 主要是用于生成、编辑实例文档；Validator 主要是用于验证分类标准、实例文档是否符合 XBRL 技术规范。

XBRL Taxonomy Creator、Instance Editor 的使用者主要是会计人员。而很多会计人员对计算机了解不是很多，对计算机语言了解也很少，所以一个好的 XBRL 工具应该不需要会计人员了解 XML，也不需要对 XBRL 有深入的了解。根据对 XBRL 技术规范的理解以及对现存工具的研究，一个好的 XBRL 工具应该满足以下需求：

（1）首先应该是界面友好的。当用户开始使用软件时就能很清楚地识别出每个部分的作用。数据的输入最好是以类似于 Excel 表格形式的，以节省用户接受新系统的时间和精力。

（2）隐藏 XBRL 及 XML 的复杂性，使用户感觉不到 XBRL 的存在。

（3）Taxonomy Creator 能处理有效的分类标准，能对这些分类标准进行浏览，并可以便利地对这些分类标准进行扩展，以便能在实例中包含原分类标准中没有的元素。

（4）Instance Editor 可以以界面录入的方式来创建实例文档，也可以直接将分类标准映射到应用系统的数据上或者数据库中存储的数据上。

（5）Instance Editor 可以方便地编辑、浏览、审计和验证报告，同时还可以将报告发送给内部、外部监管者。

（6）支持多个分类标准。在一般情况下，一个应用都会涉及多个分类标准，因此一个好的 XBRL 软件工具应能支持多个分类标准。

（7）用户能同时选中一些元素并对这些元素执行相同的操作。

（8）对不同类型的元素能有不同的显示，如数据项类型元素与元组类型元素显示的形式或者图标应有所不同。

（9）工具有使用帮助。

（10）能够在输入或者保存时对文档的有效性进行验证，验证是否是有效的 XML 文档，或者有效的 XBRL 文档。如不是有效的文档，则能显示错误的位置信息以及错误类型。

（11）Instance Editor 能够从 Excel、CSV 或者其他的格式中生成新的元素及相关的信息，并能提示建立这些元素间的关系。

（12）能够进行取消操作，回到操作前的状态。

（13）Instance Editor 能够创建 context 及与 context 相关的值，context 必须完全由用户来制定，用户能制定 context 的属性；能创建 unit 元素，并将 Numeric 类型的元素与之相对应，并能制定相应的属性；

（14）必须具有合理的处理时间。

以上是一个好的 XBRL 工具应该具有的功能，但并不全面，对于 XBRL 规范中明确规定的或者显而易见的功能，如一个 Taxonomy Creator 必须能够创建、编辑、修改元素及其属性，在此不再赘述。如果能把 Taxonomy Editor 与 Instance Creator 集成在一起则会提高效率；如果是自动生成实例文档则要求会更高，但功能会更强大。

一个成功的 XBRL 工具在于隐藏 XBRL 的复杂性并提供对最终用户友好的界面和使用环境。当然，开发出一个好的 XBRL 软件工具首先就要对 XBRL 技术规范有比较深刻的了解，同时还要对业务知识有比较好的了解，熟悉整个财务报告生成的过程，只有这样才能明确 XBRL 规范中的每个部分、每个细节在报告中所起的作用以及如何起作用。当然，好的工具的开发并不是一蹴而就的事情，需要在应用的过程中不断改进，但每个工具的开发都需要考虑前面所提到的需求。

三、XBRL 实例文档的存储

XBRL 实例文档的存储有三种方式，以文档的形式存储、以传统的关系型数据库存储、以 Native XML 数据库存储。这三种存储方式各有其有优缺点。

1. 文档方式存储

其优点因文件未被处理，所以不会更改或者破坏文件的内容；在文档级比较容易使用。但缺乏同步性以及对完整性和安全性的测试。

2. 关系型数据库存储

其优势在于技术及市场较成熟，因为目前很多数据库在访问、查找、管理、发布等方面都是基于关系数据库的。因此以关系数据库存储后可以应用目前的一些应用工具。但由于需要从 XBRL 形式转换为关系数据库的形式，在转换过程中可能会破坏数据的完整性，或者说并不能保证转换后的内容与原始内容是一致的；而且有些情况下不容易实现转换，尤其是在有嵌套元素或者多值元素的情况下。

3. Native XML 数据库存储

Native XML 数据库是专门为了存储 XML 文档而设计的，它可以包含 XML 中的层级信息，可以表现出多级嵌套和多值元素；Native XML 数据库没有破坏 XBRL 内部的关联关系。但 Native XML 数据库还不很成熟，也没有关系型数据库有那么多软件来支持。

四、XBRL 实例文档的展示与处理

XBRL 的优势主要是重用性，体现在数据展示与处理方面。一个 XBRL 实例文档就是一个 XML 文档，其最终用户未必懂 XML 语言，因此提供给最终用户的形式应该是多样的，这就是 XBRL 展示所要完成的工作，使一个 XBRL 实例文档既可以以 Word、Excel、PDF 的格式显示，也可以以其他所需要的方式来展示，既可以以汉语的名称来显示，也可以以其他语言的名称来显示，同时还可以根据需要以不同的顺序来显示。这些展示所涉及的技术主要是 Label Linkbase、Presentation Linkbase、Reference Linkbase 以及 XML 的样式表。

对 XBRL 实例文档的处理包括对数据的各种操作，如查询某一个需要的数据，由于 XBRL 继承了 XML 的优势，它比采用传统的数据库存放数据更容易进行查询，还可以使用其他的处理，如对 XBRL 格式的数据进行数据挖掘等，这些处理更能显示 XBRL 的优越性。但目前在这方面的应用还不多，主要是由于 XBRL 技术才开始发展起来。随着 XBRL 的发展，它的应用将会更多，优势也会更加明显。

五、国内外的应用现状

1. 国外 XBRL 发展应用状况

由于 XBRL 技术的突出优点，近年来在世界发展十分迅速，很多国家的企业及政府监管部门都应用了 XBRL 技术，行业涵盖金融监管、银行、证券等，如美国纳斯达克（Nasdaq）、联邦存款保险 FDIC，韩国创新股票市场（Kosdaq）、日本银行、德意志银行、意大利证监会、澳洲金融监管、欧盟银行监管 CEBS 等。

2001 年 12 月美国银行率先采用了 XBRL 进行客户信息管理，以便于快速风险分析；2002 年 2 月澳大利亚监管机构 APRA，宣布采用 XBRL 进行数据收集；2002 年 3 月 Microsoft 采用 XBRL 进行财务报告，成为第一个采用 XBRL 的技术公司；2004 年 1 月加拿大 TSX Group Inc 成为第一个采用 XBRL 进行年报的公司；2004 年 5 月英国发布了基于 U. S GAAP 的分类标准；2004 年 10 月经济合作与发展组织宣布在征税上采用 XBRL；2004 年 12 月加拿大发布了基于 GAAP 的分类标准；2005 年 6 月欧洲银行监管者披露将计划采用 XBRL 进行报告；2005 年 7 月西班牙证券交易所采用 XBRL 进行公共财务报告的接收和发布；2005 年 7 月爱尔兰中央统计局在季度工业调查中成功采用 XBRL；2005 年韩国财务监管者宣布采用 XBRL 进行财务报告；日本银行金融系统和银行检查部已经基于最新的 XBRL 技术开发了一种新的数据传输模式，以提高从金融机构收集数据的效率；据英国官方消息，从 2011 年 4 月 1 日起，英国皇家税务与海关总署（HM Revenue & Customs）将采用国际 IT 数据标准——"可扩展商业报告语言"（XBRL），只接受电子格式的公司所得税报税单，并且所有的报税单都必须通过网络提交。

2. 国内 XBRL 发展状况

2005 年 9 月由上海证券交易所自主开发的中国上市公司信息披露分类，通过了 XBRL 国际组织认证。XBRL 国际组织在其官方网站上发表声明称，上海证券交易所开

发的"中国上市公司信息披露分类"符合 XBRL 国际最新规范，是中国第一个获得
XBRL 国际认证的分类。

2006 年 2 月，证监会信息中心、保监会信息中心、中国人民银行征信管理局、中
国科学院研究生院金融科技研究中心和上海证券交易所联合发起成立"XBRL 中国地区
组织促进会"，同时在财政部有关领导的指导和支持下，开始"XBRL 中国地区组织"
的筹备工作，并于 2006 年 10 月和 2007 年 4 月，先后两次邀请国际组织专家来华实地
考察。2007 年 9 月，通过促进会不断的努力，以财政部会计准则委的名义向 XBRL 国
际组织提出申请，并在 11 月得到正式批复。2007 年 12 月 3 日，在加拿大举办的国际
会议上，XBRL 国际组织对全世界宣布：XBRL China 中国地区组织正式成立。

2008 年 11 月 12 日，中国会计信息化委员会暨 XBRL（可扩展商业报告语言）中
国地区组织成立大会在北京举行。财政部副部长王军表示，财政部将会同国务院有关部
门，大力推动我国会计信息化建设，努力实现会计信息语言的标准化、规范化，会计信
息运用的自动化、集成化，会计信息服务的市场化、社会化和会计行业的智能化、现代
化，为贯彻落实科学发展观、提高资本市场的透明度、完善社会主义市场经济体制做出
积极贡献。

2009 年，为了贯彻落实《财政部关于全面推进我国会计信息化工作的指导意见》，
在前期工作的基础上，财政部会计司起草了《积极推进可扩展商业报告语言（XBRL）
应用的暂行规定（征求意见稿）》并公开征求意见。

2010 年，国际组织正式确认上海证券交易所上市公司、基金 XBRL 分类标准通过
"Approved"认证，并在其官方网站正式发布了相关信息。"Approved"认证是 XBRL
国际组织对分类标准最高级别、最权威的认证，认证过程严格细致、耗时漫长，对标准
的技术规范性、业务适用性及社会评价度均有严格要求。根据国际组织发布的信息，此
前仅美国地区部分标准通过该级别认证。

第三节 基于 XBRL 的财务报表网络共享技术的应用

一、XBRL 格式下的财务报告模式

一般来讲，实现 XBRL 格式下的财务报告有下列三种模式：

（1）企业的信息系统对外直接输出的是不可直接转换利用的打印文档或 PDF 格式
文件，中间的转化需要按照 XBRL 格式要求进行手工输入来形成 XBRL 文档。该模式
下手工输入的同时也增加了数据错误的风险。尽管生成的 XBRL 报表在以后应用中不
需手工重复录入，可以直接提取，但录入环节所造成的出错风险和较高的成本将导致该
种模式的实际应用价值较小。

（2）由企业信息系统本身如 ERP 系统产生各种财务报表，并以电子文档的形式存
在如 Excel 表格或 WORD 文档中。在需要 XBRL 报表时可以通过 XBRL 格式转换器进
行转换，转换过程中会依照相应的分类标准和实例文档要求完成，最后形成 XBRL 文
档。该模式下转换过程是自动完成的，转换中不会造成数据的丢失和出错，能够保证

XBRL 财务报表的准确一致。不足之处在于只有企业 ERP 系统生成报表后才能进行转换，有一定的滞后性。但从实际应用情况来看，该模式是目前主要的应用模式。

（3）企业自身的 ERP 系统加上集成的 XBRL 适配器，在进行信息处理过程中就直接按照 XBRL 规范来完成报表的处理，能够实时输出 XBRL 文档。该类模式的应用需要企业原有 ERP 系统应用厂商开发内嵌 XBRL 适配器的新版本 ERP 软件系统，在业务处理的各个环节将 XBRL 的元数据进行提取和转换，并按照 XBRL 的分类标准，实时生成标准的 XBRL 文档。

这种模式是 XBRL 财务报告应用的最佳模式，相比其他模式而言能最大限度地发挥 XBRL 的优势，能够迅速有效地提供实时、便于交流的各类财务信息。该模式的应用要求 ERP 软件供应商针对 XBRL 的特点对原系统进行功能的扩充，内嵌 XBRL 适配器，而这些操作并不会对原系统的 DBMS（数据库管理系统）、系统构架模式和实际应用产生影响，在实际推广中也是一种平滑的过渡。

二、XBRL 技术在财务报表处理的应用

（一）核心思想

企业的财务数据通常经财务系统处理后，保存在公司的数据库中。如要在网络上发布或交流，须从数据库中提取相关数据，其过程如图 10-3 所示。

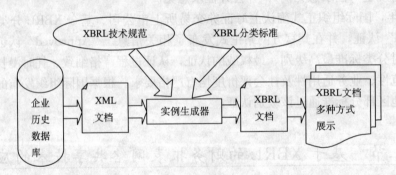

图 10-3　XBRL 标准财务报表生成步骤示意图

（1）数据库中读取数据，将数据映射成 XML 文件格式；

（2）解析程序将得到的 XML 文件分解成一系列事件流，同时根据 XBRL 分类标准、技术规范和用户需求生成 XBRL 实例文档；

（3）XBRL 实例文档转换成其他形式显示。

（二）XBRL 财务报表处理过程

1. 数据映射为 XML 文档

当前流行软件所使用的数据库多为 Oracle、SQL 等关系型数据库，而 XBRL 语言是基于 XML 数据库的一种商业报告语言。因此，目前情况下企业要利用 XBRL 技术进行网络财务报告的编制和呈报，需要将保存在关系型数据库中的日常经营数据转换成为

适用于 XML 数据库的数据。

下面我们用一个实例来解释关系数据如何映射为 XML 文档。

假设 AAA 公司在 2009 年 1 月 1 日～2009 年 12 月 31 日资产负债表片断信息如下：流动资产为 620 万元，货币资金为 392 万元，应收账款净值为 228 万元，存货为 0。假设以上信息存储在数据库中的格式如表 10-1 所示。

表 10-1　AAA 公司资产负债表片断信息

流动资产/元	货币资金/元	应收账款净值/元	存货/元	起始时间	结束时间
￥6 200 000	￥3 920 000	￥2 280 000	0	2009-1-1	2009-12-31

流动资产、货币资金、应收账款净值、存货、起始时间、结束时间为字段名，要转换为财务报表模式如表 10-2 所示。

表 10-2　资产负债表片断（流动资产）

流动资产/元	货币资金/元	应收账款净值/元	存货/元
￥6 200 000	￥3 920 000	￥2 280 000	0

公司报表信息须存放在实例文档中；流动资产、货币资金、应收账款净值、存货是由行业统一制定的概念，其变动性较低，因此存放在分类文档中；货币资金、应收账款净值、存货为流动资产的子科目；货币资金、应收账款净值、存货三者之和为流动资产，这两种关系存入到链接库中。

映射规则为：①表名与文档根元素对应；②表的列映射为属性；③表中的数据自动嵌套在一对属性标签之间。

较复杂的转换需要从几个表中提取数据，具体方法为：利用 SQL 语言对关系数据库进行查询，构造出查询结果视图；将其映射为 Schema；根据 Schema 建立一棵概念层次树，如表头做树根、大项为分支、小项作为大项的分支，以此类推，然后将实例中的数据对应到概念树中的各个节点上，最后按深度优先的方法遍历该树，得到目标 XML 文档。

表 10-2 是简单的映射，将其转换为 XML 文档如下：

1 ＜? xml version = "1.0" encoding = "UTF - 8"? ＞

2 ＜AAA 公司资产负债表＞

3 ＜开始日期＞2009.01.01＜/开始日期＞

4 ＜结束日期＞2009.12.31＜/结束日期＞

5 ＜单位＞人民币元＜/单位＞

6 ＜流动资产＞6 200 000＜/流动资产＞

7 ＜货币资金＞3 920 000＜/货币资金＞

8 ＜应收账款净值＞2 280 000＜/应收账款净值＞

9 ＜存货＞0＜/存货＞

10 ＜/AAA 公司资产负债表＞

2. 解析 XML 文件

首先，我们来了解一下 XBRL 分类标准的作用。

在 XBRL 中，分类标准主要是用来定义制作财务报表时所需用到的各项报表元素，在这个意义上，我们可以把它理解成"词典"；同时，它所定义的这些要素相互间存在着数据层次构造，每一要素都是依据不同的层次标准进行分类的，所以分类标准也具有"分类法"的含义。

我们先来看表 10-3 的财务数据。

表 10-3　财务数据

数据名称	金　额/元
固定资产累计折旧	456 156
固定资产	637 784
无形固定资产	999 318
长期投资	5 485 816
盈余公积	6 695 864
非流动资产	7 122 919
股本	7 257 059
长期负债	7 694 248
未分配利润	11 564 916
其他流动资产	12 927 756
流动负债	20 287 764
所以者权益合计	25 517 839
负债合计	27 982 012
货币资金	33 449 175
流动资产	46 376 931
资产合计	53 499 851
负债与所有者权益合计	53 499 851

对于这张财务数据表（表 10-3），我们可以看懂什么呢？会计专家也许能理解这些数据，并将这些杂乱的财务数据迅速地编制成相关的资产负债表，可是外行人除了可以知道数据按照大小顺序排列之外，对于各个财务要素之间的联系，就不可能理解了。计算机也和外行人一样。

在根据上述编制资产负债表时，根据基本等式"资产＝负债＋所有者权益"，会计人员可以很轻松地将表 10-3 中的各要素重新编排，同时还可以将英文项目名称转换成合适的中文项目名称。另外，对于固定资产累计折旧这项也可以在附注中加以备注。但如何让计算机来完成这些工作呢？

那就必须把财务数据做成可以让计算机读懂的数据形式，这就是 XBRL 分类标准的作用。

分类标准首先要定义财务报表中将要使用的各项财务报表元素，也就是制作财务数据的"词典"。同时还要附加上相关的其他信息，如各个元素之间的关联性，以及各元素在报表中的名称、位置，还要反映制作财务报表所依据的不同会计准则。

计算机根据这个制定好的分类标准才能理解财务数据的含义，根据用户的要求显示财务数据，或者根据用户的要求收集相关的财务数据。

表 10-2 生成的 XML 文档通过解析，其实例文档如下：

1 <? xml version = "1.0" encoding = "UTF - 8"? >

2 < xbrli：xbrlxmlns：xbrli = http：//www.xbrl.org/2003/instanceTxmlns：link = "http：//www.xbrl.org/2003/linkbase"；xlink = "http：//www.w3.org/1999/xlink"；p0 = "http：//www.fujitsu.com/xbrl/taxeditor/sail"xmlns：iso4217 = "http：//www.xbrl.org/2003/iso4217">

3 <link：schemaRef xlink：type = "simple" xlink：href = "sail.xsd"/>

4 <xbrli：context id = "c1">

5 <xbrli：entity>

6 < xbrli：identifier scheme = "http：//www.fujitsu.com/xbrl/ taxeditor/sail">AAA 公司资产负债表</xbrli：identifier>

7 </xbrli：entity>

8 <xbrli：period>

9 <xbrli：startDate>2009-01-01</xbrli：startDate> <xbrli：endDate>2009-12-31</xbrli：endDate>

11 </xbrli：period>

12 </xbrli：context>

13 <xbrli：unit id = "u1">

14 <xbrli：measure>人民币元</xbrli：measure>

15 </xbrli：unit>

16 <p0：资产负债表>

17 <p0：流动资产 decimals = "0" contextRef = "c1" unitRef = "u1">6 200 000 </p0：流动资产>

18 <p0：货币资金 decimals = "0" contextRef = "c1" unitRef = "u1">3920000< /p0：货币资金>

19 < p0：应收账款净值 decimals = "0" contextRef = "c1" unitRef = "u1"> 2 280 000</p0：应收账款净值>

20 <p0：存货 decimals = "0" contextRef = "c1" unitRef = "u1">0</p0：存货>

21 </p0：资产负债表>

22 </xbrli：xbrl>

该实例文档具体含义为：第 1 行定义版本号和字体；第 2 行给出命名空间，xbrl 为根元素；第 3 行指出实例引用的 Schema sail.xsd；4～12 行定义 context 内容，id 为 c1，实体为 AAA 公司资产负债表，时间为 2006-01-01～2006-12-31；13～15 行定义单位信息；16～21 行描述资产负债表数据，精确度至小数点前 1 位。在该实例中，资产负债表为元组元素，其他科目为数据项元素。

3. 展示实例文档

XBRL 的结构共分成两大部分：第一部分是分类标准，第二部分是实例文档。分类标准主要用以描述会计领域中的专有名词，如现金、应收账款等。实例文档主要用以描述在特定时间下或特定时间内一份报表的数据。由于 XBRL 应用在金融财政领域，因此，XBRL 实例文档中的每个数据项都有一个特殊的上下文信息。

生成 XBRL 实例文档后，要在不同用户、环境和需求下展示实例文档，因此，须开发一个 XSLT 样式单的展示器，将 XBRL 文件转化为可视性强的报表文件，以便用户通过浏览器阅读理解、分析和深层数据挖掘。

表 10-2 生成的 XML 文档的 Presentation. xml 定义了"流动资产"到"货币资金"的上下级关系，arcrole 表示该关系是上下级（parent-child）关系，order 表示在显示的过程中的排序，应收账款净值和存货与流动资产同样具备上下级关系：

```
1 <? xml version = "1.0"encoding = "utf－8"? >
2 <presentationLink xlink：type = "extended" xlink：role = "AAA 公司资产负债表 ">
3 <loc xlink：type = "locator"xlink：href = "sail. xsd＃流动资产 " xlink：label = "科目 _ 流动资产"xlink：title = " 展示：资产负债表与流动资产 "/>
4 <loc xlink：type = "locator"xlink：href = "sail. xsd＃货币资金 " xlink：label = "科目 _ 货币资金"xlink：title = " 展示：流动资产与货币资金 "/>
5 <presentationArc xlink：type = "arc"xlink：arcrole = "http：//www.xbrl.org/2003/arcrole/parent-child"xlink：from = " 科目 _ 流动资产 " xlink：to = " 科目 _ 货币资金 " xlink：title = " 展示：流动资产与货币资金 " order = "1"priority = "2"use = "optional"/>
6 </presentationLink>
```

在浏览器中，货币资金、应收账款净值、存货显示为流动资产的子科目。通过 XBRL 标准格式，可实现跨平台、网络共享、多格式输出，使用者可根据不同需求选择展示方式和展示内容。

【进一步学习指南】

XBRL 是一种基于 XML 的商业报告技术标准。它通过给财务会计报告等商业报告中的数据增加特定标记，使计算机能够"读懂"这些报告，并进行符合业务逻辑的处理。2010 年财政部起草了国家标准《可扩展商业报告语言（XBRL）技术规范》。在上海证券交易所和深圳证券交易所上市的公司将被要求使用统一的 XBRL 分类标准报送规定信息。XBRL 的应用将对我国财务信息产生、流转和应用的各个环节带来深刻的变革。感兴趣的读者可以进一步阅读我国有关 XBRL 的相关规定和文献。

【进一步阅读书目及法规】

财政部. 2010. 可扩展商业报告语言（XBRL）技术规范系列国家标准
财政部. 2010. 企业会计准则通用分类标准

财政部会计准则委员会. 2009. 国际财务报告准则可扩展业务报告语言分类标准 2009. 北京：中国财政经济出版社

会计信息化委员会秘书处（财政部会计司）. 2009. 会计信息化委员会 XBRL 中国地区组织成立大会专辑. 北京：中国财政经济出版社

王祎雪，王伦津，吕科. 2009. 基于 XBRL 的财务报表网络共享技术. 计算机工程，35（1）：257～259

杨海峰. 2009. 基于 XBRL 的网络财务报告改进的有效性的研究. 北京：中国财政经济出版社

【复习思考题】

1. 当前主要财务报告呈报格式有哪些种类？各有何特点？
2. XBRL 技术框架可分为哪几个部分？
3. XBRL Instance 文档的存储方式有几种？
4. XBRL 格式下的财务报告有哪些模式？各有何特点？
5. 简述 XBRL 技术在财务报表处理应用中的核心思想。

参 考 文 献

陈德人. 2008. 电子商务概论. 2版. 杭州：浙江大学出版社

陈启申. 2005. ERP——从内部集成起步. 2版. 北京：电子工业出版社

汉密尔顿. 2004. 构建高效的 ERP 系统（制造企业 ERP 实施指南）. 简学等译. 北京：机械工业出版社

柳中冈. 2002. 中小企业 ERP. 沈阳：辽宁人民出版社

罗姆尼 M B, 施泰因巴特 P J. 2008. 会计信息系统. 张瑞君, 徐广成改编. 北京：中国人民大学出版社

吕科, 刘晓锋. 2007. XBRL 技术原理与应用. 北京：电子工业出版社

钱玲. 2006. 会计信息系统. 上海：上海财经大学出版社

许永斌, 杨春华. 2000. 电算化会计. 上海：立信会计出版社

许永斌, 杨春华. 2003. 电算化会计学. 杭州：浙江人民出版社

薛云奎, 饶燕超. 2005. 会计信息系统. 上海：复旦大学出版社

杨周南, 赵纳晖, 陈翔. 2006. 会计信息系统. 大连：东北财经大学出版社

袁树民, 王丹. 2008. 会计信息系统. 上海：上海财经大学出版社

张瑞君. 2008. 会计信息系统. 北京：高等教育出版社

庄明来, 林宝玉. 2007. 会计信息化教程. 北京：北京师范大学出版社

Jones F L, Rama D V. 2003. 会计信息系统：商务过程方法（英文影印版）. 北京：北京大学出版社